傾城一諾

9

目次

第一章 異想天開

女兒才去香港三天就回來，夏志元和李娟很意外也很開心，看到女兒身邊的少女時，忍不住問道：「這位是？」

「她叫做衣妮，是我的大學同學。」夏芍介紹道。

衣妮對上李娟笑吟吟的打量目光，顯得頗為局促，「伯父，伯母。」

她本來是要回京城的，夏芍卻請她來過元宵節。她離開寨子那麼多年，從來沒去過別人家裡過節，今年去香港已是破天荒的事，到現在她還搞不清楚自己為什麼沒拒絕跟夏芍回家。

衣妮沒帶禮物，跟著夏芍下了飛機就直接來夏家，她根本沒來得及買東西。此刻面對夏芍父母的好奇目光，衣妮少見地有些尷尬。

李娟笑著道：「原來是小芍的同學。妳這孩子真是的，帶同學來也不跟我們說一聲。快快快，來坐。」她邊說邊把衣妮請到茶几旁坐下。

衣妮一愣，被李娟推著坐下，還沒反應過來，李娟已轉身泡茶去了。

夏志元夫妻原本打算到外面的餐廳去吃，夏芍卻說在家裡做點家常菜就好。李娟拗不過女兒，趕緊去買菜回來，鑽進廚房忙活。中午吃飯的時候，菜擺了滿滿一桌。圍坐在桌前，衣妮的目光在熱氣騰騰的飯菜裡有些恍惚。

夏志元見衣妮怔愣著不動筷子，笑了笑，對妻子道：「都跟妳說別做這麼多了，妳看妳擺這一桌，可別跟上次似的，吃不完把人給撐壞了。」

李娟看向丈夫，「上回是我菜做的多的錯嗎？不是有人吃女婿的醋，不給人家好臉色看，把人家逼得想辦法討好我們？」

夏志元知道自己說錯話了，苦笑道：「行行行，我錯，妳對！」

李娟抿嘴笑了笑。

衣妮聽著對面的中年夫妻拌嘴，不由垂眸。她沒見過父親的樣子，從她有記憶起，生活裡就只有母親。父母在一起的時候是什麼樣子的，她從來不知道。

「小衣啊，妳別看菜多，其實味道比餐廳差遠了。我們小芍不常帶朋友回來吃飯，我們也不知道怎麼招待。要是有不周到的地方，妳可別見外。」李娟見衣妮一直不動筷子，笑著解釋。該不會是真的做太多菜，把人給嚇著了吧？

「沒有，沒有！」衣妮反應過來，忙擺手。

夏芍還是頭一回見衣妮手忙腳亂的樣子，她自然知道是什麼原因，這也是她讓母親親自下廚招呼的用意。把衣妮帶回來，一是不想讓她留在香港，她性情太烈，又有母仇未報，夏芍很擔心她不在的時候，衣妮會做出不理智的事來。以她的性情，不管肖奕是不是她的仇人，她都很有可能「寧可錯殺一千，不放過一個」。但她的修為離肖奕差得太遠，到時出事的只可能是她。為了她的安全著想，她也必須離開香港。把她帶回自己家裡來，夏芍也是希望能多給她帶來些溫暖。活在仇恨裡的人總是累的，溫暖和放鬆的生活對衣妮有好處。

吃飯的過程氣氛還是很融洽的，李娟發揮了當初夏芍把徐天胤帶回來時的喜好，打聽衣妮多大了，學什麼專業的，家在哪裡之類的。但李娟還是有分寸的，她從來不打聽別人的家世，問的都是些家常話。

當問到衣妮是哪裡人的時候，衣妮明顯拿碗的手一僵，最終還是回答：「南省。」

李娟很驚訝，跟夏志元互看一眼，夏志元道：「那離青省可挺遠啊……」

「可不是嗎？現在的孩子都獨立。咱們這年紀的時候，哪出過這麼遠的門？」李娟邊說邊看向衣妮，端詳著笑問：「瞧妳和小芍差不多年紀，妳父母年紀應該也跟我們差不多吧？倒是放心妳一個人跑這麼遠。」

衣妮拿碗的手又僵了僵，低頭道：「我沒見過我阿爸，阿媽……已經不在世了。」

夏志元和李娟一聽，兩人都愣了。李娟臉上的笑容頓時變成了關切，「父母不在妳身邊，妳都是怎麼過的？住在親戚家裡？」

夏芍轉頭看向衣妮，她從寨子裡出走時才十三歲，這些年她怎麼過的，她也不知道。

衣妮低著頭，她沒有親戚。剛從寨子裡出來的時候，她什麼也不懂，年紀又小，沒有人肯雇傭她。最初兩年，她去拾過餐館倒掉的泔水，為此跟街頭的流浪漢搶過地盤，打過架。她利用放蠱制伏了那些人，得到了當地一名小有名氣的黑道老大的關注。那地方的黑道是三合會的地盤，那人知道無法做大，便出錢請她幫忙轉行。從此，她拿人錢財與人消災，兩年內幫那人放蠱，讓那人成為巨富，而她則拿錢讀書、生活，同時打聽仇人的消息。然而，人心貪婪，那人成為巨富，嘗到了甜頭，竟敢打她的主意，想包養她，恰逢他妻兒得到消息，雇了黑社會的人想殺她，她一怒之下殺了這些人，捲了那人的財產，離開了那個城市。

從那以後，她用那些錢生活讀書，度過了許多年。

這些事，衣妮並沒有細說，她不想看見朋友或朋友的家人懼怕疏離的目光，她不想再回去過那種沒有朋友，獨自一人生活的日子了。

衣妮低著頭，什麼也沒說，李娟卻已是目光憐憫。當年她父母也是過世早，在村子裡靠著鄰里的接濟才活了下來，因此對這些事最是感觸深刻。且她也是為人母的人，見到沒媽的孩子，難免會心疼些，於是這頓飯下來，李娟對衣妮噓寒問暖，倍加關懷，下午拉著衣妮說了好一會兒話，晚上睡覺的時候，還特意給她加厚了被褥。

衣妮在夏芍家裡住了下來，白天陪她去福瑞祥古董店或陶瓷公司看看，晚上回來和夏志元夫妻一起吃飯。期間還陪夏芍去了趟青市，去華夏集團總部待了三天，親眼見到了夏芍雷厲風行地處理公司事宜，也陪她見了她的一位學巫術的朋友。

夏芍到了青市，還是抽空去了趟胡家別墅。胡家已經由艾達地產的人在著手重新翻修，胡嘉怡在家中陪父母，見到夏芍的時候，精神顯得很好。

「小芍！」胡嘉怡撲過來，開心的模樣和以前沒什麼兩樣，但是當聽說衣妮是蠱術師後，想起自己的事，她歡快的笑容淡了些，「我想通了。以前我剛到英國的時候，身邊沒有人對我是友善的，只有亞當保護我。我憧憬他，依賴他，也感激他，後來我覺得我喜歡他。現在想想，可能真的摻雜了很多不純粹的感情在其中也說不定……我打算不再跟他見面，讓時間來驗證我是不是真的喜歡他。」

夏芍聞言挑眉，那個無憂無慮的小魔女胡嘉怡能露出此刻這般安靜的微笑，想必真的是想明白了些，「那妳打算今後怎麼安排？」

「英國那邊我還是會去，但不會再回魔法學校，我已經在準備向學校申請退學的資料。我爸的公司這些年業務不斷擴大，在歐洲開拓市場。他在英國的朋友幫我聯繫了劍橋大學，我打算去學習企業管理，畢業後就回家裡的公司幫忙打理。」胡嘉怡道。

這決定讓夏芍有些意外，沒想到胡嘉怡這麼快就果斷地做決定，這倒是讓她看出了她在生意上的一些潛質。夏芍自然是贊成胡嘉怡的決定，她囑咐道：「既然妳已經決定了，我希望以後妳在英國儘量不要跟巫術學校裡的學生再接觸。那些人對妳心存的敵意妳應該清楚，別再招惹他們，免得給自己和身邊的朋友帶來危險。」

至於見不見亞當，夏芍便沒有多提醒。胡嘉怡不知道亞當面臨的危險，如果提醒她，反而會讓她猜出一些事來，到時反而給她帶來危險。

當晚，夏芍和衣妮在胡家留宿，胡廣進夫妻對女兒的決定很欣慰，覺得她總算是長大了。

第二天一早，夏芍開車返回東市，次日便是正月十五。

正月十五，夏家人又齊聚一堂。夏志琴一家已經回青市，這天只有兩位老人和夏志梅、夏志濤兩家來夏芍家裡一起吃飯。除了席間多了個衣妮，跟以前沒什麼兩樣。

這天團圓飯的氣氛還是很熱烈的，一家人討論起了夏芍和徐天胤訂婚的事。之前沒來得及確定時間，現在夏芍回來了，夏志元才道：「我和妳媽商量過了，覺得訂婚的時間最好在寒暑假，這樣不會耽誤妳的課業，不過這件事我們也只是提議，妳明天回京城，替我們把話帶給徐老爺子，問問老爺子的意思。」

夏志濤聽了笑道：「寒暑假？暑假還有半年，要是定在寒假，那可就還有一年，不是要急死小徐？上回看小徐……咦？小徐？」

夏志濤說著話，聲音戛然而止，轉頭望向門外。

穿著一身名貴西裝的男人走了進來，手上捧著玫瑰百合花束。

「師兄？」夏芍站了起來，沒想到徐天胤會從京城來到夏家。怔愣間，這才想起，今天是正月十五，剛好到了徐天胤所謂的一週之期。她笑著走了過去，接過花問：「你學會搞突襲了，來我家也不說一聲。」

「唔，剛好一週。」徐天胤凝視著眼前少女恬靜的眉眼，風塵僕僕的氣息頓時散盡。他望著她，目光不肯移開片刻，多日的分離讓他極為想念。

夏芍又好氣又好笑，她就知道哪有這麼巧？什麼查肖奕的所有資料要一週，這男人根本就是算計好了時間。這兩年，他學會耍小心機了。

「咳。」兩個年輕人互望，夏志元煞風景地咳嗽了一聲，看徐天胤的眼神有些不是滋味。雖然婚事算是定下來了，他也算承認了這小子，但是他也不能太出格。兩人都還沒訂婚呢，在自己這個岳父面前，盯著自己的女兒那樣看，當他不存在嗎？

夏志元這一聲咳，夏家人才反應過來。劉春暉、夏志梅、夏志濤、蔣秋琳四人趕緊站了起來，劉春暉對夏芍笑道：「小芍，妳也別怪小徐來得突然，我看他是想給妳驚喜。」

「是啊，年輕人不就愛這套嗎？那詞兒叫什麼來著？浪漫。」夏志濤也幫徐天胤說話。

蔣秋琳瞥了丈夫一眼，再看夏芍手上那束花，眼神有些豔羨。女人沒有不愛花的，但是她們這代人不流行這個。現在日子倒是好了，她卻從來沒收過丈夫送的花。

夏志梅看了看徐天胤，真沒想到他看起來沉默寡言，還會送花給女孩子，看來這徐家的嫡孫是真的把小芍放在心上。

李娟見徐天胤來了，臉上倒是有丈母娘見女婿的喜意，忙起身張羅著要加碗筷，去廚房之前，沒忘了瞪丈夫一眼，用眼神警告他，別再犯大年初二那天的老毛病。

夏芍看著家裡眾人的眼神，忍著笑。如果他們知道徐天胤從認識她到現在，每次都是送同樣一束花，不知道會是什麼樣的表情？

不過，她喜歡就是了。

夏芍把花抱去房間裡插好又回來。徐天胤雖然是來了個突襲，但是他來的時間也巧，飯菜剛端上來，都還沒動幾筷子。接下來這頓飯，李娟都在招呼徐天胤和衣妮，餐桌上氣氛熱絡。

吃完飯，夏芍幫著母親收拾了碗盤，便和徐天胤回了房裡。

門一關上，夏芍便戳某人胸口，「你最好是查了肖奕的所有資料，不要只有一點點。」

夏芍故意加重「所有」兩個字，這是當初在香港的時候徐天胤承諾的。

徐天胤任她戳，待她戳完，轉身便出了門，很快再回來時，拿了一疊資料，「給。」

夏芍粗略一翻，還真是各方各面都有。她低頭邊走邊看，走到桌邊，一隻大手伸過來攬住了她的腰。她回頭一看，見徐天胤不知什麼時候已經坐到椅子上，將她抱到他的腿上坐好。

夏芍哭笑不得，輕輕挪了挪，換個舒服的姿勢，倚進徐天胤懷裡，繼續看資料。

不得不說，這資料極為詳盡，並不僅僅是肖奕的個人生平，還包括茅山門派的事蹟。

茅山門派的歷史淵源比玄門還早，但是現在門中弟子已是極少，這其中很重要的原因是玄門的總堂在香港，並未受到那個動亂年代政策的波及，而茅山一脈則受到了很大的影響。當時肖奕的師父那一代的大師都被扣上了封建迷信的帽子，門派弟子走的走，散的散，有不少人剛入門不久或者僅學了一點皮毛，就因怕被波及而退了山門。這也導致後來許多江湖神棍行騙的時候，老百姓都稱其為「茅山道士」，一來可見那個年代茅山一脈受到的不公正評判，二來也是有些半路退了山門的弟子假借茅山之名給人看相算命，因學的只是皮毛，難免有卜算不準或者騙人錢財的事情。久而久之，「茅山道士」在許多百姓心裡，幾乎成了江湖神棍的代名詞。

肖奕拜入茅山派時，動亂剛過去。他天資極高，他的師父道無大師經歷了門派由盛到衰，見到了世間炎涼，便不再將心思放在振興門派上，而是一心一意教導肖奕，傳授祕法。

肖奕沒有師兄弟，只有兩位師叔，而兩位師叔各收了三名弟子。三師叔的弟子閻老三，因心性邪佞被逐出門派，其餘的加起來總共十人。兩年前，道無大師仙逝，肖奕以三十四歲的年紀接掌了茅山派衣缽，成為掌門祖師。他直到如今都還沒有收弟子，因此現在的茅山派只有九名正式門派弟子。

徐天胤準備的資料裡，附上了這九人的近況。

肖奕的兩位師叔已年過六旬，有家有室，很少替人消災解難，只有有緣人才能獲得兩人指點，算是隱世的大師級人物。而兩人的五名弟子，年紀大的四十歲，小的與肖奕差不多，除了一人在臺灣，其他的都在國外。一人在美國，一人在馬來西亞，兩人在新加坡。這五人除了在當地是極有名氣的風水師外，還各自有產業，平時互有聯繫。

肖奕兩年前接掌門派後，就開始四處遊歷，在前年年底於加拿大遇到冷以欣。

夏芍的眉頭皺了起來，「龍脈出事的那幾天，他不在茅山？」

「不在，去向不明。」徐天胤抱著夏芍道。

龍脈出事時，唐宗伯曾跟肖奕通過電話，肖奕說他當時正在茅山處理門派事務，之後才赴加拿大和冷以欣訂婚。徐天胤查了那天的通話記錄和來源，證實肖奕那天確實身在茅山。但與他通電話那天，龍脈已被下了斷脈釘，肖奕很有可能在作法後趕回內地，因此徐天胤把時間往前倒回了一個月，發現肖奕從加拿大回國的時間是張中先和夏芍發現龍脈被釘的一週前。

按照肖奕的說法，他是回茅山處理事務的，可在他回去的前兩天，沒有人見過他。這兩天的時間裡，當地沒人見過他，出入境沒有他的記錄，他就像是消失了一般。

「可以易容出關。」徐天胤提醒夏芍道。

夏芍目光微寒，緩緩點頭，「人是不可能憑空消失的，記得京城暗中協助通密的人嗎？那人的臉皮有兩層，就是易了容的。至於出關，假身分完全有途徑辦得到。」

肖奕在龍脈被釘的時間上有兩天的空窗期，玄門與泰國降頭師鬥法的那段時間，他人應該在加拿大，但他沒住冷家，而是在加拿大置了房產，不過那兩天他的鄰居都聲稱沒有見過他。

「這也太巧了。」夏芍又問：「溫燁在香港被打傷的那天呢？肖奕人在哪裡？」

「廣東。」徐天胤抱著夏芍，大掌不肯離開她的腰身，只把頭抵在她身上，嗅她的清香，眼也不捨得抬，「下一頁。」

夏芍一愣，忙把手上的資料翻開，去看下一頁。果然，肖人那天在廣東處理產業上的事，上午他去過銀行一趟，下午和晚上則行蹤不明。夏芍冷笑一聲，這麼近的距離，他想往返香港是絕對有可能的。

一次可能是她太多疑了，兩次許是巧合，那麼，三次呢？

肖奕的嫌疑很大。

夏芍皺起眉頭，往下再看，「嗯？他變賣了門派名下和他私人名下的所有產業？」

「嗯。」徐天胤嗯了一聲，把她抱得更緊。

夏芍繼續翻看。茅山派名下有一些慈善產業，想必初衷與夏芍建立華夏慈善基金會的初衷差不多，並不以盈利為目的，而在於濟世救貧。肖奕沒有動慈善產業，但其餘投資出去的產業他出售了股權，連他在國外的三家公司也變賣了。

夏芍倒是沒想到，肖奕在二十五歲時就在國外註冊公司，主營高科技產品和進出口貿易，他兩位師叔在國外的弟子於他公司成立之初給了他很大的支持，他的客戶遍布美國、新加坡和馬來西亞地區，十年的時間，三家公司資產累積達三十多億。他把公司全部變賣，加上出售其他產業的股權，故而他現在名下有五十多億的巨額資產。

「就算他婚後打算長住加拿大，也不需要把公司賣了。」夏芍很納悶，「把所有的產業都清空，他想做什麼？」

「資金都在他的帳戶裡，最後一筆交易年前才到帳，還沒有動用。」徐天胤道。

夏芍沉默了，肖奕這舉動不正常。一個商人，如果不是發生極大的變故，是不會變賣自己的產業。換成是她，不管日後她和師兄在哪裡生活，華夏集團都不會給別人。所以說，肖奕一定有什麼打算或圖謀。

現在肖奕的嫌疑極大，哪怕剛才那些巧合真的只是巧合，他為了冷以欣，日後也未必不會做出對玄門有害的事來，因此，他的這筆資金的動向，看來是要注意了。

夏芍垂眸深思，當看向最後一頁的時候不由微愣，那是關於冷以欣的資料。

冷以欣在一週前被夏芍懷疑學習黑巫術，產生了人格分裂的情況。這一頁資料是關於她在加拿大的人際關係調查，調查結果發現，冷以欣很少參加各圈子的聚會，她在別墅裡療養，深居簡出，黑巫術有可能是從冷家的藏書裡自學而來。

冷家有黑巫術方面的藏書不奇怪，夏芍對西方巫術的了解很多也是來自於師父的藏書，只不過師父的藏書裡沒有對巫術實施方法詳盡的講解，即便是有，唐宗伯也曾提醒她，非本門傳承的術法有可能不全面，也可能有作偽，不要輕易學習，否則隨時可能給自己帶來傷害。

冷以欣的人格雖是成功分裂了，但她看起來確實很痛苦。夏芍不知道這不是她學習黑巫術的後遺症，但她本門功法被廢，確實已無太大威脅，真正需要注意的還是肖奕。

「肖奕有可能也是衣妮的仇人，我想這些資料應該給她看看。」夏芍說著，便想從徐天胤腿上下來，出門找衣妮，但是某人的手臂實在是禁錮得太緊，根本就不放她下來。夏芍低頭看去，正逢徐天胤抬起頭來，她香軟的唇正撞上他高挺的鼻樑，輕輕擦過，兩人都是輕輕一顫。

夏芍臉頰微紅著往後退，頸後卻壓來一隻大手，她迎上了一雙深暗的眸子……

喘息不過是片刻，房裡便奔出一名懷抱散亂資料的少女。

夏芍回頭嗔了眼房裡。某人的膽子果真是越來越大了，大白天的就敢不安分。要是被他得逞，下回還不知要怎樣膽大。看樣子他是真不介意兩人在一起的時候被她父母逮著，這樣興許訂婚都省了，直接結婚。

夏芍氣也不是笑也不是，對徐天胤的小心思搖頭一笑，就去了衣妮的房間。

衣妮看完資料，也是怒了，「我就知道是他，一定是他！」

「別氣，我會盯著他的。這個人隱藏得很深，妳找了七八年都沒有他的消息，他在背後暗算玄門幾次，也抓不到他的把柄，我們若真沒冤枉他，他早應該露出狐狸尾巴了。現在他不再是完全身處暗處，只要知道知道敵人是誰，天底下會算計人的不是只有他。」夏芍拍拍衣妮的肩膀，「放心，先交給我。若有報仇的一日，一定不會落下妳。」

衣妮聽出夏芍是怕她衝動，陷自己於危險中，頓時別開頭，還是不太習慣別人的關心，「知道了，囉嗦。衣緹娜是那男人殺的，我不算給阿媽報了仇。這回要真是那個男人，我一定要親手宰了他。」

夏芍見衣妮咬牙切齒，不由點頭一笑。

「千刀萬剮！」衣妮繼續道，眼神像刀子似的泛光。

夏芍無語，轉身出門。

「放蠱咬死他！」衣妮跟著出來，在後頭磨刀霍霍。

……

正月十五元宵節一過，夏芍便要準備返校報到了。

徐天胤本來要回軍區報到，但他特意請了一天假，送夏芍回去。回家過年的時候，夏芍是開著車帶著朋友自駕回來的，返程時便由徐天胤駕車，載了衣妮、周銘旭、元澤。開到省道，又捎上了柳仙仙，大夥兒一起回京城大學。

元澤和柳仙仙這個年過得都很忙，一個忙著跟隨父母在官場圈子裡走動，一個忙著幫胡嘉怡收拾去英國劍橋大學讀書的行李。下回幾人再相見，怕最早也要暑假。

周銘旭這個年過得是最鬱悶的，他從小到大的玩伴，劉翠翠過年回家只住了兩天，其餘時間都在香港。周銘旭知道她在香港參加專業模特兒培訓，但劉翠翠家人都以為她是去打工。劉翠翠的母親和弟弟人不錯，她爸則是個老酒鬼，重男輕女，又特別保守，要是讓他知道劉翠翠當模特兒，一定會打斷她的腿，到時候說不定連介紹劉翠翠去香港的夏芍都會被怨怪。

劉翠翠是個很有上進心的人，她在香港參加培訓期間，沒主動見夏芍，她不想被人知道她跟夏芍是朋友，用她的話說，她能吃苦，不需要被特殊照顧，也不希望被人說夏芍推薦了個菜鳥來。她已經接受了夏芍莫大的幫助，剩下的路再苦再難，她都會走出個名堂來。

夏芍很欣賞劉翠翠的幹勁，也就隨她了，但她還是讓劉板旺暗中盯著的，畢竟那個圈子很亂，她可不希望在劉翠翠身上發生什麼不好的事。

劉翠翠過年的時候不在，周銘旭沒了玩伴，本就無聊，最鬱悶的是，杜平的父母還找上了他。今年過年杜平依舊沒有回家，他父母託周銘旭去京城如果見到杜平，希望他暑假的時候能回家看看父母。夏芍聽了這事眉頭皺了好一陣子，上回跟杜平不歡而散之後，她就沒再管過他。雖然是生氣他的某些想法，但杜平的父母很樸實，對她也很好。看在這分上，夏芍決定回京城後再去找杜平談談。

不過夏芍這次回京城，事情可不少，其中一件事是，處置王卓。

王光堂車禍的事，只有政府高層才知道，但王卓回京受審的事，卻在京城傳得沸沸揚揚。過年的這段時間，調查案件的警隊都沒有休息，王卓回京第二天就被帶去了警局。

王卓對於謝長海、于德榮和劉舟三人對他的指控，態度都是一樣，拒不認罪。

儘管警方有王卓和地下錢莊往來、放高利貸的證據，也有西品齋拐帶于德榮的兒子去賭博的那名員工的口供，王卓的態度還是很強橫——我不知道你們警方的證據是怎麼來的，這是冤案。你們有本事就告我，我會聘請律師，咱們法庭見。

王卓的父親王光堂躺在醫院裡，夏芍回京那天，他才剛脫離生命危險，從加護病房轉入普通病房。這對王家來說可謂是這段時間最大的喜訊了，但相比這個喜訊，王家的麻煩也不少。

政府當權的那位首長發了嚴查的命令，底下那群人也都跟著鐵面起來，那些平時不夠格見王家人的警察一個個對待王家就像對待普通百姓，說帶走調查就帶走調查。不僅如此，秦系人馬還在這時候落井下石，趁此機會調查起了王家。

眼下王光堂身在醫院，他畢竟是軍委委員，對國家有過貢獻，現在病危時期，秦系把矛頭直指他難免落人口實，影響在當權的那位心中的形象，因此，秦系把矛頭轉而指向了王光堂的妻子潘珍的娘家。

潘珍是軍區文工團的副團長，大校軍銜，但其實她娘家原先是經商的，只出了潘珍這麼一位藝術家。她嫁給王光堂後，潘家沾了紅頂商人的邊，生意做得很大，免不了與一些姜系的官員關係「深厚」。秦系有意捅出潘家企業行賄的事，鬧得這個年潘家也沒過好，姜系的一些官員也沒好過，人心惶惶。

事實上，秦系最先捅出的並不是潘家核心人員，而是潘家的一些親戚，但這明顯是投石問路的舉動，用來看看上頭對這件事的反應。如果反應不大，接下來就會直指潘家。而直指潘家，其實也就是衝著王家。

丈夫病重，兒子在警局受審，娘家又接連有不利的事情爆出，潘珍焦頭爛額，同時也很惱火。她認為這一切都是夏芍的錯，是這個女孩子當初在車行設計王家，讓王家顏面無存，王家才會想給她點顏色瞧瞧。如果當初不是她惹了王家，王卓不整她，也就不會撞到徐老爺子的槍口上，導致如今王家陷入困局。

想來想去，潘珍想到了徐彥紹和華芳夫妻。

她聽說徐彥紹和華芳自打年前搬到紅牆大院外頭的別墅居住，到現在也沒搬回去，她便在這天傍晚去了徐家別墅。

徐彥紹和華芳一身隆重裝扮，看起來正要出門，而徐彥紹夫妻見到王家人來訪也很意外，但出於禮貌，還是把潘珍請了進去。華芳去泡咖啡，徐彥紹和潘珍則先坐到沙發上。

「今天是什麼風，把潘副團給吹來了，真是讓我們家蓬蓽生輝啊！」徐彥紹笑道。

潘珍扯了個笑容出來，「徐委員不用客氣，光堂還在醫院，別人照顧我也不放心，我不能離開太久，所以今天我就開門見山了。我來是為了我們王卓的事，案子是個什麼情況，相信徐委員也清楚。我們王卓在這件事上確實是做得有欠考慮，徐老爺子生氣我們也理解，可王卓這麼做也是有原因的，他和蘇瑜的婚事就那麼被人算計著給退了婚，別說他了，我們當父母的在外頭都抬不起頭來。這樣的事，放在誰身上沒有火氣？我們王卓雖然做錯了，但到底是出於人之常情，情有可原。上頭說嚴查，無非是因為徐老爺子不快。從出了事到現在，徐老爺子都避而不見。上頭不鬆口，下面就咬著不放，我這也是沒辦法了。今天來找徐委員，是想拜託徐委員幫忙探探徐老爺子的口風，看徐老爺子氣消了沒。也希望徐委員能幫著說幾句話，這件事要是能過去，一定讓我們王卓去向徐老爺子賠禮道歉。」

徐彥紹聽著潘珍的話，眼神連連變換，臉上卻維持著笑容，聽完便道：「潘副團的心情我能理解，現在的孩子做事都衝動，這也是年輕嘛！」

潘珍一聽，露出希冀的神情來，「是啊，都是年輕惹的禍。誰年輕的時候沒做過錯事？希望徐委員在徐老爺子面前求求情，給年輕人改過的機會。這孩子以後我一定嚴加管教。」

「唉，這不是跟老爺子求情就能解決的事。」徐彥紹卻是話鋒一轉，嘆著氣笑了笑。這語氣聽起來意有所指，可惜潘珍沒聽懂。

「徐委員，咱們明人眼前不說暗話，這事若不是惹了徐老爺子不快，哪能查到這個地步？您幫個忙，跟徐老爺子求求情，一定會有轉機的。」

徐彥紹搖搖頭，那可不一定。別說老爺子不可能徇私，就是老爺子發了話，還有個人……她那一關可不好過。

想到此處，徐彥紹表情有些苦澀。在東市那晚，他算是深有體會了。那孩子，不惹她倒還相安無事，惹了她，沒那麼容易被原諒。那晚他和妻子被她詭異的本事嚇到，她走之後便盤問了兒子，這才得知去年國慶期間京城車禍身亡的某位官員猝死竟是她所為。

這殺人不用刀，連個證據都找不出來的手段，實在叫人悚然。

那天晚上，他們夫妻倆都沒睡著，之後困擾了他們一個多月的惡夢果然再沒出現過。這親身體會，說出去恐怕沒有多少人信，但這就是事實。這孩子，不是尋常人。

王家的事，那晚她也露了個口風，這事顯然與她有些關係。當初那名官員的車禍就與她有關，王光堂的事徐彥紹還真不敢說跟夏芍無關。如果真是她做的，那她想怎麼對付王家，想要一個什麼樣的結果，徐彥紹都不清楚，自然不會去觸她的楣頭。再說，徐王兩家鬧到這個地步，要他為王家說話？那是不可能的。

「潘副團，老爺子向來痛恨權貴子弟仗勢欺人，王卓做的事是個什麼性質，我想妳清楚。上面那位說要嚴查，話都說出去了，求老爺子能有什麼用？」徐彥紹委婉回絕。

潘珍臉上的笑容斂去，她聽出來了，徐彥紹在推脫。其實她來之前想過會是這個結果，畢竟徐王兩家現在已經算是撕破臉，徐彥紹沒理由幫她，但她尚一線希望，因為這件事當初華芳有參與，他們夫妻如果不怕這件事爆出去，應該會被她拿住軟肋，沒想到徐彥紹還是拒絕了。

正巧這時候華芳端著咖啡送來客廳，潘珍看見華芳便冷笑一聲，「徐委員，老爺子的分量我想咱們都明白。那位雖然是把話說出來了，但如果徐老爺子有放我家王卓一馬的意思，上面那位是有可能改口的。不然，既然是要嚴查，那就該查查所有跟這案子有關的人。我家王卓入了獄身敗名裂，他是罪有應得，有的人也不好逍遙法外吧？」

這話什麼意思，徐彥紹和華芳不可能聽不明白，夫妻二人的臉色也跟著沉了下來。

華芳向來是不吃虧的，更別說被人威脅了，她瞥向潘珍，「潘副團，妳這是在說我嗎？沒錯，有些事是我告訴王卓的，但事情是他一手安排的，我只是知情，可沒參與。真要定性，我也不是請不起律師，到時候看看誰判得重。」

「呵呵，潘副團，妳剛才有句話我很贊同，誰年輕的時候沒做過錯事？年輕人需要一個改過的機會，我覺得沒有什麼比認罪伏法，好好改造要強。一百次嚴加管教也抵不上一次教訓，年輕時受點教訓是好事，免得以後再犯錯。」徐彥紹笑著站起來，送客的意味很明顯。

潘珍臉色一變，不可置信地看著徐彥紹和華芳夫妻。華芳當初把事情告訴王卓，不是因為不滿夏芍嫁進徐家嗎？現在她面臨身敗名裂的威脅，沒道理不為自己的利益考慮，可是這是怎麼回事？怎麼過了個年，口風就變了？

潘珍不知道發生了什麼事，但徐彥紹接下來的話讓她愣在了原地。

「潘副團請回吧，我們今晚還有事。天胤和小芍回京，老爺子請他們回家裡吃飯，我們是時候得出發了。」徐彥紹說罷，做了個請的手勢。

潘珍望著這夫妻倆，越發想不明白，他們不是不希望夏芍嫁進徐家嗎？

……

王家人找上徐彥紹夫妻的事，夏芍回京當天晚上就知道了。告訴她這事的人，正是徐彥紹。

夏芍晚上八點回到京城，朋友們回學校宿舍，夏芍則和徐天胤前往紅牆大院，跟徐老爺子一起吃飯，順便說訂婚的事。過了個年，徐彥紹夫妻對夏芍的態度可謂一百八十度大轉變，華芳雖然還有些不自在，徐彥紹卻是極為熱絡。

老二夫妻的態度轉變，徐康國看在眼裡，沒有多說什麼。這一家子初二那天去東市，他事後才得知。他以為他們是去夏家鬧事的，為這事還震怒，沒想到這夫妻倆竟來他面前認錯，並表示這段時間已經深刻反省，去夏家是替徐天胤求親的。徐康國清楚兒子兒媳的性情，他知道這裡面一定有隱情，但徐天胤回京之後，他得知那晚徐彥紹夫妻確實是沒在夏家人面前端架子，訂婚的事也是徐彥紹促成的，他才消了氣。

這晚見徐彥紹對夏芍很親切，噓寒問暖，很有長輩的做派，徐康國看在眼裡，便沒多說什麼。哪怕是知道事情有隱情，但不管是什麼原因，只要老二一家別再有什麼不好的心思，徐康國也還願意再給他們夫妻一次機會。

這頓晚飯，老爺子看起來還是很高興的。孫子的婚事夏家那邊同意了，他能不高興嗎？

夏芍見老爺子眉目間掩不住笑意，便忍笑道：「老爺子，我爸媽說我的學業不能耽誤，他們希望訂婚的時間儘量安排在寒暑假，想問問您老的意思。您覺得是寒假好，還是暑假？」

徐康國看夏芍一眼，見她一臉小狐狸似的笑意，頓時板起臉來，「妳這丫頭，又想給我下什麼套了？我要是說暑假，妳是不是想說我比天胤還著急？我要是說寒假，妳該說我不盼著妳嫁進徐家了吧？」

夏芍露出一副冤枉的表情，笑意卻更濃，明顯她就是這麼想的。

徐康國瞪她一眼，心裡有些感慨。徐家這些孩子裡，沒有一個敢跟他開玩笑的，也就這丫頭。怪不得她才回家一個來月，他就覺得日子過得有點乏味。

徐彥紹這時候笑道：「暑假。早點定下來好。」

一旁坐著的徐彥英看向她二哥，也沒弄明白過了個年到底發生了什麼事讓二哥一家不再反對這樁婚事，反而極力促成。可不管怎麼說，這對天胤來說是好事，要是再發生上回的事，這孩子夾在中間也太苦了。

「我也覺得暑假好，七八月，女孩子穿衣打扮起來也漂亮不是？訂婚的時候，小芍家裡人一定得來京城，京城冬天可比青省冷，家裡還有老人，來回奔波對身子不好。我看啊，就暑假吧。」徐彥英笑著出主意，出完主意又笑問徐天胤，「天胤覺得呢？」

「嗯，暑假。」徐天胤點頭，想也不想。簡潔，堅決。

夏芍抿嘴直笑，她早就知道一定等不到寒假。她以往是想著畢業後再結婚，對於訂婚的時間倒沒太多想法，暑假就暑假吧，「那我回去打個電話給我師父，日子就由他老人家定吧。」

算日子的事，夏芍自是可以自己來，但按傳統，婚事這等喜事自然該由長輩決定。前兩天去香港見唐宗伯的時候，他就已經在叨念算日子的事了。

「行。跟妳師父說說，讓他定吧。」徐康國點頭答應。

一頓飯吃完，已是晚上九點多。徐康國今晚精神抖擻，一點倦意也沒有，夏芍和徐天胤陪著老爺子聊了會兒天，說了說徐天胤去夏家拜訪的趣事。夏芍倒沒說徐天胤中午吃撐了胃，只把他賄賂夏家親戚爭取援軍的事講出來，惹得徐康國哈哈大笑，沒想到孫子也有這麼開竅的時候。徐彥紹夫妻和徐彥英在一旁瞧著，各有感慨。在他們的記憶裡，兒時父親是嚴父，成家後父親更像是領導，很少見他像為平常人家的長輩一般這麼開懷。

這晚一直聊到了將近十一點，徐康國才露出些倦意來。徐彥英趕緊起身，把老爺子扶回房裡，夏芍和徐天胤這才離開徐家。

徐彥紹夫妻和徐彥英也一起出去，走到車旁的時候，徐彥紹喚住了夏芍，「小夏。」

夏芍回頭，微微一笑，客氣而疏離，「徐委員有事？」

她還是不肯改口，徐彥紹笑了笑，也知道急不得，只道：「王家的案子我知道妳很關注。

現在警方那邊證據都已經齊備，相信過一陣子就能庭審了。不過，離庭審怎麼也得三兩個月，王家雖然現在麻煩多，但就這麼一個兒子，是不會看著他被判刑的。妳這段時間注意點，尤其是公司方面，我知道妳在京城開了家會館，妳還是暫關一些日子，避避風頭比較好。」

徐彥紹提到華苑私人會館，什麼意思已經很明顯了。

夏芍笑道：「謝謝徐委員提醒，看你的樣子，想必今天遇到貴客臨門了吧？」

徐彥紹一驚，沒想到夏芍這都看得出來，他頓時笑了笑，也不隱瞞，便把潘珍找他求情的事和盤托出。今天王家人求情未果，難免不會把主意動到夏芍風水師的身分上，在這上面做文章，給她找麻煩，也給徐家壓力，逼迫徐家妥協，所以他對夏芍的提醒還是很符合形勢的。

沒想到，夏芍聽了眉頭都沒動，只是頗有深意地一笑，「徐委員，我記得我說過，王家的事，你只要看好戲就成了。」

徐彥紹、華芳和徐彥英還在怔愣中，夏芍已經上車走人。

夏芍所說的好戲，徐彥紹沒看出來，他只看見了王家的行動。

王家並未如他預料般，在夏芍風水師的身分上做文章，又或者說，他們根本就沒這時間。

夏芍回學校報到的第二天，潘氏企業便傳出賄賂地方官員的醜聞，雖然涉事人員是潘氏旁系，但事情被曝光在華樂網上，點擊量之高，引起了官方極大的重視。次日，潘氏企業涉事人員就被帶走，地方涉事官員被調查。

這突如其來的事，讓潘珍憤怒至極，秦系居然真的敢動手。

秦系過年這段時間就在調查潘家，沒想到他們竟然真的動手。徐彥紹得知這消息的時候皺了皺眉頭，他不太看好秦系的這次舉動。秦系沒有直接動潘家的人，而是動了旁系，這固然是投石問路，可也有些打草驚蛇。秦系這一動，那些跟潘家有來往的官員以及潘家的重要成員，必然會忙著清理證據，等秦系再想動主要的那部分人的時候，哪還那麼容易找證據？

不出徐彥紹所料，潘氏企業在惱火後，確實是最先做了善後。潘家也好，徐彥紹也好，京城圈子裡看戲的人也好，讓眾人跌破眼鏡的是，兩天後，華樂網又爆出了潘氏企業的醜聞。

醜聞這回涉及的人是潘珍的弟弟，他在外面包二奶，此二奶有種種仗勢欺人的劣跡。事情有圖有真相，甚至有苦主，有監控視頻，容不得抵賴。這樣的醜聞，比起官商勾結來說簡直就是小事，但毫無疑問，這次的爆料已經指向了潘家的重要成員。

事情是在華樂網上曝光的，這必然與夏芍有關。潘家人相當憤怒，如果是其他網站曝光他們的事，潘家完全有能力封鎖這家網站，或者要求封殺這條消息，但他們的手卻伸不到華樂網身上。夏芍的背景不比潘家低，沒有人敢動華樂網。

醜聞曝光僅一天，潘家還沒商量出對策來，次日又有醜聞。

潘氏企業以經營飯店為主，在國內各省市都有連鎖飯店，這回曝光的醜聞正是飯店服務方面。比如客人換房後被單沒有更換，比如用過的杯子沒有進行消毒，再比如客人得罪了飯店的服務生，服務生竟往菜餚裡吐口水。這些惡事，以前不是沒有客人反應過，可都被飯店低調處理。這些曾經發生過的事，為什麼會被找到證據在網上曝光出來，潘家匪夷所思。

他們自是不知道，這事對徐天胤來說，實在是輕而易舉。

他們更沒有預料到，這一連串的醜聞一下子將潘氏旗下的飯店推到了輿論的風口浪尖，網上罵聲一片，潘氏企業形象嚴重受損。潘家人不會想到，年前王家算計夏芍，讓她在京城大學的舞會上被帶走，企圖以贗品之事影響華夏集團的聲譽，這回夏芍便讓整個潘氏企業暴露在網上，受更嚴重的波及。至於王卓的西品齋，待案子審下來，一個贗品事件足以毀了他的聲譽。夏芍報仇，要麼不報，要報就加倍奉還。

潘家紅頂商人做久了，總以為權勢大過天。雖然他們知道網路的影響，但怎麼也沒想到，有一天這把火會燒到自己身上。

這一連串事件的影響，遠遠超出了王家的預料。事情雖然是指向潘氏企業的，可潘家和王家是姻親，加上之前的賄賂醜聞，王家在網上已經受到了討伐。若任事情再發展下去，民意難違，讓潘家被帶走的那幾個人和那幾名官員坐實了行賄受賄的罪名，那接下來就是潘家嫡系，然後就是王家。

在這種情況下，王光堂雖不知外界發生的情況，王家的其他成員卻都找到了潘珍，一起商量對策。他們雖然對秦系和夏芍恨之入骨，但這時候沒有心思去對付夏芍，保自身最要緊。等局勢穩定了之後，定要讓夏芍吃不了兜著走。

王家最先想到的是姜家，而這時候其實姜家也在想辦法保王家。

雖然王家現在是深陷水深火熱之中，但王家在軍界的地位還是不可撼動的。姜系在政，很需要王家在軍界的人脈和勢力，失去王家，對姜系來說也將是巨大的打擊，往後再想與秦系鬥基本已是不可能。在這種情況下，出事後一直比較低調的姜家做出了反應。

姜家三代裡的姜正祈是京城四少之一，現在地方上任市長，年紀僅三十三歲，算是共和國最年輕的市長。此人相當低調，在派系爭鬥的緊要關頭幾乎看不見他的身影，可這時候姜家出面放出消息，姜正祈將娶王梓菡為妻，預定今年暑假訂婚，明年王梓菡大學畢業兩人就結婚。

姜王兩家聯姻，這消息一出，震動了京城。姜正祈至今沒結婚，早在幾年前就有人猜測他的婚事動向，當時最被看好的就是王梓菡，畢竟姜王兩家算是門當戶對。沒想到兩家遲遲沒有消息，事情一拖拖到現在，姜家竟然在這個關頭出面，定下了兩家的婚事。

不得不說，姜家下得一手好棋。姜王兩家這時聯姻，對姜家有莫大的好處。第一，王家現在正值多事之秋，牆倒眾人推，唯獨姜家伸出了援手，此舉勢必獲得王家的感激。日後王家有救，軍界的那些勢力會毫無保留地借給姜家使用。第二，姜家此舉雪中送炭，不管他有什麼目的，表面上倒也成全了仁義的名聲。現在離上頭當權的那位退下來還有兩年，京城的派系爭鬥雖然緊張，分出勝負卻還早。那位假如想平衡兩派勢力，是不會讓姜系垮臺的。只要他有這種想法，哪怕是王卓可能會坐牢，王家本身也不會倒。姜家此時的做法可能迎合了那位的心思，屬於加分之舉。再者，這次聯姻對姜家本身來說，也等於是挽救自己的勢力。

一舉三得。

僅僅是一個聯姻的舉動，就把這些天來王家所面臨的困境一舉擊破，隱隱有翻盤的趨勢。在這樣的趨勢下，所有人的目光都聚集到了秦系和徐家身上。

徐老爺子向來是不參與派系爭鬥的，他的目的看起來只是處置王卓，但現在徐家已經被歸為秦系人馬，在這種情況下，老爺子會有什麼舉動？

徐康國什麼舉動也沒有，連夏芍也沒有什麼舉動。

夏芍該上課上課，該去公司去公司，期間把盯住肖奕資金動向的事交給了華夏拍賣京城分公司的總經理方禮。

方禮是中英混血兒，一頭深棕色短髮，長相英俊。他今年三十有一，看起來卻像是二十五六的大男孩，性子頗為活潑。夏芍將肖奕的帳戶情況交給他的時候，他坐在辦公桌後，笑容誇張，語氣誇張，「哦……這又是哪個倒楣的傢伙，不幸被董事長盯上了？」

夏芍不理他誇張的語氣，只吩咐道：「盯緊這個人的資金動向，隨時向我報告。」

方禮不僅對西洋古董方面有很高的鑑賞能力，對股市和金融證券方面也有極高的天賦。這樣的人才即便是在英國也能有很好的發展機會，他卻看中了華夏集團的發展潛力。當初面試的時候，面試官問他為什麼要來華夏集團，他竟答因為對年輕美麗的董事長很感興趣。

當然，這不過是他開玩笑而已。方禮有位青梅竹馬的未婚妻，兩人感情很好，他的未婚妻還在英國劍橋大學進修碩士學位，等拿到學位，兩人就會結婚了。

「現在西品齋因為董事長的算計無限期延後開辦拍賣公司的事，那我手裡這個倒楣的傢伙又是誰？」方禮看著手裡的資料，很感興趣。

「我們的敵人。」夏芍的回答很簡潔。

「這點資產還不至於成為我們的敵人吧？」肖奕的資產不過五十億，跟目前資產數百億的華夏集團相比，實在不夠看。

「別忘了，華夏集團是怎麼走過來的。」

方禮聞言挑眉一笑，「可惜，我來華夏集團的時候，董事長的傳奇故事我只有聽的份。什麼時候讓我也參與參與，親眼見識一下？」

夏芍笑笑，「你只需要看好這個人的資金動向就好。不要輕敵，要拿出對待王卓百倍的心思。」

這話讓方禮一愣，難得認真起來，「有這麼嚴重？」

「有。」夏芍也斂了笑意。

在方禮的印象中，眼前的少女無論是在什麼情況下都是淡然含笑的模樣，她這態度還是很少見的，他當下又看向手邊的資料，認真點頭，「好，我會盯著，有什麼情況會隨時報告。」

在見過方禮之後，夏芍還見了杜平一面。

上回去杜平所在的大學幾次都沒見到他，夏芍也是心裡有數了，因此這次她回京城後沒有立刻去他的學校，而是經常開天眼看著他校門口和宿舍樓下的情況，直到看見有輛轎車開進學校，確定是宮少那幾人，杜平也在車上，夏芍才開車過去。

她到達的時候，宮少那群人正開著敞篷車在校園裡兜風，惹來不少學生的側目。大冷的天兒，這些人也不嫌冷，在寬闊的校園裡恣意奔馳，所到之處，寒風裡淨是嗆人的酒氣。

杜平坐在副駕駛座上，沉著一張臉，聽著車上幾名富少歡呼的聲音和沿途對女大學生們吹口哨叫喊，他只是一言不發，顯得很嚴肅。

女學生們見這情形都躲得遠遠的，沒一會兒，操場上就沒人了。觀眾跑沒了，這幾名富少都覺得掃興，這便要把車開去杜平的宿舍樓下，送他回去。這時候，一輛白色賓士遠遠駛來，那幾名剛剛把車停下的富少們興奮了起來。

那車是去年的新款，可不便宜，而且那顏色是女孩子喜歡的。

一猜來人是女生，還是富家千金，車上幾名富少頓時興奮起來，歡呼著朝來人吹起口哨，順手將車燈打亮，朝那輛車的駕駛座上照去。

然而，那輛車卻在對方車燈打開的剎那，原地甩尾，轉出一道漂亮的弧度，然後停車。

宮少等人大聲叫好，有鼓掌的，有吹口哨的，幾雙眼睛緊緊盯著對方的車門，想一睹車裡下來的會是什麼人。

一名少女從白色賓色開門出來，接著抬手輕輕一揚，操場上風沙驟起，宮少幾人坐著的敞篷車前面的大燈瞬間爆裂，玻璃碎片四射，車中的哀嚎聲和怒罵聲響起。

「操，這什麼情況？」

「誰他媽的……」

「邪門了！快，快開車！」

宮少從駕駛座裡掙扎著爬出來，只見自己這輛上個月才買的豪華跑車，不僅是車頭大燈爆裂，連車前蓋都凹下去一大塊。剛才那莫名其妙的強風，沒把車子掀翻，卻是把這車給毀了。

夏芍慢悠悠地走了過來，宮少等人臉色大變，宮少一張臉由綠變白，張著嘴，舌頭都打了結，「夏夏夏……夏董？」

其他人也盯著夏芍，臉色發白。剛才的事情太詭異了，難不成真是夏小姐所為？

夏芍看也不看這些人，只望向杜平，「你來一下，我有事跟你說。」說完，她轉身就往自己的車子走，宮少哆哆嗦嗦地道：「杜、杜哥，夏小姐找你有事……」

杜哥？杜平是宮父為兒子請的保鏢，不知情的人聽這聲稱呼，還以為杜平是這幫人裡的老大。夏芍腳步未停，只往後掃了眼。

杜平沉著臉，下了車，隨著夏芍走了過去。不知情的人看見這一幕，還以為他真是這幫人裡的老大。實際情況也差不多，自從上回見到夏芍，宮家人得知杜平跟夏芍是發小，夏芍還稱他一聲「杜平哥」，宮家對待杜平的態度就發生了極大的轉變。現在杜平還是宮少的保鏢，但宮少卻看起來更像是他的跟班，連宮少身邊那些富家公子哥兒也稱杜平一聲杜哥。

夏芍走到車邊，並沒有進到車裡，而是站在車旁等。杜平走過來之後半低著頭，車燈昏黃的光線照著他半沉著的側臉，不等他開口，夏芍便道：「我過年的時候見到杜叔和杜嬸了。」

聽見自己的父母，杜平的臉色微微變了變，仍是沒抬頭。

「你兩年沒回家過年了，他們很想你。本是託胖墩給你帶句話，但你上回把人打了，所以還是我來吧，杜叔和杜嬸盼著你暑假回家團圓。」夏芍傳完話，見杜平始終低著頭，眼神微寒，「我不知道你半工半讀是為了什麼，我們現在都是成年人了，有自己的路要走。你有理由有權利有自由去做你想做的事，你可以不顧及我們這些朋友，卻應該要記得自己的父母。當他們每年過年站在村口，看著我和胖墩都放假回村子裡的時候，希望你能體會他們的心情。」

杜平低著頭，看不清他的臉，卻能看見他胸口沉重的起伏。

夏芍深深看了他一眼，轉身上車，發動車子前道：「我要傳的話都傳到了，暑假，回家。」說完，她再不看杜平，車子揚起一地塵沙，開出了校園。

與此同時，王卓的母親潘珍走進了看守所。

晚上來看守所探視，這是不符合規矩的，但王家怎麼說也是有些特權。

現在王光堂雖說沒有生命危險，但還是不能下床，需要有人全天候照顧。潘珍向文工團請了長假，白天必須守在病床前照顧丈夫，故而探視王卓的事，她得了批准，只要她能抽出空來，白天晚上都可以。

潘珍一見到兒子，眼神立刻軟了下來，「兒子，你怎麼樣？晚上睡得還好嗎？」

潘珍三天兩頭來探望兒子，王卓的狀況她最清楚不過，可見了面還是忍不住問，吃不吃得下，睡不睡得著。王卓隔著鐵窗與潘珍面對面坐著，面容比在外面見到的那位風光的公子哥兒可是消瘦了不少，但他的目光依然明亮，這是最令潘珍放心的地方。

「媽，我沒事，爸的情況怎麼樣？」

「你爸還好，白天有我照顧，沒讓他知道外面的事。院方說他恢復得很好，你放心吧。」

「嗯，那外頭的情況呢？」

一提起外頭的事，潘珍的臉色便是一變，滿是厲色，「外頭還好。你妹妹和正祈的婚事一定下來，外頭就消停了不少。不過，網上對你舅舅他們公司的事還是吵得沸沸揚揚，你這邊的案子徐老爺子沒鬆口的意思，眼看著還是要查的。」

徐康國自始至終沒有對王家落井下石，但也沒表示寬容處理的意思。王卓為了證據的事，連馬老那樣的普通百姓都恐嚇，這是徐康國最不能容忍的地方。他的意思很明確，權貴子弟犯法，一樣要辦。在這件事上，王家很頭疼。

「眼下各方人馬鬥得厲害，上面那位應該不會想咱們王家出太大的事，可你的事……」

「我的事，哪怕是為了給徐老爺子一個交代，還是會辦的。」王卓接了母親的話，笑容有三分嘲諷，剩下的皆是複雜，誰叫他撞到了徐康國的槍口上呢？這件事的安排上，他是百密一疏，真沒想到那天徐老爺子會在場。一步疏漏，滿盤皆輸。

見兒子心裡清楚這次的牢獄之災怕是免不了，潘珍眼眶微紅，不忿道：「都是那個賤人鬧出來的！她真以為自己上了天了，沒進徐家的門，就敢跟我們王家鬥！」

「她以為潘家的企業能被她抓著把柄，她那華夏集團就一點把柄也沒有？哼，她忘了她還有個什麼風水師的身分！」潘珍怒斥，看向鐵窗裡的兒子，眼神放柔了些，「你放心，前陣子家裡事情多，沒時間安排一些事。現在你爸病情穩定了，咱們王家的地位暫時保住了，媽有辦法叫你這案子判不了。」

現在女兒跟姜家聯姻的事情傳出，潘珍的心不說全放下來，也放了一半。她的心一定，開始全放在兒子身上的時候，有些事情才慢慢想通。

夏芍風水師的身分不是祕密，平時在地方上也就算了，這裡是京城，政府官員還是忌諱怪力亂神的。她的這個身分，可以有很大的文章做。往絕處說，找一些人散播夏芍以風水術騙人錢財的事，在網路上散播也好，在京城散播也好，總之把事情鬧大，讓官方出面調查她。這麼一來，把華夏集團的聲譽搞臭，甚至把華夏集團搞垮，也不是沒可能的。

然而，這件事卻沒辦法做，畢竟夏芍是徐老爺子承認的未來孫媳，王家如果把事情做得太絕，惹惱了徐老爺子，誰也承擔不起。他是開國元勳，存在的意義太重，誰也不敢動。

既然有徐老爺子護著，不能把夏芍往死裡整，那就在夏芍徐家未來孫媳和風水師的兩重身分上做文章。可以散布一些徐家迷信之類的消息，將徐家扯進來。徐家娶夏芍進門，在百姓看來幾乎就等於是國家對迷信的態度。這問題敏感，哪怕是徐家也會有壓力。夏芍的身分，徐家一定知道，這種情況下，徐老爺子為了她都能親自去警局作證，可見他對夏芍的喜愛。他這麼喜愛這未來的孫媳婦，重新考慮這婚事是不可能的，那麼為了兩全其美，既娶她過門，又保全徐家的名聲，以徐康國在政壇半生的經驗，他一定知道該怎麼做。

他要做的只是退讓一步，在王卓的問題上鬆口。只要王卓不會被判刑坐牢，那麼王家也會退一步，不再揪著夏芍風水師的身分做文章。

潘珍打的就是這算計徐家的主意，雖然這也可能惹惱徐老爺子，但是相比毀了夏芍的事，這算是輕的了。為了兒子，她算是豁出去了。

王卓一看母親的神情，便猜出了大概。他在看守所裡，日子比在外面清靜，頭腦比在外面清醒，所以這化解的辦法，他早就想到了，但他一直沒提，因為……

「媽，三回都栽在一個人身上，我看……是我技不如人，算了吧。」

算了？潘珍不可思議地看著兒子，但與兒子的目光對上的瞬間，她又是一愣。

母子二十多年，別人的眼神她可以看不懂，自己兒子的她能不懂？

兒子的意思絕不是算了，那麼，他難不成是有別的法子？

王卓的視線不著痕跡地瞥向房間的左上角。潘珍循著看去，看見了監控鏡頭。母子兩人會面雖然時間是被批准不受限制，但有監控很正常。潘珍剛才說的話也不怕被人聽去，夏芍給王家造成了這麼大的損失和麻煩，難道還不允許她罵罵？就算她說了要把兒子的案子翻過來，那又怎麼樣？她是當媽的，難道看著兒子坐牢？這是人之常情，不怕被人聽去。

不過，兒子提醒自己注意監控鏡頭，也就是說……他有些話，不便明說出來？

「媽，真的，算了吧。只要我爸沒事，家裡還能像以前那樣就好了。」王卓故作感慨，甚至伸出手握住了母親的手。

潘珍面無表情，她感覺到兒子用手指正在她的手心裡寫字。

事出突然，潘珍一時沒反應過來，王卓寫了兩遍，她才明白那是什麼字。

殺。

潘珍在讀出這個字的時候，不確定地看著兒子，從他眼神裡看見了肯定的光芒。

王卓恃才傲物，從來不看低自己，他不願意往軍政兩界裡走，想在商界打拚出名堂來。他有王家的背景，有深沉的算計。不以王家權勢壓人的話，他也沒輸過，卻沒想到他輸給了一個女人，還輸了三次。

慈善拍賣會上、車行裡、警局裡，他在短短三個月的時間裡輸給夏芍三次。這不僅讓王卓大感挫敗，還讓他感覺到了威脅。

沒錯，他的這件案子是可以有轉機，但是就算他放出來，徐王兩家的樑子也結下了。西品齋和福瑞祥是同行，他正在醞釀的拍賣行將來定會碰到華夏拍賣公司這座龍頭大山。這三次交手，王卓看出來了，夏芍不是善與之輩。慈善拍賣會上，她把贗品的責任撇得一乾二淨，還把他的總經理給坑進去。車行遇見他的未婚妻，也能把事情給小事吵大，直到分化蘇王兩家聯姻勢力。這次他算計華夏集團聲譽，並意圖陷害她入獄，等他出去，她會甘休？絕不可能。所以他才有這擔憂，這次他轉危為安，那下一回呢？

王卓的目標不是解這次的困局，而是永遠不必擔心再陷入困局。

世上不會有威脅的，只有死人。

潘珍張著嘴，不知道兒子怎麼這麼大膽，竟然想要殺人。到了王家這樣的權勢地位，人命在潘珍眼裡也不是那麼重要，可問題在於誰的命。

夏芍是徐老爺子看重的未來孫媳，徐天胤的心頭寶貝，殺了她，一旦事情暴露，王家遭受的就不是焦頭爛額的局面，而是滅頂之災，而且就算是事情不會暴露，怎麼動手都是難題。

「兒子，你可千萬別放棄，媽還想著你出來咱們一家團聚。你爸和你妹妹都想著你，你爸天天都問你的案子怎麼樣了，我只能說警方的那些所謂的證據，不知道是什麼人送來的，一看就居心叵測，這是明擺著針對你。那地下錢莊關了門，人都跑了，人證都沒有，憑那些個物證就想告你？你放心，家裡一定替你請最好的律師，還你公道。」潘珍情真意切地反握兒子的手，勸他不要放棄，但她卻在「錢莊關了門，人都跑了」上頭加重語氣，深深看著王卓。

王卓明白了母親的意思，她是想說，王家以前看重交好的那些黑道的人都跑了，現在想買凶殺人，去哪找人？

王卓微微點頭，看著像是聽進了母親的勸告，然後在她手心裡寫下一個字：吳。

地下錢莊跑了的人是三合會的，但京城還有另一大黑道勢力安親會。

安親會在京城地界的堂主姓吳，沒人知道他叫什麼名字，只知道道上都叫他刀疤吳，或者吳老大，京城的人稱他吳爺。王卓以前雖然跟三合會開的地下錢莊走得近，但跟吳老大表面上也算客氣。現在三合會因為這件事暫時撤離京城，安親會的人卻還在。

當初華夏集團舉辦慈善拍賣會的時候，王卓在國外度假，並不知當時龔沐雲和戚宸都有到場祝賀，哪怕是他知道，此刻也不會影響他的決定。黑道再牛，再是世界級黑幫，也不敢跟國家軍界的勢力抗衡。王家在軍界的勢力滔天，跟王家交好，等於多了個軍界的保護傘。安親會的人不傻，就知道該怎麼決定。

至於有傳聞稱龔沐雲跟夏芍有交情？王卓想到此處就忍不住要笑。交情和利益相比，身在高位的人會選擇什麼，他太清楚了，畢竟他就是在這種環境裡過來的，更何況黑道腥風血雨裡走過來的當家人？如果龔沐雲不知道選擇什麼，安親會早在他手上垮了。

更何況，這事不一定會捅到龔沐雲那裡去，吳老大是京城地界的堂主，小小的人命買賣，他有權做主。再者，京城是什麼地方？政治核心。這事做成了，王家會給安親會帶來多大的好處，對吳老大以後在幫派裡往上爬能有多大的好處，他會不知道？

這件事，如何權衡利弊已經是很清楚的事了，姓吳的一定會答應。

潘珍在會意過來那個「吳」字之後，微微變臉。兒子要找安親會的人解決夏芍，這確實有可行性，但就算王家不暴露，夏芍如果死了，王家也就沒有拿她的身分做文章牽制徐家的籌碼了。到時候，王卓的案子該審還是會審。

潘珍是不希望兒子坐牢的，她將提議略微考慮一番，忽然心中一動，深深看向王卓，「兒子，媽是不會放棄你的案子的。你別灰心，媽一定先顧你的案子。」

母子連心，王卓立刻懂了，母親是想要先拿夏芍的身分做文章，換取徐家妥協讓步，等他出來後再殺夏芍。

王卓笑了笑，點頭道：「好，謝謝媽。」

正好，一舉兩得，他也是不願坐牢的。

潘珍從看守所出來之後，讓西品齋王卓的心腹找上了安親會在京城的堂主吳老大。

潘珍對吳老大能不能同意這事不太確定，假如吳老大不同意，或者胃口比較大，對王家有些別的要求，那麼這事可能就需要有談判的時間。潘珍喜歡任何事都有條不紊，恨不得列個條條框框出來，所有的事都不出差錯，所以她決定先確定吳老大那邊會接這生意，再拿夏芍的身分做文章。只要王卓一出來，她一個電話，那邊立刻就可以要了夏芍的命。

潘珍這人也是謹慎，雖然她不適宜跟黑道直接相談，但為了兒子，她確實不怕跟這些人當面接觸。可她留了個心眼，怕萬一那邊不同意，她親自出面會被人拿了把柄，故而她派了王卓的心腹去，萬一事情失敗，她可以推給那個人。

第二天，一名相貌普通的男人走進了安親會在京城的地盤雲海舞廳。

雲海舞廳在青市有一家，因其獨特的設計聞名於外，在國內一線城市，只要是安親會的地盤，都有這麼一家舞廳。幫派人員常聚集在此，已是慣例。

在京城裡混的人，三教九流都知道吳爺常在雲海舞廳，有事去那裡找他最有可能找到人。哪怕找不到，也能在那裡留個名號，日後好相見。

只不過，這天來見吳爺的人不過是西品齋王卓的一名心腹，稱不上江湖中的人，更別提什麼名號，因此他來雲海舞廳，態度謙恭，見了舞廳的服務生都點頭微笑。這舞廳裡的服務生都是安親會的人，別看他們端著盤子伺候人，一翻臉都是練家子。

王卓的這名心腹姓成，名叫成貴。成貴三十來歲，性子沉穩，通曉人情世故。他在西品齋做的是接待工作，說話辦事很能討顧客的喜，對古董又懂些門道，與顧客攀談起來很能聊。王卓見他有些才能，一來二去常提攜他，他也就成了王卓的心腹之一。

當然，再是心腹，成貴也沒想到，買凶殺人這種事王家竟然都跟他說。潘珍找上了他，誠懇地跟他說眼下王家有難，能用的人不多，瞧他忠義，這才把這麼重要的事託付給他。當然，如果事情辦成了，也少不了他的好處。

好處成貴是不敢要的，若說王卓的心腹，謝長海是頭一人，但是現在謝長海什麼下場？在看守所裡等著受審坐牢呢，基本上是身敗名裂了。這事不管是做得成還是做不成，成貴都不期望好處，他只希望王家不要過河拆橋，把他給賠進去。儘管有這些擔憂，成貴也知道自己不得不答應，縱然王家現在諸事纏身，但要捏死他就跟捏死螞蟻差不多。

在踏進雲海舞廳的時候，成貴的心情很沉重，跟櫃檯服務生表明了身分，求見吳爺。

成貴來的時間不算早，正巧是早上十點多。他跟王卓去過幾次地下錢莊，聽說過黑道上的一些事。據說這位吳爺是練家子，還保留著以前的江湖習氣，別看年紀四十多了，每天都晨起打拳練功，從不荒廢。他的作息很有規律，只要不是有特殊的事情，他晨練過後都會到雲海舞廳裡坐鎮一會兒。

成貴不敢保證今天安親會沒什麼特殊的事，但他挑的這個時間是吳爺最有可能在的時間，而事實證明，他的運氣不錯，吳爺正巧在。

王家是軍方的人，在京城自是有臉面的，王家派來談事情的人，吳震海是要見的。不過，他的態度不算熱絡，櫃檯的服務生掛了電話之後態度也就算不上好，「我們吳爺今天中午約了朋友吃飯，你只有一個小時的時間，上去吧。」

說是讓他上去，上頭還是下來了人。下來的兩人一身黑衣，氣勢頗冷，看人一眼就像用刀子在刮。成貴知道，這是正經的幫會成員，他不敢多說一句話，任由這兩人搜身，便一前一後把他看在中間，帶著他上了樓去。

白天的舞廳比晚上安靜些，但人照樣不少，頂樓的會客室隔音效果極好，門一關，外頭的聲音一丁點都聽不見，裡外儼然兩個世界。

坐在闊氣的辦公桌後的男人，目光炯炯，成貴進來後，被他一看，頓時兩腿發軟。

「吳、吳爺，您、您好。」成貴笑得極不自然。他雖是被王家派來的，但面對世界級的黑幫大老，他哪還有什麼氣節？態度恭敬，保住自己的小命要緊。

「坐。」吳震海看了成貴一眼，不苟言笑地指指沙發，顯然看不上成貴這種沒膽量的人。

成貴不敢多言，趕緊去沙發上坐下。服務生送茶水進來，吳震海起身走到成貴對面坐下。他一坐下，成貴就感覺到了壓力。

「王家派你來有什麼事？直說吧，我時間不多。」吳震海開了口。

成貴巴不得早點說完早點離開，當下開門見山道：「吳爺，是這樣的，這是我們當家主母的意思，說是有個人，希望您出面解決，不知道……吳爺您這兒接不接這樁買賣。」

成貴把潘珍給抖出來，不是為了給吳震海壓力，只是把委託人是誰告訴他。

吳震海眉頭動都沒動，「買賣？聽這意思，你們是想買這個人的命？」

王家是什麼權勢？有人得罪了王家，如果只是稍稍懲戒，哪怕是斷手斷腳，都不用找上黑道，王家自己就辦得到。現在找上黑道，必然是不便出面，而且肯定不是給對方一個教訓這麼簡單。請黑道「出面解決」說得好聽，其實就是買凶殺人。

「是，是，果然什麼都逃不過吳爺的法眼。」成貴討好地笑道：「雖然知道吳爺不缺身外物，但是我們主母囑咐過了，只要您能接這樁買賣，一切條件好談。」

安親會是不缺錢的，上來就談錢成貴怕惹惱了吳震海，所以他說話相當斟酌用詞。

吳震海沒多大反應，直切主題，「那得聽聽你們要買的是什麼人的命了。」

王家都不便出面對付的人，一定有些背景。安親會要接這樣的買賣，價碼一定高，這點成貴是心裡有數的，所以他一聽吳震海問這句話，趕緊拿出一張紙，恭敬地用雙手遞了過去。

這張紙上面寫著的正是對方的資料，照片、基本資訊都在上面。

夏芍的名字在國內可謂家喻戶曉了，更別提她這陣子在京城的風光。成貴相信，吳震海看見這名字的時候，一定也會很吃驚。

成貴沒猜錯，吳震海一眼掃去，眼神都直了。

「這位想必吳爺聽說過，不過吳爺不必把她看得太重，畢竟她還沒嫁進徐家，而且……」

「嘿，稀奇！」成貴話還沒說完，吳震海便樂了，還沒等成貴反應過來，吳震海便把手上的那張紙往後面一送，遞給他身後站著的兩名幫會成員，「你們看看。」

那兩人是安親會京城總堂的護法，他們往紙上瞄了瞄，接著互看一眼，然後看向成貴的眼神，已經跟看白癡和死人差不多了。

「我看你們王家的人，簡直是在找死。」吳震海眼睛突然一瞇，瞬間迸出殺氣。

在他說話的時候，他身後的兩名護法已拔出槍，槍口指著成貴。

「吳吳吳、吳爺，這這……」成貴臉色煞白，望著指著自己的兩把手槍，嚇得癱在沙發上起不來，連句完整的話都說不出來了。

「你知道這位跟我們安親會是什麼交情嗎？」吳震海冷笑。

吳震海這一笑，臉上那道疤的皮肉往外翻著，著實把成貴給嚇了個不輕。

他今天之所以敢來，除了趕鴨子上架之外，潘珍也為他分析了安親會靠攏王家的可能性，他覺得潘珍說得有道理，這才敢來的。

吳震海這番話，成貴直覺他是在試探他，畢竟道上的人哪怕再重利益，面上都得把義字放在第一位。吳震海問這話，未必是真看重交情，也許是做做樣子，安親會的人拿槍指著他卻沒開槍就是證據。只要聽了王家能拿出來的好處，吳震海一定會動搖。

成貴趕緊道：「吳吳、吳爺，您、您先別生氣，聽、聽我說。夏小姐跟貴幫派之間的交情是交情，幫派的兄弟們跟您之間不也有交情？您看在交情的分上，不想動夏小姐，這我明白，但直白點說，王家能給貴幫派和兄弟們帶來的好處絕對比夏小姐多。王家在軍界的勢力想必您清楚，僅這點夏小姐就比不上王家。她是要嫁進徐家的人，徐老爺子思想守舊，他是不會允許徐家人跟黑道上的兄弟們有來往的，到時候說不定兄弟們跟她會成為敵人。既然這樣，王家真的比夏小姐合適多了，您、您說呢？」

吳震海聞言，摸摸下巴，「照你這麼說，王家是準備護著咱們在京城的弟兄了？」

「那是當然。」成貴聽吳震海這麼問，頓覺有門路，立刻點頭笑了起來，「當然，這次事成之後，報酬也不會少的。」

「哦？我倒想聽聽數目有多少。」

「五百萬美金。」成貴咕咚嚥了口唾沫，知道這數目對安親會來說不算什麼，又道：「還可以再商量。」

這數目自然是潘珍說的，她也說過可以商量，但是成貴覺得，這數目雖然對安親會來說不算什麼，但是日後王家給安親會在京城帶來的好處卻是不能用這筆酬勞來衡量的。再說，夏芍雖然不能算是一般人，但她一個二十歲的女孩子，殺她還不是易如反掌的？這本身就沒什麼難度。動動手指，五百萬美金到帳，也算是很容易得手的了，所以如果吳震海想得明白，他就不應該在酬勞上獅子大開口。

「五百萬美金，軍界保護傘……嗯，聽著是不錯。」吳震海哈哈一笑。

成貴聽他這麼說，心中一喜，卻沒想到吳震海說翻臉就翻臉，他笑完把臉一板，喝道：「你是王家的人嗎？」

成貴一愣，「這……當然不是……」

「不是？那你跟我談什麼？」吳震海擺了擺手，「誰叫你來的，你把她給我叫來，叫王家的人親自跟我談。」

成貴怔愣著，還沒反應過來，吳震海伸手遞給他一支手機，成貴望著手機，半晌才反應過來，他不是說說的，他要他打電話，現在就打。

成貴不敢拒絕，而且他巴不得這事趕緊交代出去，自己好脫身，因此他反應過來之後，趕緊接過手機，打了電話給潘珍。

「跟她說，今天中午京海大飯店，我吳震海請客。」在電話接通了的時候，吳震海補充道。他聲音洪亮，不必成貴轉達，手機那頭的人也能聽見。

潘珍沒想到事情會這麼容易就談成了，她一邊覺得今天轉運了，一邊又覺得兒子的想法看來冒險，其實是對的。潘珍當即應下跟吳震海的會面，畢竟這關係王家今後的安寧。

成貴有些意外，不是說吳爺中午要跟朋友出去吃飯嗎？這怎麼就約在了中午？不過，這些都不是他該想的，他鬆了一口氣，覺得自己的任務總算是完成了。還好，小命還在。

「吳爺，既然您跟我們夫人約好了，那我就……」成貴想說他就先走了。

吳震海看了他一眼，嘴角揚起來，「想走？走得了嗎？」

成貴還沒弄清楚吳震海唱的哪一齣，又聽他道：「給我綁了，這小子中午一起帶過去！」

「吳、吳爺，這是怎麼……」成貴被從門外進來的兩名幫會人員毫不客氣地從沙發上給提了起來，臉色白如紙。

「哼！花錢買夏小姐的命，我看你們的命能留到什麼時候！」吳震海冷笑一聲，想起先前幫忙去收那些降頭師的屍身，那恐怖的死法，吳震海的目光少見有點同情。他擺手讓人把懵了的成貴帶下去看管好，從沙發上起身，拿起手機，撥打了個號碼。

夏芍的車停在一間中學門口，此時正是學生中午休息的時間。年前，夏芍就為溫燁辦理了到這個學校就讀的手續。這個學校並非貴族學校，那樣的學校未必適合溫燁，也違背夏芍讓他去學校念書的初衷。她希望他能過普通人的日子，而不是整天跟那些富家子弟混在一起。以溫燁的性子，想必也不喜歡。夏芍選的是一所公立中學，師資還不錯。

這樣的好學校，學生裡也不乏家境好的，到了午休時間，開車來接孩子的家長也不少。

溫燁今年十四歲，該上初二下學期。他在國外和在香港的時候接受的都是精英教育，國內學校的課對他來說可能要適應一段時間，但學起來應該阻礙不大。

夏芍坐在車上，望著校門口，溫燁一出現，她就發現了他。

溫燁穿著白底藍格子的運動服，背著書包走在一群學生中間，個頭有點矮，看起來就像是剛從小學升上初一的菜鳥。

「菜鳥」臉色很臭，身旁跟著幾名比他高一頭的男學生，幾名男學生不時笑兩聲，看起來不像是他新交的朋友，而像是在找碴。溫燁不理這些人，出了校門，徑直朝夏芍的車走去。

溫燁上了後座便關上車門，臭著臉道：「開車。」

夏芍轉身調侃道：「你能耐啊，上了半天的課，師父就變司機了。」

溫燁一聽，小臉頓時垮了下來，「師父，開車吧。」

夏芍眸中笑意更濃，「那幾個人怎麼回事？」

「沒什麼，同學，找碴的。」溫燁多的話一句不肯說，其實是他愛面子不想說。那些人是他的同班同學，看他矮，下課就來摸他的頭。如果不是師父警告過他，不准仗著玄門的術法和身手欺負同學，他早就揍到這幾人身上了。

他不說，夏芍也能猜出大概來。以溫燁的性情，想交朋友不太容易，不過他是個很重情義的好孩子，被他認定了的人，他待人還是不錯的。

「你記著，不是對方心存歹念，切不可胡亂傷人。」夏芍只囑咐了一句。

溫燁「嗯」了一聲，這小子心情不太好，今天走的是酷拽路線。

夏芍笑笑，不再逗他，正想發動車子離開，她的手機鈴聲響了起來。

看到來電顯示，夏芍接了起來，沒說幾句話便掛斷電話，回身對溫燁笑道：「為了慶祝你第一天上學，中午帶你去京海大飯店吃大餐。」

說是帶溫燁去吃大餐，但是等走進飯店的貴賓間後，溫燁就知道他被無良師父給涮了。房裡的氣氛並不怎麼好，有個倒楣蛋被五花大綁，嘴裡塞著抹布，臉色白得像紙，表情驚恐，尤其看見夏芍走進來，表情就更驚恐了。而沙發上坐著的刀疤臉男人，溫燁認識。在跟泰國降頭師鬥法的時候，這人帶著幫會的兄弟幫忙做過搬屍工。

如果吳震海知道溫燁對他的印象，多半會氣笑。堂堂黑道頭子，居然被當成搬屍工。不過吳震海不知道，所以他一見夏芍和溫燁進來，便笑著站了起來，「夏小姐、溫少，我還以為你們會在王家那姓潘的娘們兒後頭來，沒想到你們的速度比她快。」

吳震海稱呼溫燁一聲溫少，自是知道夏芍收了溫燁為徒。哪怕溫燁的年紀少吳震海兩輪，在他眼裡，他就是個孩子，這聲溫少也得叫。除卻溫燁是夏芍親傳的弟子這點，他的功夫也是不弱的，吳震海能感覺得到溫燁發出的氣場隱隱讓他這種外家高手有種忌憚的感覺。

吳震海的感覺很準，溫燁的修為已經突破煉氣化神的境界，功法上也進入了暗勁。

他年前在跟通密那一戰中，為保同門強行突破，險些害了自己。經過半年的調養，過年的時候回到香港，唐宗伯和張中先兩人見他身體無大礙了，便親自指點他突破境界。如今，他雖然剛剛邁進暗勁的門檻，還有待磨煉，但確實已邁入高手的行列。

吳震海其實也不弱，他六歲開始練功，四十年如一日，外家拳法早就練到了爐火純青的地步，而且他對敵的經驗絕非溫燁這年紀可比，兩人若是切磋，溫燁不使用玄門術法的話，可能會堪堪打平，或者溫燁會吃點虧。

不過，以溫燁十四歲的年紀來說，他的天賦可謂極高。

夏芍帶著溫燁坐了下來，一坐下就瞥了眼地上綁著的人，半開玩笑地道：「我敢不快點來嗎？來慢了，說不定命都沒了。」

成貴被夏芍這麼含著笑意一瞥，感覺自己的命才是快要沒了。他怎麼也沒想到，吳震海約了潘珍之後，回頭就把他綁了，還通知夏芍。難不成吳爺是故意約王家人來，想讓王家也栽進來？這不可能吧？王家是什麼人家，吳震海為什麼要站在夏芍那邊？

「哼！想要夏小姐的命，王家也不看看自己的斤兩！」吳震海冷哼一聲，指著地上的成貴道：「這不開眼的小子我給綁來了，還有個躲在背後的給約了來，一會兒隨夏小姐處置。」

成貴的心沉到了谷底，還真被他猜對了？

吳震海看向門口，罵道：「來得真慢！媽的，這些當官的，擺架子擺到老子頭上了！」

夏芍微微一笑，京城的權貴向來眼高於頂，就算是有事求人，也要擺擺架子。黑道的人他們並非不懼，只不過王光堂算得上軍委領導人，潘珍看不上黑道的人也正常。吳震海約她見面，在她眼裡就是想接這樁生意，想要王家的好處，既然這樣，潘珍手裡也算是有談判的籌碼。她擺架子晚點到，不過是不想把身段放得太低，免得吳震海獅子大開口。

「那我們就先吃飯吧。」夏芍看了身旁表情嚴肅的溫燁一眼，「小燁子下午還得上課。」

吳震海一愣，立刻道：「好好好，讓服務生上菜！媽的，等那娘們兒幹什麼？」

菜很快就上齊了，是正宗的京味宴面。夏芍夾了些溫燁平時愛吃的菜給他，男孩子正是長身體的時候，大多數是無肉不飽。溫燁也不客氣，夾起來就狼吞虎嚥，看得吳震海都樂了。

「溫少這是……早餐沒吃？瞧這餓成了什麼模樣。」

夏芍道：「慢點，別噎著。」

溫燁也不聽，低頭迅速吃了個半飽。他不是餓，是要早點吃完，一會兒好揍人。

安親會在下面安排了人手，潘珍一到，上面就得到了消息，「人到了，有四名警衛。」

住在紅牆大院裡面的人，出行有警衛是正常的，更何況來見黑道的人，潘珍不會傻乎乎地隻身前來。她帶來的四名警衛都是警衛團的，無一例外是特戰部隊中的頂級好手。

夏芍放下碗筷，瞥了眼躺在牆角的成貴，道：「人來了，咱們總得讓人進門。有沒有什麼地方讓這位躲一躲，再把桌上的碗筷收拾了。」

吳震海明白夏芍的意思，潘珍帶著的警衛確實不是吃乾飯的，如果一開門發現裡面有人綁著，第一時間就會護住潘珍，連門都不會讓她進。外頭就是走廊，他們要離開很容易。未免出現不必要的波折，這人確實藏起來比較好。吳震海佩服地看了夏芍一眼，桌上的碗筷數量和房裡的人數不符，沒想到她連這點破綻都顧及到了，實在是思慮縝密。

吳震海一掃四周，這個包廂裡沒有小間，倒是餐桌蓋著桌布，長度直到地上，藏個人在裡面，絕對沒有問題。他使個眼色，兩名護法把成貴塞到了桌子下面。

「警告你，給老子老實點。敢發出一點聲響，老子一槍斃了你。」吳震海低聲威脅成貴，夏芍帶著溫燁閃身到了門後。
兩名安親會的護法走到門邊，其中一人打開了門。門口有兩個男人站得筆直，把後頭的潘珍擋得嚴嚴實實，而潘珍身後還有兩名警衛，在安親會的人打開門時就嚴陣以待。
吳震海笑了笑，望向潘珍，「王夫人，等妳多時了，請進。」
前面的兩名警衛沒動，視線往裡面掃去，重點看向桌上的碗筷，接著率先入內，潘珍這才跟在後面往裡走，而她身後的兩人，看樣子是要守在門外。
站在門邊的兩名安親會護法在潘珍走過身旁的時候，猝不及防出了手，他們抓著前面兩個警衛的手腕往房間裡拉。
兩個警衛是軍方訓練出來的人，反應奇快，在對方伸手的瞬間就反應過來，當下掏出了手槍，同時間發現了門後有人，而對方竟朝著他們微微一笑。
潘珍發現不對，在看見站在門後的夏芍時，臉色刷地一白。
守在門口的另外兩個警衛迅速跟著拔槍，可是身體忽然動不了，然後就被安親會的人也拉了進去，膝蓋被踹了一腳，後脖頸被劈了一手刀，頓時倒地，卻睜著眼沒有暈過去。
安親會的兩位護法臉色森冷，卻不感到奇怪，對方畢竟是中央警衛團的人，一記手刀根本不足以打暈兩人，於是兩人二話不說，上去連補三記，那兩名警衛這才昏了過去。
溫燁從門後竄出來，對著剩下的兩個警衛一人一掌直擊丹田。他的手剛碰上兩人，兩人便向後飛撞出去，栽落在地，一動也不動了。
這情景看得兩名安親會護法臉色微變，剛才他們用了三四下才把人給打暈，這少年不過是一人一掌就解決了，這武力著實駭人。

潘珍的嘴巴張成雞蛋大小，從她進門到四名警衛倒下，十秒鐘都不用。她根本還沒反應過來究竟是什麼情況，她只在意夏芍為什麼會在這裡，壓根兒沒注意到她身邊還有個十來歲的少年。而正是這少年轉眼就解決了她的警衛。她帶了四名警衛，特戰部隊裡的佼佼者，竟然進門就被擊倒了？

「喂，是妳要殺我師父嗎？」正在潘珍發懵的時候，溫燁冷冷地問道。

潘珍反應過來，驚恐地往後退，險些摔倒，「你想幹什麼？有沒有王法了你們？」

「比起我們做的，在王夫人眼裡恐怕更不知王法為何物吧？」夏芍慢條斯理地走到桌邊坐下，腳尖往桌子底下輕輕一點，成貴猛地被踢了出來，衝潘珍撞去。

潘珍放聲尖叫，砰一聲坐到地上。成貴被踢到撞牆，當即噴出一口血來，翻了白眼就暈了過去。那口血正好噴在潘珍鞋面，她又驚叫一聲，渾身發抖著往後退，退了好幾步才看出那人是誰，不由張了張嘴，卻震驚得連聲音都沒發出來。

成貴？他怎麼在這裡？

潘珍接到吳震海的電話之後，打電話給成貴，詳細詢問了他談判的過程。她也是怕有詐，聽了成貴的話才放心下來的。其實她本來想約成貴見一面，當面問問，但是吳震海把兩人見面的時間定在中午，時間來不及，她這才放棄了親自見成貴的心思。

潘珍是怎麼也沒想到，成貴居然沒回去，還被人綁來了飯店裡。更沒想到夏芍也在這裡，也就是說，吳震海設了個套給她，把她給出賣了？

潘珍坐在地上，狼狽至極，卻顧不得形象，只是望向夏芍和吳震海。

吳震海大笑道：「王夫人，花錢來安親會買夏小姐的命，虧你們王家想得出來。」

「聽說王夫人出五百萬美金買我的命，怎麼，潘氏企業這是要沒落了？」夏芍挑眉。

潘珍聽得出她話裡的諷刺意味，咬著唇，臉色漲紅。她從地上站了起來，高綰的頭髮散亂了幾縷，整個人頗為狼狽，但她卻高昂起頭，看向吳震海，「吳先生，我希望你想清楚，王家在軍委的地位以及能給你們帶來什麼。如果你覺得這個女人能跟王家相比，那好，你儘管跟王家作對。日後貴幫派在國內會受到怎樣的打擊，我就不敢保證了。」

吳震海一愣，這潘珍竟然當著夏芍的面說服起他來。這是見事情暴露，局面對她不利，索性也不遮掩了嗎？

「王夫人這話有趣。」夏芍微微一笑，「安親會為何能存在這麼久，其歷史淵源想必王夫人清楚。王家做安親會的保護傘，確實做得，但是要打擊……呵呵！」

潘珍臉色一變。她這話其實不算威脅，安親會和三合會在國內存在這麼久，確實有很多原因，如老樹盤根般的利益就是其中一項，但話說回來，任何一種勢力，國家都不會允許其坐大，只要王家以威脅論在軍委裡提一提，以王家自身的勢力和以前王老爺子部下的影響以及人脈，打擊安親會是絕對做得到的。

只不過，這樣一來，確實得罪人。

在王家鼎盛的時期，可以不顧及得罪這些人，但現在這個非常時候，王家確實不能不顧。打擊安親會，或許王家會收穫一些功績，卻損及人脈，這對王家來說是得不償失的。

請安親會取夏芍的性命，那是因為王家確實能給安親會帶來巨大的利益，安親會有被誘惑的理由，可若說要威脅打擊安親會，王家眼下是不能做的。

潘珍望向夏芍，她跟夏芍是初次見面，因為她，王家才淪落到這地步，她自是對她恨之入骨，卻也有些沒底。兒子說的沒錯，這個女孩子活著就是對王家的威脅。

吳震海冷哼一聲，「王夫人，我看在你們王家打擊安親會之前，還是先保住自己吧。」

潘珍臉色一沉，「你這話什麼意思？」

夏芍起身笑道：「意思是，我這人雖然知道殺人是要擔業障的，但如果有人想要我的命，我還是不會讓他好過。」

潘珍見夏芍走了過來，緊張地往後一退，「妳、妳想幹什麼？」

「不幹什麼，只是想告訴王夫人，妳可以走了。」夏芍在潘珍三步遠處站定。潘珍還沒反應過來夏芍為什麼肯就這麼放她走，便見她眉眼彎起來，笑著道：「王夫人，回去之後，好好享受這最後的時光吧，王家的日子不多了。」

夏芍的話令潘珍呆住，她想問夏芍要對王家做什麼，又覺得可笑，她能對王家做什麼？莫說她還沒嫁進徐家，就算她現在就是徐家的孫媳，王家也不是她說動就能動的，可潘珍又莫名的心緒不寧，總覺得夏芍的話不是虛張聲勢。

吳震海看著潘珍，搖了搖頭。這女人太不了解夏小姐了。徐家未來的孫媳、華夏集團的董事長，這些都不是重點，重點是，她是風水師，只要她願意，王家要衰要亡，不過是一夜之間的事。其實王家做的也沒錯，這次如果換成要任何人的命，安親會都會考慮與王家合作，可惜他們的心思動到了不該動的人頭上。

「把人放了。」夏芍瞥了眼地上躺著的幾個人，淡淡地說了句，便轉身坐了回去。

安親會的人上前將地上五花大綁的成貴鬆綁，又道：「吳爺，這幾個人都暈過去了，咱們先走，讓他們自己收拾？」

「夏小姐，剛才您和溫少都沒吃好吧？得，咱再開一桌去？」吳震海問道。
「吳爺費心了。這次的事有勞吳爺告知，怎好再讓吳爺破費？還是我請吧。」夏芍道。
這話卻把吳震海給驚著了，他連忙擺手，「別，別，我可當不起您稱一聲爺，您別折我壽了，還是我請吧。」
吳震海可不是跟夏芍客套，唐宗伯跟安親會的老爺子是拜把兄弟，夏芍是唐宗伯的嫡傳弟子，按輩分來說，她本該比龔沐雲長一輩，但龔沐雲如今是安親會的當家，家主的輩分自是高一輩的。這麼一來，夏芍跟龔沐雲算是同輩，吳震海要敢當她稱一聲爺，那他在龔沐雲面前又算什麼？借他一百個膽子，他也不敢。
「您是咱們安親會的貴賓，當家的黑道令都發了，我哪敢讓您請？」吳震海笑道。
潘珍懵了。
她知道黑道令。據說一位家主一生只能發三次黑道令，無論是追殺、保護，或者是奉若上賓，全憑家主的意願。有的家主一生會發三次追殺令，有的人一生一次黑道令也不會用。總地來說，黑道令比較隱祕，即便是發了，也只在黑道裡有效力，普通百姓知道的不多。
安親會的現任家主竟然為夏芍發過黑道令？
黑道令不僅在國內有效，只要是世界上有安親會堂口的地方都有效。哪怕不在安親會的地盤，只要不想跟安親會作對的，黑道令依舊有所震懾。
夏芍？她何德何能？
夏芍笑了笑，「那好。這次的事，算是我欠你一個人情，以後若是有事，儘管找我。」
吳震海心中一喜。要知道，有什麼比讓一位修為高深的風水大師欠自己的人情更好的？指不定哪天就能避免一場大劫呢！

「夏小姐，您太客氣了，咱們要不要換家飯店？」

「不必了，小燁下午還要回學校上課，就近吧。」

「那好，您請。」吳震海在前頭引路，夏芍和溫燁跟在後面。自始至終，都沒人理潘珍。

只是，溫燁經過潘珍身旁的時候，忽然抬起手，往她胸口處一劃而過。潘珍嚇了一跳，沒注意到胸口在那一瞬感受到的寒意，她白著臉往後退。這一退，正踩中後面倒著的人。潘珍重心不穩，一屁股坐在成貴的胸上。成貴本就被夏芍一腳尖踢吐了血，再被這麼大力一坐，身體頓時抽搐一下，暈得死死的。

潘珍根本沒看成貴，她抬頭仰望著站在她面前的少年。

溫燁冷聲道：「老太婆，想要我師父的命，做好用妳的命來換的準備了嗎？妳的命，最多只剩半年。不過，我想妳活不到那時候。」

潘珍心底一悸，理智上覺得這是威脅，心理上不知道為什麼，令她開始發抖。

溫燁出手的時候，夏芍知道，溫燁動用了陰煞，她怎會感覺不到？溫燁剛才的手法和她平時教訓人的手法大不相同，她的元氣不損耗，虛空製符不影響身體，大多數時候，她製符比較順手，而溫燁剛突破境界，這對他來說還有點難，因此他剛才是純粹動用了陰煞，令陰煞侵入潘珍的心脈。只要他催動，潘珍立刻會心臟衰竭而死。不過這小子沒當場殺人，而是埋下隱患。就這麼放任不管，潘珍的心脈會慢慢受陰煞影響，最後衰竭斃命，時間不超過半年，而且，醫學上也查不出死因。

不過，潘珍是不會有半年的命可活的，因為夏芍不會留給她這麼久的時間。

一行人另一個包廂開了新席面，至於潘珍和其他四名警衛以及成貴，誰都沒過問。

那四個警衛與這件事無關，溫燁下手的時候留了情。他們只是暈過去，醒來之後身體不會有任何影響。而成貴被夏芍那一踢傷了內臟，不至於沒命，但治療需要花費點時間。

夏芍他們今天打的是中央警衛團的人，卻不怕鬧出什麼事來。本就是潘珍買凶殺人，她不怕給王家添麻煩，儘管可以張揚出去。至於成貴，他罪不至死，可活罪難逃，相信給他一百個膽子，他也不敢把今天的事往外說。

吃完飯，夏芍打算送溫燁回學校上課，她自己下午也有課。

吳震海道：「呃，夏小姐，我們當家已經乘專機趕過來了，兩點就到，您看……」

夏芍一愣，隨即了然。這麼大的事，吳震海也不敢瞞報，告訴龔沐雲一聲是情理之中，她笑了笑，「有驚無險的事，倒叫你們當家跑一趟了。我先送小燁子去學校，一會兒就回來。」

若是平時龔沐雲來了京城，夏芍要上課，倒不介意讓他等一等。不過，這次的事多虧了安親會告知，龔沐雲也是日理萬機，匆匆趕來不知放下了多少事，夏芍就不好讓他久等。下午那堂課是選修課，不是很重要，夏芍便決定請假了。

她送溫燁去學校，再回到京海大飯店的時候，潘珍等人已經走了。一踏進包廂，便聞見香氣沁人的茶香。龔沐雲負手立在窗前，聽見開門聲轉過身來，眉宇間有幾許風塵僕僕的氣息，看到夏芍，柔和一笑，「看見妳沒事就好了。」

夏芍見吳震海等人都站在一旁伺候，龔沐雲沒坐下，他們自然也不敢坐，「即便是我不知道這件事，王家的人也不會得逞的，倒叫你擔心，白跑了一趟。」

夏芍的話不是吹噓，以她的修為，哪怕此刻大樓對面有狙擊槍對著她，她也能有所感應。

王家這回做的最錯的就是找上了安親會，當然，即使他們找的不是安親會，而是一些國際傭兵或殺手，夏芍提前得不到消息，她充其量也就是有驚無險。

所以說，王家做的最錯的，其實也不是找上安親會，而是對她動了殺意。

「怎麼是白跑一趟，這不是見到妳了嗎？」龔沐雲笑著走了過來，紳士地幫夏芍拉開椅子，請她入坐。他知道夏芍不喜歡他拐彎抹角，坐下後便開門見山：「妳打算怎麼解決王家？」

夏芍垂眸，掩了眸底的冷意。她原本只是想加倍奉還，王卓傷害她華夏集團的聲譽，她便讓西品齋和潘氏企業的聲譽都賠進去。王卓算計她坐牢，她便讓他嘗嘗牢獄之苦。原本夏芍沒想過要取人性命，但既然王家不安好心，她還沒有善良到縱容的地步。

「想要我的命，那就看他們王家有多少人命能往裡賠。」

第二章　滅門殺陣

這天正逢週五，徐天胤尚在軍區，龔沐雲沒回臺省，隨夏芍一起到了華苑私人會館。華苑私人會館如今是全國連鎖，會員除了在當地享有貴賓待遇之外，只要是出差，到了華苑私人會館設立的省市，同樣能享受貴賓級的入住待遇。京城的會館開業已經半年，龔沐雲來京城兩三次，卻都還沒住過。

這天晚上，夏芍請龔沐雲吃了頓飯，便安排他住進會館，自己回到專屬的房間後，就見溫燁已在畫符，佈好了陣法。

偌大的客廳裡，茶几地毯全都撤去一旁，地上畫著血淋淋的法陣看著極為嚇人，法陣的五鬼方位均貼著元氣充盈的符紙。夏芍看了一眼，見法陣準確無誤，便讚賞地對溫燁點點頭。

「我教你的是五鬼聚煞法陣。記著，這並不是教你害人，而是若遇上需要鬥法的時候，身上沒有帶煞力極強的法器，也沒有陰人符使，這法陣可以聚陰煞一用，只不過效力只能到天明前，晨陽一出，法陣即散。倘若把握不好時間，傷的就會是自己。」夏芍走到法陣中央盤腿坐下。以她的修為，又有龍鱗和大黃護持，她是不需要借助法陣聚生煞力的，但現在收了溫燁為徒，玄門的陣法、術法都要逐一教給他，這次不過是個很好的教學機會罷了。

這法陣是生煞的，正與溫燁的強項相輔相生，夏芍便在過年時將此法陣的古籍給他，讓他牢記熟背。玄學易理的學習，無論是風水、卜術、相術或者命理推演，最基礎的學習方法莫過於一個「背」字。唯有牢記不忘，才有活用的可能。而溫燁牢記之後，今晚是第一次佈陣，竟然分毫不錯，這小子的天賦果真不俗。

「嗯，知道了。」溫燁點頭，便盤腿坐到法陣外圍。他不需要護持，也不需要幫忙催動法陣，唯一要做的就是學習。

夏芍今晚連龍鱗和金蟒都不用，她只用這法陣來滅殺王卓。

此刻的時間是晚上九點，北方春冬天氣嚴寒，在三級城市，晚上七八點鐘路上已經沒有開著的商店，但京城的夜生活豐富，路上車流不息，行人熙攘。然而，這些走在路上的人，沒有一人看得見頭頂上空正有烏雲壓頂般的煞氣集聚，如漩渦般罩在市中心某會館上空。

溫燁抬起頭來，顯然沒想到這個法陣能聚來如此重的煞氣，皇城數百年的煞氣恐怕正源源不斷地湧過來，這對坐在陣中驅使法陣的人是極大的考驗。陰煞是把雙刃劍，它不同於法器和憑自身力量收服的陰人符使，它是天地間陰陽二氣中陰氣聚集而成的，並不認主，因此要驅使陰煞之氣，對修為的要求極高。若自身修為不足，那麼別說是傷人，首先傷的就是自己。

怪不得不需要法器就能佈陣，這麼方便的法陣，在門派裡他卻從來沒有學過。原來問題根本不在於佈陣的難易，而在於以玄門絕大多數弟子的修為，根本就不敢用此法陣，否則無異於自殺。可對於修為高深的人來說，這法陣百分百是殺人利器。這也是法陣雖然容易佈，卻是玄門傳承術法的原因之一。越是殺人利器，對於修習者的心性要求也就越高，而玄門收徒向來注重弟子的心性，也是為了不使弟子濫殺無辜。

不過，今晚要死的人，卻是咎由自取。

一道陰煞破窗而出，會館上空的煞氣如同倒懸的龍吸水，向著某個方向而去。

那方向正是看守所。

看守所裡，晚上值班人員都比較懶散，看電視、聊聊天，一晚也就這麼過去了，但近來看守所卻是氣氛緊張，因為王卓被暫時關押在這裡，出不得一點差池。晚上的值班人員守在看押的房間外，另有人在監控室裡，即時監控看押室裡的畫面。

即使是這樣，還是出了事。

事情就是出在監控上。原本清晰的監控畫面在九點多的時候，忽然開始滋拉滋拉地一陣響動。畫面閃了兩下，忽然滅了。

「怎麼回事？」看著監控畫面的值班人員，臉色大變地站了起來。

「是不是線路故障？去看看。」另一人說著話就趕緊跑了出去，人剛一到外頭就喊，「監視器壞了，怎麼回事？找技師來修。」

正當監控室裡出現變故的時候，在看押房間外站崗的兩人抖了抖，忽然覺得有些冷寒。這寒意來得莫名其妙，看守所裡有暖氣，外頭就算是零下的寒冷氣溫，室內也能達到二十多度，根本就不會覺得冷。那麼，這寒意哪裡來的？

身後的房間裡突然「砰」一聲，像是什麼東西撞上了鐵門，嚇得站崗的兩人險些跳起來，「怎麼回事？」

兩人趕緊從鐵窗往裡看，這一看，頓時大驚失色。

王卓臉色發青，眼下嘴唇是紫的，眼睛更是滿布血絲，眼球往外凸，活像被人掐住脖子似的。他站在窗邊，像是瘋了一般，一頭撞向鐵窗。

「怎麼回事？叫醫務人員！快阻止他！」兩人立刻拿起手機，臉色卻又是一變。

「沒有訊號？」

「這……邪門了，我的也沒有！」

兩人臉色慘白，王卓要是在看守所裡出了事，他們少說是個失職的罪名。眼看王卓發起了瘋，這兩人再不遲疑，一邊大聲喊人一邊開門進去，聯手想要制住王卓。

鐵門後頭還有一道鐵柵欄的門，兩人一打開門，便有一人的手猛地伸了出來。王卓眼神癲狂，嘴裡念叨著，「賤人，我殺了妳！」

兩名站崗的人也不是吃素的，他們隔著鐵柵欄的門，一把抓住了王卓的手臂扣住，接著回頭便喊：「快來人！鎮定劑！」

這人轉頭大喊的時候，另一名制住王卓的人變了臉，王卓的手居然異常冰冷。

那人低頭一看，見王卓的手豈止是冰冷，已經是冷到發青了。就像他的臉一樣，此刻青紫一片，就像是冰天雪地裡凍傷的樣子。王卓看起來很痛苦，眼底比剛才看見他的時候更加紅得不正常，他不停往鐵門上撞，嚇得那人趕緊伸手去擋，阻止他自殘。

這時聽見動靜的人也都趕了過來，監控室那邊的情況根本就沒人管了。眾人一趕過來，見晚飯時候還好好的王卓，現在竟變成了這副模樣，全都一驚。

「王少怎麼回事？」

「別管了，快拿鎮定劑！」

醫務人員大步跑了過來，放下藥箱就趕緊去取鎮定劑。

「快！快！」站崗的人轉頭催促。

「噗！」就在這個時候，一道血霧從鐵門裡噴出來，正噴了那人一半的臉。那人鼻間都是血腥味，站在後面的眾人驚喊聲一停，整條走廊莫名安靜。醫務人員停住手上的動作，蹲在地上抬起頭來。那半張臉都是血的人也呆呆地轉頭，眼神發直，感覺臉上有溫熱的東西在往下滑，他下意識伸手一碰，碰到的不是血，而是黏糊糊的什麼東西。

那東西軟軟的，血紅顏色，還帶著溫熱的溫度。那人緩緩低頭，看著自己兩指間捏著的東西，怎麼看都像是內臟的碎沫。

這人也不知道為什麼會想到內臟，他只在這個念頭升起的時候，本能感到一陣反胃，彎腰就嘔了出來。而這時候，眾人還呆滯地盯著王卓。王卓滿嘴是血，眼珠子外凸，眼角慢慢滲出血來。接著是鼻孔、嘴角、耳朵，竟然是七竅都開始流血。

隨後，他直挺挺地向後倒去。

砰一聲，沉悶的響聲驚醒了眾人，眾人連忙打開房門進去。有一名膽子稍微大些的人，抖著手指往王卓鼻下探去。這一探，嚇得直接跌坐到了地上。

「死、死了……」

……

王卓死了。

沒人知道他怎麼會突然死了，因為沒人看得見陰煞，這件事也就成了最難解的謎團。

當監控畫面變得不清晰的時候，陰煞已侵入，陰陽失衡，磁場突變，使得監視器失效，連手機都沒有信號。而當那兩名在看押室外站崗的人感覺到寒意時，王卓已經被陰煞纏上了。

煞氣纏上他的身體，進入經脈、臟腑，他雖很快感到神志不清，但仍舊感覺得到痛苦，自殘不過是減輕痛苦的本能行為。如果這些人不打開門抓住他，他只會被陰煞生生纏死。可這些人抓住了王卓的手，又叫來醫務人員。

普通人接觸陰煞對身體會有不好的影響，夏芍只好收回王卓身上的煞氣，令濃烈的陰煞聚集成團，撞向王卓的腹部。

王卓的經脈和臟腑已被煞氣所侵，這一猛烈撞擊，他的肉體如何承受得住？

一口吐出碎掉的內臟，曾經叱吒京城的四少之一，風光無限的王大少，以一個誰也想不到的方式結束了性命。

曾經有人猜想過徐老爺子或許會鬆口，給他一點教訓就把他放出去，畢竟權貴子弟犯了法向來是不需要與普通百姓一樣坐牢的。也有人猜想，王卓或許會坐牢，但幾年之後他出獄依舊是王大少。有著軍委的背景，開著古董店，下半輩子仍然風光無限。但是，誰也沒想到過他會死，死在看守所裡。

王卓的死，讓看守所的人覺得像五雷轟頂般，天彷彿都要塌了。怎麼跟上頭報告這件事？怎麼對王家交代？這件事若傳出去，京城會有怎樣的風雨？沒有人知道，可也沒有人敢隱瞞，這事終究還是立刻就被報了上去。

看守所的所長也感覺天要塌了，這事他不敢擔，連忙又往上報，自己卻是急忙從家中趕過來。也不管王卓是不是死透了，趕緊吩咐人叫救護車往醫院裡送。

當王卓被送到醫院的時候，王家人也趕來了。

來的人足足有二十多人，其中一半是警衛，剩下的一半多是中年男女，正是王家和潘家的人。而走在這些人前頭的，則是一名二十出頭的女孩子。她朝霞般的面容此刻灰白難看，遠遠地看見急救室門口急得熱鍋上的螞蟻般的看守所長，忙走了過去，「我哥哥怎麼樣了？」

「人昨天還好好的，今天怎麼就出事了？你們看守所這是失職！」跟在王梓菡後面的一名中年男子過來，對著看守所的所長就是一番劈頭蓋臉的質問。其他人則臉色發白，似乎不敢相信眼前所發生的事。

鄭所長低著頭，大冷的天，手心額頭卻全是汗。開口質問的中年男子是王光堂的弟弟王光宗，職位是軍長，少將軍銜，算得上是王家的二把手。他和妻子結婚後，生了兩個女兒，膝下無子，所以王家就王卓這麼一個男丁，如今躺在急救室裡，如果他今晚真出事，那這事真的是不知道該怎麼收場了。

這時候，急救室的門開了，醫生從裡面出來，搖搖頭道：「對不起，請節哀。」

「你說什麼？再說一遍！」潘家人激動得上去就拽起醫生的衣領。

「你們才搶救多久？我們接到電話趕過來不過半小時，你們就宣判死刑？這是瀆職！」

「對不起，我們盡力了。病人被送來醫院的時候就已經停止呼吸了，我們搶救的這半個小時，確實已經盡了全力。」面對權貴，這名醫生也是有壓力的，但正因為知道京城的權貴不好惹，他這才把責任推乾淨講清楚。像王卓這種情況，換做任何一個人，醫院直接就宣布結果，哪會拉進去搶救？搶救不過是給王家一個交代罷了，其實一檢查，醫生們就知道救不活了。

而聽到王卓在送來醫院前已經死了的王潘兩家人，臉色瞬間變白。

王梓菡看向自己的叔叔，眼神發懵。她哥哥死了，這是她怎麼也不能接受的事。剛才有人打電話給母親，母親接起電話，當即就暈了過去，直接送到了父親在休養的那家醫院搶救，而她則跟叔叔嬸嬸以及舅舅等人過來，沒想到聽到的竟然是噩耗……

怎麼會這樣？人昨天不是還好好的嗎？

「我們剛剛搶救的時候，給病人做了檢查，病人的內臟都碎了，就算是華佗再世也沒有辦法。真的很抱歉，我們盡力了，請節哀。」醫生說這話的時候，臉色不僅沉重，還有些古怪。內臟碎裂，這種情況只在一些很嚴重的車禍或者重壓中才能見到，可是王卓的傷情根本就沒有重壓的痕跡，肋骨一點事也沒有，這簡直是怪事一樁。

而且，他看起來像是中毒而死的，可實際上經醫生一看，有些像是凍傷。

這很不符合醫學常理。

總之，王卓的死因很奇很詭。

聽到王卓死因的王潘兩家人登時瞪大了眼，一部分人只覺得頭皮發麻，而王光宗是怒不可遏地道：「鄭所長，這是怎麼回事？你給我一個解釋！」

內臟都碎了，這是怎樣的傷害？人在看守所裡死的，看守所難辭其咎，這是有人行凶。

「你們刑訊？」王梓菡倚著牆，險些滑到地上，眼裡有壓抑不住的怒意。其實只要她稍微冷靜點想想就應該知道，看守所哪裡敢刑訊王卓？就算王卓真被判有罪，到了牢裡，也會有特殊待遇，但王梓菡現在哪裡還能冷靜？她都不知道回去要怎麼跟父母說。她只有一個念頭，那就是弄清楚她哥哥是怎麼死的，是被誰殺的。

鄭所長兩腿發軟地坐到地上，他知道這件事他必須要撇清關係，不然就要吃不了兜著走。他咕咚一聲嚥了口唾沫，道：「王軍長，事發的時候，我在家裡，不在現場。我得知這事後，第一時間把王少送到醫院。我問過今晚值班的人了，他們、他們都不知道王少怎麼會出事。我們所裡有監控錄影，可以交給偵查部門去查。」

鄭所長知道監控錄影也出了問題，但是至少有可能證明，在王卓出事前，沒人接觸過他。而這件事不用鄭所長提，王家一定會查。

王卓死在看守所的事，在京城引起了軒然大波，連上層那幾位國家領導人都被驚動了。

王卓被關在看守所，案子未送審未宣判，人就死在裡面，這事不管怎麼說都要查個明白。

王卓的死對王家無疑是巨大打擊，王家有意將事情鬧大，鬧得媒體關注、社會各界關注，讓一雙雙眼睛全都看向了京城。王家以受害者的身分對外聲稱，哪怕王卓就是犯了死罪，他也應該死在刑場上，而不應該是看守所，更何況，王卓還罪不至死。他的罪名沒有經法院審理，就不算有罪。

當然，王家所謂的「罪不至死」，是沒有算上王卓買凶殺人的。

王家的作為雖然令上頭有些不滿，認為輿論影響太過，但考慮到王家就王卓這一根獨苗，喪子之痛人之常情，於是也就忍下沒有打壓。此時派系爭鬥雖然激烈，但還不宜分出勝負，王家的存在是必要的，因此上頭立刻為此案成立了專案小組，偵辦此案的都是刑偵界的專家，但僅僅兩天，查出的結果卻再度令人震驚。

誰也沒想到，原本專案小組是為了查殺害王卓的凶手，結果首先排除的就是看守所內部人員作案的嫌疑。

監控錄影是專案小組最先查的，為什麼九點的時段整個看守所錄影異常，這點查無定論，但有一點很明確，那就是在出事前，所有人員各司其職，沒有人接觸過王卓，王卓是莫名其妙自己死在看押室裡的。

至於王卓的死因，法醫給出了結論——內臟碎裂，但肋骨完好，無外力傷害痕跡，無中毒跡象，身上的青紫為凍傷。

這一鑑定結果令人匪夷所思，事情被傳到網上，引發了激烈的討論。這完全是不可能的，什麼人可以肋骨完好，內臟卻碎裂？

有人戲稱，難不成是傳說中的隔山打牛武術現世了？但曝光的監控錄影裡，不是沒人在王卓出事前接觸過他嗎？他一個人待在關押室裡，那裡就等於是密室，這簡直是密室殺人案。

此外，京城初春雖然很冷，但是看守所裡有暖氣，凍傷？還是凍成青紫的傷，哪裡來的？

正因為案件疑點重重，才引起了一些好奇者的興趣。一時間，各種推理充斥網上，但無論是專業的刑偵人員還是業餘的民眾，誰都沒個令人信服的說法。

王卓的死因成了懸而未解的疑案，這樣的結果令王家很難接受。

潘珍在兒子出事那晚就昏了過去，等她醒來已經是三天後。三天的時間，外界輿論甚囂塵上，案子卻無解，潘珍如何能接受得了？她連兒子的遺體都沒見到，一醒來就聽到這樣的消息，她頓時覺得胸口發冷，針扎般奇痛，在病床上坐著，眼神發直了半晌，然後吐了一口血。

潘珍再次被送進急救室，經醫院診斷，她患的是心臟病。這讓王家人感到非常意外，王梓菡更是有些懵。

母親的身體怎麼樣，她向來清楚。軍區文工團裡的工作天天要唱歌練舞，潘珍注重保養，身體一直不錯。她平時就連風寒感冒都少有，別說是心臟病了。

可是，醫院的診斷證明已經下來，不可能診斷失誤。王家也只得相信，或許是這段時間家裡的事太多，潘珍心力交瘁，熬出了病來。

王梓菡自小家境優渥，她一直不太理解哥哥不往軍界發展的心思，也曾經一度埋怨，並與哥哥的關係不太好。但兩人畢竟是親兄妹，哥哥的死讓她難以接受。自從她知道哥哥不願意往軍界發展後，就自覺地承擔起父母對她的期望，打算挑起王家的擔子，然而，從年前開始，家裡發生的事一件接著一件，王梓菡這才明白，她的歷練太少了。父親車禍，母親被查出心臟病，哥哥莫名死亡，偌大的王家事務成堆，她竟不知道該從哪方面下手。一切的事情，都是叔叔王光宗在著手處置。

潘珍再次昏迷了三天，清醒時面容憔悴，看起來像是老了十多歲，而她醒來的第一句話便問：「妳爸……」

王梓菡在病床邊守著，聽了這話馬上道：「媽，您放心吧，爸還不知道這些事。您這幾天身體不好，我們都跟他說您是在忙哥哥的案子。」

王光堂車禍，雖然性命保住了，但還不能出院。王家出了這麼大的事，如果被他知道，那後果不堪設想。王卓已經死了，王光堂若是再出什麼意外，那王家就等於塌了一半。

聽到丈夫還不知道這件事，潘珍強忍著喪子之痛點點頭，隨即她的眸中露出了仇恨的光，「梓菡，把妳叔叔叫進來，我知道誰是殺妳哥的凶手。」

潘珍的話不僅驚動了王光宗，還把整個王家都驚動了。半個小時，她的病房裡已經站滿了人，以潘珍此時的身體狀況，醫生並不會允許這麼多人跟她會面，但是面對強勢的權貴，醫院的專家也無可奈何。

「嫂子，妳知道是誰殺了小卓？」王光宗帶著妻子和兩個女兒，身後還站著已經嫁出去的妹妹王光淑一家，七八個人臉色沉肅地盯著潘珍。

誰殺了王卓，潘珍沒有證據，但她認定是夏芍殺的。

潘珍的這個認定讓王家人面面相覷，誰也不敢相信，「嫂子，小卓的事我們也很傷心，妳的心情我們能理解，但是出事那晚的監控錄影我們都看了好幾遍，連看守所的人都沒接觸過小卓，妳說凶手是夏芍，說出去誰信？」

王光宗並不是在替夏芍說話，現在夏芍可謂王家的眼中釘，但是王光宗並非魯莽的人，他理解潘珍的心情，喪子之痛已經讓她失去理智了。現在王卓的案子成了懸案，沒人破解得了，眼看著就要不了了之，可王卓的死，如果沒有一個祭奠他的人，潘珍怒火難消，所以她一心想除掉夏芍，沒有證據的事也敢把罪名往夏芍頭上扣，可是夏芍背後有徐家護著，潘珍想讓她給王卓陪葬，除非有鐵證，不然王家已陷害過夏芍一回，徐家不會坐視第二回。

到了這個時候，病房裡都是自家人，潘珍也沒有什麼好隱瞞的了。她將自己和王卓曾在看守所中密謀殺害夏芍的事說了出來，包括她去見吳震海和夏芍，並被威脅的事。

在場的王家人都震驚了，王卓竟然在死前兩天跟潘珍有此計劃？

那王卓的死，會不會跟這件事有關係？

但是……這不可能啊！監控錄影經刑偵專家反覆推敲，證實沒有剪輯痕跡。案發的時候，王卓一個人在看押室裡，沒人接觸過他。如果跟夏芍有關，她是怎麼瞞過監控和守衛的人動手呢？王卓的死因可是內臟破裂。世上不可能有不接觸被害者，就能把人給殺了的方法吧？

夏芍雖然說過王家的日子不多了，她那弟子也說過，潘珍活不過半年。雖然這話說過後，潘珍就被診斷出心臟病，但這也只能說湊巧了。

「大嫂，對方是口頭恐嚇，哪怕我們有心操作，僅憑這點也操作不起來。」王光宗嘆氣。

「那賤人跟安親會關係甚密，這一任的當家為她發了黑道令，她跟黑道走得很近。光宗，就憑這點去操作，我要華夏集團安上黑社會的背景，由我們王家出面打擊。」潘珍躺在病床上，蒼白的臉色、怨恨的目光，與在臺上的風光判若兩人。她也不能斷定兒子的死到底是不是夏芍所為，如果硬要說是夏芍做的，沒有證據，也不符合常理，但是她口頭威脅之後，兒子就死了，她自己也被查出心臟病，事情為什麼會這麼巧合？

潘珍還記得她當時心悸的感覺，直覺是最說不清楚的東西，而是身為女人，她的直覺一向準。她就是覺得兒子的死一定跟夏芍脫不了關係，不然怎麼她才說了那話，當晚兒子就……

深呼吸一口氣，潘珍又開始覺得胸口奇痛。她發白的臉色把王梓菡驚得趕緊幫她撫胸口，讓她別動怒，潘珍卻擺擺手，看向王光宗，「光宗，小卓的死就是因為這個賤人。自從她來了京城，王家就沒有一天消停過，現在連小卓都死得不明不白。我不管你用什麼方法，我一定要讓這個賤人給我兒子陪葬。」

到了現在這個時候，她也不管動安親會會不會給王家帶來什麼了，她要為兒子報仇，否則她死不瞑目。

「知道了，嫂子，妳先休息吧，我下去再查查這女孩子的事。既然要打擊她，那就得抓的把柄多些，一擊必中。」

潘珍點點頭，王光宗這才帶著一群王家人退出了病房。

出了病房，王光宗卻是皺了眉頭，他剛才的話不過是先穩住潘珍而已。一家人這麼多年，他對大嫂的性情還能不了解？如果不答應她，她指不定會做出什麼不計後果的事來，到時候給王家帶來不好的影響就麻煩了。至於給華夏集團安上黑社會背景，跟安親會一起打擊的事，王光堂還有理智，他認為這麼做是不妥的。

王家現在不能再得罪別人了，否則勢必會被孤立，一切還得從長計議。

王光宗帶著人離開醫院，卻不知道，在離醫院極遠的地方，京城大學的教室裡，有人將目光收回來，冷笑一聲。

那人正是夏芍。距王卓出事至今一個星期，她時不時會注意王家的動向。

要怎麼處置王家，是她一直在考慮的問題。

王卓已死，潘珍被溫燁用陰煞傷了心脈，命不久矣。這兩人是罪有應得，死不足惜，但剩下的王家人怎麼處置？

對要害自己的人，夏芍向來不會姑息，可對於不知情的人，她也不會置之死地。在這件事裡，有罪的是潘珍和王卓母子，其他的王家人罪不至死。當然，她也明白，她覺得別人罪不至死，別人未必會放過她。王卓的死雖已成懸案，但他是因和華夏集團的糾紛才進看守所的，哪怕事情是王卓先挑起的，親情這東西都是沒有理智可言的。王卓的死很可能讓王家更加仇恨自己，她不處置王家，王家日後也會對付她，因此，王家還是要解決的。

只是，解決到什麼程度，要衰還是要亡，夏芍把這機會留給了王家。如果王家還有能明辨是非的人，那她會為這樣的人留一條活路，令其淡出軍界，日後不再有所威脅。若還有想取她性命的，那就對不住了。

……

這天又是週五，傍晚徐天胤會從軍區回來。夏芍下午課後，開車去學校接了溫燁，順道去菜市場買了菜，師徒兩人一起前往徐天胤的別墅。

軍區離京城有段車程，徐天胤回來時已是晚上八點多。跟以前一樣，一進屋便是溫暖的燈光，誘人的飯菜香氣。迎接他的，除了令他思念的女子，還有她那臭屁的小豆丁徒弟。

夏芍盯著牆上的時間，覺得該是徐天胤回來的時間了，便端著菜出來探頭看了看，果然看見男人穿著一身軍裝走進來，夏芍這才笑了笑，微微鬆了一口氣。

她想起了上週徐天胤回來得很晚，一直到近凌晨了才回來。夏芍打了幾次電話都是關機，險些以為他出了什麼事，或者又有什麼緊急任務來不及通知她。

由於沒得到徐天胤的消息，夏芍心緒不寧，做好的飯菜也沒吃，在屋裡轉悠了一陣子，便讓溫燁把他身上那三枚開元通寶拿出來卜了一卦。

卦不算己，夏芍命格奇特，也一直算不出跟自己有關的吉凶來，但別人的她能算出來，只要這人的行事跟她無關，卦象便會呈現。她拿起銅錢連拋六卦，溫燁看著都皺起了眉頭。

「好亂。」從來沒見過這麼亂的卦象，這根本就不成卦，「師父，心亂卜卦不成，要不，我來算算師伯的吉凶？」

夏芍的臉色卻是一變，搖了搖頭，沒有回應溫燁。不成卦，那只有一個可能，就是徐天胤不是有緊急任務在執行，而是晚歸的原因與她有關。

此時正值王卓死後第二天，京城裡鬧得沸沸揚揚。王家並沒有對外隱瞞王卓離奇死亡的消息，而王卓死亡的那天晚上，事情就已經驚動了政府高層。王家是軍委的人，徐天胤在軍區，他應該是最早得到消息的那批人。

王卓的死，哪怕所有人都覺得成謎，徐天胤也該一聽就知道是夏芍的手筆，但他沒給夏芍打過電話，夏芍一直以為他會週末回來再問。

可是，他晚歸了，而且手機關機，這才讓夏芍不得不往其他方面設想。以徐天胤的偵查手段，要查出她為什麼突然動手殺死王卓，其實並不困難。假設他憑自己的手段查出來了王家的意圖，那麼……

夏芍目光一變，她做事向來是有分寸的，可徐天胤不同，他一出手，那必是要死人的。他不會殺去王家，來個滅門吧？

雖然夏芍知道徐天胤不是那種頭腦簡單的人，他不會明目張膽去滅了王家，這無異於殺了敵人也賠了自己，不划算。他是慣於在暗處行動的人，哪怕是他動手，也該是潛伏在暗處的殺招，但是涉及到她的安全，她心裡還真沒譜。上回徐天胤連槍都對徐彥紹夫妻開了，念在親戚情分上才沒傷人，可這回不同，對方是外人，徐天胤確實有可能真的動手。

著急之下，夏芍這才想起來，手裡的三枚開元通寶是溫燁拜師的時候，徐天胤送給他的賀禮，他帶在身上很多年了，上面有他的元氣在。雖然卦象算不出他的吉凶來，但是只要有氣機牽引，她應該能找出徐天胤所在的方位。

夏芍當即就地盤腿，將三枚開元通寶置於掌心，入定感應起來，不一會兒她便有所收穫。

「走，出門。」夏芍起身，帶著溫燁出了門。路上夏芍開著車，把感應氣機的事交給溫燁做，自己則開天眼按著他所說的方向尋找。車子越開越偏僻，夏芍已不再需要溫燁來感應氣機，她的目光停留在了一個方向。

那裡是京城西郊的一個風景區，舉世聞名的國家級革命公墓。

夏芍一看見那座革命公墓，心裡便咯噔一聲。那座革命公墓是國家級的園林式陵園，墓區主要安葬的是已故國家領導人、副部級以上幹部，以及民主黨派領導人士。

在看見墓園時，夏芍根本就沒有再找別處的想法，她腦海裡只有一個念頭，王家祖墳。

而事實與夏芍想像的並沒有出入，當車子開到墓園附近，連溫燁都能感覺到山上有不尋常的煞氣。夏芍當即和溫燁下了車，憑兩人的身手進山走一圈，那是來去自如的輕鬆事。

避開了陵園的守衛和監視器，夏芍和溫燁藏在林子裡上山。正值初春，天氣尚冷，林子裡落葉成堆，不乏密密麻麻的松柏。夏芍和溫燁走在林中，靠著松柏的遮掩，上山速度很快。

夏芍的心思都在王老爺子的墓地，她雖不知王老爺子葬在何處，但不用開天眼，將軍獨有的煞氣已經向她指示了方向。溫燁卻不時看向兩旁，低聲咕噥：「這地方，風水不怎麼樣。利功名，不利人丁。還國家級公墓，當初是怎麼選的？」

儘管夏芍心中急切，聽見溫燁這話，還是忍不住回了一句：「你怎麼知道沒特意選過？」

這地方有個護國祠，是在明朝永樂年間的時候，皇帝下旨為一位司禮太監而建的。這位太監本名叫鋼炳，因在靖難之役中有功，賜名鋼鐵。此人後來在這裡戰亡，帝王下旨將其葬在這裡。後來歷史變遷，這裡就成了太監們養老安居的世外桃源，當地人稱之為「太監廟」。建國後，為了給在戰爭年間犧牲的革命先烈們一個安息的地方，當時選址時考慮是一不要離京城太遠，二環境要優美，三不能占用農田。最終選來選去，選到了這裡。

其實這地方的風水大勢是不錯的，而且名字起得大，一字為乾意，一字為坤意，大有天地交泰之意，但確實不太旺人丁。對此有兩種猜測，一是說當時馬列主義當道，國家對風水處於一種不提倡的態度，自然不會有人在選址時特意請風水大師來看。另一種猜測則帶著些政治揣測的論調，說是故意選在這麼一處地方，至於原因，各自細想便知。無非是出於政治目的，無聲無息地分化這些老功勳身後的一切。

究竟是怎樣的原因，真相已經淹沒在歷史長河中，不復揣測。

就夏芍的看法，她不太贊成第二種論調。從她風水師的角度上來看，一座山脈，好的風水穴也就只有幾處，面積不會很大。此處公墓總共一百五十多畝的占地，哪可能處處都是好穴？即便是公墓所處的大勢是不錯的，也不能保證隨便一處地方都適合葬人。

溫燁剛剛所說的利功名不利人丁，就兩人目前走過的地段，確實是這樣。在這小子心裡，大概國家級公墓就相當於以前的諸侯公卿之墓，風水必須要頂好才對。這樣的風水，在他看來並不是最好的，因此才有此嘀咕。

此時正在山上，兩人偷偷潛入進來，不適合把這些歷史舊事和世人的揣測說給溫燁聽，夏芍只好留著回去再說，當下只是讓他小點聲，加快行進速度。

饒是如此，徐天胤來得早，夏芍和溫燁到了山頂墓區的時候，布置已經成了。

「師兄。」夏芍帶著溫燁奔過去，見徐天胤靜靜站在王家祖墳前，手裡提著將軍，周身全是煞氣。他本就融在黑暗裡，不易被察覺，此刻被煞氣裹著身子，遠遠一看，就像是要被黑暗吞噬一般，看得夏芍一驚，人尚未到，手中已聚起元氣，揮散將軍的煞氣，又奔到跟前，掌心先往徐天胤丹田處一撫，抬頭時對上一雙漆黑卻神智清明的眼眸。

徐天胤沒事，聽見夏芍聲音時她已奔了過來，見她手裡聚了元氣，他便站在原地給她打。眨眼間，她揮散了煞氣衝進來，眸中全是擔憂焦急的神色。他盯著這眼睛，一時間有些恍惚，隨即他便收起法器，伸手將她擁到了懷裡。

徐天胤也不問夏芍是怎麼找來的，她的本事他很清楚。他只是抱緊她，在寒風中輕微地顫抖，似野獸的悲憫。

夏芍鬆了口氣，「你來就來，怎麼也不跟我說一聲？手機關機，我還以為你又有任務。」

「殺妳的人，都該死。」徐天胤聲音低沉，殺氣湧起。

夏芍掌心按在徐天胤丹田，元氣輸送得更快些，想儘量讓這男人冷靜下來。自己則回頭一看，目光微變。眼前一座漢白玉的大墓，規制極高，氣魄萬千，但此刻墓地周圍以九宮方位為基準，整個墓地的吉氣全被煞氣封住。

公墓不同於自由建在山林裡的墓地，山林裡的墳地四周多是泥土地，要動風水很容易，而且泥土翻動過後也不容易被發現，可公墓不同，公墓有標準建制，地上都鋪著青石板，除非把石板起開，否則要動風水還真不容易，但石板被翻動，很容易會引起陵園工作人員的注意。當初在香港，黎老族中祖墳雖然建得豪華，地上也鋪著青石板，但被動的整條龍脈，並非他一家的墓地受影響，若是不化解，整個香港的運勢都要被波及。

所以，要在公墓動人祖墳風水，要麼冒著被發現的危險把這些石板都起開，要麼就毀了這整個公墓陵園的風水。

徐天胤的情況卻屬於特殊的，他手裡有將軍在。夏芍拿眼掃了圈王家祖墳就知道他是怎麼辦到的了，他是直接找準方位，把將軍從青石磚的磚縫中間給插了進去，以法陣方位配合將軍的煞氣，毀了整個王家墓地下的地氣。

地氣這東西是四處遊走的，若是放任不管，終究會影響到周圍的其他墓地，故而徐天胤不僅毀了王家祖墳的地氣，他還在王家祖墳周圍佈了天地三才陣。

三才陣乃是十大古陣之一，以天、地、人三才為名，在古代的時候是軍隊作戰時的常用陣型，作用是既能發散火力，又能減少損害。而用在風水佈陣方面，則既能增強前方煞氣，又能保護周圍不被煞氣所侵。

夏芍掃視佈陣的法器便鬱悶了，竟然是乾隆通寶。

那三枚乾隆通寶也是從青石磚的縫隙裡插進去的，倒是比玉器等法器方便，只不過讓夏芍扶額的是，那是她前段時間才給徐天胤找著的好東西。他的開元通寶送給溫燁了，夏芍在那之後就給京城福瑞祥的總經理祝雁蘭打了電話，讓她注意古錢幣市場。為了夏芍這個指示，祝雁蘭年前都快把整個京城的古錢幣市場給翻過來了，福瑞祥更是收購了一大批古錢幣，讓市場上的人摸不著頭緒，還以為是不是古錢幣收藏要漲。要知道，華夏集團成立至今，處處是傳奇，古黃花梨家具的收藏熱就是福瑞祥帶動起來的。夏芍的投資眼光之精準，不少業內同行和收藏愛好者都盯著福瑞祥的舉動，一有風吹草動，大家就跟風，等著大熱。年前福瑞祥收購古錢幣，還真把一直不冷不熱的古錢幣收藏給炒熱了一把。

這是無心之舉，夏芍並不太在意。在過年回來後，她親自去了趟福瑞祥，將祝雁蘭收購回來的古錢幣逐一看過。祝雁蘭不愧是人脈強大，居然真被她收到極為珍貴的大齊通寶和開元通寶。雖然沒有金開元，但也屬稀有了，只是這些古錢幣上面都沒有吉氣，不能作為法器使用。

祝雁蘭不知道夏芍要她收購古錢幣的用途，她也以為是夏芍有炒熱古錢幣收藏的意思，因此在收購的時候，她最先入手的都是珍稀的古錢幣，對於年代近、收藏市場上比較多見的乾隆通寶等都沒有太在意，只在看見幾枚品相成色好時才收了進來。

乾隆通寶在收藏市場並不貴，珍稀的雕母最貴的也不會超過上萬塊，至於普通的小平錢，才不過幾塊錢，根本就不值錢。古董店裡一般不入手這樣低廉的物件，都是擺攤練攤的人愛擺這些。至於有人問，為什麼同樣是乾隆通寶，價錢卻有貴有便宜，這說起來其實很簡單，不過是物以稀為貴。乾隆通寶發行了幾百版，每版背後的滿文不一樣，面值不同，發行量不同，存世量也不同，而且每次發行都有雕母、母錢、樣錢、大樣、普通錢之分，價格自然不一樣。總而言之，市面上滿眼都是的，那指定是便宜的普通錢，越是存世少的才會越貴。

祝雁蘭沒想到的是，夏芍看中的會是乾隆通寶。

這幾枚乾隆通寶的品相真的算不上好，上面滿是銅鏽，還有泥土。要不是看出這是乾隆早期的幣制，重一錢二分，還值些錢，她壓根兒就不會收。

夏芍沒問祝雁蘭這幾枚銅錢的來路，她看得出這幾枚都是新從墓裡出來的，只不過已經經手了好幾道，上面的銅鏽和泥土有細緻清理的痕跡。這些人都是老手了，沒有毀壞銅錢本身的品相。也幸虧他們沒毀壞，這可是不可多得的法器。

那墓地的風水很不錯，經過兩百年多的蘊養，陪葬的銅錢都養出了靈氣，靈氣之濃郁，不可多得。就風水用途來說，不比徐天胤那三枚開元通寶差。

之所以這麼說，是因為開元通寶的收藏價值雖然高，但作為風水法器來說，乾隆通寶用的卻是最多的。究其原因，因為乾隆在位六十年，時運六十三年，運勢在帝王中來說可謂是最久的，因此陽氣也是至強的。當時鑄造的錢幣有很多流通了上百年，沾染了很多人氣，因此具有很高的靈氣，向來是占卜、擋煞的首選。

夏芍將這些乾隆通寶收下，把其中三枚靈氣最強、品相最好的給了徐天胤，哪知道這法器在他身上都沒捂熱，轉身就拿去佈了三才陣。

這陣若是用來造化他人，夏芍也不心疼，可是用來對付王家，她還真是肉痛。要解決這些人，哪用得著費她三枚法器？

「這是給你防身的，你倒好，拿來佈陣了，是想著我這裡還有幾枚，是嗎？」夏芍氣得一笑。她並不是心疼這三枚銅錢，她更心疼的是他把防身的法器拿出來，就為了給她出氣。其實王家那些人，何須他這麼付出呢？

「殺妳的人，都該死。」徐天胤還是這句話。

夏芍趕忙安撫了徐天胤，要他殺氣不要這麼重，免得傷身。有她的安撫，徐天胤沒有平靜不下來的道理。這山上不宜久留，夏芍便決定先回去再說。

王家的祖墳風水雖然被動，但等煞氣侵入地脈產生作用，怎麼也得兩三個月。她想著看看王家的反應，再決定這風水死局改或者不改。

而如今，她有了決定。

在夏芍有所決定的時候，王家也有所決定。

在某個豪華單人病房裡，王光堂躺在床上，說話有氣無力，「兒子的案子怎麼樣了？」

潘珍坐在床邊，一聽丈夫問及兒子，眼圈頓時紅了。好在晚上病房裡只開了盞檯燈，光線不太亮，她又半低著頭，這才沒被王光堂看出不對勁來。

王光堂見妻子不說話，以為是案子進展得不如人意，便問道：「徐老爺子還不肯鬆口？」

鬆口有什麼用？人都沒了。

潘珍心中悲憤交加，頓感胸口又痛，但她強忍著壓了下去。她在病床上躺了一週，都以在外頭為兒子的案子奔波為由將丈夫隱瞞過去了。為了不引起丈夫的懷疑，她今天才不顧醫生囑託強裝無事地過來。丈夫到現在還不知家裡發生的事，否則後果不堪設想。如果他再出點什麼事，那王家可就真的要衰敗了。

「審訊也審了，看守所也蹲了，這徐老爺子還真打算鐵面到底了？」王光堂皺著眉頭，看向妻子，「妳就沒再去徐家問問？咱們兩家的老爺子以前怎麼說也有些交情，徐老爺子念舊，跟他往這方面說說，他也許能鬆口。」

「哼，現在人家就是欺負咱們老爺子不在了！人在的時候才有人念舊，人不在了，誰還記著？徐老爺子恐怕現在就記著他的清廉了。上頭那位也是，現在就剩徐老爺子這麼一位了，徐老爺子一動怒就趕緊嚴辦相關的人。至於咱們王家的功勳，誰還記得？」潘珍喪子之痛又起，現在不僅恨夏芍當初不該來京，連徐康國也成了她的心頭恨。

如果夏芍不來京城，如果徐康國能鬆口，如果上頭那位能顧念王家老爺子的舊情……太多的如果，在潘珍心裡彙聚成滔天之恨，話說得難免嘲諷怨恨。

這番話何嘗不是王光堂心中所想？自從王老爺子去世，王家就呈現衰敗之勢，表面風光，實則已經不被一些人當回事。像這次兒子的案子，換成其他權貴子弟，也就是訓斥一下罷了，還用去蹲看守所？

王老爺子要是還在，就不信有人敢如此。哪怕是徐老爺子再鐵面，自家老爺子還活著，也能跟他鬥上一鬥，現在根本就是欺王家無人。

「哼，真以為王家無人了嗎？瘦死的駱駝比馬大，何況王家現在人還沒死光。別忘了，王家的勢力都在軍委，他徐家還有人在軍界混呢！」王光堂忍不住怒道。

潘珍臉色微變，「你是說徐天胤？」

徐天胤也該死，如果不是他看上那個賤人，徐家會為那賤人撐腰？沒有徐家撐腰，她敢跟王家鬥？兒子會因為這事死得不明不白？

「不是他還能有誰？看上那麼個出身的女人，徐老爺子都認可了，可見對這長孫的疼愛。我就納悶了，既然這樣，這徐老爺子怎麼就不想想王家在軍委的勢力？真以為憑著徐家在政界的背景，徐天胤在軍界就能單槍匹馬闖出名堂來了？」王光堂說話有氣無力，目光卻是含怒。

王家雖然在王老爺子過世後，有些走下坡路，但是老爺子在軍部卻有不少的舊部勢力。這些人從建國開始到現在，扎根軍界半個多世紀，不是可以輕易撼動的。王光堂以前之所以不聯繫父親那些老舊部，是因為他總覺得徐康國氣消了總會鬆口的，而且聯繫舊部，秦系的人不知道會不會以此做文章。王光堂認為兒子的案子還沒到那地步，不至於如此大動作。

現在形勢略有不同。女兒跟姜正祈已經定下要聯姻，秦系漸漸消停了下來，王家也在這段時間看清了上頭那位的想法。他還不想讓王家衰敗下去，這無疑是王家的籌碼了。

如果徐康國再不鬆口，王光堂真不介意鬧點動靜出來。

「兒子的案子是不是快審了？」王光堂問。

潘珍聞言胸口又是一痛，低著頭含糊地嗯了一聲，眼裡卻有恨意。

王光堂眼神一沉，「我知道了。其他事妳別管了，你去跟律師說，讓他為兒子爭取緩刑。如果徐家還不肯鬆口，我倒是不介意動動徐天胤，讓徐老爺子也嘗嘗這個滋味。」

潘珍猛然抬頭，目光霎時有希冀、暢快、仇恨等複雜的色彩。徐家沒一個好東西，她恨不得讓徐家所有人去給兒子陪葬，但她知道做不到，可她也不會放過任何一個可以讓徐家受打擊或者蒙羞的機會。她已經讓小叔子去安排一些事了，她相信如果丈夫得知兒子已經不在了，他的報復會更加瘋狂，所以他現在想做什麼就讓他做，她恨不得徐家死絕。

王光堂身體還沒好，說了幾句話就累了。潘珍回過神來，這才扶著他趕緊躺下。因為有了丈夫的這番話，她心情舒暢了不少，整晚都沉浸在復仇的快感中，甚至連做夢都夢到夏芍和徐家都為王卓陪了葬。

而王光堂夜裡卻沒睡著，一夜都在想著白天聯繫父親的那些舊部要怎麼動作。

夫妻兩人不知道，這夜也有人沒睡。

市區的別墅區裡，有人躺在床上，臥室裡厚厚的窗簾拉著，那人的目光卻落在窗外極遠的方向，甚是森涼。

「怎麼了？」感受到她氣息的變化，男人從身後將她擁得更緊了些。

「沒事。」夏芍笑笑，回答徐天胤時，眸光柔和了許多，但垂眸時眼神依舊森涼如霜。半晌，她唇角慢慢勾起來，悠然道：「師兄，明晚我想去問候一下王委員。」

夏芍所謂的問候，自然不是提著厚禮去醫院慰問。

王光堂入院後，去看望他的人很少，主要是因為他車禍的事屬於機密。平時能去看望他的都是王家的核心成員，而且為了不引起外界猜疑，就連王家人進出醫院的次數也不多。由於王光堂剛脫離危險期不久，需要靜養，院方為他制定了詳細的康復計畫，晚上過了八點鐘就要休息。除了妻女，就算是直系親屬也不能打擾他。

以王光堂的級別，享受醫院的最高待遇，住在頂樓的豪華病房。這層樓只有四間房，專為領導人而設，如今只住著王光堂一人。病房外頭有警衛，醫生和護士都是專門負責掌控他的病情，可以說，這裡無論白天還是晚上，飛進一隻蒼蠅都會受到盤查，別說是人了。

潘珍在王光堂病情危急那幾晚都在醫院守夜，如今她身體也不好，晚上要偷偷去別的病房接受治療。王光堂也看出妻子臉色比前段時間蒼白來，還以為她是操勞的，便讓她晚上回去休息，不用再在醫院陪著。

這天是週六，原本王梓菡會來父親病房守夜，卻被姜家請去了。晚上八點，尚未歸來，醫院走廊上靜得落針可聞。

警衛守在病房門口，站得筆直，目視前方，眼神卻隱含精銳之光。別看他們站得雕像，哪怕是有一點點響動，都逃不過這些人的耳朵。然而，再是訓練有素的警衛，在神祕的力量前，也猶如普通人。

時鐘剛指向八點半，一名身穿白色大衣的女子慢悠悠走來，燈光在她走過的地方亮起又滅去，走廊上卻靜得連腳步聲都沒有。這麼一個明顯的大活人走過來，兩名警衛竟然絲毫未覺，他們的視線直直地盯著對面，當真如同雕像。

仔細一看，這兩名警衛在女子出現的一刻，眼裡隱含著的精銳光芒忽然黯淡下去，毫無焦距，像是失了魂兒似的。

身後的監控鏡頭正對著女子的背影，她卻理也不理，走過那兩名警衛身旁時，腳步停也未停，徑直推門進房。

王光堂正快要睡著，門口警衛倒下的時候，走廊裡的燈雖然亮了亮，但他沒有察覺。他的病房與飯店的豪華套房沒什麼兩樣，而且出於安全考慮，臥室在裡屋，從門口根本就看不到房裡的情況，而他自然也就不知道外頭的情況。

王光堂睡得不是很踏實，他八點鐘才被醫生囑咐躺下，心裡正有心事，想著白天跟父親那些舊部打電話，由於身體不好體力不支，一天也才打了三通電話。要動徐天胤，憑這點力量還不夠，他明天還得接著找人。

想著這些，昏昏欲睡的王光堂在睡熟前感覺腦中像播放著一幕幕光影交疊的電影，忽然他感覺到有人站在他床前，他猛然睜眼，但重傷在身，無法像平時那樣直接坐起身來。一睜眼，卻看清楚了床邊確實有人。

那人長髮披肩，目光森涼微嘲。

王光堂大驚。因身上有傷，這一驚非同小可，傷口被扯動，他頓時一口氣憋在喉嚨裡，臉色由白漲紅，眼睛緊緊盯著床前，像是見了鬼一般。

夏芍微微一笑，聲音很柔，卻叫人發冷，「王委員，我來探望您，可還歡迎？」

王光堂憋著的氣登時就給咳了出來，他大聲咳嗽，目光卻驚悚地望著夏芍，眼裡的震驚和疑問很明顯——妳怎麼進來的？

這間病房有著很高的保全措施，不僅僅門外有警衛，連門都是密碼和指紋控制的，且密碼每天更換，哪怕是王家人來了，也得警衛輸入密碼、來人輸入指紋才能進來。

夏芍挑眉，笑意嘲弄。這些保全系統並非當今世界最先進的，徐天胤連比這防守更先進的各國政要宅邸都能來去自如，莫說王光堂這區區病房。

原本夏芍可以像對付王卓那樣對付王光堂，根本就不用徐天胤出馬，但是同樣的手法，她不想用第二遍，免得被人看出破綻來。

今晚徐天胤負責解決監控和保全，而門口的兩名警衛則是被溫燁解決的。

溫燁今晚也跟了來，他守在頂樓大廳，防止有人突然進來。如果有人來，他會負責解決，解決的方法跟那兩名警衛一樣。那兩名警衛「看不見」夏芍，並非夏芍用了什麼術法，而是兩人被溫燁的陰人符使附了身。

在香港的時候，展若南的刺頭幫成員曾因玩筆仙被陰人附身過，險些墜崖喪命，但這兩名警衛不會有什麼事，因為附在他們身上的陰人是被溫燁收服的，聽命於他。溫燁不指使他們傷人，他們是不會傷人的。那兩名警衛長年訓練，身體強壯，陽氣強盛，對陰氣的抵禦比普通人好太多，長時間的附身對他們來說不能說沒有影響，但相對較少。

雖然把普通人扯進來很不厚道，可這也是夏芍權衡之後的決定。只有被附身的人才不會知道發生了什麼事，這對她和徐天胤的安全有好處，而且，也對這兩名警衛有好處，畢竟今晚是要出人命的，失職的處分很重。

王光堂只看見了夏芍嘲諷的笑容，卻不知他此時在她眼裡已經是個死人。他咳了半晌才停了下來，只覺渾身傷勢都被扯動，眼前發黑了好一會兒，嘴裡卻喊道：「警、警衛！」

「王委員真有趣，你確定你的警衛聽得見？」夏芍挑眉。

王光堂瞪大眼睛，「妳、妳把他們怎麼了？」

這話說出來，王光堂並不覺得自己高估了夏芍。她看起來雖然柔弱，但當初在警局裡高局長和馮隊長的事，他有所耳聞。這病房不是那麼好進的，無論是進入的密碼、指紋，還是警衛那一關。這女孩子能不聲不響進來，至少說明她是制伏了外頭的警衛。要不然，他剛才咳嗽了那麼久，外頭不可能沒有人進來。

「你猜？」夏芍不答反問。

「妳殺了他們？」王光堂驚疑不定地盯著夏芍，覺得很有可能，卻又覺得不太可能。之所以覺得可能，是因為他畢竟是軍委委員，夜闖他的病房，說大可大，說小可小。往大了說，可以說她刺殺國家軍方領導人。警衛跟她交過手認識她，她不想事後被追究就有可能殺人滅口，但殺人是死罪，哪怕是有徐家護著，她也別想逃脫，所以王光堂又覺得不太可能。

夏芍對於他的這個猜測只是笑了笑，隨即目光冷淡了下來，「王委員與其擔心別人的命，不如擔心你自己的。」

王光堂瞳孔驟然一縮，按住身上的傷口，忍痛喘著粗氣，「妳、妳想幹什麼？」

夏芍聞言，露出一副「妳真有趣，我的意思不是很明顯了嗎」的表情。

「咳咳！」王光堂猛地又咳了幾聲，「妳敢？妳知不知道妳現在出現在我的病房裡，事情有多嚴重？妳還想殺人？妳眼裡有沒有王法？」

夏芍眼神古怪地看著王光堂，「我有說我是來殺人的嗎？」

這話讓王光堂一愣，隨即鬆一口氣，他就說這女人不至於這麼大膽。

「我是來讓妳不幸病逝的。」夏芍說完後半段的話，引得王光堂瞪眼，接著竟是按住胸口又重咳幾聲，還咳了一口血出來。

「妳……」王光堂也不知是氣虛得說不出話來，還是內傷到無語。他在大喘了幾口氣後，抬著頭對著外頭高聲喊道：「來人，來人，來……咳咳，來人……」

夏芍沒有阻止，只是淡然看著，而她越是不阻攔，王光堂也就越絕望。這世上最絕望的事不是明知沒有希望，而是以為有希望，卻一次次把自己推向絕望。沒有什麼比有人站在床邊，靜靜看著你呼救來得絕望。那種有恃無恐，那種篤定，讓王光堂的聲音一次比一次驚恐。

他現在別說是面對一個傳聞中的內家武術高手，就是一個小孩了，他都沒有還手之力，只能任人宰割。這種感覺有多難受，沒有體會過的人是不懂的。

「我警告妳，我、我可是軍委委員，不是妳能殺得起的！」

「妳以為妳殺了我，自己能逃得掉嗎？我告訴妳，到時候徐家都保不了妳！」

「妳、妳現在離開，我當今晚的事沒發生過！」

王光堂一句句地威脅，奈何夏芍不為所動，她從進門到現在，眼中的涼薄就沒變過。當威脅過夏芍幾句後，王光堂的目光再次變得絕望，臉上擠出個難看的笑來，「我、我說小夏啊，我們雖然有點過節，但是不至於鬧到這樣吧？我知道有些事是我們王卓對不住妳，妳、妳有什麼要求可以提，咱們可以商量……」

「對不住我的人，我會解決。商不商量，在我。」夏芍直到這時候才從容一笑。正當王光堂眼裡又露出希冀的時候，她又補了一句：「王卓的事沒得商量，他已經死了。」

一句話，病房裡安靜了下來。原本想要跟夏芍「商量」的王光堂愣住，渾兒僵得像是黑暗的房間裡一件蕭瑟的擺設。也不知過了多久，他張開嘴，想要說話，嘴裡卻沙啞無聲。

夏芍的手指對著王光堂的脖頸一劃，一縷看不見的陰氣封住他的喉管，而她的表情也冷了下來，「閉嘴！別問我在說什麼，別問我說的是真是假，我來這裡，不是為了給你報喪的！」

王光堂嘴還張著，眼中懵愣、震驚、疑惑糾結在一起。他的喉嚨發不出聲音，是不是眼前的女人所為，他已經沒心思去想了，他腦海裡只有她剛才的那句話。

她說……誰死了？

「我來這裡，是有幾句話要對王委員說。」夏芍手收回來，卻忽然在空中猛地一揮。王光堂的瞳孔急遽收縮，一直捂在腹肋下的手青筋暴露，噗地一口血嘔了出來。

「我想說，徐天胤不是你能對付得起的。」夏芍緩緩道。

王光堂腹肋下的傷勢劇痛，一口血還沒吐完，便猛地抬頭，不可思議地望著夏芍。她、她這話是什麼意思？她是怎麼知道的？

「我想說，徐老爺子知道王家在軍委的勢力，但他更知道他的孫子肩上的軍銜是用血和命換來的。」夏芍的這句話，證實了王光堂的想法，她果然是知道的，可她究竟是怎麼……

這念頭還沒想完，夏芍手又一揮，王光堂手捂向胃部，又嘔了一口血。

「王家的功勳，不會有人忘，可那是屬於王老爺子的，不屬於你王光堂。」夏芍聲音低沉，手一甩，王光堂身子向後仰倒，臉色煞白。

「徐天胤的功勳，是他用十年的血和命換來的。堂堂正正，當之無愧。」夏芍的聲音裡已含了怒意，而王光堂的臉色已幾乎沒有血色，不知是因為夏芍的話，還是因為傷勢。

「沒有王家，你王光堂什麼也不是。沒有徐家，徐天胤一樣可以在軍界混出名堂來。他身上的傷，每一處都是他的功勳，誰也不能剝奪。誰要奪他的功勳，我奪他的命。」夏芍語氣森寒，空氣裡似有一把殺氣凜凜的劍，直插王光堂的胸口。

王光堂直愣愣望著天花板，臉色由白轉青，眼神已經渙散。

夏芍注視著床上血跡斑斑的被子，目光極涼。殺人不過頭點地，哪怕是仇人，像王卓那樣跟她有積怨的，甚至想殺她的人，她可以給他個痛快，唯獨想動師兄的人，她絕不輕饒。

王光堂身上車禍留下的幾處重傷，像是被重新輾過似的。超越常識的事，在一人揮手間完成，王光堂再沒有精力去想。他的頭腦開始變得空白，在彌留之際，聽見一句話傳進耳朵裡。

「你可以跟你的兒子團聚了，很快，你們一家人都會相聚。」

王光堂的身子陡然一震，明明已經渙散了的瞳孔忽然凝聚起什麼光，眼睛睜大，再睜大，最後身子一挺，軟了下去……

他生命中最後一刻是怎樣的心情，沒有人知道，夏芍也不想知道。此地不宜久留，她像來時一樣，慢條斯理地退出病房。來到病房外面，她看向那兩名警衛，兩人被陰人附身，此刻還靜靜地站著崗，毫無所覺般。夏芍抬起掌心，聚元氣在那兩人的丹田處輕輕一振，隨後手指在虛空中繪製符籙，往二人印堂處彈去，隨即迅速離開。

夏芍離開的時候，有兩道黑乎乎的東西從兩名警衛身上彈出來，跟著夏芍一起退走。

約莫過了三分鐘，那兩名警衛的目光慢慢變得清明。兩人一清醒過來便不約而同皺了皺眉頭，但轉頭看了看，似乎也鬧不明白為什麼有種奇怪的感覺，但是見自己還站在原來的位置，兩人便沒有多想，繼續站崗。

一個小時之後，有位穿著粉色外套的女子出現在走廊上。兩名警衛一見是她，便行了個軍禮，「王小姐，您回來了。」

「嗯。」王梓菡點點頭，臉上帶了這段時間少見的微笑，顯然去姜家的晚宴讓她的心情不錯，「開門吧，今晚我來看護父親。」

她說著話，熟門熟路地掃描了自己的指紋。警衛輸入密碼後，王梓菡便進了門，但是兩分鐘後，病房裡傳出驚恐的尖叫聲。

王光堂被緊急送往急救室，但是在送救之前，他就停止了呼吸。

當晚，王光堂的死訊驚動了政府高層和王潘兩家。高層的人召開緊急會議，一夜未眠。王光堂是軍委的五把手，他的突然去世對軍界的影響乃至對京城派系爭鬥的影響是巨大的。怎樣對外公布，在歷經一個晚上的時間討論了出來——核實王光堂突然離世是病情惡化所致，對外公布死訊，召開追悼會，安撫王老爺子的舊部，撫恤王家。

這個決定在做出來的時候，王家同樣不平靜。王光堂驟然過世，對王家來說無異於五雷轟頂。第一天晚上，消息尚未傳開，王家瞞住了潘珍。第二天，院方和法醫均證實他的確是病情惡化。第三天，身體有所好轉的潘珍要去看丈夫，王梓菡怎麼哄勸都沒用，事情瞞不住了……

於是，潘珍成了第一個被這道雷給轟死的人。當她得知丈夫亡故時，當場心臟病發，暈厥著送進了急救室。她生命力也算強，兒子死因成謎，丈夫又莫名其妙死去，短短幾天，家裡就剩自己和女兒，這種老天待之不公的悲憤感難以用語言述說，但就在這種情況下，她堅持了三天三夜，愣是從急救室裡醒了過來。

潘珍醒來的第一句話，便是要求徹查王光堂的死因。

王光堂的死因確實令人疑惑，他之前明明已經脫離危險期了，為什麼會突然過世？而且，醫院方面對他的身體有監控，那天晚上卻沒有收到任何身體指標失常的報警，豈不奇怪？

這顯然是在懷疑醫院，可是院方很鬱悶，也很無辜。當晚他們確實沒有收到任何警訊，醫院的專家、護士都是國內頂尖的，醫療器械也是當今醫學界最先進的，別人用了都沒事，唯獨王光堂這裡失靈了，這豈不是倒楣催的？

當晚負責警戒工作的兩名警衛也接受了調查，兩人均稱沒有聽見王光堂的呼救聲，還以為他像往常一樣在休息，而那晚醫院的監控錄影也顯示了一切正常。

最終，院方和法醫堅持原來的判斷，一致認為王光堂是急發病症，吐血身亡的。

這結論讓吊著一口氣的潘珍吐血身亡了。她一口血嘔得老高，心臟像是被人一把捏碎，死前也是望著急救室的天花板，跟王光堂臨死前最後一刻一樣。不過，她死前腦海裡浮現的不是丈夫，也不是兒子，而是夏芍的一句話。

『王夫人，回去之後好好享受這最後的時光吧，王家的日子不多了。』

在生命告終的最後一刻，潘珍神智無比清楚地認為，王家的一切就是夏芍造成的，但她不懂她到底是怎麼做到的。

這個問題的答案，或許她到了下面就會知曉。

王家在短短一個月內，王光堂、潘珍夫妻和王卓相繼離世，王家的權勢可謂塌了一半。本該是忙著舉辦葬禮的時候，王家剩餘的人已經在打算挽救頹勢。原本王光宗等人想勸王梓菡寵絡住姜家的心，但王梓菡哪裡還有這心思？她的父母和哥哥去世，她一時間成了孤兒，這對於從小到大都一帆風順的她來說，打擊深重。

眼看著王梓菡是不能用了，王家人便將心思放在了上層的一些意思上。

上層打算撫恤王家，又打算安撫王老爺子的舊部，那麼會不會讓王家繼續在軍委裡占有一席之地？如果是那樣的話，極有可能讓王光宗接替王光堂，升任軍委委員。

這是很有可能的，因為王家坐在這個位置上，對王老爺子的一些舊部來說，就算是王家的基業還在，也足夠安撫人心。若是如此，那麼王家就還沒有倒，王家還有崛起的可能。

這點連秦系都感覺到了，因此在感覺高層有此意向的時候，秦系便以王光宗軍功不足以成為軍委委員為由極力反對。這個時候，國家首要的那位領導人似乎很看重王老爺子的功勳，在王光堂的追悼會上親自出席，發表的談話令人深思。漸漸的，連地方上的一些官員都感覺到了王光宗升任軍委委員的勢頭，開始攀附討好。

就在這個時候，王光宗許是沒這個命，居然在這緊要關頭出了車禍。

車禍是王光宗從一場提前慶祝他升任軍委委員的飯局裡出來，在回家的途中遇上的。那場車禍並沒有要了他的命，卻要了他的一手一腳。他的車子側翻，右半邊身子被嚴重壓傷，最終截去了右手和右腳，宣告了日後需與輪椅為伴的日子。

一個後半生要與輪椅為伴的人，是不可能再坐上軍委委員的位置的。這突如其來的變故，有人驚愕，有人惋惜，有人背後笑了，有人則懵了。

王家是徹底地懵了。任誰都會覺得這也太倒楣了，難不成，王家這是時運盡了，註定吃不了軍委這碗飯了？

這猜測還真靠那麼點兒譜。

王光宗的車禍，不是夏芍特意為之，而在於王家祖墳的風水。

徐天胤對王家祖墳的風水動的是殺局，夏芍幾經考慮，在某個晚上重新去了陵園，用龍鱗把將軍的煞氣吸收出了一部分，做成了衰局。

這件事裡，王光宗的妻女和王光淑一家並沒有對夏芍下過殺手，雖然他們是王家人，跟王家是利益共同體，但王卓等人做的事應該由王卓等人擔著，不該由別人去承受。

夏芍自知並非純善之人，觸及她底限的敵人，她可以毫不猶豫結束其性命，可沒下手害過她的人，也休想讓她取人性命，她不擔這業障。當然，夏芍也不會善良到不顧自己的利益，她會看王家到底能受這風水衰局的影響到什麼程度，關鍵時候，她不介意動點手腳，直到王家不足以與她為敵為止。總之，放過這些人的性命，不代表她放棄自己的利益。

事實證明，祖墳風水對子孫後代的影響還是有的。

在古代，祖墳風水福於子孫的影響要好過現代。這並不是說現代風水傳承的缺失和現代人對風水的信服不如古代，而是古代多是土葬的形式。現代如果用較為科學的方法解釋祖墳風水對子孫的影響，只能提出基因遺傳和相似的磁場說。就這種說法而言，現代流行火葬，已經是削弱了磁場的影響。一般來說，祖墳風水，全身下葬比骨灰下葬的見效時間短，而骨灰則是比衣冠塚有效。

王家老爺子的是骨灰塚，因此王光宗出事後，直到三月過後，上頭的決定才下達。

軍委這碗飯，王家還是能吃的，只不過失去了一腿一臂的王光宗是不能再在京城軍區擔任軍長職務了。上頭無奈之下，給了一紙調令，以休養的名義把王光宗調去地方上，在省軍區做了閒職。雖然上頭沒虧待王光宗，調職前給他升了中將軍銜，待遇從優，但事實上不過是安撫之舉，相比實職來講，待遇再好，王光宗也只能做個閒散殘將，帶著他的妻女遠離了京城這軍政核心的圈子。

而王家已經嫁出去的王光淑軍銜也略升一級，但她在軍區屬於文職，不僅不頂什麼作用，在王家失勢的如今，她軍銜再升，跟她來往的人也少了。

王家的敗落已成定局。

最後，連姜系也放棄了王家，再沒提跟王梓菡聯姻的事，而王梓菡跟姜正祈確實還沒正式訂婚，王家就算是想說也說不出什麼來。王梓菡在經歷了家族巨變和未婚夫悔婚後，受了不少創傷，乾脆辦理了休學手續，跟著王光宗一家前往地方省市休養。

王家在很短的時間內遠離了共和國軍政核心的舞臺，對於這樣的結局，不少王老爺子的舊部都唏噓不已，但也僅僅是唏噓而已。即便他們想扶持王家，但王家沒有一個可以扶持的人，只能說王家的後代太不爭氣。在這件事上，上頭給的撫恤也算不錯了，以後王家也就只能是領著薪資在地方上閒散度日了。

當然，這些老將沒鬧起來，自然也跟上頭給了他們撫恤有一定的關係。所謂拿人手短，世上有剛正不阿的人，也有明哲保身的人。即便都是王老爺子的舊部，也未必齊心。

王家的事在社會各界都有著廣泛的討論，普通百姓茶餘飯後不免談論王家的這場浩劫，從王卓的離奇死亡，到王光堂夫妻的相繼離世，再到王光宗車禍、王家退出京城圈子，短短的時間內，這怎麼看怎麼透著股流年不利的味道。

政府高層裡也有人這麼想，那就是徐彥紹一家。

連徐老爺子都被蒙在鼓裡的事，徐彥紹夫妻心如明鏡——這一切都是夏芍的手筆。

早在他們一家年初去東市的時候，夏芍就曾說過，京城有一齣好戲請他們看。當時，徐彥紹只是猜疑夏芍會不會與王光堂的車禍有關，而現在，她何止與王光堂的車禍有關，整個王家的衰敗都是出自她的手筆。

不止是王家，王家一夜之間衰敗後，姜系也遭受重創。現在秦系形勢一片大好，搞不好將來政局就這麼定了。

一個從政的人能影響政局不是一件容易的事，更別說一個不在政的人居然能影響政局。

這太可怕了……

徐彥紹感覺到的不僅僅是可怕，還是害怕。不算自己的父親還在世，就說王光堂和他一樣的委員身分，在世人眼中，這是權勢的最高峰，居然下場如此的落魄淒慘。

權勢、地位，或許在某一類人眼裡，確實如同泡沫般容易毀去。站在世界最頂點的人，或許根本就不是站在權勢最頂端的人。

王家衰敗之後，京城不僅政局發生了些改變，連商界的局勢也有了改變。

潘氏企業在初夏來臨的時候，宣告了破產。

這件事夏芍只能說拋了塊磚，她只是打了場網路輿論戰，把潘氏企業推到了風口浪尖上，令其聲譽受損，讓潘氏企業破產的是安親集團。龔沐雲對王家要買夏芍的命一直不提，看著夏芍處置，離開京城後卻對潘珍娘家的潘氏企業進行了連番打擊。潘氏企業跟安親集團的資產和實力比，實在不夠看，幾次危機後，便宣告破產。

潘氏企業破產後，京城西品齋也因為王家的衰敗和贗品案的事而生意一落千丈。

華夏集團在京城古董和拍賣行業占領了龍頭地位，各界這才把目光從王家轉到了華夏集團上。夏芍再次進入人們的視野，這次收穫的是不亞於她締造商業傳奇時的關注目光。

華夏集團和西品齋的糾葛已經是眾所周知了，只是去年十月，當華夏集團旗下諸公司到京城落戶的時候，有誰想過西品齋居然會敗，而且敗得這麼慘？

說起來，王卓之所以會死在看守所，跟兩家的糾葛是分不開的。如果不是一開始在慈善拍賣會上王卓摔了個跟頭，也不會跟夏芍槓上，而兩人你來我往交鋒的結果，已經很明確了。

那件贋品案居然是真的，雖然王卓已死，但其他涉案人員判決已出。案子水落石出了，竟真是王卓安排人欲拉華夏集團入網，好跟徐家綁好關係，結果卻是把自己給賠了進去。

雖然王卓的死是個懸案，華夏集團的成功卻是肯定的。

也正因為案子水落石出，才有更多人對夏芍在拍賣會上的鎮定和反擊給予了極高的評價。不少人嘖嘖稱奇，華夏集團今天的成就，果然不是靠運氣。而夏董事長才二十歲，若再給她十年，華夏集團會是怎樣的盛世光景？

年初回來的時候，徐康國就督促著夏芍把訂婚的日子給唐宗伯卜算，好和徐天胤兩人暑假時就訂婚。後來出了王家的事，一連死了三人，事情大到徐康國也被驚動了。他這兩年因為年紀大了，基本上不是很重要的國事他都很少出面，這事卻是把他給震動了，畢竟王卓進看守所是他要求嚴辦的。徐康國倒沒覺得自己當初的決定有錯，只是結果太出乎他的意料。他原先只想讓王卓認罪，沒想到他死得懸而又懸，王光堂夫妻也相繼過世，連王家也敗落了。

這事讓徐老爺子很不好受，他雖鐵面清廉，卻不代表不懂人情。王卓犯法，必須要伏法。王光堂夫妻教子有失，也該他們挨個教訓，但可憐天下父母心，為人父母的，無論子女怎樣，出了事終究是擔心。徐康國一直以為，王光堂是因車禍傷勢在身，兒子的案子又眼見著沒有辦法，日夜熬心，熬出了急症，這才撒手人寰。而潘珍受不了丈夫兒子都過世，竟也病故了。徐康國覺得，這兩人的死雖然根本原因在王卓犯法的事情上，但跟他也有些關係。

後來王光宗出了車禍，王家衰敗已成定局的那些日子裡，徐康國情緒一直很低落。為此，徐家人沒少勸他，夏芍更是週末就來陪老人家，陪他鬥嘴，讓他一吐胸中積鬱。另外，夏芍還教了套適合老人的吐納方法。徐康國早晚按著她教的辦法呼吸吐納，心情平靜了很多，臉色也比前段日子的灰白多了些紅潤。

因為王家的事，徐康國一來很忙，二來心情抑鬱，徐天胤和夏芍兩人訂婚的日子，他一時忙得都忘了問，但其他人記著，尤其是徐彥紹。

徐彥紹隔三差五就打電話給夏芍，問唐宗伯那邊訂婚的日子算好了沒，對兩人婚事的熱絡程度，不知道的人，還以為是他兒子徐天哲要娶媳婦。

徐彥紹確實是殷勤得跟以前判若兩人，他自從看了齣王家的「好戲」，這才真正感覺到，當初夏芍對他們一家是多麼的手下留情。如果他們不是徐天胤的叔嬸，下場多半會與王光堂夫妻差不了多少。

他警告華芳，王家的事是夏芍所為這件事，誰也不能說，包括老爺子。華芳平日是吃軟不吃硬的，這回徐彥紹態度暗含警告，依著華芳以往的性子，一定會跟他爭幾句，但這回一句話也沒說，轉身就做別的事去了。

至於徐彥紹，他自然不會往外頭說。經過這次的事，他算是看出來了，夏芍能帶給徐家的不是政治聯姻能比得了的，那些軍界、政界的千金加在一起，也比不上一個在權勢之外的人。

夏芍對徐彥紹的態度一直是不冷不熱的，徐彥紹問她要訂婚的日子，她只說師父太忙，還沒告訴她。實際上，唐宗伯老早就把日子算好了，夏芍就是不理徐彥紹，徐彥紹也不生氣，每次通話或者見面都一如既往地笑呵呵的。直到六月，天氣熱了起來，徐彥英眼見著還有一個多月京城大學就放暑假了，訂婚的許多章程還沒訂，她也急了，這才提醒了老爺子幾句，讓他出面問問，順道還有點埋怨，他不是最急孫子訂婚的事，怎麼反倒不問了？

徐康國聽了把眼一瞪，「急什麼？現在問了，還有一個多月得等。等京城大學放假再問，有的是人手，還怕來不及？」

徐彥英聞言張了張嘴，隨即又好氣又好笑。鬧了半天，老爺子是怕提前問了還要等好久，一天天數著日子過得太慢，這才索性不問，等著學校放假他再問，這樣就不用等太久。

「爸，這日子都是看八字的，萬一唐老看的日子就是放假那幾天，小芍的家裡人到時候過來，咱們得招待得準備，哪裡來得及？」

一提八字，徐康國在亭子裡打太極的手便頓了頓，隨即想起唐宗伯對夏芍命格的推斷，臉上又露出了老狐狸般的笑容。他知道夏芍命格奇特，連唐宗伯都推演不出她的命理來，算日子這種事，應該只需要看徐天胤的八字哪天是吉日就行了。唐宗伯知道兩個徒弟要等學校放暑假才有時間訂婚，他總會為兩人留出準備的時間來，不可能來不及。

這話徐康國卻是不能實說的，他只是眼一瞪，道：「想當年我和妳媽結婚，不過是跟組織打個申請報告，領導簽個字就算結婚了。現在的年輕人，比那時候多了那麼多花樣不說，怎麼還得搞那麼大的排場？告訴那兩個小的，等老唐把日子算好了，叫他們兩個一人給我寫份申請報告，我簽個字批准，就算他們訂婚了。」

徐康國說完，太極也不打了，拿起一旁的手杖，蠻不講理地走了。

徐彥英傻在當場，半晌，噗哧一聲笑了出來。訂婚還得寫申請報告？現在哪還是那個年代啊！不過，要真是老爺子簽字批准兩人訂婚，在那個年代，這對新人可是不得了。

徐彥英回身就把這事跟夏芍當笑話說了，夏芍在電話裡笑道：「現在只有部隊裡還打結婚申請書，我可不是部隊的人，老爺子想要我的申請書，先給安排個軍銜和職務唄！」

這話要是讓徐康國聽見，他必然會氣得瞪眼。徐彥英笑了一陣兒，這才問夏芍日子選好了沒，徐家好趕緊準備。

既然是徐彥英問的，夏芍便沒有隱瞞。其實唐宗伯早就把日子定好了，跟徐老爺子想的一樣，果真在暑假後給兩人留了近一個月的準備時間，訂在了八月六日。

夏志元和李娟夫妻早就知道了，夏家人一早就商量好，打算在夏芍放假的時候，一家人帶著兩位老人家一起來京，一來拜訪拜訪徐老爺子，二來幫忙徐家一起準備訂婚的事。

可是，計劃趕不上變化。

在夏芍放假這天，她收到了一封邀請函。這封邀請函是來自英國萊帝斯拍賣公司的，內容是邀請華夏拍賣公司出席八月的世界拍賣會。

萊帝斯拍賣公司是現代拍賣行業的老牌企業，稱得上是鼻祖，已有兩百多年的歷史。

拍賣這個行業，雖然有學者研究表明最先起源於古巴比倫，但真正被大眾所接受卻是在十八世紀。而十八世紀中期以後，拍賣行業確實最先是在英國興盛起來的，當時的萊帝斯拍賣公司就已經成立了。

受萊帝斯的影響，後來許多國家才開設拍賣公司，但受歷史原因影響，共和國成立後，拍賣行業在市場上一直受到限制，國外的拍賣行業漸漸退出國內市場，八十年代後期到九十年代初期，國內在華夏拍賣公司之前也成立過幾家拍賣公司，但由於當時的經濟原因，成績不理想。華夏拍賣公司成立在香港回歸之後，國內經濟開始快速增長，夏芍又借助元青花大盤和香港富商李伯元的名頭，一下子打響名氣。可以說，華夏拍賣公司的成名，占據了天時地利人和。

不管怎麼說，華夏拍賣公司現在在國內已是不具爭議的龍頭企業，在世界拍賣會上受到邀請是情理之中的事。

這張邀請函發去了華夏拍賣公司的總部，身為華夏拍賣公司的總裁，孫長德接到邀請函當天便緊急訂了機票，趕來京城。他也看出了這次拍賣會的重要性。華夏拍賣公司已在全國一線城市和古董市場所在省市設立分公司，占領國內市場的最大份額是事實，但孫長德知道，夏芍的目光絕不僅僅在國內，那麼這次的世界拍賣會就是個極好的機會。

孫長德來到京城的時間是下午三點，打電話給夏芍的時候，夏芍正走出學校大門口。

這天正是放假的日子，京城大學門口結伴搭車回家的學生成群，但下午三點的時候，人並不是很多。即便如此，門口還是引起了騷動。

京城七月初的天氣已是暑熱連連，下午三點是陽光最毒辣的時候，校門口一輛高大霸氣的軍用路虎車前，有個穿著黑色襯衫的男人手捧鮮花，低著頭看腳下的影子。花束跟他的氣質不太搭調，卻很微妙地化解了些他的冷，彷彿鐵面將軍也有那麼點柔情。

在京城大學的學生們眼裡，徐天胤不算陌生的人，他去年在京城大學的禮堂裡向夏芍求婚，誰不認識他？

有了求婚的先例，今天見徐天胤在校門口捧著花，大家也就不那麼大驚小怪了。不過跟他近距離面對面，有人還是免不了駐足，畢竟這是徐家的人，京城那紅牆大院裡的紅頂貴族。

這時候，夏芍從校園裡走了出來。她知道今天徐天胤會來接她，因此沒開車來學校。人群自動讓開，徐天胤抬起頭來，目光比以往更專注，黑眸深處有難以抑制的情緒湧動。

那目光夏芍能讀得懂。兩人的婚事總算要訂下來了，雖然是訂婚，但這男人還是很期盼。其實夏芍也很期待，她笑著走過去接過花束，儘管還是那一束，卻仍是珍惜地抱在懷裡低頭輕嗅，等徐天胤為她開了車門才上了車。

徐天胤把花束放到後座，剛坐進來打算發動車子，夏芍的手機便響了。一接電話，夏芍輕輕挑眉，「孫長德來京城了，先改道去公司吧。」

原本今天晚上約好了去徐家吃飯，徐天胤接了夏芍就要直接去徐家，商量夏家人什麼時候來京，以及訂婚細節。孫長德這時候來京，夏芍知道必定有事，而且聽他的語氣，似乎很高興。

沒想到見了孫長德和方禮後，夏芍接到的會是一張世界拍賣會的邀請函。

夏芍看著孫長德和方禮興奮的眼神，有些怔愣。以前沒聽說有世界拍賣會，而邀請函上也寫明了是第一屆，只是舉辦的時間很不巧，正是八月一日到八月十日，為期十天。

而夏芍和徐天胤的訂婚日子在八月六日……

「董事長，萊帝斯集團擁有悠久歷史和廣大的人脈，他們屬於拍賣領域的跨國集團，不僅在英國本土有分支機構，還依靠連鎖經營的模式，在全球四十六個國家和地區、一百多個城市設有連鎖拍賣機構和辦事處，可謂是國際拍賣市場的霸主，在世界拍賣市場上占有很大的份額。」方禮在英國長大，對萊帝斯耳熟能詳，幾乎是聽著萊帝斯的名頭長大的。

「我在接到邀請函的時候已經核實過，這次的拍賣會意在各國古藝術品的交流、世界拍賣行業的發展座談會，以及由萊帝斯舉行的為期三天的西方藝術品拍賣盛會，出席拍賣會的企業可以送展一件古董，機會難得。到場的拍賣公司都是世界各國的龍頭企業，咱們國家只有華夏集團受到了邀請。」孫長德也目光灼灼地笑道。

只有華夏集團受到邀請，那表明華夏集團這幾年的迅速崛起和夏芍在商場上的作為，已經在國外商界引起注意了。這張邀請函代表著對夏芍年紀輕輕就有如此成就的肯定，孫長德很期待夏芍能在國外嶄露頭角，要是能把那些洋鬼子給震一震，倒也是大快人心。

夏芍垂眸，她身為華夏集團的董事長，怎會不知道萊帝斯的名頭？從成立華夏拍賣公司的那一天起，她就有心將華夏集團引領成跨國集團。這次的世界拍賣會，可能會有多少機遇和挑戰，對華夏集團未來的影響能產生多大的契機，她怎會不知？

而且，這是第一屆拍賣會，對出席的企業來說意義非凡，能出席的企業，定然會受到很大的關注，只是，這個時間……

夏芍有些犯難。孫長德和方禮期待的目光讓她清楚，她是華夏集團的掌舵者，從公司成立到現在，每前進一步，就會有新的人跟隨她。她被員工信任和期待，帶領集團前進是她的職責所在，但她同時是個即將訂婚的女人，心愛的男人等了她四年，等的不過是一個訂婚。

去，對不起她心愛的男人。不去，對不起給予她信任和期待的員工。

一邊是職責所在，一邊是兒女情誼，饒是夏芍這樣的人，也犯了難。

就在這個時候，徐天胤伸手拿過了夏芍手裡的邀請函。

夏芍一愣，望向徐天胤。徐天胤拿著邀請函，看向上面的內容。從夏芍的角度，看不見他的眼神，只看見他捏著邀請函的指尖因用力而有些發白，還能感受到他的呼吸都是屏住的，夏芍的呼吸一窒。

徐天胤忽然說道：「延期。」

夏芍愣著，「師兄？」

「沒事。」似是感覺到夏芍聲音裡的擔憂，徐天胤搖搖頭。他的目光如常，呼吸卻有些短促，短促得讓人發疼，卻還是伸手將她擁在懷裡，大手拍拍她的後背安撫她。

孫長德和方禮互看一眼，笑容意味深長。方禮跟著夏芍的時間尚短，這情景大有讓他不看吃虧的意味，恨不得拍照留存，以後拿來調侃夏芍。孫長德卻笑道：「徐將軍、董事長，什麼延期？你們是說訂婚的事？」

不待夏芍回答，孫長德又道：「這有什麼好延期的？再怎麼說，也不能耽誤你們的大事。不過，這次拍賣會機不可失，我的意思是，要不，提早兩天？這不是還有一個月嗎？再找個好日子，我和陳老哥的紅包早就備好了。」

夏芍聽了這話，搖搖頭，「沒有合適的好日子，這一延後，就得延到年底了。」

適合婚嫁的日子對大部分人來說不難選，今天不合適，隔兩天還會有好日子，但是徐天胤的八字極少見，命格孤煞，一年中適合他的好日子少得可憐。今年對他來說還算行大運，唐宗伯從他的八字裡算出了三個好日子，八月若錯過，就得等年底小年夜前一天的大日子了。

夏芍不知道徐天胤的八字，她曾經問過師父，師父沒有言明。這回讓師父算日子，她心裡也打著小算盤，想著通過這些日子推演出徐天胤的八字來，可是師父狡詐得很，只給了她兩個日子，說還有一個日子在暑假之前，已經過了。

一年之中只有三天大日子，夏芍已能看出徐天胤的命格非同尋常，她通過這兩天的日子，只能推演出他命裡或許帶孤煞，但到底有多嚴重，或者還有沒有別的命格，僅憑這兩天信息量還是太少，推演不出太多東西，可唐宗伯的卜算不會有錯，他既然說沒有合適的日子，那必然是沒有的。如果不是這樣，夏芍在收到邀請函的時候也不會這麼為難了。

「沒事，年底也一樣。」徐天胤這時候又開了口，牽著夏芍的手緊了緊，目光定凝，「有任務，我必須去。妳也一樣，必須去。」

孫長德和方禮面面相覷，再看向徐天胤時，已是佩服。徐天胤身為軍人，軍令如山，有任務他哪怕是要結婚，也要立刻出發。夏芍身為華夏集團的董事長，遇到對集團發展關鍵的機遇，就必須要履行職責，不然高層、員工都會有微詞。

「爺爺那邊我來說，沒事的。」見夏芍眼眶泛紅，徐天胤又把她抱進懷裡拍撫。他只會這一種安撫她的辦法，卻讓她險些淚濕他的衣襟。

在回徐家的路上，夏芍一路沉默。她重生這十年，所做的一切都是為此生不悔。這一生，不想虛度，不想留下遺憾，但終究還是有愧疚，對身旁認真開車的男人。

這件事夏芍自然不可能讓徐天胤去跟老爺子說，要開口，也是該她開口。因此，她打算進了徐家的門就搶先開口，老爺子若怪，就怪她好了。

沒想到還沒進徐家客廳，便聽見茶杯摔在地上的聲音，接著便是徐康國震怒的聲音。

「混帳，欺人太甚！」

夏芍和徐天胤兩人快步走了進去。

客廳裡除了警衛員沒別人，茶杯碎了一地，警衛員在一旁勸老人注意身體，見夏芍和徐天胤回來，警衛員便目光複雜地看了夏芍一眼。夏芍對上警衛員複雜的目光，有些狐疑，徐天胤問道：「爺爺，出什麼事了？」

徐康國板著臉坐下來，夏芍一看老爺子腳邊都是碎玻璃渣，便轉身去找東西來收拾。警衛員見了，趕忙接了過來，徐康國這時道：「丫頭，妳坐。」

夏芍把東西交給警衛員，自己和徐天胤坐下。

「老爺子，剛才聽您說欺人太甚，什麼人能欺到您頭上？」夏芍問道。在現在，能讓徐康國說這話的人還真是少。

「能有什麼人？就是那些洋鬼子！」徐康國一拍桌子，怒道：「強盜嘴臉，欺人太甚！」

夏芍挑眉，看來是國事了。國事方面的事，老爺子並非什麼事都說，但凡他說出來的，那必然是可以說的。夏芍清楚，老爺子有意培養她日後擔起徐家的一些事，故而平時她來看望老爺子，老人家沒少跟她說政事。

徐康國怒斥完洋鬼子便看向她，問：「你們華夏集團是經營古董起家的，知道英國萊帝斯拍賣公司吧？他們下個月要舉辦世界拍賣會，你們集團收到邀請了吧？」

夏芍微愣，老爺子突然問起這事，莫非有什麼關聯？

「我下午剛接到邀請函，剛才就是從公司過來。有件事我得跟您說，訂婚的事……」

「不用說了，這次拍賣會妳得去，國家有事要你們幫忙。」徐康國擺擺手，鄭重地看向夏芍，但當看到孫子時，老爺子目光一黯，無聲嘆息，最終還是站了起來，對愣住的徐天胤和夏芍道：「你們兩個跟我來書房。」

夏芍聽出事情不同尋常來，到了書房，便問道：「老爺子，到底是怎麼回事？」

「既然妳收到邀請函了，應該已經知道，這次世界拍賣會，英國的萊帝斯拍賣公司打算舉行為期三天的西方古董拍賣，但是就我們得到的消息，拍賣會上不僅有西方古董，還有一幅我們國家曾經被掠奪走的國寶壁畫。」

「敦煌壁畫？」一提起壁畫，夏芍首先想到百年前曾遭受過嚴重掠盜的敦煌和樓蘭文物。只是她沒想到，萊帝斯拍賣公司竟然會公開拍賣這些文物。這種國寶級的文物，尤其是從別的國家掠奪來的，一般人藏著掖著還來不及，拿出來拍賣實在是極品思維。不過，夏芍也並不奇怪，上一世，法國的一家著名拍賣公司，連從圓明園掠奪走的獸首都被批准公開拍賣，行徑之無恥，令人髮指。想來，敦煌壁畫英國萊帝斯也是敢拍的。

「我們一得到消息，政府便向英國提出了嚴正交涉，要求停止拍賣並索回，但對方態度不僅強硬，還很無恥，簡直是強盜。」徐康國說到此處，忍不住又拍了桌子，「對方聲稱，敦煌壁畫是世界遺產，是英國偉大的考古學家斯坦因在考古發掘的路上遺失的，願意通過拍賣的平臺協助我們讓流失的壁畫回歸。」

夏芍臉色一沉，怒極反笑。

好一個通過拍賣的平臺協助流失的壁畫回歸。這話的意思，就是讓人拿錢買回來。

斯坦因確實在西方學界有著極為崇高的地位，也確實對中亞文化的研究做出了貢獻，可他這貢獻的來源實在是不正當。

據歷史記載，他上世紀初到中國，第一次在和田地區「考察」，就帶走古代寫本、泥塑、壁畫、木板畫、木雕、建築、錢幣、簡牘、陶器等一千五百多件。第二次重返，發掘古樓蘭遺址，並在敦煌騙走大量的文物，而且這次他來，一個很重要的目的就是割盜敦煌壁畫，但終因佛教徒太多，沒敢下手。說是沒敢下手，最終還是丟了很多東西，尤其是第三次他又回來，重訪尼雅、樓蘭遺址、敦煌，再次捲走大量文物。且此人每次掠奪文物離開之後，都會撰寫所謂的考察書籍，用盜來的文物成就他的研究成果，以此名震歐洲，並最終成為了「集學者、探險家、考古學家和地理學家於一身的最偉大的人物」。

據統計，斯坦因兩次掠奪走了敦煌中的文物一萬多件。這其中，壁畫最終還是丟失了一部分，而這些壁畫在運回的途中損壞了一部分，也遺失了一部分。

其實不止是斯坦因，在整個二戰時期，八國聯軍掠奪走的文物達到了驚人的數目，其中以大英博物館為最。

大英博物館是被認為是藏有最多最好的中國文物的博物館。當年，英軍從圓明園中所劫走的文物一部分獻給了當時的維多利亞女王，另一部分被拍賣。獻給女王的圓明園文物如今存放在大英博物館，而博物館中收藏的中國文物包括青銅器、陶瓷器、書畫、玉器、雕刻品等，有三萬多件，其中有許多是珍品、孤品，都屬無價之寶。比如東晉顧愷之的《女史箴圖》、蘇軾的《墨竹圖》等等。而大英圖書館裡也收藏有中國珍貴古籍文獻六萬多種，其中就包括《永樂大典》四十五卷。

不僅是英國，法、美、日等國，博物館裡也赫然陳列著當初掠奪來的文物，數量都在數萬件。這是國恥，也是夏芍希望將華夏拍賣公司和福瑞祥開設到海外各國的原因之一，她一直想將流失在外的國寶收回國內。

聽見徐康國說了這件事，夏芍也被氣得笑了，「搶了別人的東西，還讓人家花錢買回來，真是強盜行徑。」

「這群洋鬼子，殖民時期四處掠奪的劣根性還沒改。」徐康國怒道。

夏芍站起身，「老爺子，我知道了。這件事就交給我，您放心，我一定把壁畫帶回來。」

「妳？不行不行！」徐康國擺手，「妳以為國家是想讓你們華夏拍賣公司出面把壁畫給收購回來嗎？誰敢出這種混帳的餿主意，我老頭子第一個不同意。這些文物本來就是我們的，歸還是應該的。買？買就是承認這些東西是他們的，給那些洋鬼子送錢的事，不准幹。」

夏芍聽了一笑，「我什麼時候說要花錢了？我的錢從強盜手裡買東西，我還心疼呢！要帶回來，我自能想出辦法來，不過……」她略微沉吟，道：「不過，就算我能成功帶回來，也不過是不聲不響，到時候起不了太大作用，下回這種事情還會有。」

徐康國聞言，點了點頭，看著夏芍的目光很讚賞，「沒錯，國家考慮的就是這一點。這次如果能成功帶回來，那意義很重大。不過，國家不提倡民間組織或個人用購買的方式讓文物回歸，我們要讓對方送回來，給國際上一個震懾。只有對方送回來了，在國際上看來，才能代表他們承認那段侵略的歷史。」

夏芍微笑頷首，那她也有辦法，使點手段就是了。

「今天已經決定過兩天讓外交部發聲明，讓對方把我們的文物交給英國文化部保管，兩國通過外交途徑解決。只是，這群洋鬼子肯定不會乖乖照辦。」徐康國道。

「那您的意思是？」夏芍挑眉。

徐康國這才看向徐天胤，老爺子的目光在看向孫子時由剛才的氣憤變為愧疚，他嘆了口氣道：「上面已經決定了，這件事讓天胤和派遣的特別行動隊伍去。不過，因為是祕密行動，他們的身分不能曝光，所以決定讓他們混在華夏拍賣公司的隊伍裡做掩護，伺機行動。」

夏芍愣了，鬧了半天，華夏集團的任務就是打掩護，真正執行任務的還是特工人員？

夏芍看向徐天胤，眼神有點古怪，笑容更是發苦。不為別的，只為剛才在公司的時候，徐天胤還說有任務他必須服從，沒想到一語成讖，剛回來他就有任務了。

這真是……看來這次他們倆的婚真是訂不成了。

「好，我去。」徐天胤很乾脆地點頭，轉頭望向夏芍，開車回來這一路上緊抿的唇微微一扯，他的表情也雨過天晴，顯示出他心情有點治癒了。

治癒他的當然是可以跟她一起出國，哪怕有任務在身，好過在軍區見不到她，而且，這次可以和她一起，兩人合作。

除了鬥法，在這種事情上，夏芍和徐天胤合作還是頭一回。老實說，夏芍有種塞翁失馬焉知非福的感覺，雖然不甚恰當，但她的心情正是如此。她一直想知道他在國外的工作是怎樣，這回能給他提供掩護，正是個機會，她應該也能幫上忙。

「唉，就是你們兩人訂婚要延期了……」徐康國重重嘆氣。沒有人比他更期望孫子成家，這次的事真是打了他一個措手不及，要不然以他的養氣功夫，這些洋鬼子的嘴臉又不是見了一次兩次了，何至於生這麼大的悶氣？正因為這樣，這次的計策都是他出的。

「哼，叫這群洋鬼子嘗嘗什麼是兵不厭詐，叫他們到時哭都哭不出來！」徐康國哼了哼。

夏芍開玩笑道：「延期更好，正好我有時間寫訂婚申請報告給您。」

徐康國一愣，頓時知道那天自己說的話被女兒出賣了，瞬間老臉漲紅，咳了咳，轉移話題道：「天胤，你留在書房裡，關於這次任務的內容，我跟你下達。」

任務的內容屬於機密，儘管夏芍的華夏拍賣公司需要為徐天胤等人打掩護，但她並非那個部門的人，當然不能知道具體是什麼任務。

正因為明白，夏芍沒說什麼，轉身離開了書房。

夏芍回到客廳，徐彥紹、華芳夫妻和徐彥英已經到了。今天本來就是齊聚一堂討論訂婚細節的，但當三人聽夏芍說要延期時都愣住了。

徐彥紹是最先反應過來的，「這事既然老爺子同意，那就沒什麼關係，我們沒有意見。年輕人嘛，事業為重，而且這次去英國，國內只有華夏拍賣一家受到邀請，這是很光榮的事。咱們國家拍賣行業起步比歐洲國家晚很多，華夏集團既然能收到邀請函，表示在這個行業已經是優秀的了，而且這次的拍賣會，咱們國家……算了，總之去了好好幹，為國爭光。」

敦煌壁畫的事，以徐彥紹的級別自然是知道的。他雖不知有特別行動，卻知道有這回事。外交部發表聲明就在這兩天，徐彥紹卻不敢跟夏芍說這事，他怕夏芍會誤以為他的意思是讓她把壁畫買回來。別說國家根本就不鼓勵民間購買流失在外的文物，哪怕是允許，也不知道夏芍願不願意出錢，畢竟那是私人的錢，文物收回來也是要歸還國家的。

徐彥紹是怕夏芍萬一不願意，他說出敦煌壁畫的事，反而引起她的誤會和反感。

想到這裡，他不由苦笑，堂堂一個委員，出門都被當作國家領導人對待，除了老爺子，他何曾對別人說話這麼小心翼翼？不過，夏芍對他們夫妻有成見，這半年他怎麼表現得和善，她的態度都是不冷不熱的。

華芳知道做了最多得罪夏芍的事的人就是她，所以這半年來見到夏芍她都不說話，只是在一旁坐著。也就是這些日子，她才看起來像個大家族的兒媳婦。

徐彥英尚不知敦煌壁畫的事，她聽了夏芍的決定只能一嘆，「幸虧是訂婚，不是結婚。咱們之前低調，請帖都還沒發出去，不然可真難辦了。」

「事出突然，叫姑姑費神了。」夏芍愧疚地道。對徐彥紹夫妻她是不冷不熱，對徐彥英她還是很感激的。這些日子徐彥英忙前忙後，準備了很多訂婚的方案，就等今天一家人看過，由她和徐天胤點頭了，結果出了這麼件急事，夏芍覺得很對不起她。

這話讓徐彥紹夫妻臉上火辣辣的，他們這半年來也沒少對夏芍示好，從來沒聽見她以晚輩的姿態說這麼一句話。徐彥英笑了笑，「我費什麼神？做長輩的，到了這年紀，籌辦晚輩的婚事可不就是樂趣？我也就是愛湊熱鬧。這事妳得好好跟天胤說說，這孩子嘴上不說，我瞧得出來，他是最盼著訂婚的。延期的事對他影響最大，你們小倆口有話好好說，可別吵架。」

「您覺得依天胤的性子，有人能跟他吵得起來嗎？」夏芍笑道。

徐彥英噗哧一笑，「他那性子，有人要能跟他吵得起來，確實是有點功力。」笑了一會兒，她又沉吟道：「天胤向來疼妳，只要你們兩個感情不受影響，老爺子也沒因為這事生氣，那就是最好的了。年輕人是該以事業為重，不過家庭也要顧慮著，聽說過年前還有個好日子？那時候妳應該沒事了吧？」

夏芍在年底雖然不能說不忙，也確實是一年之中唯一的假期。那時候她會回家陪父母，推掉一切應酬飯局，除了公司的年終舞會，其他事都不參與。今年若訂婚的日子定在小年夜前一天，公司方面的事她會安排，絕不會再耽誤了，「那時候我會把事情提前安排好的，再有什麼事，我也不管了。」

「那就好。」徐彥英這才鬆了一口氣，苦笑道：「妳這孩子啊，比我們這些人都忙，總感覺日理萬機的。」

「一個集團就好比一個王國，可不是日理萬機？」徐彥紹笑著插了句嘴。

夏芍沒理他。

過了片刻，老爺子和徐天胤從書房裡出來，兩人說了什麼沒有人知道，夏芍只是事後被告知，這次去英國，除了徐天胤以外，還會有三名特工協助他，四人的身分由華夏集團安排。

夏芍當晚就打電話回東市，告知父母訂婚推遲到年底。夏志元和李娟很意外，李娟接過電話來，還把夏芍給說了一頓，「小芍啊，媽知道妳也不容易，要管理公司、念書，還得顧著家裡。媽不想妳什麼都做到最好，只是想告訴妳，天胤那孩子對妳不錯，這事雖然妳有理由，但是可得跟他好好說，多顧念顧念他的心情，別讓那孩子太難受。」

夏志元倒替女兒說起了話，「這不是急事嗎？咱們國內就女兒的公司受到了邀請，那是為國爭光的事，為什麼不去？再說，老爺子不也同意了？那就沒什麼好說的了。大不了今年過年咱們一家去京城，把訂婚的事搞定，直接在京城過年。」

年底的日子是小年夜前一天，正好在京城過年，這樣安排確實是不錯。這些事夏芍就交給父母安排了，家裡親戚也叫他們去說，她只準備赴英國的事。

世界拍賣會是八月一日開幕，徐天胤的隊伍打算提前進入英國摸清敦煌壁畫的保存地點。夏芍給幾人安排的身分是祕書和保鏢，她在公司一直沒有董事長助理，只有兩名文祕。徐天胤的隊伍裡有一名女軍人，夏芍將其安排成了臨時助理，另外的人便成了保鏢。不論她自己是不是高手，請保鏢都是無可厚非的事，畢竟身手再好也躲不過子彈。

前往英國的時間也不宜太早，免得引人猜疑。夏芍決定提前一週前往英國，理由是去看望她在英國劍橋大學讀書的朋友胡嘉怡。這個理由再好不過，夏芍一提出來便得到了通過。

夏芍帶徐天胤的隊伍先行，其餘華夏集團的人由孫長德和陳滿貫帶隊，一行十人在拍賣會開始前一天再齊聚倫敦。

第三章　尋寶遊蹤

倫敦七月底的天氣比京城冷很多，晚上八點，一名東方少女從飛機的頭等艙裡下來。在倫敦這樣的國際化大都市裡，東方人很常見，但少女一下飛機，還是引起了周遭人的注目。

少女看起來年紀不大，在西方人眼裡，約莫十六七歲，卻符合人們對東方美女的想像。她穿著白色連身裙，套著淺粉色小外套，步伐從容，眉眼含笑，頗有東方人神祕的氣質。

少女身後跟著三名身穿黑色西裝的男人，為首的男人相貌普通，目光清冷，下巴有一道傷疤，卻不難看，反而多了幾分男性魅力，這男人一看就不好惹。另外兩名東方面孔的男子，身材中等，長相也都不起眼，其中一人眼神凌厲，另一人則身形偏瘦，眼神有些機靈，一下飛機就四處掃視，目光裡隱含警戒。

這三人一看就是保鏢。

這些人後面又跟著一名女子。女子紮著黑色馬尾，穿著深色套裝，下機後就直奔向夏芍，露出職業化的笑容道：「董事長，飯店派了車來，已經在機場外面等我們了。」

夏芍點頭微笑，「好，我們走吧。」

一行人在旁人的注目禮中走出機場，進了兩輛黑色賓利車，揚長而去。

這兩輛車是飯店派過來的，而夏芍所訂的正是三合集團在英國的飯店。在住宿方面，夏芍當然注意保密性和安全性，她提前跟戚宸打了招呼，一下飛機自然就有人在機場外頭等了。

來接機的人態度十分恭敬，到了飯店，飯店經理親自帶夏芍到總統套房，並命人送了晚餐來。服務生一退出房間，飯店樓下便又來了三輛賓利車，從上面下來的人都是黑道的人馬，進了飯店便整層戒備起來，沒有夏芍的允許，什麼人都進不來。

而總統套房裡，送來的飯菜沒人動，五人坐在沙發上，商討明天的事。

「隊長，據我們的情報稱，萊帝斯家族對壁畫的保管嚴密，目前可能放置的地點，一在大英博物館，二在家族內部。」說話的男特工，長相和身材都很普通，丟在人堆裡都認不出來。

夏芍知道，越是這樣的「普通人」，越不引人注目，也越適合做情報工作。不能說沒有俊男美女的特工，但這樣的人比較少。現實中對特工的要求是越像普通人越好，沒有令人一眼記得住的特徵，也就更便於隱藏。

特工是危險又寂寞的工作，並不像大多數人想像中的那麼光鮮。他們大多默默無聞，所做的工作連家人朋友都不知道，所立下的功勳也不為世人所知。他們是行走在暗處的人，時刻需要隱藏，時刻需要讓自己普通。世人都嚮往功成名就，他們的功只在檔案裡，他們的名只在自己心裡。哪怕所有人都笑你是普通人，笑你一生碌碌無為，你也不能憤而宣揚自己的功勳。有的人一生都只能把榮譽和功勳埋藏在心底，永遠不能對旁人提及。

不被人知道，不被人崇敬，寂寞、孤膽，這才是特工。

夏芍在來英國前與這三人見過面，他們與她見面的時候都是易容的，真實姓名也保密，她所知的只有他們在這次行動中的代號。

負責情報的這名特工代號王虺，王字聽起來是姓氏，其實王虺二字意為大蛇。蛇是遊走在陰暗中的生物，用來當作情報人員的代號再貼切不過。

「此次的壁畫是萊帝斯家族先尋得的，存放在大英博物館的可能性不大，但萊帝斯家族有放出消息，在拍賣會之前，會將壁畫放在大英博物館裡公開展覽。這消息可能是真，也有可能只是障眼法。當然，大英博物館裡的防盜系統很先進，把壁畫放在那裡，確實安全性有保障，所以不排除萊帝斯家族真會這麼做，我們要對博物館進行搜索。」王虺繼續道。

「這件事需要夏小姐幫忙掩護，她對外聲稱是來見朋友的，那我們明天一早就前往劍橋小鎮去見夏小姐的朋友。目前正是大學放假的時候，我們想請夏小姐邀請朋友來倫敦，讓她的朋友帶領我們遊覽大英博物館，我們就以遊客的身分進入，玩他娘的一天。」另一名男特工說道。這人眼神機靈，是三人裡唯一面帶笑容的，他的代號是畢方。

假扮夏芍臨時助理的女軍人也點頭道：「沒錯，夏小姐的任務就是掩護和配合我們。」這名女子大約二十五六歲，夏芍只知她代號是英招。此刻，她已經收斂起剛才在機場時職業化的笑容，表情嚴肅，說話語氣也嚴肅，只是這話令人不太舒服。夏芍在這次國寶奪回行動中確實是外圍人士，任務的執行核心她接觸不到，這女子的話並沒有錯，可這次行動特殊，連國家都需要華夏集團協助。夏芍不喜歡擺架子，但她希望被人尊重，而不是因為她是外圍人士，就對她用命令和排擠的語氣說話，哪怕是這話裡加個「請」字，給人的感覺都會舒服很多。

這並非夏芍挑理，她是風水師，對人的氣場很敏感。她感覺得到，英招對她有敵意，不過因為她是特工，善於隱藏自己的氣息和控制情緒，因此這種感覺並不明顯。

夏芍淡淡一笑，不跟英招計較，只是挑眉，笑意頗深地瞥了徐天胤一眼。

徐天胤是這次行動的隊長，他沒有代號，王虺、畢方、英招三人卻對他極為恭敬。夏芍曾聽畢方喊過他一聲「頭兒」，因此夏芍猜測，徐天胤可能不僅僅是這次行動的隊長，或許他應該是那個神祕部隊的首領。他們幾人應該是合作很多年了，彼此很熟悉。

徐天胤對英招的話微微點頭，卻接著道：「我們的任務也要保護她的安全。」

英招嚴肅的表情微微一僵，看了夏芍一眼。夏芍笑著端起桌上的紅茶輕啜一口，這副高深的樣子讓英招很看不慣，但是身為軍人的紀律讓她對徐天胤的命令習慣點頭道：「是，我們會負責夏小姐的安全。」

看不慣歸看不慣，任務歸任務，她分得清。

對於明天的安排討論結束後，王虺和畢方兩人站起身來，畢方笑道：「頭兒，我們就不打擾了，祝您跟夏小姐用餐愉快。」他邊說邊去拉英招，順道使眼色，彷彿在說：快走，杵在這兒幹麼？當電燈泡很不厚道！

英招卻對徐天胤道：「隊長，按照這次行動計畫，我是夏小姐的臨時助理，跟她住在一個房間，您跟王虺、畢方住在隔壁。」

王虺和畢方互看一眼，兩人眼裡都有嘆氣的意思。雖然計畫是這樣的，但是這一層樓都被警戒起來了，基本上不用擔心會有人來，所以房間的安排上其實可以不用這麼死板。不過，英招的心思，他們兩人也能看出來一點，只是頭兒從以前就對這種事遲鈍得不得了。他們跟他當戰友這麼多年，一起出生入死，頭兒的性情他們自然知道，他在執行任務的時候，沒人能與他比肩，但在感情上，小孩子都比他有經驗。老實說，當他們去年在網路上看見頭兒跟夏芍求婚的視頻後，驚得下巴都快掉下來了。

只能說，以前他沒遇到合適的人，現在他遇到了，作為換命的戰友，他們是祝福他的。雖然英招有些可惜，但說老實話，幹他們這一行的，都是接了命令就走的人，其實不合適結婚，至少他們兩個在找另一半的時候，是不會考慮同行的。以後萬一兩人都有任務，家裡的老人孩子誰來照顧？

所以說，他們是支持頭兒的選擇，只是英招似乎還有掙扎的意思。

徐天胤面無表情，只道：「你們先去用餐，晚點再過來。」

英招垂眸，站起身來道：「是。」

「頭兒，您慢慢用餐，不急，我們在隔壁等您。」畢方擠眉弄眼，拉著英招，和王虺兩人二話不說把她給帶了出去。

夏芍瞥了眼三人的背影。王虺、畢方、英招……這可都是古代神獸之名，可見國家對這次行動也寄予希望，希望這次他們真的能使國寶回歸，一切順利吧。

聽見碗碟的聲音，她才看見徐天胤已經把牛排切好，放在她面前。

夏芍看著某人服務周到的樣子，又露出饒富深意的笑容，歪著頭，伸手戳某人的胸口，「說，這又是什麼時候惹的情債？」

徐天胤聞言抬頭，雖是陌生的臉，目光卻是夏芍熟悉的。黑漆漆的眼眸，定定地望著她。

夏芍太了解他這表情了，不由噗哧一笑，「沒什麼。」

敢情這人是惹了情債也無所覺，到現在還不知道怎麼回事？

「嗯。」夏芍說沒什麼，徐天胤便低頭，繼續做他的服務工作。把奶油濃湯盛出來，又把主食和甜品一樣樣擺放在夏芍面前，最後從她手裡把杯子拿過來，重新倒上新茶。

夏芍看著他耐心細緻地做著這些事，眼神漸漸變得柔軟，「師兄，這次的事委屈你了。」

徐天胤倒茶的動作一停，轉頭深深看她了一眼，隨後將她抱過來輕輕擁住，臉埋進她頸窩蹭了蹭，「沒事。」除了說沒事，他不會說別的安慰的話，夏芍忍不住反手抱緊他，側頭在他耳邊道：「年底不管發生什麼事，我們一定要訂婚。」

「嗯。」她吐氣如蘭，讓男人的眼眸變得深暗。聽見她的話，他閉上眼，在她頸窩裡悶聲應答。答完便在她頸窩印下一吻，如誓言的烙印。

夏芍笑了笑，發現徐天胤吻完不放開她，還有些留戀地吻著她的脖頸，呼吸灼人，氣息逐漸變得壓抑。這危險的信號夏芍已經很清楚了，但她沒有阻止。這些天來，他雖然嘴裡說著沒事，但夏芍知道，他心裡還是有些鬱悶的。哪怕這次不是她必須要來，他接到了任務，兩人這婚也是訂不成的。不管是因為誰的原因，對他來說，最苦悶的還是不能訂婚這件事。

任由徐天胤吻著，夏芍目光柔和地看著他，然後在他耳根親吻著，試著安撫和回應他。她的動作讓男人的呼吸變得粗重，成為了點燃一切的導火線。

徐天胤將夏芍壓到沙發裡，身子覆上來，近乎粗暴地印上她的唇，肆意索取掠奪。豪華的總統套房裡，很快便傳出壓抑的喘息聲。

……

訂婚延期的事，果然讓徐天胤很悶，他有些狂躁，雖然力道掌握得很好，始終不曾傷到夏芍，但還是讓她感覺腰比以前痠軟，只是一回，她就累得趴在他身上睡著了。等她醒來的時候，已經是凌晨。

夏芍迷迷糊糊轉醒，便猛地起身。她記得晚上王虺他們臨走前，說是徐天胤晚上要跟他們一個房間的，這都凌晨了。

當夏芍起身後，又是一愣，腰似被一雙大手壓住，她低頭看去，正看見男人精裸的胸膛在昏黃的壁燈下散發著誘人的光暈。

徐天胤也看著她胸前，此刻兩人還是在沙發上，她趴在他身上，這一挺身，胸前迷人的風光展露無遺。徐天胤的眼眸瞬間又變得嗜血，夏芍忙用手遮掩，另一隻手去推他的胸膛，臉頰微紅，嗔道：「你可悠著點兒，快天亮了，還有正事呢！」

徐天胤顯然也知道，但他不放開夏芍，箝住她腰身上的大手微微用力，在她的驚呼聲中，他已經抱著她起身，往浴室走去。

等兩人從浴室出來，外頭的天色已經濛濛亮，兩人這才發現昨晚飯都沒吃。徐天胤打電話叫了服務生來，將冷掉的餐點撤走，換了豐富的中式早餐來。用完餐，兩人才一起出門。

王虺、畢方和英招已收拾妥當，徐天胤敲門的時候，三人才出來。畢方看見兩人，笑得很賊，「頭兒，昨晚睡得好不好？」

「好。」徐天胤點頭道。

「咳咳。」王虺忍不住笑著咳嗽，不好意思地轉過頭去。

英招臉色微黑，眼神黯然道：「拍賣會這些天，我們都住在這家飯店，夏小姐的行李可以不用拿了，這就可以前往劍橋鎮去見她的朋友了。」

劍橋大學所在的劍橋鎮是一座擁有十萬居民的英格蘭小鎮，離倫敦一百公里，驅車前往約需一個多小時。一路上，風景極美。據說鎮子裡有條河流從小鎮穿過，名為劍河。西元前的時候，古羅馬士兵駐紮在劍河岸，在河上建成了一座大橋，劍橋由此得名。

劍橋大學更是世界十大學府之一，諾貝爾獎得主最多的大學，有自然科學搖籃的美譽。在這樣的學校讀書，胡嘉怡自然是有壓力的。胡家的服裝公司在英國有業務，有些人脈讓胡嘉怡進入劍橋讀書，但她之前在巫術學校就讀，耽誤了半個學期的課程，現在只能算是在讀預科，九月底才能正式入學。

因此，眼下雖然是放假的時間，胡嘉怡卻仍然留在學校補習功課，另外也會抽時間去父親的公司學習生意上的事務。

夏芍要來自然是早就跟胡嘉怡打好了招呼，這天上午，當兩輛賓利車在校門口停下，夏芍一下車，等候許久的胡嘉怡便撲了過來，「小芍，想死妳了！」

夏芍扶額，還以為經歷了過年的事，她能穩重些，結果還是這副歡脫的樣子。

「我真的沒想到妳會來英國看我，我太感動了！」胡嘉怡抱著夏芍不放。

夏芍笑笑，打擊她，「我是來出席世界拍賣會的，看妳只是順便。」

「拍賣會？」胡嘉怡一拍腦門，「我怎麼把這事給忘了？最近忙暈了。萊帝斯集團舉辦拍賣會，聽說邀請了世界各國拍賣業的龍頭企業，還請了世界各國的企業家。我們家雖然在英國這邊有生意，但是還不夠格受到邀請，我爸想進去，正到處託關係找人想弄張邀請函呢！」

胡嘉怡說到這裡，皺了皺鼻子，笑容微苦，「我說不去就不去了吧，那裡面都是資產百億級的企業家，我們去了也高攀不上，還得看人臉色。小芍，我以前真的不知道做生意這麼難，看著我爸為了打開英國的市場四處求人，我心裡……很難受。」

夏芍安慰她：「妳不要總看那些難處，開發市場碰釘子是難免的，你們胡家的生活已經比大多數人要好了。妳現在能在英國留學，應該感謝妳的父親。既然看到他的難處，妳就好好努力，日後好為他分憂。」

「當然。我這半年真的感覺比上高中還累，從來不知道大學的課程會這麼累人。」胡嘉怡又發了通牢騷，不過她相當樂天，很快就雨過天晴了，「不過，妳來了，我怎麼也得陪妳好好玩個兩天。這裡有很多風景名勝，我給妳當導遊。」

這話一出口，站在夏芍身後的王虺、畢方和英招三人便交換了個眼色——正中下懷。

「我哪有時間？這次的拍賣會有三天是拍賣大會，肯定有不少好物件。我也要充充電，對西方古文化多了解些。我準備去大英博物館遊覽幾天，妳這導遊還當不當？」夏芍笑問。她說的也是實話，即便沒有這次的任務，她來到英國第一個要去的地方也是博物館。那裡面的藏品世界各國的都有，雖然大多數是掠奪來的，但都是真品，是個很好的考驗眼力的機會。夏芍有日後在西方開設拍賣公司和古董店的想法，那就得對西洋古董有所了解。

胡嘉怡興奮地道：「去，我跟妳一起去。大英博物館我去過幾回，但是那裡面太大了，就算不是全部開放，我去了幾次也沒看完，但是去過的地方，給妳當導遊沒問題。」

大英博物館位於英國倫敦新牛津大街北面的大羅素廣場，於一七五九年對外開放，是世界上歷史最悠久、規模最大的博物館之一，據說其擁有的藏品已達到七百萬件。這些藏品大多是十八世紀至十九世紀中葉，英國對外擴張時，從各個國家掠奪而來。其中受害最深的國家包括中國、埃及、希臘等。聽聞當時大量的文物運抵倫敦，獻給女王，數量之多，大英博物館都容納不下，只能分藏於各個博物館。

夏芍一行人抵達大英博物館，自然是直奔中國陳列室。他們也不怕引人懷疑，本來就是華人，來博物館最關心的自然還是本國藏品。

後世的中國展廳現在還是中國陳列室，裡面的藏品之豐富，已經是從遠古石器、商周青銅器、魏晉石佛經卷，到唐宋書畫、明清瓷器等標刻著中國歷史上各個文化登峰造極的國寶，應有盡有。兩萬三千多件掠奪而來的文物，真正能允許被遊客觀看的只有兩千件。十分之九的稀世奇珍都被嚴密存放在藏室裡，沒有特別許可，普通遊客是無緣得見的。

當然，即便是允許被遊客觀賞的古董，也都算得上是奇珍了。

據聯合國教科文組織統計，中國在戰爭時期流失的文物多達一百六十四萬件。這沉重的數字，讓來到展館的大多數華人表情就沒輕鬆過。

王虺、畢方、英招三人不愧是稱職的特工人員，演技一流，王虺和畢方跟在徐天胤旁邊，走在夏芍身後，對周圍遊客警戒，全程一副保鏢的模樣，而英招則幫夏芍和胡嘉怡拿著外套，提著包，臉上掛著職業笑容，是很稱職的助理。

胡嘉怡直到路上才發現夏芍此行帶了保鏢，還把她給取笑了一通，畢竟在胡嘉怡眼裡，夏芍這樣有著神鬼莫測功力的風水大師，哪需要保鏢？她自是沒認出徐天胤來，因此到最後猜測這些保鏢是不是徐家為了保護她安排的。

夏芍等人是自由遊覽，沒有聘請導遊，但從身旁經過的一些參觀隊伍有不少帶著導遊的。王虺和畢方兩人見此，便藉著為夏芍驅擋人流的機會，將她往導遊身旁帶，有意無意跟著導遊的隊伍。要知道，中國陳列室裡有兩千件展品，要參觀完不是容易的事，有導遊帶領，說不定會有所收穫。

就在這時，一名導遊道：「近來，我們大英博物館裡遊客人數激增，比博物館每年客流高峰的時候都增加了幾成，大家知道是什麼原因嗎？」

導遊是位英國女子，中文說得磕磕絆絆，但還算能聽懂。

夏芍聽了這話輕輕挑眉，猜測大抵是因為世界拍賣會的事。就在他們來英國的前一天，國家外交部對英國方面發表了聲明，譴責萊帝斯集團拍賣敦煌壁畫的行為，要求將壁畫交給英國文化部，由兩國就爭議問題展開商討。這件事在發表聲明的時候，已經在國內引起了社會各界的關注，網上群情激憤，更有不少民間團體表示會組團前來英國拍賣會上抗議。

這事使得世界拍賣大會的名氣大增，遊客數量激增是肯定的。除了有不少各國前來觀看盛會的收藏愛好者，相信還有不少華人愛國團體。

果然，導遊的一句話，讓人群裡的一部分人表情嘲諷，道：「聽說大英博物館一直財政吃緊，我們來旅遊，給你們英國增加點財政收入，好有錢更換館裡的文物，免得我們每次來，看見的都是一樣文物。」

這話很損人，卻是實話。博物館裡面的展品要經常更換，才能吸引回頭客。然而，從九二年以來，中國廳的文物就很少被更換過，原因是英國政府預算減少，遊客減少，財務緊張，導致職位減少，甚至到了沒錢聘請員工的地步。

諷刺的是，大英博物館給自己的定位是「在全球範圍內推廣對藝術、自然歷史和科學的理解和認同，向全世界展示全世界」，但由於財政緊張，所謂的文化交流活動主要集中在發達國家，可是隨著近年來中國國力的提升，英國對華的關注日勝一日，開展對華文化交流才出現了前所未有的勢頭。不過，即使是這樣，後來的中國永久陳列廳也是由一位香港商人捐助兩百萬英鎊修建的。

這次萊帝斯集團舉辦世界拍賣會，不知是有心還是無意，因為一幅敦煌壁畫引起了華人的極大憤慨，導致遊客人數劇增，這也算是為當地的旅遊業和財政收入添磚加瓦了。

「既然不能好好對待我們的文物，不如把搶來的文物都歸還我們。」又有人接著怒道。

這當然不可能的，其實不僅是中國，包括希臘、埃及、土耳其、奈及利亞等國家都曾要求大英博物館歸還戰爭時期掠奪的本國文物，這使得大英博物館面臨著越來越多的國際壓力，但其仍然堅持將這些文物留在自己手上，理由是這樣可以更好地保護這些文物。

「你們還敢拍賣我們的敦煌壁畫？」

「聽說你們這裡有幾十方敦煌壁畫就陳列在展廳裡，帶我們去看看。」

果然，這一行的華人遊客很快將話題轉到了壁畫上。那名導遊還是很鎮定的，顯然這種事在拍賣會之前，華人參觀展廳的時候就不斷上演，因此她應對老道，臉上的笑容不變，打官腔道：「各位遊客，關於文物的事，我國外交部已經在跟中國外交部討論，相信國家方面會有決定。各位遊客既然是來參觀文物的，就讓我帶領大家好好參觀吧。剛才問大家知不知道最近遊客數量增加的原因，其實大家都猜錯了。我們博物館一直以文化交流為責任，這次世界拍賣會上的敦煌壁畫一直受人關注，所以萊帝斯集團委託我們博物館，將壁畫在博物館中展出一星期。如果各位遊客是來觀看壁畫的，那就請跟我來吧。」

這話一出，這一隊的華人都愣了。

有人憤怒，但更多的是驚詫、疑惑和急迫地想要親眼驗證。

徐天胤站在夏芍身後，氣息始終未變，而王𤋮三人也是經驗豐富，突如其來的情報，三人竟然表情動都沒動，可這不代表三人心裡沒想法——原本以為這情報的可信度不高，沒想到居然是真的，這萊帝斯家族也太囂張了。

只是，在夏芍看來，這不過就是萊帝斯家族的炒作手段罷了。有足夠的安保條件的話，引起越大的關注，這次拍賣會的收穫也會越多。

其實夏芍原本打算進來後開天眼找找那幅敦煌壁畫，看情報屬不屬實，沒想到剛進來就看見了這麼一齣，反倒省了她的事。見那些遊客跟著導遊轉了個彎往中心走，她便跟著也走了過去。徐天胤跟在夏芍身後，胡嘉怡走在夏芍身旁，一行人極其自然，邊走邊看兩旁的展品，拐了幾道彎，便聽見前面的遊客驚嘆聲。

夏芍等人不由抬頭，只見前方的展櫃裡赫然陳列著數十平方公尺的敦煌壁畫。壁畫中所畫的是三位菩薩的畫像，體態豐肥，色彩歷經千年仍舊鮮麗。據聞，大英博物館裡國寶級的敦煌壁畫多以萬計，但展出的只有這一幅。

在這幅壁畫旁邊，還有另一幅壁畫。

那幅壁畫是用立櫃的方式展出，立櫃靠牆，周圍又以鋼化玻璃打造了真空空間，空間外拉著警戒線，有警衛守護，做足了保衛措施。所有人只能站在警戒線外頭遠遠觀看，夏芍等人走過來的時候，也只能站在周邊，但他們仰頭才能看得見壁畫的全貌。

這幅壁畫足有三米多高，寬更是達到了七八米。壁畫所繪是縱向的三幅菩薩畫像，色彩略微老舊，畫像卻依舊栩栩如生。這三幅菩薩畫像，學佛之人可以一眼便看出是三世佛。

三世佛分橫三世佛和縱三世佛，面前展出的這幅是縱三世佛的寶像——過去佛燃燈古佛、現在佛釋迦牟尼、未來佛彌勒佛。

而這幅壁畫美就美在三世佛身旁繪製了壯麗的大場景。燃燈古佛旁邊所繪乃是預言釋迦牟尼未來將成佛的情景，而釋迦牟尼佛周圍則繪製與文殊、普賢等菩薩以佛法濟渡娑婆世界眾生的畫面，彌勒佛周圍是諸佛普渡眾生，超越輪迴而成佛升天的景象。

這三幅畫面簡直就是對三世佛的經典釋義。畫面構圖飽滿，人物栩栩如生，站在這幅巨大的壁畫前，三世佛的寶相莊嚴彷彿光照而來。

壁畫周圍尚有割痕，人人看得心痛惋惜，卻又同時被壁畫的莊嚴震懾得臉色發白，這絕對是國寶級的壁畫。

有些佛教徒就地參拜，更多的人則是憤慨，「這樣的國寶級壁畫，你們竟然要拍賣？」

「拿著從別人那裡搶來的文物往自己兜裡裝錢，要不要臉？」

「還我國寶！」這時候，不知是誰大吼一聲，後頭便有人跟著喊起了口號。

有人已經拿出相機來對著壁畫開始拍照，在場的人雖然不乏情緒激憤的，但是還算了解情勢，知道他們這點人根本就撼動不了什麼，所以將照片拍下，打算傳上網。而今天這幅壁畫應該是第一天展出，因為之前國內根本就只聽聞要拍賣壁畫，卻不知到底是什麼樣子。如今把畫面傳出去，說不定能給萊帝斯集團一點壓力。

有人情緒激動，喊著口號，二話不說便跳進警戒線，往壁畫展櫃外的鋼化玻璃處奔去。警報驟然拉響，場面頓時大亂。

導遊大吃一驚，雖然知道憑人力是不可能破壞玻璃的，她還是不停地喊道：「各位遊客，請不要闖過警戒線，你們這樣是觸犯英國法律的，是要遭到逮捕的！」

她的聲音被淹沒在憤怒的人群裡，守在壁畫旁的保全立刻呼喝著進入警戒線，身上的警棍拿了出來，現場就與氣憤的遊客互毆。展廳門口有大批保全迅速進來，場面越發混亂。

胡嘉怡沒想到帶夏芍來博物館參觀，竟會遇到這樣的事，她大聲問：「小芍，怎麼辦？」

「先退後。」夏芍護著胡嘉怡往後退，邊退邊看向警戒線裡面，見那些華人遊客被人用電棍打倒在地，表情痛苦，不由瞇起眼，目光冷寒。依著她的性子，這事是絕對會出手的，可今天她卻沒動。這次出來有任務在身，為的就是敦煌壁畫的回歸，小不忍則亂大謀。

正這樣想著，夏芍在後退的時候，目光掃到英招對王虺和畢方點點頭，畢方目光一閃，和王虺兩人看似護著夏芍往外走，實則擦著警戒線的邊，在經過一名站在警戒線裡不停往華人身上揮棒的保全身邊時，畢方很巧妙地手往那人的衣側摸去。

他的動作很快，角度巧妙，如果不是夏芍眼力好，她根本就看不到。她目光掃去的瞬間，指尖迅速一彈，從來沒有失手過的畢方在摸向那人腰間的時候，察覺一道暗勁將他的手往外擋去。這時候，畢方已經走過那名保全身旁，再返回去會顯得太奇怪。他從來沒失過手，正自奇怪，夏芍道：「走，出去再說。」

英招見畢方失敗，正焦急，一聽夏芍的話，頓時皺眉，但配合著現在展廳裡的混亂場面，她這表情倒不惹人懷疑。眼看著再下手已是沒有機會，一行人只好護著夏芍出了展廳。

到了外頭，展廳裡的情況已經引起了其他國家遊客的注意，趁著門口也有動亂，夏芍一行人快速離開了博物館。

他們先去吃午飯，夏芍說有些累，便帶著胡嘉怡回了昨晚入住的飯店。給胡嘉怡開了一間套房之後，夏芍便帶著徐天胤的隊伍進了總統套房。

一進房間，英招便問道：「畢方，剛才怎麼回事？為什麼會失手？」

畢方收斂起笑嘻嘻的表情，表情嚴肅，「我也不知道，剛才……我遇到了莫名的阻力。」他回想當時，表情疑惑，又解釋不清那一瞬所遇的事，便對徐天胤道：「對不起，頭兒，這是我的失誤，我會想辦法彌補。等任務結束後，我會寫報告接受處分。」

「沒事，再想辦法。」徐天胤不是會安慰人的人，他拍拍隊友的肩膀，畢方感到愧疚。

英招皺眉看向了夏芍，「夏小姐，請妳解釋一下剛才為什麼要讓我們離開。那名保全身上有我們要的東西，對我們取得壁畫有很大幫助。畢方雖然失手，但是場面很亂，只要我們在展廳裡就一定有再下手的機會，可是因為妳要求離開的決定，我們錯失了取得重要東西的機會。

今天展廳發生動亂，壁畫的展出很有可能會停止，妳知道妳的決定為我們完成任務增添了多大的難度嗎？」

王毑和畢方聽了都愣了，他們很清楚英招的性情，她的責任感很強，容不得任務失敗。她雖然對頭兒有些私人感情，但面對夏芍，她也一直以任務為先，不曾被個人感情影響，但今天夏芍的決定，讓她心裡有點火氣。

「算了，英招，我們再想辦法就好。」三人之中最忠厚的王毑開口勸和，英招的指責雖然有道理，可這會讓隊長很為難，而且，說句公道話，英招的要求有點高了。夏芍不是專業特工，這次幫他們已經是將自己置身險境。她沒有經過專業訓練，在剛才那瞬間，哪裡能要求她做出專業的判斷？何況他們是第一次合作，默契欠缺也是正常的。

「是啊，任務裡有突發狀況是常有的事，我們以前又不是沒遇到過，再想辦法就好。」畢方也連忙勸道。

兩人的話讓英招火氣更大，「三米高、七米寬的巨幅壁畫，你們以為很好獲取嗎？你們說這些話的時候，心裡是不是已經有彌補的辦法了？沒有就別說得那麼簡單！」

英招自認為在任務中不會受私人情感困擾，現在王毑和畢方都為夏芍說好話，他們兩個分明就是看在隊長的面子上偏袒夏芍。有失特工水準的人不是她，而是他們兩個。

「我有辦法。」徐天胤面無表情地開口，讓正爭吵的三人一愣，全都看向他。

「隊長。」英招的語氣明顯緩了緩，「這次的任務目標你也看見了，只有我們四人恐怕很難運抵目標地點。」

「我有辦法。」徐天胤還是這句話。

王虺和畢方心中微凜，望向徐天胤的目光全是希冀。他們知道頭兒的性情，他從來不說大話。他的話少得可憐，但他只要開口，言出必踐，沒有一次是不成功的。

這次任務雖然艱難，但是頭兒一定有辦法。

這時候，捧著茶杯悠然品啜的夏芍忽然笑出了聲。

英招眼裡冒火，都是這女人把事情給搞複雜了，她還笑得出來？真以為有隊長護著她，她就不敢揍人了？

「你們要取得這幅壁畫，首先要考慮的並不是怎麼獲取它，而是先判定它是不是真品。」夏芍壓根兒不理會英招，不緊不慢地丟出重磅炸彈。

王虺和畢方呆住，英招卻嘲諷地笑了，「夏小姐，妳這話什麼意思？妳是說今天在大英博物館展出的壁畫是假的？」

假的沒什麼奇怪，現在中英兩國因為這幅壁畫外交關係緊張，萊帝斯集團確實有可能做些防範，弄一幅高仿的贗品迷惑人。現在盯著這幅壁畫的人應該不止是中方，還有各國那些名聲在外的大盜。這些事身為有經驗的特工怎會不懂？英招笑的是，論古董鑑定，她也是專家。

特工雖不說三百六十行樣樣精通，最起碼一個團隊人人有擅長的事。在古董鑑定方面，國家對她進行過培訓，她對世界各國的古董都有獨到的眼力。老實說，雖然夏芍是經營古董起家的，但她的鑑定眼光也未必有她全面。

「隊長，那幅壁畫是真品。」英招對徐天胤道。

王虺和畢方聞言，鬆了一口氣，英招的判斷，他們是很信服的。

徐天胤卻只是看了英招一眼，便看向夏芍，問：「假的？」

「隊長？」英招不可思議地看著徐天胤，他剛才的話，無疑是對她能力的質疑，「隊長，我們在一起執行過那麼多次任務，你應該相信我的能力。」

隊長也因為這女人判斷而有失水準了嗎？

徐天胤轉頭再次看向英招，這次不是只看一眼，而是一直盯著她。面無表情，眼裡沒有感情，卻讓英招心裡一驚，臉色煞白，不得不閉上嘴，不敢再開口。直到她慢慢低下頭去，徐天胤才冷冷道：「我的眼裡，只有這次的任務。」

英招猛然抬頭，望著徐天胤。王虺和畢方則有些羞愧地低下頭。他們都犯了一個特工不該犯的錯誤——太依賴過往的戰績，太相信自己的判斷。

無論以前他們完成過多少次任務，以前是以前，這次是這次，每次的任務都是不一樣的，他們對待任務的態度都應該像是執行第一次任務，而不應該被以前的經驗所左右。

「對不起，隊長，這次是我的錯。」英招臉上火辣辣的，自覺丟人，但她有自己的驕傲，不願意有錯不認，因此當即低頭道歉。

徐天胤這才將目光收回，望向夏芍，又問：「假的？」

夏芍放下茶杯，點頭道：「絕對是贗品。」

夏芍一句話，令王虺、畢方和英招都望向她。沒等三人說話，夏芍便看向英招，感興趣地問道：「我想知道英招小姐判定那幅壁畫是真品的理由是什麼？據我所知，就算研究敦煌壁畫幾十年的老專家，在這樣一幅壁畫面前也得費些眼力。」

「那夏小姐判斷為贗品的依據又是什麼？」英招反問，隨即又壓下情緒。雖然剛才她犯了錯誤，但是對自己的判斷還是很有信心的，她不怕說說鑑定理由，看看到底誰的眼力好。

「我不敢斷定這幅壁畫是不是出自吳道子之手，但它至少是唐朝鼎盛時期的畫作。我國的繪畫初期是不暈染的，到了戰國、兩漢時期才開始暈染人物面部。後來受到西域佛教的影響，加以改進，暈染技法在唐代時期達到鼎盛。這幅壁畫，在暈染技法上無可挑剔，而且線條是唐代流行的蘭葉描，中鋒探寫，圓潤、豐滿、汗厚，外柔內剛。」英招的話讓王廸和畢方兩人互看一眼，接著嘆氣。

他們都了解英招的性子，她說話從來都是揀重點，很少說這麼詳細的。很顯然，她極不服氣，想跟夏芍來次眼力對決。夏芍買賣古董起家，若在這方面輸給英招，恐怕不太有面子。不過，他們兩人還真是更相信英招一些，這絕不是因為他們是隊友，而是……

「當然，我說的這些不排除有高手可以臨摹得出來，但我的判斷依據主要在顏料上。敦煌壁畫千年不褪色的原因是古代先輩擁有世界領先的顏料製作技術和化工技術。敦煌壁畫的顏料有天然寶石、礦石和人造化合物，這些是可以用儀器測出來的，我手上有最先進的測試儀器。」英招微微一笑，伸出手來。在她手腕上戴著一隻手錶，看起來普普通通，但打開上方錶盤，上面是有指標的儀器。

英招的脖子昂了昂，這就是她的殺手鐧，「雖然我接觸壁畫的時間很短，但是上面的顏色可以反應到我的儀器上進行快速分析。當然，隔著障礙物，它的準確性會有一定的誤差，但好處是便於快速且初步判斷。這是最先進的儀器，我相信它的準確性高過任何專家的眼力。」

至於英招是如何使用這儀器的，她沒有明說。第一，這是機密；第二，那些操作方法、光譜、色譜和化學名稱，她覺得說出來夏芍也未必聽得懂。

夏芍瞥了一眼英招手腕上的儀器，露出了然的神色。原來是這樣，哪怕是經驗再老道的專家，眼力也會有偏差的時候，何況英招這樣二十五六歲的年紀？她即便是接受過專業訓練，古董鑑定這一行都不是個硬知識，而是講究積澱、積累和眼力的。在遇到涉及古董的任務時，哪怕任務過程進行得再順利，最終拿回的是贗品，任務也是失敗。敦煌壁畫回歸這麼意義重大的事，國家不可能承擔拿回贗品的後果，這樣無異於被世界各國嘲笑，所以國家並不完全相信人的判斷和眼力，而是給行動的特工配備了最先進的檢測儀器。

怪不得，這次出國參與任務，老爺子居然沒提讓她幫忙鑑定壁畫真偽的事，原來特工手裡有這樣的殺手鐧。

然而，這儀器真的可以被依賴嗎？

夏芍笑笑，再先進的儀器也敵不過她的天眼。那幅壁畫若真是千年前的真品，歲月會在它上面積澱下深厚的天地元氣，尤其是她這樣的修煉者，看見那幅畫，本能會有很舒服的感覺，可惜的是她沒有，那幅壁畫是贗品。

當然，夏芍判定其為贗品的依據並非全來自天眼的幫助，她雙手交疊，迎著英招自信的、得意的，甚至是挑釁的目光，微笑道：「英招小姐，妳的世界上最先進的儀器可以檢測色彩，那敢問，它可以檢測土層嗎？」

英招的表情一僵。

已經在互相打眼色，想辦法替夏芍挽回面子的王颱和畢方，焦急的神色也僵住。

「英招小姐這麼了解古董的知識，應該知道敦煌壁畫有一個很有趣的地方在於它不褪色卻會變色。不褪色的原因英招小姐剛才已經說了，因為古代顏料裡含有很多寶石、礦石和化工物質，但是顏料變色的原因有很多，一是朱丹和含有朱丹的調和色，歷經千百年的氧化，會徹底改變初繪時的色彩；二是顏料中若含有植物成分，經氧化會褪色，被下層的色彩上翻而掩蓋；三是土質。敦煌的土層含有大量鹼性元素，是顏料化學反應的催化劑，我要說的正是土質。」

夏芍頓了頓，又道：「敦煌的土層是經海水浸泡過的海底床，這若是盛唐時所繪的壁畫，英招小姐覺得壁畫下面的土會是我們今天所看到的那樣發黃、僵硬，毫無風蝕痕跡嗎？」

海底床？風蝕痕跡？

英招的臉色變了變，她之前的自信、得意和挑釁，隨著夏芍嚴厲的語氣盡數崩塌。

而王虺和畢方早就張大了嘴。

土質？誰想過土質？

在看見敦煌壁畫的瞬間，任何人都會先被壁畫所繪的瑰麗壯闊場景所吸引，被其千年不褪色的豔麗色彩所吸引，被那豐滿唯美的人物所吸引，有誰會去看下面不起眼的醜陋的土？

「你知道世界上存在高手，可以臨摹復原壁畫，那妳知道現代對古代顏料的研究有助於古代顏料的複製嗎？」夏芍淡淡地道。自古民間出奇人，不說別人，華夏集團裡就有常久這麼一個康雍乾時期的粉彩瓷上能以假亂真的高手。世界上這樣的奇人異士一定還有，國畫上的礦物顏料至今還很傳統，國內某些遠離城市的村莊至今還保留著提取植物作為布料染料的技法，古代顏料的複製上一定有高手存在。贗品這一行，自古就有，作偽的技術也是有傳承的，常久就屬於家傳淵源。

「英招小姐，我不想對妳的能力指手畫腳，妳以前那些成功完成的任務我不想談，我只說這一次。過度信賴儀器，妳所得到的只會是教訓。世上最聰明的、最能被信賴的，永遠是人的大腦。如果妳放棄思考，把判斷交給手腕上冰冷的儀器，那妳就已經輸了。」

英招表情僵硬。她何止是輸了？不僅輸了面子，還輸了身為特工的水準。

她一直以為身上有殺手鐧，她對夏芍的眼力和判斷不屑一顧。她比她還年輕，才二十歲。儘管有傳言稱她有過人的眼力，但英招不認為受過專業訓練的她，在古董鑑定眼力上會比夏芍差，而且她身上還帶著世界上最先進的儀器，那是人眼所不能比的，可結果卻將她的信心和自負的驕傲擊得粉碎。

作畫的線條、風格，甚至是顏料，就像一件事物浮華的表面，她太在意這些表面，反而忘了最本質的土層。可以說，她不是忘了，而是在夏芍說這件事情前，根本就沒想到過。這已經足夠能證明，在古董鑑定的眼力上，夏芍的眼力比她和她的儀器都老道。

這簡直就像是在英招臉上打了一巴掌，不服氣的人是她，賣弄古董鑑定知識跟人比拚的是她，仗著先進儀器想在徐天胤面前給夏芍難堪的人是她，最終被狠狠還擊了的人也是她。

「她的話沒人再有意見了吧？」偏偏在這時候，徐天胤開了口，還是那冷淡沒有起伏的語調，卻讓英招的臉煞時紅透。她感覺自己就像是跳樑小丑，剛才比拚的心思簡直是班門弄斧。

「沒有意見，真是太感謝夏小姐了。」王虺道，語氣鄭重，眼神已經發生了變化。之前，他也是把夏芍當成這次任務的協助人員，雖然不曾有看不起的意思，但也確實沒看得太重。頂多因為她是隊長的未婚妻，對她多些尊敬。此刻他看夏芍的目光卻有毫不掩飾的讚嘆和佩服，連先進的測試儀器都不及她的眼力，這女孩子果然有真材實料。

畢方則苦笑著聳聳肩，對夏芍開玩笑道：「夏小姐，妳考慮改行嗎？我覺得妳有做我們這一行的潛質。」

「不行。」不待夏芍回答，徐天胤便一口回絕，看向畢方的目光冷厲，「危險。」

畢方被他瞪得臉上的苦笑都垮了，他只是開個玩笑，隊長這麼認真幹麼？

夏芍輕笑一聲，「我覺得，我還是更喜歡賺錢。」

接下來幾人便開始討論之後該怎麼辦。

「萊帝斯集團的人倒是小心，可惜那件贗品周圍是鋼化玻璃，我們沒辦法在上面安裝追蹤器。不過事情剛發生，現在動亂剛過，這件贗品還在大英博物館裡。上午發生的動亂很可能打草驚蛇了，萊帝斯或許會把這件贗品繼續留在博物館裡吸引各方的目光，也有可能把贗品收起來。如果他們打算把贗品收起來，白天運這件東西目標太大，他們肯定會在晚上動作。我可以再回到博物館附近盯著那邊的動靜，看他們運往哪裡。不過，如果他們不動這件贗品，那我們就難辦了。」畢方邊說邊手指敲擊著面前的電腦，上面顯示的正是大英博物館目前的狀況。

英招坐在一旁不說話，王虺道：「這幅巨幅的敦煌壁畫絕對是國寶級的，這樣的珍品萊帝斯家族不可能放在其他地方，一定會藏在他們家族中。這個家族有兩百多年的歷史了，祕密藏室一定有，只不過我們要找不太容易，但也不是沒有辦法試，只是要等到拍賣會開幕的時候，想辦法來個調虎離山，偷偷潛進去。還有，這幅壁畫實在是太難動了，我們四個人搬運上有問題，所以這幾天希望隊長跟上面聯繫一下，請求人手接應。」

徐天胤點頭表示同意，又看向畢方道：「不必再去博物館，贗品動了，我會知道。」

王虺、畢方和英招三人都是一愣，頭兒在開玩笑吧？

但知道徐天胤性情的人都知道，他從來不開玩笑。他這麼說，那就是他一定有辦法。頭兒在以前的任務中也是這樣，有些看似無法完成的頂級難度的任務，他總能有令人看不懂的辦法。他們跟了他這麼多年，仍覺得他在某些本領方面是個謎。不可否認，他們完成不了的任務，到了他手上都沒問題。

夏芍笑了笑，別人看不懂，她是知道的。師兄在剛才離開的時候，引了一絲自己的元氣在那件贗品上，那可比追蹤定位器都管用。只要那件贗品不出英國，他一定能感應得到，而且這次任務有她在，難度也會降低。真品到底藏沒藏在萊帝斯家族，藏在什麼地方，她開天眼一看就知道，這也可以省下王虺等人潛入萊帝斯家族搜尋的危險。一旦發現目標，他們只要想辦法運走就好。雖然這幅壁畫太大，要運走而不被發現是件很困難的事，但船到橋頭自然直，如果他們沒有辦法，她不介意先潛入萊帝斯家族重地，擺個九宮八卦陣出來，協助他們離開。

當然，這些事夏芍是不會對王虺三人說的，她和師兄心中有數就好。

開天眼尋找壁畫的事需要晚上沒人的時候，現在胡嘉怡還在，夏芍需要把她送回去，而這邊敦煌壁畫贗品的去向也需要徐天胤盯著，因此眾人商量後決定，由徐天胤、王虺和英招留在飯店監視，畢方陪著夏芍送胡嘉怡回去。其實夏芍本不需要畢方陪同，奈何他們一行人現在的身分是她的保鏢，出門一個人也不帶，日後被人查起來難免惹人懷疑，因此夏芍帶上了最機靈的畢方跟她一起出門。

回到劍橋鎮的時候正是傍晚，這天上午去博物館時發生了動亂，讓胡嘉怡覺得沒盡到帶夏芍遊玩的責任，便請她吃了晚飯再回去。夏芍深知那贗品要搬動也得深夜，眼下剛剛傍晚，時間很充裕，便沒推辭，跟著胡嘉怡去了小鎮上一家田園風格的餐館。

「羅莎、莉莉，我們來了。」一進餐館，胡嘉怡便笑著對櫃檯後頭喊道。

她這一喊，後面冒出兩個人來。一名身材微胖的英國婦人，和一名二十出頭的女子。女子皮膚白皙，臉上有雀斑，笑容溫柔。最重要的是，她的眼睛是黑色的，看起來是混血兒。

那婦人跟胡嘉怡來了個貼面禮，熱情地道：「這位美麗的姑娘是妳的朋友？」

「對，是我的朋友。羅莎，妳叫她夏就好了。」胡嘉怡笑道，又轉身對夏芍道：「這是羅莎，這間餐廳的老闆娘。那是她的女兒莉莉，也在劍橋大學讀書，我們是朋友。莉莉放假和平時下課後都會來餐廳幫忙，有時我也會來打下手，跟他們一家就混熟了。」

「妳們好，很高興見到妳們。」夏芍笑著用英文說道。

「胡，妳的朋友英文很好。」羅莎讚道。

「當然，她的厲害我可是一丁點兒也比不上。」胡嘉怡皺皺鼻子。

「不要這麼說，妳也很優秀。」羅莎拍拍胡嘉怡的肩膀，安慰她，「至少，我沒見過妳這麼努力的人。」

這時候，那名叫莉莉的女孩子才開了口。她說的是磕磕絆絆的中國語，目光好奇中帶著嚮往，看向夏芍，「請問，妳跟胡一樣，也是中國人嗎？」

「當然。」夏芍笑著對莉莉點頭。

「哦，那太好了。」接話的人是莉莉的母親羅莎，羅莎笑著給了夏芍一個親切的擁抱，興奮地道：「我們這裡很歡迎中國人。莉莉的祖母就是中國人，她有四分之一的中國血統。」

「可惜我的祖母早就去世了，我的中文是跟著嘉怡學的，說得不好，請別介意。」莉莉有些不好意思地道。

簡單寒暄了幾句，羅莎母女便招呼夏芍和胡嘉怡坐下，推薦了幾道道地的英式餐點，然後便下去準備了。兩人走後，胡嘉怡才道：「莉莉很喜歡中國，她說小時候聽她祖母說過一些中國故事，讓她很著迷。她祖母去世的時候很想念家鄉，莉莉答應過她祖母要把她的骨灰帶回家鄉安葬，只是她現在在讀書，而且剛開始學中文，所以事情就耽擱了下來。」

夏芍一眼就看穿了朋友的小算盤，「哦，我說怎麼有人把我帶來這裡吃飯，原來是打這個主意，別告訴我祖墳要我幫忙尋風水。」

胡嘉怡笑笑，「妳是風水大師嘛，不求妳求誰？我知道妳現在不喜歡英國人，但是妳如果知道莉莉祖父祖母的事蹟，妳一定會幫忙的，他們真的很值得尊敬。」

夏芍挑眉，「說說看。」

「莉莉的祖父是位很偉大的醫生，聽說也是很虔誠的天主教徒。她的祖母是護士，兩人相識在中國，因為戰爭。其實莉莉的曾祖父在英國是很有名的企業家，他的兩個兒子裡，一個繼承家業，一個是醫生，原本是很榮耀的事，可是那時候戰爭爆發，莉莉的祖父不顧家族的反對，隻身前往中國戰場，成為一名醫療志願者。他在那裡救了很多人，跟莉莉的祖母在那裡相識相愛，最後結成連理，可惜……後來他犧牲在了戰場上，聽說是搶救傷患的時候被流彈擊中，那時莉莉的父親才三歲。」胡嘉怡說到這裡，眼眶紅了。

「建國後，國內有段時間形勢很不好，莉莉的祖母在當時認識的一些英國朋友的幫助下，帶著兒子來到英國居住。本來是想給他一個好的生活環境，沒想到莉莉的曾祖父根本就不承認這個中國的兒媳婦。莉莉的祖母是個要強的人，最後便在英國工作，靠微薄的薪水養活自己和兒子。後來，莉莉的父親成年，也算有經商頭腦，就在劍橋這邊開了餐廳，生意很紅火。現在這家餐廳在英國有幾家連鎖店，算得上有名氣，來劍橋遊覽的人，沒有不來嘗嘗這家餐廳的特色菜餚的。莉莉跟我說，他們一家人沒有曾祖父的財產也可以過得很好，只是當初答應過她祖母，要帶她的骨灰返回故鄉，這一直是她的心願。」

「好，日後她如果去中國，妳可以帶她來找我。」夏芍很乾脆地答應。

「真的嗎？謝謝妳，小芍，妳太好了！」胡嘉怡激動得險些跳起來，隨即又不好意思地坐了回來，道：「其實英國也有好人，只不過今天上午的事確實讓人氣憤。一碼歸一碼，妳說，英國會同意把國寶壁畫還給我們嗎？」

必然不會同意，夏芍在心裡道，但這件事涉及任務，她不好多說，便道：「誰知道呢！」

胡嘉怡皺眉，「一幅壁畫都不還給我們，那博物館那麼多搶來的文物不是更沒希望了？」

夏芍笑了，「強者為尊，這是亙古不變的道理。只有國家富強，提出要求才會有人重視。從建國以來，我們國家的發展已經很快了，相信這件事會有個滿意的結果。」

胡嘉怡點頭，卻覺得可能性不大。以前不是沒聽說過有國家要求歸還文物的，但是英國都沒有理會，這次……唉！

餐廳的門忽然被人大力打開，「砰」一聲，讓夏芍看了過去。

胡嘉怡一轉頭，臉色立刻黑得很難看。

一名二十出頭的女子走了進來，她的打扮貴氣，身後還跟著幾名保鏢。女子金髮碧眼，蠻腰辣胸，走起路來像驕傲的孔雀，一進來便找了個靠窗的位置坐下，眼也不看四周，直接道：「服務生，來杯錫蘭紅茶。」

羅莎和莉莉聽見店門的響聲，很快從裡面奔了出來，一看見這女子，兩人都板起了臉。

「妳來做什麼？這裡不歡迎妳，我們應該已經說過很多次了。」莉莉冷下臉來道。

羅莎也一反剛才對待夏芍的熱情，將女兒往身後拉，怒道：「親愛的，不用跟她廢話。她如果不走，我會拿一切我看得到的東西把她砸出去。」

女子聽了不屑地一笑，氣定神閒地看著自己的指甲，「我是這家店的顧客，有權利要求妳們為我服務。如果妳們對我惡言相向，或者對我做出無禮舉動，我有權控告妳們，而且，我也會回去跟我爺爺和父親說，妳們這家店就可以不用開了。」

羅莎一聽，頓時露出憤怒和忌憚的神色。

莉莉道：「媽媽，算了，我去給她泡茶。」說罷，她轉身往後頭走。

夏芍見了這場面，挑眉低聲問胡嘉怡：「這人是誰？」

「莉莉的堂姊。」胡嘉怡臉色很難看，「就是她曾祖父那邊的人。他們家族在英國上流社會很有名氣，尤其是在服裝業，算是三巨頭之一。我們家的生意在英國受阻不少，跟他們家也有些關係，原本我爸是打算跟他們搞好關係的，可惜人家看不上。這也就算了，他們家還是該死的種族主義推崇者，尤其討厭中國人。可能是跟當年莉莉祖父死在中國的事有關，他們家的人平時就以來找碴為樂。最近放假，莉莉的堂姊更是三天兩頭來，別看她叫東西喝，可每次她都是為了讓莉莉服侍她。她常罵莉莉是雜種，總之，這人很討厭就是了。」

胡嘉怡和夏芍說話的聲音不大，還是被那個女子聽到了。她轉頭一看，臉拉了下來，嘲諷道：「我還以為是誰說話不敢大聲，原來是兩個低劣的黃種人。」

夏芍蹙眉，而胡嘉怡已經站了起來。

「這裡是公眾場合，我們說話當然不會大聲，不像有些人，踹門進餐館，還大聲喧譁，嘴裡說著別人是低劣的，卻不知道自己有多少素質。」胡嘉怡怒道。

莉莉家的餐館在小鎮上很有名氣，剛到傍晚店裡已坐了不少人，胡嘉怡的話無疑在朱莉安臉上打了一巴掌，讓朱莉安一怒，隨即又笑了，「我以為是誰，原來是巴結我們家的黃狗！」

胡嘉怡臉都氣紅了，「誰巴結你們家了？」

「不是嗎？妳父親還舔我父親的鞋子，妳居然敢對我吠？」朱莉安笑道。

「妳——」胡嘉怡氣得渾身發抖，「朱莉安，妳聽著，我們胡家雖然在英國要開發市場，但哪怕是不成功，我們在國內也有生意，用不著巴結你們家。沒有錢，人也可以有尊嚴。」

胡嘉怡理解父親的難處，但或許是她年輕，她在這方面比胡廣進有血氣。英國市場是胡氏企業走出國門的第一步，如果失敗，在國內也是會被同行笑話的，因此胡廣進把英國市場看得很重，哪怕是受辱，也要忍辱負重，但胡嘉怡不這麼想。她認為出了國門，胡氏企業就不僅僅只代表自己，還代表著華人的氣節。可怕的不是開發市場失利，而是沒有尊嚴的成功。英國的服裝集團不是只有朱莉安一家，沒有必要死命巴結他們。哪怕這次失敗，胡氏企業退回國內，她也一定會接手父親的事業，哪怕終己一生，也要把今天所受的恥辱還回來。

朱莉安嗤笑一聲，顯然對她所謂的尊嚴嗤之以鼻。

店裡靜悄悄的，有人看熱鬧，有人則給胡嘉怡使眼色。這部分顧客都是店裡的常客了，有的人跟羅莎一家交好，也看不慣朱莉安的作為，奈何他們家族有錢有勢，不是一般人能惹得起的，因此有的人悄悄給胡嘉怡使眼色，讓她忍忍。有的人則目光亂飛，心想著今天的氣氛比往常還要不好，一會兒該不會打起來吧？

就在這時候，夏芍輕笑出聲，「嘉怡，淡定。我們有句話，叫做道不同不相為謀。妳的父親被人侮辱，妳憤怒，但妳再憤怒，有些人也理解不了妳的心情。」

夏芍這話是用英語說的，朱莉安聽的懂，她卻不知道夏芍這話什麼意思。

「妳又是什麼身分？妳是在指責我嗎？」朱莉安臉色不善地道。

「妳不配在她面前提身分。」胡嘉怡怒著還口。且不說華夏集團的資產跟朱莉安家裡的資產有得一拚，就說小芍是徐家未來的孫媳，如果上升到國家和政治的層面，徐家人來英國，不管現在兩國是不是在外交上不睦，英國還是要好好接待的。朱莉安家族在英國雖然算是財團，但不過就是商人，連政治的邊兒都搆不到，朱莉安給小芍提鞋都不配，還配在她面前提身分？

胡嘉怡的話不僅讓朱莉安愣了，也讓店裡的人紛紛看向夏芍。直到這個時候，才有人注意到夏芍身後還站著一名東方男人。雖然身形偏瘦，但看打扮，應該是保鏢一類的人。

莉莉端著錫蘭紅茶，走過去放到朱莉安面前。這是朱莉安多年來第一次沒心思百般挑剔她的手藝和為難她，而是站了起來，有些忌憚地問夏芍道：「妳是什麼人？」

夏芍笑了笑，答非所問地道：「朱莉安小姐，我聽說在西方人的觀念裡，金髮碧眼才是血統純正的美人，是嗎？」

「當然。」朱莉安立刻答道。答話的時候還很高傲地昂了昂脖子，不經意間用手撫了撫她的大波浪美麗金髮。

夏芍的視線停在她手上，溫和地問：「朱莉安小姐的頭髮平時有專人護理嗎？」

「當然。」朱莉安又一笑，笑容更得意。

「包括染髮嗎？」夏芍眉毛一挑，頗有深意地笑問。

「當……妳什麼意思？」朱莉安習慣性要回答，答了一半卻臉色一變。

胡嘉怡頓時樂了，「妳說她的頭髮是染的？」

夏芍笑著看她一眼，「妳見過純正的金髮碧眼，難道妳看不出來嗎？」

胡嘉怡一愣，接著眼神微黯。是啊，她見過的，亞當……

朱莉安的家族不過才百年歷史，哪比得上奧比克里斯家族千年輝煌，亞當的血統才是真正的純正，但想起亞當來，腦海中便不由自主閃過他那金色的長髮和帶些憂鬱氣質的含笑眼眸，胡嘉怡頓時皺眉，胸口有些悶，深吸了一口氣才把這感覺強行壓了下去，笑道：「哦，原來有些人的頭髮是染的啊，怪不得光澤這麼不自然，不會是從小染到大吧？小芍，妳說這種人的頭髮會不會掉光啊？出門戴的是假髮吧？」

夏芍慢悠悠道：「現在妳懂我的意思了吧？我們中國有句話，身體髮膚受之父母。無論妳是怎樣的髮色、瞳色、膚色，妳都以此為榮，而有些人認為父母遺傳給她的不夠高貴，這樣的人，妳父親被人侮辱的憤怒，如何能期望她能理解得了？」

夏芍的話一直是用英語說的，店裡的人都聽得懂，一聽這話，不少人都愣住。

胡嘉怡一掃臉上的陰霾，笑著點頭。

這時候，羅莎母女將夏芍這桌的餐點送上來，只是變得有點小心翼翼。胡嘉怡臉上已是笑咪咪的，「羅莎、莉莉，謝謝妳們。小芍，我們吃東西。雖然有討厭的人在，但是不要讓這種人毀了我們吃飯的心情。妳說的對，有些人不配讓我們生氣，也不配影響我們的心情。」

被晾在一旁的朱莉安臉色漲紅，從被人拆穿到被人拐彎抹角不帶髒字地罵了一通，她已是憤怒至極。從小到大，她沒受過這種侮辱，頓時一指夏芍和胡嘉怡的桌子，對身後的保鏢道：「她們侮辱我，給我教訓她們。」

「妳敢打人？」胡嘉怡憤怒地拍桌子站起來。

「夏小姐，您先退後。」畢方上前一步，想擋住夏芍。

朱莉安理也不理胡嘉怡，只是看見畢方上前時樂了樂，打量他一眼，很是看不起。連店裡的顧客也都為畢方捏了一把冷汗，朱莉安的保鏢有四人，個個身材強壯，一隻胳膊粗得過東方人的大腿，人數還占優勢，畢方怎麼可能會是他們的對手？

「教訓她們。」朱莉安再次命令。這時候，她才不管夏芍是不是真有什麼身分，說不定就是故弄玄虛的。不出這口氣，她不甘心。

保鏢得令，氣勢洶洶地上前。畢方眼一瞇，抬腳便要迎上去。

就在這個時候，畢方的手腕被人輕輕一帶，他驚得回頭，只見夏芍一手按著他的腕脈，一手慢放下茶杯，輕巧一揮，座位旁半掩的窗戶彷彿被勁風吹過，「啪」一聲開了。

朱莉安的四名保鏢正氣勢洶洶地往這邊走，窗戶乍一開，四人急忙止步，齊刷刷轉頭看向那扇窗戶，包括其他顧客也都齊齊轉頭，眼神驚疑，不知道好端端的，窗子怎麼自己開了。

夏芍看向那名離這邊最近的保鏢，抬手振出一道勁力。那名保鏢身體猛然一震，一個跟頭翻出去，順著窗戶摔了出去。

眾人傻了眼，還沒等反應過來，便又聽到接連三聲的慘嚎，剩下的三名保鏢也被從窗戶丟了出去。詭異的是，他們明明看見是那名柔弱的東方女孩動的手，卻根本沒見她站起來過。

所有人都瞪大了眼。上帝，這太令人吃驚了。剛才那幾下真的不是那女孩子的保鏢動的手嗎？如果不是他們看花了眼，誰來告訴他們，他們看見了什麼？傳說中的中國功夫？

比起有些顧客的不可思議甚至是狂熱，朱莉安只覺全身發冷，她的保鏢被丟出去，現在只剩下她孤零零站在餐館裡。這不可能，那些保鏢都是她父親為她精心挑選的，他們都是拳擊高手，用拳頭就能打死人，怎麼可能會輸？

這個女孩子是什麼人？

現在朱莉安相信胡嘉怡或許沒說謊了，可惜已經晚了。夏芍瞥了朱莉安一眼，朱莉安便噗通一聲坐到了地上。

這時，餐館的門被打開，幾名身穿黑衣的男人走了進來。領頭的是名西方白人男子，長相頗為英俊，身後帶著的人也都是西方人，但他們的穿著打扮卻令餐館起了騷動。

「三合會！」三合會和安親會在國外照樣有分堂，起先是民國時期為了避禍，一些黑道大老帶著兄弟來海外，後來闖出了名堂。如今即便是國外，很多商界、演藝圈等社會各界人士都有加入進來。三合會和安親會在海外的分堂不僅僅是黑道，也算是華人組織。不過，今天來的人是西方人，明顯不是華人組織裡的，而是黑道上的。

領頭的英俊男人似乎在英國有些名氣，他一進來，有些人臉色都變了，還畏懼地縮了縮，連大氣都不敢喘，更鬧不清楚這件事怎麼扯上了黑道。是朱莉安請的人？那今天這件事似乎不好收場了。

這個男人走過朱莉安的身邊，朱莉安仰頭看他，他卻看也沒看她一眼，而是徑直走向夏芍和胡嘉怡，態度紳士而恭敬地問道：「夏小姐，請問這裡有什麼麻煩嗎？」

「我沒什麼麻煩，遇到麻煩的是我朋友。」夏芍淡淡一笑，「這家店是我朋友開的，這位小姐經常來店裡騷擾。我想請布蘭德利先生平時多多關照，如果再看到這位小姐出現在店裡，就像剛才那樣，丟出去就可以了。」

布蘭德利是三合會英國總堂口執堂的堂主，專門負責幫會人員的訓練。這次夏芍來英國，因為住在三合集團的飯店，戚宸派了人負責她在英國時候的安全，布蘭德利是總領這次事務的人。今天來劍橋鎮，他一直在後頭跟著，見剛才有人被丟出去，這才進來看看。

布蘭德利在英國黑道上也是赫赫有名的人，因此剛才沒能第一時間認出他的人，在聽了他的名字後也都變了臉，他們震驚地看著布蘭德利和夏芍。

「好的，很榮幸為您服務。」布蘭德利點頭，不管從哪方面看，都看不出他是黑道的人，然而，等他轉身走到朱莉安面前的時候，朱莉安仰著頭，只看見這個男人居高臨下冷酷的眼神，可他仍然在笑，「這位小姐，妳聽見了嗎？我們的貴客吩咐，以後妳不可以再出現在這家店，否則妳將被丟出去。」

朱莉安瞪大眼，什、什麼貴客？是說那個東方女孩？

沒人回答她，朱莉安下一刻便被人揪著衣領雙腳離地提了起來，兩名黑道的人面無表情地開了門，布蘭德利也不管她是不是英國服裝界三巨頭的千金小姐，一把將她給丟了出去。

外頭傳來女子的慘叫聲，而相比朱莉安，有人探頭看了一眼，她那四名先前被夏芍用暗勁震出去的保鏢現在都還趴在地上沒起來。

「不打擾夏小姐用餐的興致了，我們在外面等您。」完成任務的布蘭德利紳士地退出餐廳，留下滿屋子驚疑、猜測的目光。

夏芍慢悠悠地吃完飯，這頓飯是胡嘉怡請，臨走時她結帳，羅莎母女都沒敢收。一是感激夏芍幫他們家解決了一個大麻煩，二是猜不準她是什麼人，尤其見布蘭德利都稱她是貴客，兩人更不敢收她的錢。

夏芍也不是矯情的人，見這對母女不收，便對莉莉笑道：「好，那改天妳去中國，一定要讓我請客。妳祖母的事，到時候找我就可以了，一定讓妳幫她老人家完成心願。」

莉莉一愣，尚不知夏芍風水師的身分，聽她這樣說，以為是客氣話，但也高興地點頭，用很不標準的中文道：「好，我們一言為定。」

出了餐廳，朱莉安和她的保鏢已經狼狽地走了，夏芍和胡嘉怡道別，約好過幾天如果有時間再見。胡嘉怡嘮叨了好幾遍，要夏芍有空一定來找她玩，得到她的保證後，才放她離開。

眼見著夏芍所坐的賓利車越走越遠，布蘭德利的車子也遠遠地在後頭跟上，胡嘉怡這才轉身又回了餐館裡。她走到中間過道，在朱莉安剛才坐著地上搜尋了一下，看見一根染成金黃、髮根微棕的頭髮，便蹲下身子撿了起來。

她把這根頭髮攥在手裡，目光冷了冷。辱她父親，打她朋友，給她等著。

而在回倫敦的路上，畢方開著車，既興奮又激動，「夏小姐，看不出來妳居然是高手。妳那一手，練的該不是內家功夫吧？」

坐在後座的夏芍笑而不語，也算是默認了。

「真他媽地帶勁，妳沒看見當時那些人都傻了！」畢方眼神奇亮，「國內武術現在是名聲在外，其實已經式微，主要是民國時期那些高手大多已經不在了，新一代的傳承人又太少。我這輩子見過的內家高手就只有頭兒一人，沒想到今天還能再看見一個。唉，我說你們是不是師兄妹啊？師承同一位高人，要不怎麼這麼巧？」

夏芍倒沒想到畢方如此敏銳。

見夏芍不答，畢方也知道自己問多了，於是很自覺地轉開話題：「如果不是有任務在身，我今天也想教訓一下那些洋鬼子，誰讓他們看不起東方人。不過，我這個保鏢沒出手，反倒讓夏小姐三兩下解決了，我要回去說給他們聽，他們一定會嚇一跳。妳可真是深藏不露，憑妳的身手，哪需要保鏢啊？」

夏芍笑笑，「如果不是有任務在身，今天的事沒這麼容易就算了。」她不讓畢方出手也是這個原因，畢方是受過正規訓練的特工，就憑朱莉安手底下那幾個打手，再壯實也不是對手，但夏芍不想讓畢方露了形跡，免得日後被查起來麻煩。

「夏小姐，妳考慮入我們這行得了。」畢方開玩笑地道。他中午說這話的時候是被夏芍的細心和眼力給震到了，後來想想，她若是弱不禁風的人，幹這一行也不合適，但是剛才看見她出手，雖然只是那麼小秀一下，他也知道遇到深藏不露的高手了。

「好啊，」夏芍答應得很痛快，正當畢方驚訝的時候，夏芍笑著說完下半句，「我回去問問你們頭兒，看他答不答應。」

畢方脖子一縮，「得，當我沒說。」

回到飯店後，夏芍和畢方得知，大英博物館裡的那件敦煌壁畫贗品沒動過。這件事被傳到了網路上，當得知萊帝斯集團要拍賣的是三世佛的壁畫後，國內如今已經是群情激憤了。

這一下午，那幅贗品依舊放在博物館裡展覽，國內已經有官方呼籲讓遊客不要激動，注意人身安全，這件事交給國家解決，但網上仍舊有人認為萊帝斯不肯撤去展覽的舉動是挑釁和蔑視，於是這一下午衝突不斷，已經有華人組織在申請示威遊行。

得知這些情況，夏芍和徐天胤的隊伍依舊決定按照原計劃行事，步調不亂，因為他們才是被委以重任的人，每一個決定都有可能影響國寶是否能回歸。

到了晚上，徐天胤將王虺、畢方和英招三人安排出去做別的事，自己和夏芍待在房間裡，將萊帝斯家族的莊園在地圖上指給她看。夏芍便開了天眼，試圖往那個方向尋找。

萊帝斯家族具有兩百多年的歷史，在倫敦有座闊氣的莊園，風景優美，稱得上是一處值得遊覽的勝地。當夏芍搜尋到這座莊園時，心中微微一凜。

「怎麼了？」徐天胤坐在夏芍身後，圈著她的腰，大掌撫著她的丹田。雖然知道她元氣無損，還是給她補送著。她的氣息一變，他就感應到了。

「萊帝斯家族很不對勁。」萊帝斯莊園主屋後面，一幢歐式建築裡，有天地元氣聚集，尋常人看不見，聚集起來的圖案，依稀是五芒星的樣子。

「像是……五芒星的魔法陣。」夏芍邊觀察邊道。

「正？倒？」徐天胤簡潔地問。

「正五芒星。」夏芍道。

五芒星的圖案，可以想像成一名巫師站在天地間，中間是頭，雙手舉起雙腳踏地，彙聚天地能量為自己所用。西方所謂的能量，在東方也稱之為元氣，實際上本質是相同的。五芒星陣在西方白巫術裡，相當於中國的三才陣，體現的是天人合一的思想。白巫術的五芒星是正著的，黑巫術則是倒著的。

「他們請了白巫師。」夏芍冷笑道。五芒星陣與三才陣相仿，是一種保護的法陣，而能讓萊帝斯家族請白巫師佈陣保護的東西，不用猜，一定是敦煌的三世佛壁畫。

夏芍運用天眼的能力要看向建築內部的時候，五芒星陣忽然光芒大盛，天地元氣朝著她所在的方向反撲而來。

夏芍一愣，並未收回天眼，反而饒富興味地觀察著那法陣中的元氣。果然，只見那些元氣虛無縹緲地朝著自己的方向襲來，奈何她所在的飯店和萊帝斯莊園隔了大半個倫敦城，五芒星陣的元氣別說跑這麼遠來傷她了，剛出萊帝斯莊園就散了。

夏芍冷笑一聲，以萊帝斯莊園的占地，這法陣的元氣能追出這麼遠來，佈陣的人也算高手了，不過這世上還沒有能隔著這麼遠傷到她的人，連師父都不能，尤其天眼通的力屬於天賦異稟，不到一定修為的人都感覺不到。夏芍沒見過奧比克里斯家族的老伯爵，不知道那個老怪物研究黑巫術是否到了恐怖的程度，但至少她知道佈這個法陣的人絕對不會是老伯爵。

夏芍哼了一聲，繼續觀察對方的動靜。

她的天眼一靠近，五芒星陣感應到不同尋常，法陣的元氣又跟剛才一樣，朝著她的方向猛撲。夏芍壓根兒不懼五芒星陣的阻撓，天眼直接穿陣而過，直望向室內。

這一看，夏芍愣了一愣。

「有發現？」徐天胤低頭看懷中的少女。

夏芍笑了起來，將天眼收回，轉過頭來時，眼神發亮，故意眨著眼逗徐天胤，「師兄，裡面有好多好東西啊，我們能都搬走嗎？」

徐天胤看著夏芍笑咪咪如小狐狸般的模樣，問道：「想要？」

不等她答，他便點頭，「好。」

夏芍噗哧一笑，捶徐天胤的胸口一下，臉色陡然變得嚴肅，「逗你玩的，我不要。總有一天，要他們親自把東西送回來。」

就在兩人說話的時候，萊帝斯家族的主宅裡，正在談笑的兩人，其中一名金髮男人忽地變了臉色，起身衝了出去，直奔後院。

金髮男人約莫二十六七歲，他奔跑的速度極快，到了後院先檢查五芒星陣，見法陣沒事，皺著的眉頭依舊沒有鬆開。後院的燈光照著他的臉，那張英俊的臉竟跟亞當有四五分相似，只是比起亞當來，這名男子的氣質更剛毅些。

「亞伯大師，請問出什麼事了？」兩個男人跟著跑過來，一人約五十來歲，另一人約二十出頭，看起來像是父子。

亞伯臉上有些冷意，「剛才有人動過我的五芒星陣。」

「什麼？」父子二人臉色大變，年輕男人立刻道：「進去看看東西有沒有丟掉。」

中年男人訓斥道：「有亞伯大師在，東西不會丟的，去看看剛才有什麼人來過！」

年輕男人看見父親警告的眼神，這才意識到剛才情急之下說了冒犯的話，他內疚地看了亞伯一眼，態度恭敬裡帶著小心翼翼。即便他是萊帝斯集團的未來掌權人，對奧比克里斯家族的人也只能小心應付。

奧比克里斯家族在英國有上千年的歷史，是最古老、最神祕的家族，包括皇室在內，沒有人敢對這個家族的人有一丁點的不敬，因為他們是令人崇敬和畏懼的巫師。

老伯爵的身體不太好，已經有一段時間不管外事，奧比克里斯家族的事務都交由亞伯的父親安德列大師主持。安德列大師無疑是奧比克里斯家族的下一任繼承人，而亞伯是安德列大師最得意的兒子。在英國，除了皇室，只有萊帝斯家族這樣少數的老牌家族，才能請得動奧比克里斯家族的嫡系成員出馬。

這次請亞伯出馬，萊帝斯家族為的正是三世佛的巨幅中國敦煌壁畫文物。這幅壁畫的資料早就發給世界各國的政商大老，有不少人對此感到興趣，預估拍賣成交價碼將超出十億英鎊。萊帝斯家族對這幅壁畫拍賣所得的巨大收益非常重視，因為知道中國方面必定反應強烈，說不定會有什麼動作，所以為了保險起見，他們請了亞伯出馬保護壁畫，直至成交運送完成。

沒想到的是，才僅僅三天就出事。

威爾斯吩咐跟來的人去查監控錄影，又將負責巡邏的人叫來。萊帝斯莊園本身就有保全，但是按照亞伯的吩咐，所有人都不得進入後院，否則後果自負。因此，萊帝斯家族只安排人手在外圍巡邏。

值班巡邏人很快就到了，問詢的結果卻令伯頓和威爾斯父子吃了一驚。剛才沒有人來過，在他們與亞伯在客廳裡說笑的時候，後院一個人影也沒有，直到亞伯突然奔過來。

「沒人來過？」威爾斯看向父親，伯頓則轉頭看向亞伯。父子二人雖是有名的商人，在亞伯面前卻不敢冒犯地問他是不是弄錯了。。

亞伯毫不意外，甚至神情凝重，「如果有人來過，他一定逃不掉我的魔法陣。看起來，這次的對手有些棘手。」

五芒星陣聚集了極高的天地能量，這些能量對古董有很好的養護作用，但對入侵的人來說卻是個災難。人體是承受不了這麼巨大的能量的，一旦被法陣傷害到，即便是最強壯的人，也會倒地不醒，這也是他不許萊帝斯家族的人進入巡邏的原因。

剛才他跑到這裡，沒看到人的時候，他就知道這次的對手不簡單。

「亞伯大師，您的意思是……」亞伯的話讓伯頓和威爾斯父子無法安心，伯頓只得猜測，「會不會是中國派了特工過來？」

「特工？哼！特工在巫術面前根本不堪一擊！」亞伯傲然一笑「老伯頓，這幅東方國寶太值錢了。你應該知道，不止中國，其他國家也有想弄到手的。你舉辦這次的世界拍賣會，把你們萊帝斯集團推上了又一個高峰，卻也惹來太多想奪寶的人。不過，有我在，哪怕是世界上最令你們這些生意人聞風喪膽的大盜，也盜不走你的寶貝。這幅壁畫一定能為你賺進十億英鎊的天價。但是這個世界上也有像我們巫師一樣的存在，如果是這些人出馬，你和你的家族就要小心了，比如……中國的風水師。」

「風水師？」伯頓頭皮一緊，他年輕時跟隨父親在華爾街見識過那些風水師的手段。只要一個風水師，就足以撼動世界級的財團，風水實在是神祕又可怕的東西……

「亞伯大師，你的意思是……中國的風水師要來盜取我們萊帝斯家族的壁畫？」有關風水師的故事，威爾斯也聽父親說過。不過他才二十出頭，父親總說他心浮氣躁，不肯對他委以重任，他目前只在英國的萊帝斯總部學習企業管理，尚未有機會到華爾街闖蕩，也沒有親眼見識過風水師的手段有多神奇。

所謂初生之犢不畏虎，威爾斯並不認為風水師有多厲害，他甚至連巫師也不太相信，總覺得這些人是在利用人們敬畏神靈之心招搖撞騙。當然，這話威爾斯還是很識相地沒有說出來。他只是想問清楚敵人可能是些什麼人，以便建議父親做下一步的防禦準備。看樣子，保護壁畫的事不能完全交給巫師。

亞伯沒有回答威爾斯，而是看向他的父親伯頓，「老伯頓，我想問問，這次世界拍賣會，你們請了中國企業嗎？」

「當然。華夏集團的董事長是位美女，我看過她的報導，她非常的厲害！」威爾斯搶著回答，眼神都亮了亮。

伯頓對兒子的回答皺眉頭，他這個兒子從小接受接班人培養，具有卓越的天賦，只是太年輕，有些自傲和浮躁，尤其有個令人不放心的缺點，那就是輕佻好色。從他十五歲開始，關於他的花邊新聞從不間斷，讓家族頭疼不已。

「凡是收到萊帝斯家族邀請函的貴賓，都是頂尖的企業家。」伯頓對亞伯道：「中國這位年輕的女孩子表現相當出色，她用了不到五年的時間完成了萊帝斯家族五十年才能積累的資產，她是個傳奇，也是個天才。我很想見見她，她是第一個被列入邀請名單的人。」

亞伯聞言，藍眸中有奇異的光彩閃過，笑道：「是嗎？那麼，我想你如果知道她的身分，會更想見見她的。」

伯頓和威爾斯父子聽了這話都是一愣，亞伯接著說道：「據我所知，她是一位修為高深的風水師，而且是唐老先生的親傳弟子，在香港和中國有著很深厚的名望。」

「什麼？」伯頓和威爾斯父子吃了一驚，好半天沒反應過來。威爾斯怎麼也沒辦法將報導中所看到的那位東方美女跟他心目中招搖撞騙的神棍聯想在一起，伯頓卻是臉色微變，「哪位唐老先生？唐宗伯先生嗎？」

亞伯點頭。

威爾斯莫名其妙地看向父親，「父親，唐老先生是什麼人？」

「你當然不知道。唐老先生在華爾街久負盛名的時候，我才像你這麼大。那時候一些華人企業家在華爾街闖蕩，跟一些西方企業家有衝突。有不少的華人財團是從那時候挺過來的，比如香港的李氏集團。當時，也有不少人宣稱要把華人企業家趕出華爾街，確實有人成功了，但隨後這些人大部分都以破產收場。那幾年……簡直就是一場大洗牌。」伯頓回想起當時的震盪，至今還心有餘悸，「幸虧我們家族主要的業務範疇是拍賣，跟那些華人企業家衝突不大。後來我才知道，這一切都因為當時那些華人企業家身後有一位東方的風水大師在身後指點，唐老先生的名氣就是從那時候被世人所熟知的。你祖父曾經告誡過我，永遠不要與那位風水大師為敵，否則將為萊帝斯家族帶來災難。」

威爾斯聽得張了張嘴，父親的這些話只讓他覺得誇大其詞。華爾街的洗牌，能是區區一個華人造成的？不管他是什麼風水大師，都不太可能。

「真沒想到，五年前崛起的那名傳奇的東方少女，竟是唐老先生的弟子？」伯頓很驚訝，隨即他的臉色一變，猛地轉頭看向亞伯，「亞伯大師，你的意思是，今晚的人是……」

亞伯搖了搖頭，他不確定。他知道這個女孩子很厲害，自從唐宗伯回到香港，玄門清理了門戶之後，奧比克里斯家族對這個女孩子就很關注。去年泰國通密一行三十多名降頭師去了京城，卻沒有一個人返回。這些人神祕地失蹤了，或者應該說已經死了。玄門的實力是毋庸置疑的，但那場鬥法到底發生了什麼事，沒有人知道，所以，夏芍的修為如何，亞伯並不清楚，也就無法判斷今晚她能否有面對他的五芒星陣來去無蹤的本事。

然而，就憑當初有消息稱余九志曾經被她廢了一條手臂的事，就足以證明夏芍修為不弱，而且她是唐宗伯的親傳弟子，天賦定然也是絕佳的。

「我曾聽在京城的一位朋友提過，說那女孩子似乎受到了徐副主席的承認，她有可能會嫁入徐家？」伯頓當時聽到這消息時沒有放在心上，畢竟到了他這個年紀，對傳言已經是不輕易相信了。除非徐家正式發聲明承認，否則一切傳言都不作數。可此刻經亞伯提醒，再想起這件事來，伯頓後背都發涼，「如果她真的跟徐家有關係，又是風水大師，那她來參加這次拍賣會，中國政府會不會……」

「如果真是這樣，中國政府也做得太明顯了。父親，他們應該不會留下這麼明顯的把柄給我們。」威爾斯打斷伯頓的話。
伯頓點點頭，但誰能保證中國政府不會利用他們這個心理，安排華夏集團來當間諜？
「不行，我還是要見見這個人。」伯頓比較謹慎，當即決定要邀請夏芍來見一面。
「老伯頓，我要提醒你，你的態度最好能夠好一點，對方是風水大師。」亞伯道。
「當然。」伯頓以為亞伯在提醒他，趕忙應下，卻沒看見亞伯的眼底有古怪的光芒閃過。
而這時候夏芍和徐天胤尚在飯店的總統套房裡。
「壁畫在裡面？」徐天胤問。
「對。」夏芍肯定地道。雖然只是一眼，但那幅壁畫千年的元氣積累是騙不了人的。她並不知道徐天胤等人接到的任務是要怎樣處理那幅壁畫，她便問道：「現在有巫師家族的人出手了，想盜走壁畫並不容易，你們打算什麼時候動手？」
「三號。」徐天胤道，但面對夏芍，他的話總是比在別人面前要多些，「運送需要人手，要等待支援。執行任務的時間有規定，早或晚都不行，一定要等到開幕。」
夏芍聞言挑眉，雖然沒多問，但也知道徐老爺子既然這樣決定，那就一定有什麼深意。這樣一來，還剩下不少時間。拍賣會一號開幕，頭兩天不過是企業家的座談會，三號開始才是萊帝斯集團舉辦的為期三天的拍賣會。這麼算來，倒還有一週的準備時間。
這次出來，沒想到任務可以進行得這麼快，才來英國第二天晚上，就得知了壁畫的藏寶地點，倒是沒想到奧比克里斯家族的人會參與進來。
玄門與奧比克里斯家族的舊仇還沒清算，年初在香港放亞當兄妹回來，現在也不知道拉斐爾一脈和撒旦一脈的內鬥怎麼樣了。現在在香港，還有肖奕那個不定時炸彈，他那筆資金到現在也沒挪動，跟冷以欣訂婚後，他們一直住在香港……

夏芍想著瑣事，目光不經意間又投向萊帝斯莊園的方向，一看之下，挑起了眉梢。

這時候，伯頓和威爾斯父子將亞伯送到主屋外，傭人開車過來，兩人親自將亞伯送上車。

「亞伯大師，明天恭候您的光臨。」伯頓道。

亞伯微笑點頭，車子緩緩開出了萊帝斯莊園。

等車子開遠，威爾斯問道：「父親，您真的相信他說的？相信風水師那麼厲害？我覺得，今天晚上根本就沒人來過，不過是有些人故弄玄虛而已。」

「威爾斯，閉嘴！」伯頓一反在亞伯面前三分敬讓的態度，嚴厲斥責兒子，「你還年輕，有太多事沒有見過，我希望莽撞和狂妄不要害了你！」

「我的確是只相信見過的事，所以相比起巫術來，我更相信槍砲。我也希望父親不要把所有的籌碼都押在巫術上，我建議我們應該雇一支傭兵來，讓他們守住周邊。我相信不管是巫師還是風水師，子彈都會要了他們的命。」威爾斯冷笑一聲，直到這時，才顯現出萊帝斯集團少主人的銳氣來。

伯頓沉默了一會兒，點頭道：「你說的也有道理。這件事就交給你，但不要讓傭兵接近後院。你可以不相信亞伯大師的話，可是不要輕易觸怒他。明天對我們的訪客也是一樣，我希望你拿出萊帝斯集團繼承人的氣度來，而不是一個急色鬼。」

「好的，父親。」威爾斯一笑，眼裡卻有些期盼。

父子二人轉身回主屋，夏芍將天眼收回，興味盎然地一笑。

「那個白巫師竟然是拉斐爾一脈的直系子弟亞伯，亞當的堂兄。」夏芍哼笑一聲，看來萊帝斯家族果然神通廣大，「不過，如果是亞伯的話，對方有可能會提前懷疑到我們身上。咱們清理門戶的事和京城鬥法的事，亞當既然知道，亞伯那一脈的人應該也知道。剛才我觸動了五芒星陣，沒想到亞伯就在萊帝斯家族做客，這麼近的距離，他應該有所感應。」

「沒事。這個時候，他們不會與玄門為敵。」徐天胤一眼就看到了事情的重點。

「但還是要告訴他們幾個，小心萊帝斯家族的查探，我覺得他們會有所動作。」

夏芍猜對了，就在第二天，她收到了萊帝斯家族的邀請。

第四章　設局誘敵

清晨的萊帝斯莊園，大門早早就打開了，傭人灑水清掃道路，準備迎接貴客的到來。

這位貴客是東方女子，兩輛黑色的賓利車緩緩開進莊園，停在主宅前。莊園裡的管家帶著傭人分列兩旁，恭迎這名女子下車，內心卻禁不住疑惑，不知道拍賣會所邀請的貴賓裡，為什麼董事長會單獨邀請這名東方女子來家中做客。

難不成她有什麼特殊身分？

正當傭人們猜疑的時候，一位下巴有疤、眼神冰冷的保鑣下了車，親自為女子開車門。

她微微低著頭，從容淡雅的氣質令眾人眼睛一亮。她的年紀不大，穿著一身小魚尾白色洋裝，立領盤扣，衣服上繡著銀白芍藥，整個人猶如在古老的羅馬莊園的晨曦中綻放的花朵兒，有著東方神祕優雅的古典氣息。

女子秀髮盤髻，髮間插了支微黃的小狐狸玉簪，讓她憑添幾分嬌俏。

萊帝斯家族的老管家眼力很好，一眼便看出那支玉簪是有年頭的好東西，但是他也沒忘了迎接貴賓的禮節，在女子下了車後，便立刻紳士地躬身微笑，帶著一干傭人道：「萊帝斯莊園歡迎夏董事長。」

夏芍笑著點頭，這時候，威爾斯從主宅裡走了出來。他今早穿得也正式，一身燕尾服，領口繫著蝴蝶結，臉上掛著笑容，卻掩不住眼底的驚豔之色。他大步走上前來，躬身行禮，禮貌地道：「美麗的小姐，萊帝斯莊園歡迎妳。」

威爾斯說完，直起身子，牽起夏芍的手，便想親吻她的手背。

然而，這吻尚未落下，威爾斯忽地一驚。有個男人伸出手橫在他和夏芍之間，一道莫名的勁力向威爾斯襲來，將他震開，讓他不由自主連退三步。威爾斯錯愕，抬頭對上了一雙冷漠的眸。那男人看起來是夏董事長的保鏢，被他盯著，竟有種被野獸盯上的錯覺，令他頭皮發麻。只是那麼一瞬，威爾斯彷彿覺得自己在那個保鏢眼裡是死人。

夏芍伸出手，寒暄道：「威爾斯先生太客氣了。收到萊帝斯的邀請，我才是受寵若驚。」

威爾斯這才回過神，見夏芍伸過手來，便下意識地跟她握了握手，握手的時候還警覺地看向夏芍身後，好在那名保鏢沒有再出手。夏芍也趁這時候不動聲色地把手收回去，等威爾斯從徐天胤那裡將目光收回時，就見夏芍正客氣地對他微笑，等著他帶路。

「請進，我的父親正在等夏小姐。」威爾斯忙請夏芍進了主宅客廳。

徐天胤、王虺、畢方和英招四人也跟著進去。

威爾斯陪夏芍到沙發上坐下，管家去請伯頓下樓，傭人則上了紅茶。威爾斯坐下來後，剛才受驚的心情平復了些，這時再看向夏芍身後站著的四名保鏢，眼底才顯露出怒意和不解。

剛才那不過是吻手禮，那個保鏢的反應是不是太過分了點？

當然，剛才那是出於禮節還是想揩油，只有威爾斯自己才知道。

夏芍看出威爾斯的不滿，便笑道：「威爾斯先生，我的保鏢是從國內請的，我們中國不流行吻手禮，他們可能太擔心我了，如果有冒犯之處，還請你見諒。」

夏芍說話向來輕緩，有種說不出的悠然韻味，威爾斯聽了只覺心情舒暢，再加上這個解釋也說得通，他心裡那點不滿就隨之消散了。

這時候，伯頓從樓上走了下來，跟他一起下樓來的還有一個人，正是奧比克里斯家族拉斐爾一脈的亞伯。

「夏小姐，歡迎歡迎。」伯頓笑容和藹，說的竟然是普通話。雖然他的普通話發音並不標準，但是誠意可嘉。

夏芍站起身來，笑著迎上去，伸出手道：「伯頓先生，很榮幸受到您的邀請。華夏拍賣從成立至今，您一直是我們的榜樣。今天能見到您，我覺得很榮幸。」

伯頓哈哈大笑，擺手道：「華夏集團是商界的傳奇，我一直想見見夏小姐這個傳奇，聽說妳提前來英國，就迫不及待地把妳請來了。用你們的話來說，我這是唐突了。」

「哪裡，能受到您的邀請，對我來說是驚喜。」夏芍謙虛地道。

兩人寒暄了幾句，臉上都掛著笑，誰也看不出對方的心裡在想什麼。

幾人重新在沙發上坐下，夏芍這才看向亞伯，雖然昨晚在天眼中見過了，她還是裝作不認識地問道：「這位是？看著有些眼熟。」

「我來介紹，這位是我們英國的巫術大師，亞伯·拉斐爾·奧比克里斯先生。」伯頓道。

「夏小姐見過亞當，我是亞當的堂兄。」亞伯笑道。

伯頓一愣，眼神微變，他沒想到夏芍竟然見過黑巫師一派的繼承人。黑巫師即便是在英國也很神祕，傳聞他們是很多集團的大股東，卻很少有人知道他們在做什麼生意，只知道這些撒旦富可敵國。他們有著惡魔般的心腸，卻因為有拉斐爾一脈的存在，永遠不敢出來害人。

現在伯頓相信眼前比他兒子還要年輕的女孩子是華人界泰斗唐老先生的弟子了，因為也只有他們這種職業的人，才能見到一般人見不到的人。

「原來是拉斐爾大師，久仰大名。」夏芍淡淡一笑，與剛才見到伯頓相比，她的態度顯然不是那麼熱絡。

伯頓和威爾斯父子默默看著夏芍和亞伯。

怎麼？這兩人有過節？

亞伯當然知道夏芍對他的態度冷淡是因為什麼，他只是謙虛地笑道：「應該是我很榮幸見到夏小姐，我一直很嚮往中國的風水文化，原本想去香港拜會唐老先生，可惜最近家族事情繁忙，沒有時間。」

「亞伯先生有時間確實可以去，放心，亞當先生和安琪拉小姐去了香港都能平安回來，你去了一定也能。」夏芍語帶微嘲。

「既然夏小姐這麼說，那我一定會去。」亞伯道。

兩人你來我往的話，伯頓和威爾斯父子是一句也沒聽懂，卻能聽得出來，這兩人之間必是有什麼舊事。伯頓心裡咯噔一聲，在英國，哪怕是皇室的人見了亞伯都得禮敬三分，夏芍倒是對亞伯不冷不熱，似乎還有點敵意，而亞伯竟然好脾氣地陪笑，顯然這女孩子的分量不輕。

看到這種情況，伯頓對夏芍的態度又客氣了幾分，「夏小姐，其實今天請妳過來，是有一件事想聽聽夏小姐的意見。」

「伯頓先生有話請說。」夏芍顯得很意外，她身後不知道昨晚發生的事情的王虺三人也相當意外，他們今早聽見伯頓邀請夏芍便感到意外了，此刻聽見這話更是驚訝，於是他們繼續不動聲色，耳朵卻是豎了起來。

「是這樣的，最近因為敦煌壁畫的事，我們這邊有些頭疼。華夏集團是華人企業，所以我想聽聽夏小姐的意見。我知道中國對壁畫回歸的事呼聲很高，夏小姐也這樣認為嗎？」

什麼？

王虺、畢方和英招三人心裡都咯噔一聲，這話為什麼要問夏芍？有什麼深意？

華夏集團是華人企業，當然向著自己的國家，希望壁畫回歸，伯頓這不是問廢話嗎？可是，伯頓身為萊帝斯這樣的國際拍賣巨頭企業的董事長，他明知是廢話還要問，那必然是有深意。這話是想拉攏華夏集團？或者是警告？還是說，他們這次的行動暴露了？

王配三人不約而同將目光投向夏芍，等著看她怎麼回答。

「當然。」夏芍答得很乾脆，望著伯頓的目光很坦然，「伯頓先生，萊帝斯集團舉辦世界拍賣會，對拍賣業的發展有很大的貢獻，華夏集團也很珍惜出席的機會，但中國有句話，叫對事不對人，雖然這次拍賣會在各方面都意義重大，但萊帝斯集團拍賣中國國寶壁畫的事，我們還是很憤慨的。從生意人的角度，我能理解到了手的利益沒有交出去的道理，但掠奪而來的利益終究是不正當的，我也希望伯頓先生能夠考慮將壁畫歸還。」

夏芍的話說得直白，讓威爾斯都有些意外，萊帝斯集團在拍賣業裡可以算是龍頭企業，其他國家的企業家見到他父親，逢迎巴結的不少，態度這麼直白的，夏芍卻是頭一個。

事實上，威爾斯不知道，夏芍把話說得這麼直白，伯頓才對夏芍來英的目的逐漸釋疑，畢竟昨晚的監視器確實沒有拍到有人進入莊園，就算亞伯的感覺沒有出問題，確實有人盯上了三世佛的壁畫，也確實在昨晚動過手，但他想這個人也未必是夏芍。她如果真的對這幅壁畫有什麼企圖，在這個問題上應該盡力澄清或者迴避，她這麼直白地說出來，反而嫌疑變小了。

對於多疑的人來說，越是澄清和迴避，他越懷疑。越是毫不避諱，他反而越相信。

伯頓在爾虞我詐的商界打滾大半輩子，性情自是多疑，此時聽了夏芍的話，反而對她的懷疑減少了些，只是為了保險起見，他仍是笑著問道：「我能理解夏小姐的心情，拋開國家和生意人的身分，我非常欣賞夏小姐。聽說夏小姐早就到英國了，怎麼也不早說？如果早點知道，我一定邀請夏小姐來這裡多住幾天。」

「現在也不遲，我代表萊帝斯莊園，歡迎夏小姐在這裡住幾天。」雖然知道父親說的是客套話，威爾斯還是忍不住插話道。果然，他立刻接到了父親警告的眼神，卻裝作沒看見。

夏芍也裝作沒聽見威爾斯的話，解釋道：「其實只是剛來三天而已，我有個朋友在劍橋大學念書，我是去看她的。」

「劍橋大學？那可真是好地方，夏小姐的朋友一定也是了不起的人。」伯頓隨口誇讚道，目光卻是閃了閃。既然這樣，那就查查夏芍這幾天的行程和昨晚有沒有離開飯店，不就知道她是不是那個人了嗎？

夏芍微微一笑，垂下眼簾，掩去了眼底算計的笑意——要的就是你去查。能查出來那才有鬼，昨晚她可是整夜都待在飯店房間裡。

夏芍說道：「伯頓先生謬讚了。我朋友家中也是做生意的，她家的公司在國內很有名氣，最近正在英國開發服裝市場。她也很想見識一下這次的拍賣會，昨天還跟我抱怨很久。」

伯頓聽了，立刻會意，大笑道：「不就是邀請函嗎？威爾斯，讓公司再發一張邀請函給夏小姐的朋友。」

夏芍有事相求，在伯頓看來，她的嫌疑就更小了，而且如果證實是他太多疑，冤枉了她，這張邀請函倒不如算是個人情，畢竟當年在華爾街，風水師可是令人聞風喪膽的人物。如今唐大師老了，好好結交他的親傳弟子也是對萊帝斯有好處的。

威爾斯立刻起身去辦，夏芍很大方地報了自己住的飯店，讓對方將邀請函送到那裡就好。

伯頓聽了，更加放心了，臉上的笑容越發真心。眼見著就要中午，他主動留夏芍在莊園裡享用午餐，夏芍笑著應下。

就在這個時候，有人匆匆從門口進來，來到亞伯身邊，俯身在他耳邊說了幾句話。亞伯抬頭看向那人，那人又補充了一句。亞伯目光微微一閃，接著便起身告辭，說是有事要處理。

伯頓忙起身相送，夏芍目光卻是微變。她耳力好，那人聲音再小，她也聽見了他的話。

那人先是道：「先生，沃特家族有急事要請我們幫忙，您的父親將這件事交給您處理。」

接著又道：「沃特家族的朱莉安小姐昨晚開始便高燒不退，心跳有異常，醫院查不到原因，沃特家族懷疑朱莉安小姐遇到了不乾淨的詛咒，所以想請您過去看看。」

朱莉安的名字夏芍不陌生，昨天傍晚雙方還有過衝突，讓夏芍皺眉的是那人話裡的「不乾淨的詛咒」，這是什麼意思？黑巫術？

如果是黑巫術，又是昨晚才出事，那這一切也太巧合了，難不成是……

夏芍拿出電話，撥了胡嘉怡的號碼，「朱莉安的事是妳下的手？」

儘管胡嘉怡不是那種害人的人，但這丫頭從上高中的時候就很重義氣，惹了她還好說，惹了她的朋友，她確實有動手的可能，而且她又學過半年巫術，雖然不是什麼高深的巫術，但下個詛咒略施薄懲，胡嘉怡還是做得到的。

「妳、妳怎麼這麼快就知道了？」胡嘉怡很驚訝，「我就是小小教訓那女人一下而已。她昨天吃了虧，沒那麼容易善罷甘休，我擔心她跟她父母告狀，會拿莉莉家的餐廳出氣，我就給她一點小教訓，讓她在床上躺一段時間。妳放心，不會鬧出人命的。」

「現在會出人命的不是她，是妳。」

夏芍翻白眼的力氣都沒了，當初怕她知道亞當的境況忍不住去管，才對她隱瞞了拉斐爾和撒旦兩派的內鬥，導致現在這丫頭出手壓根兒沒想過事情可能會捅到奧比克里斯家族去。以兩派現在爭繼承權的事來說，一丁點小事都有可能鬧大。她不怕拉斐爾和撒旦兩派打起來，對她來說，對這兩派都沒好感，打比不打好，反正對玄門有利，但她怕這火燒到胡嘉怡身上去。

「妳現在還在學校？馬上動身去鎮上三合集團的飯店入住，不許亂跑，我馬上過去。」也不管胡嘉怡不明就裡，夏芍掛了電話便站起身來，對身後四人道：「走，立刻去劍橋。」

這時，伯頓送完亞伯從門口進來，夏芍歉疚地笑道：「伯頓先生，我的朋友遇到了急事，我得趕過去看她，不能與您共進午餐了，改天我再登門拜會。」

伯頓沒想到亞伯剛走，轉頭夏芍也有事要走，這也太巧了吧？但既然夏芍說有事，他也不好強留，反正今天試探的目的達到了，他便笑著又轉身把夏芍送出了門去，然後看著兩輛賓利車開出了萊帝斯莊園。

而正當夏芍的車子往劍橋鎮的方向急駛的時候，倫敦一家私立醫院的豪華病房裡，一對中年夫婦相擁在一起，女人時不時發出低低的啜泣聲，但她的啜泣有些壓抑，像是不太敢放聲大哭，就怕吵著身旁的人一般。

有個金髮男人低頭看著病床上躺著的女子，女子的臉有著不正常的潮紅，看起來像是高燒不退似的，呼吸卻時而急促，時而驟停，眼下隱隱發青。

「亞伯大師，我的女兒到底怎麼樣了？」男人小心翼翼地問。

亞伯露出令人看不懂的笑容，轉頭看向旁邊另一名金髮男子。那人一頭金色長髮隨意披散在身後，氣質優雅又有幾分憂鬱，看著床上的女子，垂著的藍眸中不知道在想些什麼。

「怎麼樣，我親愛的堂弟，你認為呢？」亞伯笑著問道。

「朱莉安小姐所中的是黑巫術。」半晌，亞當淡然答道。

朱莉安的父母並不認識亞當，黑巫師在英國太神祕，兩人不知道亞當是黑巫師。聽到亞伯稱呼亞當堂弟，兩人還以為為了自家女兒的事，奧比克里斯家族竟然派出了兩位白巫大師。受寵若驚之下，朱莉安的父母對亞當也投去了敬畏的目光，連亞當剛才說女兒中了黑巫術的事情也忘了震驚。

亞伯對亞當的回答滿意地笑了笑，然後轉頭道：「看來，朱莉安小姐不幸得罪了一位黑巫師。不過，對方顯然還很稚嫩，這詛咒不會要了朱莉安小姐的性命，但會讓她吃點苦頭。」

「什麼？朱莉安得罪了黑巫師？」朱莉安的父母大驚失色，臉都白了。女兒好端端的，怎麼會得罪黑巫師？上帝，這太可怕了！

朱莉安的母親再顧不得其他，急切地問道：「亞伯大師，那我女兒……」

「請你們先出去，我需要單獨在病房裡待一會兒。」亞伯微笑著打斷她。

夫妻兩人一愣，接著就知道這是亞伯要給女兒解除詛咒了，忙千恩萬謝地說了幾句恭維的話，趕緊退了出去。

一起走出病房的還有亞當。

朱莉安的父母很意外，難道這位大師不用幫忙？

兩人不敢問，見亞當在病房門口站著，也不敢湊過去看亞伯在病房裡做什麼，只知道等待的時間是煎熬的，這一等，像等待了半個世紀，而實際上，醫院牆上的時鐘才過了十分鐘，亞伯就從病房裡走了出來。

門被推開的時候，朱莉安的父母立刻迎了上去，眼底是希冀的光芒，迫不及待地想知道女兒怎麼樣了，但病房裡面的情景被亞伯遮擋了大半，兩人沒看見病房的床上，沉睡著的朱莉安的額頭上，有道金色的五芒星印記緩緩淡去……

他們也不知道，就在這印記消散的同時，距離倫敦一百公里遠的劍橋小鎮，剛來到飯店房間的胡嘉怡忽然臉色一白，吐了一口血出來，接著捂著胸口栽倒了下去。

得知女兒沒事了，朱莉安的父母欣喜若狂，連聲對亞伯道謝。

亞伯笑著說道：「沃特先生，我們白巫師的職責就是保護耶穌的子民不受邪惡的侵害，所以請幫我一個忙，回憶一下，朱莉安小姐之前有跟誰結仇過嗎？」

朱莉安的父親一愣，她的母親連忙答道：「朱莉安是昨天晚上出事的，她回來的時候在車裡還好好的，不過我聽她的保鏢說，昨天傍晚她在劍橋鎮上得罪了一個東方女孩。」

朱莉安晚上回到家裡，哭鬧了很久，說是在劍橋鎮上受到了侮辱。他們夫妻聽了之後很惱怒，那家餐廳的人雖然跟家族有些血緣上的淵源，卻是家族的恥辱。以前家族允許他們在英國的土地上生存已經是寬容了，他們竟然還敢聯合外人侮辱朱莉安？兩人大怒，原本還想細問，沒想到朱莉安接著便說累了，上床休息後就發起了燒，送來醫院醫生查不出病因，她卻一整個晚上心臟驟停了好幾次。惶恐無措之下，兩人想到了奧比克里斯家族，沒想到還真是詛咒作祟，這件事一定跟那家餐館裡的雜種有關。

朱莉安的母親語氣含怒，卻沒注意到「劍橋鎮」和「東方女孩」的字眼一說出來，原本沉默不語的亞當身體忽然不自然地動了動。

亞伯挑眉，顯然也從這話裡推測出了什麼人來，當下轉頭看向亞當，笑容有些深意。

朱莉安的父親補充道：「聽保鏢說，那名東方女孩跟華人幫派三合會的關係密切。亞伯大師，會不會是她請了巫師詛咒我的女兒？」

嗯？

亞伯和亞當都愣了。和三合會的關係密切？胡嘉怡與黑道沒有關係，倒是有個人……這麼說，昨天她也在場？沃特家族得罪的人是她？

亞伯垂眸，眸底閃爍著令人看不懂的光芒。即便沃特家族得罪的另有其人，但朱莉安中了黑巫術卻是事實，下手的人還是他所猜測的那個人。事情的發展雖然超乎他的意料，但還真是意外地對他有利……

「亞伯大師，可以請您占卜看看這名東方女孩的底細嗎？如果她是傷害我女兒的人，我們沃特家族一定不會饒了她！」朱莉安的父母還不知所謂，憤怒地請求。

朱莉安的母親看向身旁的丈夫，怒道：「還有那家人，這次一定要把他們趕走！」

亞伯聞言，冷淡地說道：「詛咒朱莉安小姐的巫師我們會處理，至於其他的事，奧比克里斯家族不會參與。」

朱莉安的父親一驚，接著出了一身冷汗。他剛才過於憤怒，竟然忘了以亞伯的身分地位，並不是他能指使得了的。就連皇室請他占卜，出於禮貌和尊敬都會先預約，更不用說其他政商名流了。沃特家族雖然有底蘊，但在奧比克里斯家族面前，完全沒有指手畫腳的本錢。朱莉安的事還是因為可能與詛咒有關，奧比克里斯家族才特別允許不必預約。現在朱莉安沒事了，再說請亞伯占卜，那就是過於忘形了。

其實查那名東方女孩底細的事，憑沃特家族的人脈完全有辦法，只是有占卜大師在這裡，任誰都會有想走捷徑的心思，可惜這位大師的便宜不是誰都能占的。

朱莉安的父親趕忙點頭道：「是，這些事我們會自己去查。今天的事很感謝亞伯大師，我們會按照約定付錢的。」

亞伯笑了笑，雖然他出馬索價不菲，可他不在乎那點錢，那與家族的財富比起來連九牛一毛都算不上。他微微點頭，便轉身離開了醫院。

亞當也跟著離開，剛走到走廊上，就看到亞伯果然等在那裡。

「你知道我們家族的規矩，沒有任務和允許，私下詛咒是要被清理的。安德里叔叔和你身為領導者，對這件事負有不可推卸的責任，回去之後請向家族的族老會解釋。至於清理的事，我會幫你的，我親愛的堂弟。」亞伯故作寬厚地笑道。

亞當的神情已經恢復如常，臉上帶著優雅的笑意，手插在白色風衣的口袋裡，窗外吹來的風拂起他金色的長髮，讓他看起來比亞伯更像天使，而他憂鬱的眼眸對女人來說也比亞伯更具有殺傷力。

亞伯的眼神不自覺冷了冷，亞當淡淡地笑道：「既然這件事我有不可推卸的責任，那麼我怎麼忍心為我的族人增添麻煩？族老會我會負責解釋，清理的事也交給我。」

「你下得了手？據我所知，你一直關注著她的情況。看起來你對她很關心，我還以為你對這位中國女孩有非比尋常的感情。」亞伯嘲諷道。

「我關注誰，你了解得這麼清楚，是不是說明你也在關心我？」亞當的笑容無懈可擊，卻反唇相譏，諷刺的意味比亞伯更濃重。

亞伯臉色一冷，亞當已從他身旁走過，「她是我的學生，她所學的一切是我教給她的，要收回也應該由我來收回。不要妄圖替我行使權力，否則我會忍不住替拉斐爾做更多的事。」

亞伯瞇眼，這是威脅？但亞當沒有回頭，說完這話，人已經進了電梯。

亞伯站在原地沒有追過去，只是盯著電梯的門，看著門關上。然而，就在門關上的瞬間，他原本冷寒著的臉上忽然浮現詭異的笑容，那笑容裡有著正中下懷的算計、勝利者的快意、仇恨和難以分辨的情緒。

夏芍從萊帝斯莊園出來後，便一路趕往劍橋鎮。路上，英招對於夏芍將他們所有人都帶去處理私事的行為頗有微詞，只是剛剛經歷過在壁畫鑑定上面的失敗，她顯然有所收斂，只是有技巧地拿任務說事。

「隊長，我認為我們應該像昨天那樣，留三個人在飯店，繼續進行監視。陪夏小姐的事，交給一個人去做就好了。」

徐天胤開著車，沒有回頭，淡然道：「不必。壁畫的藏匿地點已經找到了，昨晚已向上頭回報過，支援的人正在調派，預定三號晚上動手。」

什麼？

王毗、畢方和英招三人都愣了，「找到壁畫了？什麼時候的事？」

「昨晚。」徐天胤道。這件事本該在今早就說明，但夏芍突然接到萊帝斯的邀請，就沒來得及跟大家說。

這話根本就沒讓三人釋疑，反而越發驚訝。昨晚他們都在隔壁房間監視大英博物館裡贗品的動向，也有人盯著飯店附近的情況，沒見隊長出去過，那他是怎麼發現藏匿地點的？

英招看著徐天胤，目光複雜。按照任務計畫，原本是她和夏芍住一個房間的，可是隊長這兩天晚上都在房間裡，她還以為他是被美人迷了眼，忘了任務的忌諱，沒想到他居然這麼快就找到壁畫的藏匿處了？

「頭兒，壁畫藏在什麼地方？」畢方開口問道，王虺和英招也看向徐天胤。沒人問他是怎麼找到的，只問他在什麼地方。因為合作那麼多年了，三人都知道徐天胤的本事，他總有些神鬼莫測的手段，時常在他們一籌莫展的時候，他就已經默默把事情搞定。共和國祕密機構的王牌頭銜不是吹出來的，跟他一起執行任務，他們經常都只能打下手。這種情況遇到太多次了，三人也知道問也問不出來，不如乾脆直接問重點，完成任務最要緊。

「萊帝斯莊園的後院。」徐天胤的回答簡潔，卻讓王虺三人的眼神發直。

萊帝斯莊園？什麼時候的事？

頭兒說是昨晚，那就肯定是昨晚，可他們不是今早才第一次去萊帝斯莊園嗎？他們全程都在客廳裡，根本沒機會潛伏打探，壁畫藏在萊帝斯莊園後院的結論是怎麼來的？

畢方大嘆一口氣，咕噥道：「每回跟頭兒執行任務，總是有一大堆的謎團。幸虧任務報告不用我寫，不然我真不知道要怎麼寫。」

王虺也苦笑，「找到了就找到了吧，怎麼神不知鬼不覺地把壁畫運出萊帝斯莊園才是任務成敗的關鍵，到時候兄弟你再出力吧。」

畢方點點頭，卻扒著前邊座椅的椅背，開玩笑道：「頭兒，到時候你不會把事情又不聲不響地做完了，我們幾個跟著你過去，只能當個苦力搬搬東西吧？」

徐天胤目視前方，專心開車，點頭道：「可以。」

王虺忍笑別開頭去，畢方哇哇亂叫：「那不是太沒勁了？我還想找點刺激呢！」

坐在前頭副駕駛座的夏芍，聽著後面畢方誇張的亂叫，搖頭輕笑。

這些人是師兄的戰友、夥伴兼兄弟，比他的某些家人還信任他。如果不是出於信任，他們不可能不問他是怎麼查到藏匿處的，對他現在才說也不可能沒有怨言。無論這些人在任務中能幫多少忙，有這樣的夥伴都是師兄的福分。

夏芍轉頭看向徐天胤，果然見他平時線條凌厲的側臉，因為聽著戰友的哀嚎而變得柔和，唇邊甚至有不易察覺的笑意一閃而逝。

過了一會兒，夏芍才道：「昨晚的行動引起伯頓懷疑了，所以今早他才邀請我去萊帝斯莊園試探。我想接下來他一定會細查我們這幾天的行程。你們此行是以保鏢的身分為掩護，昨天已經把你們留在飯店了，今天再留，難免惹人懷疑，所以你們還是跟我一起走吧。」

其實夏芍並不想這麼多人跟著她，她有些手段不想被太多人知道，否則以後再有類似眼前的事要處置時，容易讓人懷疑到她身上。今天是從大局著想，實屬無奈之舉。

雖然夏芍的話裡也沒提是怎麼找到藏匿地點的，但王虺三人聽了還是一驚。聽這話裡的意思，難不成昨晚頭兒辦事的時候，夏小姐跟在他身旁？那頭兒昨晚到底有沒有離開過飯店？如果沒有，那他是怎麼在飯店找到壁畫藏匿地點的？夏小姐是跟著他夜探萊帝斯莊園嗎？那地方的守衛再嚴密，闖進去都不是問題，但是她一個弱不禁風的女孩子，跟著頭兒去執行任務？

畢方是見識過夏芍的身手的，別看他那天在車上說要回去嚇嚇王虺和英招，實際上他不是個大嘴巴。夏芍沒讓他說，他便沒往外說，所以對這事他的震驚還算小。看著王虺和英招的眼神，畢方在一旁偷著樂。他就等著哪天這兩人自己發現，那才好笑呢！

車子行駛了一個多小時，夏芍一行人抵達劍橋鎮的時候才剛過中午，車子經過劍橋大學門口時都沒停，直奔三合集團的飯店。進了飯店，夏芍在大廳處問明了房號，便直接上樓去。

剛踏出電梯，夏芍便皺起了眉頭，徐天胤則是伸手攔住她，「有血腥味。」

王虺、畢方和英招三人雖然受過特殊訓練，對血腥味敏感，卻也沒有辦法隔著這麼遠就聞到，但聽見徐天胤的話，三人立刻拔槍。英招和畢方來到徐天胤和夏芍身前，靠牆警戒，王虺負責斷後。

就在三人擺開陣勢的時候，夏芍已經開了天眼望向胡嘉怡所在的房間。只看了一眼，她便飛身越過徐天胤，直奔那個房間而去。王虺看得詫異——夏小姐她……會功夫？

夏芍來到房間門口，房門虛掩著，她剛伸手去推門，徐天胤已經奔到，越過她率先進去。

胡嘉怡倒在地上，臉朝下，血淌了一地。

「嘉怡！」夏芍蹲下前，徐天胤就先把她給翻過來了，只見胡嘉怡滿臉的血。

徐天胤用手指在胡嘉怡頸側一探，道：「休克。」

「她的身上沒有發現傷口，可能是血進了鼻腔導致的。」王虺和畢方關上房門守在門內，英招過來瞄一眼，手上拿了條濕毛巾。

夏芍快速在胡嘉怡胸口連點幾下，昏迷中的胡嘉怡身子陡然一顫，口鼻裡噴出淤血，接著開始劇烈咳嗽。英招眼神一變，不可思議地看向夏芍。夏芍剛才那幾下迅速而精準，每一指都準確地落在人體的穴道上，手法十分專業，怎麼看都是練家子。

她、她竟然會功夫？

這個新發現讓英招愣住，直到夏芍伸手取過她手裡的毛巾，她才反應過來。

夏芍幫胡嘉怡把臉上的血擦掉，見她臉色蒼白，便伸出手，掌心按在她的丹田處，源源不斷地輸送元氣過去。胡嘉怡的臉色這才逐漸好起來，也不再拚命咳嗽，還睜開了眼睛。

「嘉怡，還好嗎？」夏芍問道。

胡嘉怡目光茫然，失神了一會兒才認出是夏芍，她搖搖頭，苦笑道：「果然是反噬，我終於知道為什麼亞當讓我牢記三倍法則了……」

「不是反噬，是妳下的詛咒被破解了。」夏芍道。

詛咒？什麼意思？英招皺眉。

胡嘉怡雖然是轉醒了，但是下的詛咒被破，內臟受傷不輕，需要療養，於是，夏芍轉頭對徐天胤道：「我們必須換飯店，嘉怡可能會有危險。」

胡嘉怡需要的不僅僅是換飯店，她更需要住院。夏芍之所以說換飯店，不過是故佈疑陣，她是為了胡嘉怡的安全著想。

夏芍知道，這幾天布蘭德利都在後頭跟著她。他這個三合會的英國總堂執堂堂主就像個跟班似的，隨著她倫敦、劍橋兩地跑，而自己因為任務在身，大部分時間並不理會他，倒是辛苦了人家。可眼下她確實有事需要三合會幫忙，因此她立刻撥打了布蘭德利的手機號碼，請他們幫忙弄個假身分讓胡嘉怡住進醫院。以三合會在黑道上的勢力，這事不過是舉手之勞。

夏芍讓徐天胤帶著他的小隊跟著去醫院，保護胡嘉怡，而她自己則在另一個飯店開了個房間住進去。

進到房間，夏芍先將窗簾拉上，然後從包裡拿出一條毛巾。那條毛巾已經被大片的鮮血染紅，正是用來給胡嘉怡擦臉的那條毛巾。

夏芍走到房間中央蹲下，用帶血的毛巾在地上畫符。她剛才從三合集團的飯店離開時，特意用毛巾將地上的血跡蘸乾，現在毛巾的血還濕著。夏芍迅速作畫，四道複雜的符籙很快就畫完，方位正在四象位置。

畫好符後，夏芍並未坐去陣中，而是將那條帶血的毛巾放上去，自己則坐到法陣外圍。她掐了幾個法訣，接著大喝一聲：「開！」

四象位置上的符籙在她呼喝的瞬間亮了亮，接著恢復原樣。在普通人眼裡，地上的法陣跟剛才沒什麼兩樣，卻有看不見的元氣緩緩流動到中間的毛巾上，屬於胡嘉怡的氣機便慢慢充滿了整個房間，並發散了出去。

夏芍的嘴角微勾，開了天眼看向飯店樓下，從容等待著。

這一等，就等到了深夜。

深夜，劍橋鎮三合集團的飯店房間裡，一名金髮男子負手而立，站在窗前，望著小鎮的夜景。房間的門被敲響，有個男子進來恭敬地道：「先生，您要找的人退房後不知去向，已經查過醫院、飯店、學校和那家餐廳，一切有可能她去的地方都沒有蹤跡。會不會是有人提前將她接走，人不在劍橋鎮上了？」

這個男子說話小心翼翼的，一直不敢抬頭，直到說完等了好一會兒沒聽見回覆，才抬起頭瞄向窗邊。

亞當轉過身來，淡淡地道：「我知道了，你先下去吧，我會找到她的。」

「是。」男子不敢說什麼，當即退出了房間。

門關上的瞬間，亞當垂下眼眸，目光落在光潔的地板，縫隙裡有未擦淨的血漬。他走過去蹲下身子，修長的手指撫過血漬未乾的磚縫，冰涼的觸感讓他的手指頓了頓，房裡的燈光照在他背上，令人看不清他臉上的表情。片刻後，他再站起來，指腹上已染了殷紅的顏色。

亞當的手微微收緊成拳，來到桌邊，拿出了一副塔羅牌。

與尋常占卜師用的塔羅相比，這副塔羅牌色調詭異，呈暗紅色。

亞當將牌放在桌上，沾有血漬的手指在虛空中緩緩比劃，依稀可見是道五芒星圖案。以前胡嘉怡曾經在高中宿舍裡做過塔羅牌占卜，那時候她在桌上鋪著天鵝絨的黑布，占卜前先要冥想、祈禱，講究的人甚至還要有過香、初占等一系列的開牌儀式，但亞當什麼儀式也沒做，連桌面都沒有清理擦洗過。他所畫的五芒星圖案，在開牌儀式裡，占卜師通常是用手指沾著潔淨的水在空中虛畫的，而他沾的卻是人血。

儀式過程看起來有些神祕，亞當接下來所做的事卻更帶著詭異的色彩。他沒有像塔羅占卜時那般冥想、占問，並排牌，而是手指從牌面上掠過，攤開掌心時，已有三張牌在他手上。

亞當將這三張牌放到桌上，分別是愚者、隱者、惡魔。

愚者代表流浪，隱者代表探索，而惡魔代表誘惑。

這絕不是塔羅占卜的行事方法，任何的塔羅愛好者看見這三張牌可能都會疑惑，不知道這代表什麼意思。亞當將惡魔放在愚者和隱者中間，帶血的手指在三張牌面上摸過，手勢看起來就像是優雅的魔術師，接著他的手指離開牌面，高懸在牌面之上，緩緩閉眼，進入冥想。

古怪的事就在這之後發生了。當亞當安靜下來，桌上的三張牌竟然開始移動。

三張牌的移動起先是雜亂的，愚者原地打轉，隱者遊移不定，而惡魔遊走在兩者之間。亞當的手始終高懸於牌面上方，指腹的血漬就像壓在惡魔頭頂上。惡魔的移動冥冥中像是受到什麼的牽引，也就是一兩分鐘的時間，隱者和愚者的牌慢慢靠攏，逐漸指向某個方向……

指向那個方向後，二者開始朝那個方向移動，在移動到桌邊時，倏地凌空飛起，向窗外飛了出去。就在要奪窗而出之際，亞當忽然睜眼，那三張牌在空中猛然停頓，而後掉在地上。

亞當走過去撿起紙牌，望向那個方向，然後帶著牌下了樓。

英國七月底的天氣已是入秋，小鎮夜晚的景色別有一番靜謐之美。比起倫敦的喧囂，這裡的深夜要安靜多了。平時學校沒放假，晚上有年輕人的喧鬧，小鎮尚且有活力些，如今學生們都放了暑假，夜深的小鎮街道上便顯得安靜空曠。

穿著風衣的亞當，金髮在夜風裡飄舞，手指舉在胸前，指尖上的塔羅牌正轉個不停。

他沿著路邊慢慢往前走，半個小時後，來到了一家飯店門口。

在亞當指尖上旋轉的塔羅牌開始不停地抖動，忽然破空飛起，朝著十二層樓的方向疾射而出。就在塔羅即將射入十二層樓的窗玻璃時，亞當微微閉眼，那張塔羅牌頓時如癱了般從空中飄下。接住這張牌，亞當的唇緊抿成線，抬腳便往飯店裡走去。

當他踏上臺階時，臉色猛地一變，身體急速向後退去。

一道白色人影從飯店裡奔出，人未至，凌厲的掌風已經迎面逼來。亞當曾經感受過這種攻擊，連忙退到街道對面去，與來人隔著街遙遙相望。

夏芍目光冷寒，「沒想到，來的人竟然是你。」

亞當優雅一笑，「我也沒想到見到的人會是夏小姐。她在嗎？」

亞當不是傻子，當胡嘉怡在鎮上的所有行蹤都被抹去的時候，他就知道有人助她，而她在英國無親無故，這時候能幫她的人是誰，顯而易見。他利用胡嘉怡留在飯店的血漬尋找屬於她的氣機，然後尋到了這裡。夏芍在此時現身，顯然是對此早有防備。那麼，今晚胡嘉怡在不在十二層樓的房間裡就有待深究了。

「她在，你想怎麼樣？不在，你又想怎麼樣？」夏芍挑眉道。

她早就斷定奧比克里斯家族的人不可能放過胡嘉怡，眼下兩派正是內鬥爭權的緊要關頭，這麼好的把柄，拉斐爾一派沒道理放過。她與亞伯這個人雖然只在萊帝斯莊園有過一面之緣，卻能看出他心有城府。她原猜測他會派人來擄走胡嘉怡，以此來攻訐亞當那派，卻沒想到她等來的人竟是亞當。

飯店裡的房間是夏芍故意吩咐清潔人員不要清理乾淨的，她留下了讓對方找來的線索，並用那方帶著胡嘉怡氣機的手帕佈下了四象陣法。

四象陣法來自於先古時期，是八卦、五行系統的根源，陰陽理論的基礎。木火為陽，金水為陰，四象循環，就是陽氣與陰氣不斷互根互生的過程。她將帶血的手帕放置在陣眼，胡嘉怡的氣機便被循環相生的陣法送出去，至於醫院那邊，夏芍讓徐天胤在病房裡想辦法遮蔽胡嘉怡的氣機，對方如果要尋，必然會尋到她這裡來。

夏芍原本打算讓今晚來的人能來不能走。想傷她朋友的人，有本事來就得有本事從她手上過去，但她沒想到來的人會是亞當。她對亞當也沒什麼好感，如果亞當要對胡嘉怡不利，她照樣會出手收拾。可這個男人讓她看不透，就在剛才他來到飯店樓下的時候，他明明可以將塔羅牌射進窗裡殺人。那張塔羅牌是循著胡嘉怡的氣息來的，必然直刺向氣機的來源。如果今晚只有胡嘉怡一人在飯店裡，那她必死無疑。

然而，就在關鍵時刻，亞當收了手。

為什麼收手，正是夏芍想了解的。

亞當沒有回答，只是淡然一笑，「我不該教她黑巫術，她還沒有出師就用來害人，我只是來收回我教她的一切。」

這話讓夏芍目光陡然一寒。

在玄門，如果師父說要收回教授弟子的一切，那就是說要廢除功法，逐出師門。胡嘉怡早已不在巫師學校讀書，也立志要接手家族生意，逐出師門對她來說或許會有精神上的打擊，但她現在受到反噬，內臟受傷，如果再廢她功夫，那不等於雪上加霜，要了她的命？

夏芍不再跟亞當廢話，手指一掐，黑夜中飯店四周的陰氣瞬間聚集而來，向著亞當撲去。

小鎮的馬路並不寬，亞當在馬路對面，陰氣眨眼間便到。亞當身子一側，靈敏退避，手中的塔羅牌激射而出，刺破陰氣，直襲向夏芍。夏芍動也不動，看著塔羅牌那暗紅的殺氣到了眼前，她才冷哼一聲，手往腿側抓去。

下一刻，黑色的煞氣迸射而出，周圍的空氣瞬間下降了好幾度，死寂裡似有幽冥怨嚎之聲從地底傳來，夾雜在風聲裡，令人脊背發涼，頭皮發麻。

亞當伸手往空中一揮，塔羅牌也迅速退回來，並在退回時於空中旋舞，速度快得暗紅的殘影所形成的光線在夜空裡畫出了巨大的六芒星圖案。

六芒星，不同的教派有不同的意義，但幾乎所有教派都認為六芒星是男性與女性能量的象徵，正三角為男性，倒三角為女性。從東方的陰陽理論上來說，男為陽，女為陰，六芒星即為陰陽結合之意。而天地元氣為陰陽二氣構成，世界最強大最穩定的氣場莫過於陰陽結合所形成的天地元氣。因此，六芒星還有一個名字，叫做「大衛之盾」。

亞當手裡的塔羅牌並非凡品，上面附著的陰煞帶著絲詭譎血氣，一看便知是傳承之物。年代之久遠，少說有數百年了。數百年的奧比克里斯家族黑巫大師元氣所持的塔羅法器，加上大衛之盾，當巨大的六芒星在夜空中升起時，小鎮中的天地元氣如江河般彙聚而來，聲勢浩大。

夏芍到目前為止所遇到的大師級人物無不是年約六七旬的老人，除了師兄之外，像亞當這麼年輕的高手還是頭一回遇到。劍橋鎮雖然不大，但一個小鎮的元氣之巨也不是凡人之身能夠承受，亞當竟能將小鎮中的天地元氣以如此聲勢召喚過來，以他的年紀來說，這人可謂奇才。

夏芍冷哼一聲，手持龍鱗，煞氣源源不斷湧出，遠遠觀去，似夜空裂開一道罅隙，無盡的黑暗從裡面爭湧而出，怨煞集結亦如江海，衝著六芒星的中央彙聚之處撞擊而去。

霎時間，在街道的上空，沉寂地底千年的陰煞與小鎮中的天地元氣猛烈相撞，空氣猶如震出了數道裂痕，看不見的氣場以六芒星為圓心往外擴散震盪而出。

明明沒有風，兩旁矗立的樹木樹皮都被絞裂，枝葉紛紛折斷四落，旁邊的飯店以及兩旁停止營業的商店門窗玻璃全都被震碎，掉落一地。

各個商店的警報聲此起彼落地響起，飯店裡的保全和服務生全都趴在地上，大喊報警，卻沒有一個人敢衝出來看看發生了什麼事。突如其來的爆炸聲響，簡直就像是發生了恐怖攻擊。

街道上，別說監視器了，連電線桿都攔腰斷成兩截，大半條街，滿地狼藉。

夏芍和亞當兩人都沒有受傷，繼續遙遙對峙。

夏芍並未小看亞當的術法，正因如此，她剛才謹慎地並未直接動用龍鱗去擊破大衛之盾，而是將龍鱗的陰煞集結成刃，間接撞襲過去。大衛之盾成形的時間也尚短，並未來得及將小鎮的天地元氣全都聚集過來。

即使是如此，兩人的術法相碰撞，殺傷力已如此之強，若是剛才兩人都使出了全力，怕是這小鎮至少要毀一半。

「夏小姐竟然可以驅使亡靈之刃，不愧為玄門大師。」亞當的目光落在了夏芍手中的龍鱗上，再看向她時，那雙憂鬱的藍眸裡少見的有著讚嘆的笑意。

亡靈在西方是很難召喚和收服的，那匕首吞噬的亡靈卻多不勝數，怨氣之強也是他生平僅見。這樣的匕首要納為己用，必然冒了相當大的反噬危險，能收服得了，得是何等的修為？

東方所說的陰人，在西方稱之為亡靈，龍鱗是千年前凌遲用的凶刀，不知吞噬多少人的怨氣，亡靈之刃的稱呼倒也擔得。夏芍淡淡一哼，再抬眼時，目光卻是一變。

空中巨大的六芒星雖然光芒漸暗，但並未消散，亞當抬起手，在六芒星的間隙裡書寫著古老而複雜的文字。六芒星再度亮起，散發出非比尋常的氣場。

「所羅門封印？」夏芍凜然，有些讚賞和驚奇。

在西方神祕學中，所羅門有七十二柱魔神，所羅門封印是以五芒星或者六芒星，加上古希伯來語的咒文書寫而成，是強大的驅散惡靈和封印的術法。

奇怪的是，古希伯來語明明失傳了兩千多年，亞當竟懂得這些咒文，而且驅散和封印惡靈的術法明明應該屬於白巫術，亞當是撒旦一派，居然會用這種術法？

亞當眸中明顯也有讚賞之色閃過，「能一眼就看出來，夏小姐的學識果然淵博。」

其實西方巫術的事，夏芍多是從師父收藏的書中看到的。她不懂古希伯來語，只是看見六芒星的圖案，又見亞當書寫的文字，腦中靈光一閃的結果罷了。再者，以現在的情況，夏芍手中的龍鱗是怨靈聚集依附的法器，所羅門封印正是克制它的術法。

夏芍既然看穿了亞當的打算，她怎麼可能給他時間完成術法？不過，亞當的手段顯然也激起了夏芍的戰意，她一手持龍鱗，一手凝結元氣，一道金色的符籙轉眼在虛空中成形。

亞當沒想到夏芍還會虛空製符，東方的符籙在西方人眼中神祕程度不亞於古希伯來咒語，他眼睛一亮，瞬間也被挑起了戰意。

可惜，戰鬥還未開始，刺耳的警笛聲便從遠方傳來……

夏芍和亞當都沒想到警方的行動這麼迅速，才幾分鐘的時間，竟然就趕了過來。警笛聲驚醒了兩人，剛才只鬥了一個回合，就讓這條街道損失慘重，萬萬再經受不起兩人再戰一輪。

雖然遺憾，但為免鬧出人命，夏芍和亞當同時收手。兩人隔著街道對望一眼，彼此眼中都有未褪的戰意和遺憾。

警方的人馬很快來到，這些人也弄不清楚街上是不是發生了恐怖攻擊，因此沒敢太靠近，而是用警力封鎖了街道兩旁的出口，遠遠地喊話。

「街上的人聽著，有人報警聲稱你們進行械鬥，請立刻放下武器，配合警方調查。」警察的話雖然說得客氣，但已經全數躲在車門後方，舉起了手槍，全面戒備。

亞當微微一笑，對夏芍做了個「請」的手勢。

都這時候了，這人居然還這麼紳士，讓夏芍優先退走。夏芍不是愛欠別人人情的人，可她也沒在這時謙讓，二話不說，向街道側邊的坡道退走。離開之前，引了些龍鱗的煞氣往兩旁而去，封住了警察的行動，助亞當離去，也算是還了他的人情。

夏芍走後，亞當收回塔羅牌，見圍堵的警察們僵硬不動，不由挑了挑眉，卻也不急著走，而是穿過一地狼藉的街道，堂而皇之地進入了飯店。

飯店裡的住客嚇得在房間裡不敢出來，保全和服務生們此時全都在大廳。亞當也不介意被這些人看到，邁著優雅的步伐進了電梯，到了十二層樓之後，來到剛才塔羅牌指示的房間。

房門虛掩著，地上除了碎玻璃，什麼也沒有。有個服務生趴在窗簾邊瑟瑟發抖，身旁放了個水桶，桶裡的水有些血漬。亞當看了一眼，便自嘲地笑了笑，低嘆一聲，「真謹慎……」

夏芍臨走的時候，叫了客房服務上來將房間打掃乾淨，也曾吩咐過三合集團飯店方面，一旦對方離開，房間要灑掃乾淨，確保不留下任何血跡。關於胡嘉怡的東西，夏芍是不會留下來的，而亞當用來尋找胡嘉怡的那點血漬上的氣機已被耗盡，不能再用了。

亞當的笑容微苦，低頭看向自己的手指，指腹上的血漬已淡得幾乎看不見。

他在飯店沒有停留太久，出走飯店之後，快速下了街道旁的斜坡離去。

這個時候，夏芍剛走出斜坡下面的大型公園。路上她用陰煞困住了幾批堵路的警察，到最後沒路可走時，乾脆大搖大擺地從警察身旁走了過去。

她不介意警察看見自己的真容，這點小事三合會會處理，而且今晚亞當也在，相信他不會希望事情傳出去。即便她不請三合會處理這件事，奧比克里斯家族也會把事情抹得乾乾淨淨。

直到走出警方的包圍圈，夏芍才把陰煞全數收了回來，正轉身打算回胡嘉怡入住的醫院去看看她的情況，一輛停在不遠處，一位金髮男人從車裡走下來，抬起他那張跟亞當有四五分相似的臉，微笑道：「夏小姐，這麼晚了還在街上，有興趣去喝杯咖啡嗎？」

夏芍挑眉。

亞伯？

她沒有深夜喝咖啡的習慣，更沒有深夜陪別個男人喝咖啡的習慣，因此，當兩人在小鎮上尋到一家深夜還開著的咖啡廳，一坐下來，夏芍便道：「亞伯先生，有什麼話就直說吧。」

亞伯笑道：「夏小姐真爽快。」

「爽快談不上，我只是不喜歡拐彎抹角。」夏芍這話頗有深意。

今晚對付胡嘉怡，本來應該是拉斐爾一派的人來的，結果來的卻是亞當。而她跟亞當剛鬥法結束，亞伯就等在了她的去路上，這明顯是算計好的。

亞伯自然聽得出夏芍話裡的深意，當即笑了笑，「好，那我就有話直說了。我知道夏小姐剛才和亞當發生了小衝突，不知道夏小姐對我們家族的撒旦一派有什麼看法？」

夏芍眼神微冷，「亞伯先生，我說過，我不喜歡別人跟我談事情的時候拐彎抹角，你確定你這是有話直說？」

「當然，這決定了我們是不是有合作的可能性。」亞伯笑笑，目光幽深。

「合作？」夏芍聽聞這話，笑容微嘲，「亞伯先生，我很意外，你居然想跟我合作？」

亞伯像是沒看出夏芍的嘲諷，涵養很好地說道：「夏小姐，我知道我們伯爵當年做了件錯事，導致我們現在有些仇怨，但是中國有句話，叫冤家宜解不宜結。當年的事，我們願意彌補，我相信我們有足夠的誠意能讓夏小姐滿意。而且，當年的事，我們拉斐爾一派並沒人參與，夏小姐的仇人是伯爵和撒旦一派，因此，我相信我們有合作的可能。」

夏芍瞇眼，雖是這樣，但從情感上來說，她對奧比克里斯整個家族的人都喜歡不起來。若是報仇，她可以堅持原則，誰做的讓誰來償，不牽連奧比克里斯家族的無辜成員，可是她做不到這麼分明。

「夏小姐何不聽聽我開出的補償條件？」亞伯看出夏芍的拒絕之意，不再遊說，而是直接拋出誘惑。不等夏芍開口，他便道：「我們家族的權勢財富想必夏小姐有所了解。這麼多年以來，拉斐爾掌權，撒旦掌財。我想夏小姐並不缺錢，但我想夏小姐的目光一定不會只放在你們國內，而我們拉斐爾一派在英國可以說擁有神權，在世界各國也擁有眾多信徒，我們可以為華夏集團的發展提供政治和宗教上的人脈。英國可以作為華夏集團擴張的第一站，我保證貴公司能夠暢通無阻。」

夏芍客觀地評價道：「聽起來不錯。」

「不僅如此，如果夏小姐想要那幅敦煌壁畫，我可以說服老伯頓，讓他歸還中國。」亞伯笑著說道。早上她去萊帝斯莊園的時候，他覺得可能是他太過多疑，但是今晚在感受到夏芍和亞當鬥法的修為時，他越發覺得昨晚的人就是她。雖然他還沒弄明白為什麼監控錄影裡沒有她的影像，她是怎麼從萊帝斯莊園裡來去自如的，但哪怕是世界上頂級的殺手和大盜也無法從他的五芒星陣裡逃脫，只有神祕職業的人才可以。她的修為完全有可能，說不定是東方有什麼神祕的術法，才使她完成了昨晚那不可能完成的事。

不得不說，亞伯的猜測還真有點靠譜。不過，夏芍是什麼人？她神色自始至終動也沒動，連亞伯都猜不透她心裡是怎麼想的，更別說牽制她的步調了。

這讓亞伯頗為鬱悶，他還是第一次遇到這麼難談判的對象。以奧比克里斯家族的地位，他很少需要談判，於是在摸不透夏芍心思的時候，亞伯選擇繼續往下說，「至於合作方面，我想夏小姐可以猜得到。我們家族兩派一直互利，可是到了現在，情況有些改變。老伯爵迷戀黑巫術，對家族是個隱患，而且他已經神志不清，遲遲不肯宣布繼承人。而撒旦一派，亞當是個野心家，以他的天賦才能，他不甘於身處暗處，妄圖打破家族的平衡，這讓我的族人不能容忍，所以我希望能與夏小姐的師門合作，肅清家族裡某些不安分的勢力。」

亞伯把想說的一次都說完，這才看著夏芍，默默地等待。

值得慶幸的是，夏芍總算肯開金口了，但她開口的第一句話就讓亞伯有點懵。

「那我倒想聽聽，我同意合作的話，亞伯先生能給我什麼好處？」

「……」什麼？

亞伯愣住，好處？剛才不是說了嗎？

夏芍一看亞伯的表情，眉毛就挑得老高，「怎麼，亞伯先生剛才提的條件，難不成是包含了合作的好處？」

亞伯看著夏芍，他的眼神說明了一切——難道不是？難道，妳還嫌不夠？

夏芍往沙發裡靠去，「不得不說，亞伯先生，如果你是商人，你一定連帳都不會算。」

亞伯表情微變，夏芍的目光冷淡了下來，「首先，你補償錯了人。你的家族當年害的人是我師父，要補償也該補償給他老人家，給我，算是什麼道理？其次，就算我代師父接受補償，你的條件也只夠補償當年的過錯。再者，你既然提出合作，就說明現在奧比克里斯家族的形勢，你們拉斐爾一派的力量難以確保勝出，可玄門若答應了你，鬥法諸事，死傷難免，這部分的損失誰來補償？你開出一個條件，就想既補償當年的過錯，又讓玄門給你賣命，有這麼便宜的事？這麼明顯的虧本買賣，換成亞伯先生，你會答應嗎？」

亞伯愣住，他沒想到夏芍的胃口這麼大。他認為他剛才提出的條件足以讓她答應任何事，那可是需要動用奧比克里斯家族在全球的人脈。有了這些，華夏集團可以在成為國際財閥的路上暢通無阻，她也可以成為載入世界商業史冊的傳奇人物，她居然還嫌不夠？

「夏小姐，我剛才可是提過敦煌壁畫的事的。我聽說夏小姐與徐將軍感情深厚，但是夏小姐想嫁進徐家，可能身分不太夠吧？如果壁畫能順利回歸，夏小姐會成為民族英雄。那時候，舉國都會歡迎妳，保證夏小姐可以風光嫁入徐家。」亞伯固執地認為夏芍就是昨晚的那人，哪怕她不是，這個誘惑對女人來說也是足夠的。

她是女人，只要她想嫁給心愛的男人，這個條件或許比之前那個會更令她心動。

夏芍看了亞伯好一會兒，奇怪地反問道：「壁畫的事也能算是亞伯先生開出的條件？敦煌壁畫本來就是我們國家的國寶，回歸不是理所當然的嗎？」

「……」亞伯瞪著夏芍，眼神都直了，維持了近三十年的優雅氣度險些破功。

理所當然？他開出的這麼有誘惑力的條件，在她眼裡就是理所當然的？鬧了半天，她是真沒把這件事當成一個條件？

「那夏小姐還想要什麼條件，妳可以說出來聽聽。」亞伯忍住了怒氣，問道。

「沒有條件可以補償人命。」夏芍的臉色一冷，「你真以為你的這些條件可以補償？人傷了，可以治癒，死了要如何補償？權力、錢財、名譽、地位，哪個買得了人命？玄門弟子和拉斐爾一派合作，你敢保證他們的生命安全？對，他們是玄門弟子，只要我師父一句話，他們就得前來，可是他們也有家人、有朋友，人死了，誰來安撫那些親友的傷痛？我師父在山上獨居十年，我不在的時候，他老人家只與花草為伴。這十年，他沒有出過宅子一步。這十年，我師兄為了尋他，耗盡心力。這十年，玄門被賊人把持，張老和弟子們受人排擠暗害。而這十年往後，我師父他老人家不知道還要有幾個十年在輪椅上度過。亞伯先生，我很想問問你，你真的覺得這些是可以補償的？」

夏芍說到最後，動了怒氣。

亞伯沒想到她的反應會這麼劇烈，夏芍的這些情感，對他來說很陌生，也理解不了。在他看來，雖然玄門的損失很大，但他的補償也很有誠意不是嗎？而且那都是過去的事了，人是現實的動物，時時刻刻都要往前看，過去的事已經過去，眼前有補償，絕大多數人都會想要吧？

「夏小姐，我想妳過於激動了。過去的事是無法改變的，但我們可以努力改變未來。就合作的事來說，我想拉斐爾一派和玄門絕對是互利的。拉斐爾肅清的是家族不安分的勢力，玄門報的是自己的仇。我們合作，只是因為有共同的敵人。從另一個角度來說，玄門和拉斐爾合作，拉斐爾還可以幫助玄門報當年的仇，這難道不是互利？」亞伯遊說道。

夏芍聞言，反倒笑了，「難道報仇非得自己出手嗎？不能看你們拉斐爾和撒旦鬥得兩敗俱傷嗎？亞伯先生，中國有句話叫坐山觀虎鬥。」

對玄門來說，看著奧比克里斯家族內鬥，鬥到兩敗俱傷，再出面收拾場子是最輕鬆的。為什麼要在這時候衝上來，用弟子的性命去跟奧比克里斯家族拚鬥？

去他的互利，這世上沒聽說過有跟敵人互利的道理。

亞伯沒想到夏芍看得這麼清楚，他雖然很少跟人談判，但不代表他沒心機。人在談判一開始的時候警戒心重，思路清晰，但是當他提出條件後，經不起誘惑的人且不說，哪怕是經得起誘惑的人，要思考划不划算，這本身就會浪費精力和心神。談判的時間越長，投入的情緒越多，人越會感到疲累，思考能力會慢慢下降。剛才夏芍動了怒氣，她應該處於不理智的狀態，亞伯原以為他的那番遊說，會令她一時轉不過彎來，而他也相信，很多人都會覺得他剛才的話有道理，沒想到夏芍立刻就反應過來了。

這個女孩子真的只有二十歲？

她實在太不好對付了！

「夏小姐，妳這麼說的話，那我們就沒有商談的餘地了。」亞伯的臉色也冷了下來。

「本來就沒有。」夏芍冷哼一聲。

亞伯一聽，臉色更冷，當即從沙發上站了起來，「夏小姐，妳剛才說可以看著我的家族內鬥的事，我很贊成，可我要告訴妳的是，奧比克里斯家族也不是妳想像的那麼脆弱，如果我們家族有敵人窺視，我們不介意放下內鬥，一起對付敵人。」

這話無異於威脅，整個奧比克里斯家族把玄門當作敵人的話，玄門也一定不會好過。

「我覺得夏小姐還是可以考慮合作的可能性，但不要讓我等太久。」亞伯說著，取出一張名片放到桌上，接著頭也不回地離開了。

夏芍獨自坐著，看向窗外開走的車子，臉色漸冷。

當初亞當去香港，可是沒有提過要跟玄門合作，他只是請求玄門給他一點時間，不要這段時間尋仇。雖然他是在為族人的生存爭取，但他的姿態放得很低，而且他知道玄門不會跟奧比克里斯家族的人合作。

亞伯倒是敢提這事。

夏芍不介意亞伯提這事，也不介意他玩心機，但她介意被人威脅。

夏芍冷笑一聲，拿出手機，撥打了一個號碼，「喂？亞當。」

亞當回到英國後，聯繫過玄門一次，號碼是那時候留的。當時通話，亞當表示他的父親安德里很感謝玄門沒有為難他的子女，並表示家族的事結束後，一定會來香港為當年的事賠罪。

當時電話是唐宗伯接的，他笑道：「既然感謝，這個電話為什麼是你打？安德里呢？」

「唐老先生息怒，我父親有些優柔寡斷，他知道我在香港的事後，一時不知道該怎麼面對您。不過，您放心，他從來不輕易承諾，一旦承諾就會做到。只是如果有再去香港的一天，還請唐老先生手下留情，有什麼罪責，我可以替父親承擔。」

當初在香港，唐宗伯和夏芍都表示過不需要父債子償，亞當心裡也清楚，但唐宗伯有他的原則，亞當也有他的堅持，這次通話沒有很久，最後亞當表示，如果族人能躲過這一劫，到時去香港再談。

夏芍保留了那次通話的號碼，沒想到今晚就用上了。

如談判時夏芍所說，玄門沒有必要和奧比克里斯家族合作，但如果被逼急了，非要選邊合作，那玄門絕對擁有選擇權。

當年的事的確是老伯爵下的令，撒旦一派的人執行，拉斐爾的人並沒有參與。如果非要合作，玄門應該選擇拉斐爾，可夏芍不喜歡亞伯的威脅，雖然她也稱不上喜歡亞當，但從亞當身上，她至少能看見對族人的責任、對父輩的孝心，而亞伯……老伯爵怎麼說也是拉斐爾一派，且是他的祖父，可他在談判時，話裡的意思竟是希望與玄門聯手把老伯爵也解決。

一個連血脈至親的命都可以冷血對待的人，如何期望他能善待別人的命？

而對於人命，亞當顯然更慎重。

今晚兩人鬥法，在警笛響起的時候，兩人戰意未褪，卻同時收了手。夏芍當時有所警醒，再打下去會出人命，而亞當收手的速度不慢於她，顯然這個男人也不想鬧出人命來。再者，他雖然口中說要廢了胡嘉怡的功法，卻在之前可以用塔羅牌殺了胡嘉怡的時候收了手。很明顯的，他不想要胡嘉怡的命，可他還是用言語激怒了她，與她鬥法。

當時，夏芍猜不透這個男人的目的，可當她離開的時候碰到了亞伯……

直到現在，夏芍回想發生的事，腦中靈光一閃。

胡嘉怡和她是朋友，亞當清楚這件事，那亞伯呢？他可是知道自己在英國的。今晚處置胡嘉怡的人本來應該是亞伯的人，最終來的卻是亞當，這裡面是不是有什麼算計？畢竟，如果是亞伯來處置胡嘉怡，他應該想到這會得罪她，而得罪了她，自然不利於合作。

一個想著跟她合作的人，怎麼會讓他的人動胡嘉怡？

然而，如果得罪她的人是亞當的話，對亞伯就是有利的。

今晚在談判的時候，亞伯曾問過她對撒旦一派的看法，說這決定了玄門和拉斐爾有無合作的可能性，並表示知道她剛才和亞當發生的衝突。也就是說，這一切很有可能是亞伯算計好的。她越是跟亞當交惡，就越是有可能會答應與拉斐爾合作剷除撒旦一派。

好一個亞伯！

夏芍哼了一聲。她自從成立華夏集團，遇到陰謀算計無數，這些事也算是一想就通了。她打給亞當的電話響了兩聲，那邊就接了起來。

「夏小姐？真意外，居然能接到妳的電話。」亞當含笑的聲音從電話裡傳來。

「意外？我看是在你意料之中吧？」夏芍往沙發椅背靠去，「你今晚的戲演得不錯。」

電話那邊傳來亞當的笑聲，他沒有否認，顯然是默認了。

亞當根本就不想動胡嘉怡，如果他有這心，一開始在飯店下面就可以直接用塔羅牌殺她。

他的掙扎、他的猶豫，都是做給暗處的亞伯看的。他說要廢了胡嘉怡，也是為了激怒她，兩人好打一場，這也是作戲給別人看的。

夏芍之所以敢這麼肯定，是因為她在國內跟亞當打過一次交道，對他的性情且不說了解多少，但知道他絕對不是傻子。他知道她和胡嘉怡是朋友，也知道她身在英國，怎麼可能會做對胡嘉怡不利的事？不說他對胡嘉怡有沒有個人感情，哪怕是從家族利益上出發，亞當也不會在這時候得罪玄門。

但是，他來了，還跟她鬥上，原因就很清楚了，這一定是在演戲。奧比克里斯家族兩派內鬥，互有消息來源是肯定的。亞當可能看穿了亞伯的算計，來了個將計就計。

亞當笑完之後才道：「我知道亞伯從夏小姐這裡討不到好處，因為我跟夏小姐打過一次交道，了解妳對某些事的堅持。我的目的只是讓亞伯挫敗，打亂他的計畫，好從中取利，所以，夏小姐會打電話給我，真的在我的意料之外。」

正因為跟夏芍打過交道，亞當了解夏芍不喜歡他拐彎抹角，故而他也有話直說了。

亞當說的確實是實話，在他看來，玄門確實沒有理由跟奧比克里斯家族的任何一派聯手，他實在不知道夏芍為什麼會打電話給他。

夏芍笑笑，指尖輕輕敲打著沙發的扶手。

她不懼別人的算計，也並非沒被人算計過，但算計她的人，她總要對方還回來才是。而且，要加倍奉還。

「你這麼會演戲，介不介意和我一起演場好戲？」夏芍慢悠悠地問道。

亞當沉默了一會兒，最後在電話裡一笑，用中文答道：「榮幸之至，願洗耳恭聽。」

……

夏芍結束與亞當的通話後，看向桌上亞伯臨走前留下的名片，再次拿起手機，撥打了另一個號碼：「喂？亞伯先生，你的提議我考慮過了，或許我應該答應，不過，我希望你之前提出的補償能夠兌現。請準備一份合約，既然是合作，我想我們還是書面約定比較好。你準備好了再打電話給我，有些事我們需要詳談。」說完這話，她就掛斷電話，起身走出了咖啡廳。

夏芍回了醫院，剛走到病房外，王朏三人便迎了上來。

他們聽見外頭警方有騷動，正緊張夏芍的安全。這三人不愧是特工，事情才發生沒多久，他們就查出事發地點在夏芍後來單獨入住的飯店。

「可能真是恐怖攻擊吧，我看那飯店不安全，就退房回來了。」夏芍笑道。

英招皺了皺眉頭。這話分明是搪塞，當他們三人是傻子嗎？她說要把朋友送來醫院，本來就該一起來，結果她把原來的房間退了，又去開了個房間，用來做什麼？現在小鎮警方正在調查，現場已經封鎖，住客都在接受盤問，她是怎麼退房出來的？

或許是出於女人的第六感，英招總覺得今晚的事與夏芍有關。雖然跟她認識才幾天，但她鑑定古董的眼力獨到不說，還有一身深藏不露的好身手，尤其今晚她的舉動更是隱祕，英招都有些錯覺了，覺得這次出來執行任務，她才是主角，而他們全都是跟班。

這不，今晚都淪落到給人看病房了。

夏芍才不管三人怎麼想，她打開病房的門便要進去。

畢方在後頭道：「頭兒說讓我們守著門口，他不知道在裡面幹麼，門……」

畢方剛要說門反鎖了，話音還沒落，門就開了。徐天胤打開房門，臉色如常，目光卻深深定凝在夏芍臉上，似是在確定她有沒有事。

夏芍暖心地一笑，她讓徐天胤在病房裡封住胡嘉怡的氣機，他肯定感覺到她動用了龍鱗，但再擔心，他也沒停止她交代的事。直到聽見她回來的動靜，他才停止動作。此刻，他身上還有激蕩的元氣未斂起，眼神在開門的那一刻還是焦慮的。

夏芍進了病房，順手把門關上，隔絕了畢方八卦的眼神。徐天胤果然將她擁住，深呼吸了幾次才平息情緒，聲音低沉地問道：「怎麼回事？妳動用了龍鱗。」

「怎麼回事啊……」夏芍笑笑，「今晚可精彩了。」

徐天胤不解，夏芍拉著他到了病房的裡間去，將今晚發生的事仔細說了一遍。徐天胤聽到夏芍事後的那兩通電話和心中的謀算時，微感茫然。

夏芍狡黠地看著他，「師兄覺得呢？」

徐天胤凝視著她嬌俏的笑容，回答一如既往地簡潔，「好。」

夏芍等了半天，只等到了一個字出來，哭笑不得，「就只是好？」

看出她的不滿，徐天胤沉默了片刻，重新點頭道：「很好。」

「……」服了！

夏芍額頭抵著徐天胤的胸膛，他伸手抱住她，道：「妳的決定，師父會同意的。」

夏芍一笑，這事她不擔心，因為她不僅僅是為了替師父報當年的仇，也是要替玄門解決潛在的麻煩。如果成功，一石二鳥。

「這件事情只跟師父說就好，暫時瞞著張老。騙得過自己人，才能騙得過敵人。」

「嗯。」

「師兄暫不必為這件事分心，專心執行壁畫的任務。」

「嗯。」

「放心，我不會逞強，需要人手的時候，我一定會說。」

「嗯。」

「現在就看亞伯什麼時候把合約準備好了，我想他的動作一定很快。他們家族的事如果不是到了不能再拖的關頭，他不會想找外援。既然這樣，我想一旦合作，他就會要求盡快行動。眼看著就要到拍賣會的時間了，我儘量讓那時候鬧起來，你們好渾水摸魚。」

正如夏芍所料，亞伯接到她電話的時候雖然很意外，沒想到她這麼快就想通了，但是夏芍的點頭對他來說無疑是巨大的驚喜。對於夏芍的要求，亞伯聽了反而放心。如果她不是看重這些利益才答應的，他反倒會怕她有別的心思。不過，夏芍得到了這些利益，玄門的付出必不會少。亞伯也不是會做賠本交易的人，到時候肅清家族勢力，拉斐爾一脈會有損傷，玄門也不例外。等事情結束，玄門也會傷些元氣，哪會再有實力反過來對付他？況且，夏芍還看重他所帶給她的那些利益。

所以說，這紙合約一簽，合作關係基本可以說是牢固了。

亞伯整夜未眠，連夜讓人去擬定合約，天一亮就打了電話給夏芍。

上午十點，小鎮的一家飯店裡，夏芍和亞伯面對面坐下，夏芍的面前放著一份合約。合約有兩份，一份是昨晚亞伯承諾過的對為華夏集團的好處，另一份是關於國寶壁畫的。昨晚亞伯提出了這兩個極有誘惑力的條件，絲毫沒有打折扣，全都寫了在合約裡。

夏芍低頭仔細看合約，坐在她對面的亞伯笑容有些深。

昨晚談判的時候，還以為是多難收買的人，結果還不是他走了之後就後悔了？只是，這話亞伯是不會說出口的，他等著夏芍看完雙方簽字。

令亞伯意外的是，夏芍看過後，將壁畫的那份合約遞還了回來，「這一份不需要。」

「不需要？」亞伯微愣，隨即古怪地笑道：「夏小姐，妳不會真的認為萊帝斯家族要拍賣的壁畫本來就該歸還貴國吧？」

這麼愛國的話，昨晚夏芍說了，亞伯還會信幾分。今天？呵，他完全不信。一個重視利益的女人，怎麼會放過這麼大的誘惑？他昨晚就跟她說過了，她不會傻得放棄吧？

夏芍怎會不知道壁畫以她的名義回歸會對她有多大的好處？現在國寶壁畫的事已是舉國關注，她若能使壁畫回歸，華夏集團的聲譽將會被推到一個令人崇敬的高度，對集團旗下各公司在國內的地位有著重大的意義，而且，從她自身來說，日後有人再想拿她風水師的身分做文章，就得掂量掂量她在的聲望。

然而，這一切，夏芍都不要，因為這次的任務是師兄領命。那十年，他為國家做了太多，他才是那個應該被人尊敬的英雄。壁畫一定要由師兄運回國，他的功勳越多，職位升得越高，才能越來越遠離這些危險的任務。她希望他平安，別再增添新傷。

當然，這話是不能跟亞伯說的。夏芍將合約堅定地往亞伯面前推去，拿起另一份合約，頗有深意地笑道：「因為我要用那份合約換亞伯先生改一改這份合約。」

「改？」亞伯盯著夏芍手中的合約，表情變得嚴肅，警覺地道：「夏小姐想怎麼改？我認為這份合約已經承諾得足夠多了。我承諾家族的力量會為妳所用，只要有奧比克里斯家族的人脈，華夏集團可以在世界各地無條件借用，用以掃除集團國際化道路上的阻礙，而且我還承諾英國將成為華夏集團成為跨國集團的第一站。夏小姐，妳認為這還不夠？」

「夠。」夏芍點頭，卻也挑了眉，「但亞伯先生，你所承諾的這些，真的是以你的許可權可以動用的嗎？」

這樣大的許可權，豈是亞伯所有的？

亞伯聞言，深深看了夏芍一眼，笑道：「夏小姐真是謹慎。沒錯，我現在沒有許可權，但如果夏小姐能幫我肅清家族一些勢力，奧比克里斯家族仍是拉斐爾掌權，這合約就能生效。」

「不見得吧？就算老伯爵過世，撒旦一脈也肅清了，當家人也輪不到亞伯先生吧？我想，怎麼說也該是你的父親。」夏芍淡然一笑。

亞伯聞言垂眸。確實，能動用奧比克里斯家族所有人脈的人，除了家主不會有第二個人。就算家族的事定下來，家主也會是他的父親，而他會成為第一順位的繼承人。

「亞伯先生不會想說，以你繼承人的身分承諾這份合約吧？」夏芍哼笑一聲，把合約往桌上一放，「我只與未來能做主的人簽這份合約，無論是你的父親還是你，我只希望這份合約上的承諾方是奧比克里斯家族的家主。」

這個要求並不容易達到。

奧比克里斯家族至今還傳承著古老的傳統，由家主簽署的檔案一律封有火漆，上面有家族的徽印，而這種象徵著地位身分的重要物品，當然只有家主才有，而且，歷代家主長年帶在身上之物，有強大的能量存在，任何人都作偽不來。因此，徽印等同於家主簽名，只要一見到家族的徽印，檔案在家族中便是生效的。

現在的徽印在伯爵身上，要從伯爵身上拿到，要冒很大的風險。

「有風險才會有回報。亞伯先生，如同我昨晚所說，玄門完全可以坐山觀虎鬥。現在我跟你合作是看重你承諾給我的利益，可是你給的利益很有可能成為空話。你覺得，我會放心拿著這一紙空文跟你合作嗎？」夏芍質問道。

「可是，夏小姐，即使我能從伯爵手中拿到徽印，讓合約生效，夏小姐也是還什麼都沒有替我做，便拿了一份生效的合約，妳覺得我能放心嗎？」亞伯反問。

「這好辦。我明天就可以讓師門有所動作，向亞伯先生表明誠意，但相對的，我也希望亞伯先生能拿出讓我放心的誠意來。」夏芍的話讓亞伯微愣，她卻在說完這話後笑著起身離開，只留下兩份未拿走的合約，讓亞伯盯著陷入沉思。

夏芍所說的誠意果然不是忽悠亞伯，第二天，玄門向奧比克里斯家族發來電函，對亞當前日與夏芍交惡的事表示憤怒，聲稱當初在香港曾放過亞當兄妹一馬，亞當轉身便忘記當初的承諾而對夏芍出手，唐宗伯表示，將會向撒旦一派討個公道，新仇舊怨一起清算。

這電函是發到奧比克里斯家族的，兩派的人都在，玄門這無異於宣戰的電函在家族內部引起了軒然大波。

這段時間，老伯爵的精神狀況越發令人擔憂，家族繼承的事一日比一日緊張，兩派從去年就開始內鬥，到現在互有勝負，已經陷入膠著狀態，而玄門的函告無疑是將現有的局面一下子打破，將撒旦一脈直接打入了可能覆滅的境地。

這電函令拉斐爾一脈狂喜，卻令撒旦一脈猶如晴天霹靂，頓時陷入了慌亂之中。

「亞當，到底是怎麼回事？」古老的莊園裡，安德里站在書房裡，驚慌地看著自己器重的兒子，「你知不知道現在我們一脈的族老們全都要求見你？我已經壓不住他們的憤怒，他們要求你給族人一個交代。你明明去香港爭取了玄門的諒解，為什麼還會跟唐老的弟子動手？」

安德里了解自己的兒子，這個兒子是他的驕傲。他一生優柔寡斷，自認不是做大事的人，但是他的兒子自幼就有領導者的風範。他心思縝密，善於謀略，可以說，就連拉斐爾一脈的亞伯也沒有他優秀。這些年來，兒子遭受嫉妒，卻始終堅定地帶領著族人，平衡著與拉斐爾一脈的關係。他是這個家的驕傲，也是撒旦一脈真正的領導者。他這個父親，可以說不過是表面上的首領罷了。

正因為了解兒子的優秀，安德里才不敢相信他會做激怒玄門這麼愚蠢的事。

「亞當，這件事是不是有什麼誤會？或者，你有更深的打算吧？」安德里盯著兒子問道，眼中有明顯的希冀。他總覺得兒子不會讓族人陷入絕境，他不是這麼愚蠢的人。

然而，這一回，似乎令安德里失望了。

亞當微微垂眸，「抱歉，父親，這件事是我中了亞伯的計謀，我讓族人陷入危險了，我會想辦法解決的。」

「你中了亞伯的計？」安德里不可思議地看著兒子。

亞伯和亞當雖是堂兄弟，卻明爭暗鬥了很多年。在家族的人看來，兩人爭的是家族第一天才的名號，並且互有勝負，難分伯仲。可只有安德里這個當父親的知道，兒子比亞伯優秀多了，他從來就沒有輸過。他的輸，不過是為了族人著想，為了兩派勢力的平衡，為了不招致拉斐爾一脈的瘋狂嫉妒而故意輸的。儘管拉斐爾的人還是因為他與亞伯不相上下而看他不順眼，但實際上，他真的已經很掩藏自己的才能了。

因此，對於兒子的回答，安德里感到不可思議，「亞當，你在欺騙你的父親嗎？」

「沒有，父親。」亞當依舊垂著眸，「這次的事與我的私事有點關係，我沒做到太冷靜，中了亞伯的計謀，確實是我的過錯。」

「你的私事？」安德里愣了愣。自己這兒子什麼都優秀，就是太完美了，總讓他覺得他像傳說中真正的拉斐爾，為父母、為族人，總之都是為別人。他為家族做了太多的事，什麼時候為過自己，有過私事？

「父親，請不必太擔心。我們處在風險中不是第一次了，這次一定會像以前一樣安然度過的，請相信我。」亞當沒有給安德里細問他私事的機會，便把話題給繞了回來。

安德里雖然相信兒子，神情卻沒有那麼輕鬆。這大半年來，老伯爵對撒旦一脈逼得越來越緊，急迫地要他交出那半張黑巫術的羊皮卷。原本早在半年前，老伯爵就對他下了最後通牒，如果他再不交出來就要殺了他，把撒旦一脈的宅邸翻過來自己找。最後還是亞當機智，他那時候剛從香港回來，便稱那半張羊皮卷在當年圍殺唐宗伯的時候，通密遺落在了內地。他去中國時順道查訪了一下，已經得到了一些關於羊皮卷的消息，正準備派族人去尋找。

這個說法雖然遭到了拉斐爾一脈的極度懷疑，並慫恿老伯爵不要相信，但老伯爵求那半張羊皮卷心切，最終表示願意相信亞當一回，讓撒旦一脈的人儘快去找尋。老伯爵甚至給了期限，到聖誕節的時候如果還沒有把羊皮卷帶回來，要死的人就是不僅是他安德里，還有他那個說謊的兒子亞當。

亞當的機智雖然是解了燃眉之急，卻令安德里這大半年來夜不能寐，因為他知道，當年的羊皮卷是被通密毀了的，哪裡還能找得到？如果找不到，他死了不要緊，老伯爵卻連他的兒子也不會放過。

亞當卻一再安慰他，說已經尋找到一位傳承古老技藝的匠人，會製作半張以假亂真的羊皮卷給老伯爵，只是從製作到做舊，要將近一年的時間，聖誕節前夕一定能完成。兒子的大膽讓安德里很震驚，他曾經在帶回的路上看過那張記載著黑巫術的羊皮卷，上面的文字就像是惡魔書寫的，比古希伯來文還晦澀難懂。就算羊皮卷能作偽到以假亂真，上面的內容要怎麼辦？

亞當只稱先混過去再說，老伯爵神智癲狂，一日比一日嚴重，到了年底還不知道會是什麼樣子。弄張假的羊皮卷給他，他若欣喜若狂或真的研究起來，對他身體的影響可想而知。

這個想法實在太過冒險，可也沒有其他更好的辦法了。

然而，這段期間，因為派人出去佯裝尋找羊皮卷，撒旦一脈的力量分散了不少，導致和拉斐爾的對抗中一直處於下風。後來，亞當表示人手不足，在老伯爵面前請求拉斐爾一脈幫忙。老伯爵急於得到羊皮卷，便命令拉斐爾的人跟著一起出去找。如此一來，亞當成功分散了拉斐爾的人手，逐漸把局勢扳回來，讓兩派又處於了膠著狀態。

這大半年來，亞當就是這麼邊等待那張羊皮卷，邊跟拉斐爾一脈平衡周旋。安德里看得到他所費的心血，只是如今得罪了玄門，已經不再是家族內鬥了，有外力介入，對撒旦一派來說，簡直等同於滅頂之災。

當年，他聽命圍殺唐宗伯，現在兒子又跟唐宗伯的弟子交手，這樣的仇怨，亞當要怎麼化解？他還能再有辦法嗎？

安德里嘆了口氣，神情疲憊，眼底是深深的愧疚。都是他這個當父親的太無能了，要兒子承擔一切……

「父親，請相信我，給我一點時間，我會想出辦法來的。現在請讓我一個人安靜一會兒，好嗎？」亞當道。

安德里見兒子的精神看起來比他還好，這讓他感覺愧疚更多，總覺得他是硬撐著安慰自己的。嘆了口氣，安德里擺擺手，「我出去跟族老們說說，你放心，我不會讓他們來吵你的。亞當，覺得疲累就休息一下，這件事父親不怪你。」

「謝謝父親。」亞當一笑，笑容裡有著難得一見的溫暖。

當書房的門關上後，亞當臉上的笑容才斂起，他走到窗邊遠望，低聲道：「接下來，就看妳算得準不準了……」

夏芍表明了誠意後，或許是感受到了家族形勢明顯的變化，亞伯受到很大的鼓舞。僅僅三天之後，一封覆有奧比克里斯家族徽印的火漆合約放到了夏芍面前。

「夏小姐，為了表示誠意，我可是冒了很大的險。幸虧老伯爵神智已不能算正常，不然要拿到家主的徽印，根本就是不可能的。」亞伯道。

夏芍微微心驚，只見合約上那火漆的徽印散發著濃郁的元氣，比起師父的那個大羅盤來也不遑多讓。那晚她見過亞當的塔羅牌，今天又見到家主徽印，奧比克里斯家族不愧是傳承深厚的家族，好東西真不少。

「越難完成的事，越能證明亞伯先生的能力。現在我收了這份合約，倒有種真是從奧比克里斯家主手中接過的感覺了。」夏芍滿意地笑道。

亞伯目光微變，「夏小姐，即便老伯爵時日不多了，我的父親也是第一繼承人。」

夏芍不在乎地一笑，「跟我談合作的人是亞伯先生，讓這份合約生效的人也是亞伯先生。你的父親能力如何我不清楚，但我欣賞亞伯先生這樣的實幹派。希望我們這次能合作愉快，日後有這份合約在手，我們一定有很多合作的機會。我希望日後再有合作的時候，亞伯先生可以不必再冒險去拿家主的徽印。」

這話的暗示意味很明顯，夏芍是在說，希望亞伯能成為奧比克里斯家族的下任家主，而亞伯心裡也清楚，他今天把這份合約給了夏芍，日後她用起這份合約的時候，他的父親一定會過問。從他把合約拿給夏芍時，他就已經沒有退路了。他的目標就是取得整個奧比克里斯家族的掌控權，越過父親，成為下一任家主。

當然，這不僅僅是被逼無奈，也是他的選擇。

亞伯頗有深意地笑笑，不再作態，大方承認，「好，那就先祝我們這次合作愉快。」

亞伯親手倒了兩杯紅酒，遞給夏芍一杯，兩人乾杯，一飲而盡。

「玄門弟子什麼時候來？」剛喝完酒，亞伯就迫不及待地問。只是一通電函，家族的形勢就有極大的變化了，如果玄門的人來了英國，雙方聯手，那撒旦一派必敗無疑。

「收到合約，他們就會來英國。快的話，今天傍晚就能到了。」夏芍笑道。

「那好。」亞伯顯得很高興，又親自倒了杯酒給夏芍，再次舉杯，「那麼，這次就願我們以後一直是同盟。」

夏芍捧杯喝了，然後便帶著合約離開。

她說玄門傍晚就能到英國，這一點也不是誇口，事實上，前幾天玄門已準備好，原本就定在今天來英國的。因為明天是萊帝斯集團舉辦的世界拍賣會，夏芍要出席，沒有時間去接機，因此不管今天亞伯能不能把合約準備好，玄門都一定會來。

傍晚的倫敦機場。

一星期前抵達這裡的東方女孩，今天又帶著三名保鏢和一名助理再次現身。

這一次，他們是來接機的。

「師父。」當一名坐著輪椅的老人出現在入境大廳時，東方女孩笑著迎了上去，而老人身後有二十多名東方臉孔的男男女女站在一起，吸引了機場很多遊客的注意。

這些人穿著清一色的白袍黑褲，袍子是真絲布料，有古雅的盤扣，讓人一看就聯想起中國的武術高手。

這是……中國的武術團來英國了嗎？

夏芍對門派弟子們這打扮也很意外，笑道：「這是幹什麼？穿這麼齊整？」

「幹什麼？來洋鬼子的地方，當然要穿得威風點，不能給咱們華人丟了臉。首先在精氣神上，咱們就得壓他們一頭。」張中先負手而立，率先開口說道。

夏芍頓時哭笑不得，她還是第一次看老人家穿得這麼講究。以前張中先是汗衫褲衩夾板拖鞋的老大爺形象，冷不丁穿成這樣，她還真有些不習慣，「瞧您老說的，像是來踢館似的。」

「踢館？哼，可不是踢館這麼容易就能了的事！當年這群洋鬼子是怎麼欺負咱們的，這次我們是討債來的，不見血，不算完！讓他們欺負芍丫頭，以為玄門的人都死光了嗎？」張中先怒氣沖沖地道。

夏芍聞言笑了笑，瞥一眼師父唐宗伯。唐宗伯瞪夏芍一眼，這丫頭又搞這種事。接到天胤電話的時候，他差點一口茶噴出來。如果這丫頭在他身邊，他免不了要敲敲她。她明明知道她師兄那個性情，話只挑簡單的說，還叫他來報信。這丫頭就是欠打，她絕對是故意拿他老人家來消遣的。後來還是他親自打電話過去問，才知道了事情的前因後果和夏芍的具體打算。

不得不說，這丫頭又給人設套挖坑了，還是大手筆。不過，她的盤算確實值得一試，所以他就帶著弟子們來了。只是，這次的事只有他知道真相，其餘人尚被蒙在鼓裡。

「我們這次來除了妳的事，還想順道看看國寶壁畫。」唐宗伯道。

說話的時候，他看了眼夏芍身後。

徐天胤此行有任務在身，平時易容，連元氣都收斂得一乾二淨，看起來跟普通保鏢並無二致，但還是難逃老人家的法眼，唐宗伯一眼就認了出來，畢竟三歲起就跟自己在一起的孩子，情同父子，哪能看不出來？

一看徐天胤這打扮，唐宗伯便心中有數，他定然是有任務在身，而他出任務當然是為了國家，來英國的目的應該就是那幅壁畫了。

「這些洋鬼子，當年從我們國家搶了那麼多好東西，現在不知廉恥地放在博物館裡頭給人參觀不算完，還想拿著去賣錢，門都沒有！」張中先怒道。

眾弟子們也紛紛道：「敢拍賣，看他們有沒有這個本事！」

「我們這次來，反正就是教訓洋鬼子！」

「那個忘恩負義的亞當，還有那個萊帝斯集團！」

玄門弟子們聲勢浩大，王肔三人看得有些傻眼。其中英招的臉色不太好看，她知道夏芍有兩重身分，一是華夏集團的董事長，一是風水師。她本來就對什麼風水師嗤之以鼻，現在又見這麼多的風水師組團來英國，還說什麼要教訓洋鬼子。

這些人能做什麼？耽誤了任務，誰負責？

看來是要找夏芍好好談談了。

夏芍笑道：「行了，我已經幫你們訂好飯店，先過去再說。」

這次來英國，溫燁也跟來了。夏芍來的時候，沒想到會又與奧比克里斯家族的人對上，便把他留在京城，讓他看著華苑私人會館那邊。會館裡自從有了溫燁，她比以往輕鬆許多，以前的客戶都是她一人接待，有時實在忙不過來。

當初成立華苑私人會館的初衷是想有個專門給人解答風水運程諸事的地方，也順道為華夏集團積累人脈，但一家會館夏芍尚應付得來，開的多了以後，她就分身乏術了。溫燁沒來之前，一旦有客戶要預約，都是會館的工作人員記錄下來，找她排時間。有時她不在那個城市，便需要求事的人自己飛過來，很不方便。自從溫燁來了之後，有個人幫忙分擔，便讓夏芍有了其他的想法。

如果各地的華苑私人會館裡都能有風水師坐鎮，那既讓她輕鬆，也方便了客戶，可這就需要從玄門總堂借調人手，現在玄門弟子不多，香港那邊堪堪能忙過來，哪有時間到內地？

雖然這想法實施起來暫時有些困難，還是讓夏芍有了初步的打算。弟子少，可以收。日後華苑私人會館可以成為弟子們很好的實踐之地，可以由一位師父帶著幾個弟子在會館裡坐鎮，跟在香港老風水堂裡坐堂是一樣的。再者，會館裡都有佈風水局，天地元氣充裕，在沒有客戶的時候，對弟子們清修也有很好的助益。

日後新入門的弟子還是在香港老風水堂裡學功夫學基礎，有了能出師的能力，再由師父帶著來內地，在華苑私人會館坐鎮，這實在是個不錯的規劃。

眼下正是放暑假的時候，溫燁不必上學，夏芍便讓他來了英國。這次出行，對他來說應該是個極好的學習機會，他可以見識一下西方的巫術。

在機場的時候，溫燁一直沒插上嘴，到了飯店之後，他才來見夏芍。只是，師徒兩人還沒說幾句話，英招便敲門走了進來，「夏小姐，可以談談嗎？」

來的只有英招一人，顯然她的話是不想讓徐天胤和戰友們知道。

夏芍沒有拒絕，英招對徐天胤的心思她看得出來，因為這個，她此行可沒少被人審視和挑剔。她知道，她是被英招當成情敵了。在英招眼裡，特工是優秀的存在，她大抵自認為樣樣比自己優秀，所以不懂徐天胤為什麼喜歡她，這才百般挑剔、比較。

且不提英招是不是真的比她強，就個人看法來說，夏芍對英招談不上討厭。都說隱藏情緒是特工的必修課程，可英招的性情直來直去，喜歡、討厭都表現在臉上。這些天，雖然把她當作情敵，也曾經挑釁過，但她做的事都在明面上，不曾背地裡使一些陰私手段。

這個女子是性情剛毅的人，這點從她的面相上能看出來。英招是典型的刀劍眉，女孩子有這種眉毛的很少，看著英氣，卻也說明性子剛強。這樣的人通常不屑背地裡做什麼事，有話都是直說。這樣的性情，若是夏芍平時遇到，她定會喜歡，可惜情敵是冤家，所以夏芍對英招談不上喜歡，但也談不上討厭。

英招要找她談話，夏芍想也不用想就知道一定是為了玄門這一行人。

果然，到了飯店的咖啡廳裡，英招沒有拐彎抹角，很乾脆地道：「夏小姐，妳的同門來英國想做什麼事我不會過問，但是希望妳能約束他們，不要摻和進壁畫的事裡來。妳知道，這是我們的任務，而我不認為他們能幫什麼忙。愛國是很好，添亂就不好了。」

聽了這話，夏芍冷淡地道：「英招小姐，重視任務是很好，但胡亂鄙視別人就不好了。」

英招臉色一沉，剛要說話，服務生端著兩杯咖啡送了來。英招忍了忍，想等服務生走開再開口，卻沒想到，夏芍抬起手在虛空中一揮，桌上的兩杯咖啡就像被大風吹過，刷地掉到地上，碎裂來，香濃的咖啡濺了一地。

剛轉身要離開的服務生嚇了一跳，回頭過來，小心翼翼地詢問道：「兩位小姐，請問是咖啡不合胃口嗎？」

夏芍笑笑，「不是，是我們沒拿穩，杯子不小心摔碎了。浪費了這麼香濃的咖啡，實在抱歉，我們會賠償的。」

沒拿穩？服務生沒敢多問，趕忙去找人來清掃。

英招盯著夏芍，心中震驚。剛才她看得很清楚，夏芍的手根本沒有碰那兩個杯子，杯子卻莫名其妙滑落摔碎，這是什麼功夫？

「英招小姐，妳要知道，人外有人。像我這樣身手的人，我的師門裡還有三人。別說他們不會插手這次的任務，他們如果插手，那絕對沒有妳出手的機會，到時候誰給誰添亂還很難說。」夏芍慢條斯理地說道，說得英招的臉色漲紅。

她從來沒這麼丟人過。鑑定古董的眼力不如人，還可以安慰自己夏芍是買賣古董起家的，經驗比她豐富，卻沒想到，她身為特工人員，居然也被夏芍的身手震懾住了。

她第一次在面對別人的時候，產生了不自信的感覺……

第二天，英招見到夏芍的時候，臉色還是有些不自然，只是她不得不跟在夏芍身邊，因為世界拍賣會開幕了。身為夏芍的臨時助理，演戲要演全套，當然要繼續跟著她，倒是華夏集團真正的員工到了，今天用不著她做什麼，只要跟著就成了。

第五章　狹路相逢

世界拍賣會由萊帝斯集團舉辦，邀請各國拍賣業的翹楚。華夏集團作為中國唯一受邀的企業，隨行的工作人員都面露紅光，感到無比榮耀。

華夏拍賣公司的總裁孫長德和福瑞祥的總經理陳滿貫自然跟了來，而一起來的還有華夏娛樂傳媒的總裁劉板旺。世界拍賣會吸引了世界各國的媒體前來，國內的媒體自然也不例外。

值得一提的是，華樂網拿下了這次拍賣會國內獨家的網路播映權，跟著華夏娛樂傳媒旗下的華樂週刊等雜誌記者們一同來了英國。

一大早，會場外頭便鋪開了紅毯，記者們在會場內部都有拍攝區域，但眾媒體還是早早地來到了會場外面，在拉起的警戒線外等候。

早上八點鐘，一輛輛豪華轎車陸續來到會場外，車上下來的企業家無一不是世界商業雜誌上的熟面孔，每下來一個人，閃光燈便如雨般劈里啪啦打來，閃得讓人眼睛都睜不開。

這次受邀出席的企業家有五十多位，約莫來了一半左右的時候，一輛加長版的賓利車緩緩駛了過來，一名東方少女從車裡走了下來。

少女穿著一身白色套裝，頭髮綰起，氣質淡雅，容貌清麗脫俗。

這年紀絕對是今天到場的企業家當中最年輕的。

在場的媒體記者，華樂網、華夏娛樂傳媒和國內媒體自不必說，連周邊媒體都一眼把人給認了出來。東方女子，如此年輕，在世界商界中，不會再有第二個人能有如此高度。

「夏董！」

「夏小姐，看這裡！」

記者們喚著夏芍，雖然知道這裡不適合採訪，還是希望能拍個特寫鏡頭。

夏芍轉身對警戒線外的記者們笑了笑，這才帶著孫長德、陳滿貫等人一起進入會場。

英招跟在後頭，看著這場面，眼神複雜。在這個領域，夏芍是傳奇，是強者，問題是，在其他領域，她竟然也是強者。英招開始弄不明白，面前正在一群商業精英簇擁下走進會場的女孩，到底有什麼神奇的經歷？為什麼她總覺得她很神祕？

夏芍走進會場，會場裡氣氛熱絡，這些國際知名的企業家們齊聚一堂也算盛事。難得聚在一起，豈有不趁機攀談的道理？

跟外頭的媒體記者們一樣，會場裡的企業家們也是一眼就認出了夏芍——比起雜誌上和業界的傳言，這女孩簡直年輕得不可思議。

她的年紀比在場很多人的子女都要小，而她竟能站在這裡，站在跟他們同等的位置上。

「夏小姐，這兩天妳不在倫敦，讓我想請妳來我的莊園做客都沒有機會啊！」

眾人聞言轉頭，見伯頓從人群裡走了出來，這不由讓眾人越發驚詫。

伯頓是什麼人？萊帝斯集團的當家人。萊帝斯可是拍賣業的鼻祖，這次世界拍賣會的舉辦方，在場所有人都要敬畏的同業大老。

伯頓是最早到會場的，來的企業家們都恨不得在他面前露露臉，好多寒暄幾句，沒想到這位東方女孩才到會場，還沒開口，伯頓竟先主動示好。

在場的都是人精，伯頓都說要請夏芍去萊帝斯家族的莊園做客了，還不是示好？

雖然華夏集團是傳奇，夏芍也確實是年輕一輩中的第一人，伯頓對她刮目相看很正常，但是以萊帝斯集團的地位，也不至於上趕著討好，這到底是怎麼回事？

在場的企業家們面面相覷，伯頓卻笑了笑。他確實在示好，他已經查過夏芍來英國這幾天的行程和隨行人員了。他們有去過大英博物館參觀過那幅壁畫，聽說夏芍身手不錯，但以她的身分，請保鏢很多時候是為了面子，沒什麼奇怪的，而且調查了幾天，沒發現夏芍有什麼不對勁的地方，她的嫌疑基本上排除了，伯頓放下心之後，想起她風水師的身分，當然是要示好。再者，他得到了一個消息，聽說唐宗伯來了英國。當年唐宗伯在華爾街的作為，伯頓至今心有餘悸，一直沒有機會跟這位泰斗級的人物套近乎，這次不正是個機會？

因為伯頓的示好，很多企業家雖然不知原因，卻也對夏芍很熱絡。在會議開始之前，夏芍身邊就沒缺過人，隱隱成了這會場最忙的人。

世界拍賣會為期十天，同業會議舉行三天，之後便是萊帝斯集團舉辦的拍賣會，再之後是各國古董的展覽、酒會等同業交流會。第一天的會議在午餐過後的下午才開始，而下午的會議一開始，首先受到關注的，便是中國市場。

拍賣業雖然興起於英國，卻在中國市場上遭受過很大的挫折。當時由於國內政策問題，拍賣業曾受到抵制，導致很多外國企業無法生存，陸續退出了市場。可這些年來，隨著政策的改變，中國經濟的發展進入了飛速時期，華夏集團就是在這時期崛起的。雖然這與天時地利都有關係，但精準地看到了拍賣市場空白的眼光，也是成敗的關鍵。

華夏集團以五年的時間迅速占領了國內市場的大份額，成為名副其實的龍頭企業，但以整個中國市場來說，僅華夏集團和一些本土的小型拍賣公司，是滿足不了這巨大需求的。

中國市場絕對是一塊大蛋糕。

相對於有人盯上了中國的廣大市場，三天的世界拍賣會同業會議，夏芍也是受益良多。她了解到很多國外市場的現狀和發展情況，以及收藏投資市場的態勢。她知道中國市場難免被人盯上，但她不懼，反而歡迎，這是檢驗華夏集團競爭力的最好機會。穩得住華夏集團在國內的地位，她就可以進入國外市場。

三天的同業會議，夏芍的行程排得極滿。除了出席會議，她還抽空接受了華樂網、香港媒體和中國媒體的聯合採訪。

英國對國寶壁畫的事一直未做出回應，壁畫終將進行拍賣。中國國內對此群情激憤，媒體對夏芍的採訪難免問及華夏集團對此的看法，並問及華夏集團在拍賣會上將展出什麼古董。

夏芍對這兩個問題都沒有給予正面回答，她神祕一笑，賣起了關子，「世上很多事，不到最後關頭，誰都無法預料結果。或許，等待我們的會是驚喜。」

這話究竟是什麼意思，沒人猜得到，於是，所有人只好先把目光聚焦到了第二天，萊帝斯集團舉辦的拍賣會上。

與此同時，安德里憂心忡忡地走進書房，「亞當，你聽說了嗎？玄門的人來英國了，已經兩天了，族老們在等你的解決對策。」

「父親放心，會有辦法的。」亞當合上面前的書，笑著從書桌後面站起來。

安德里看他那麼閒適，不由皺了皺眉頭。會有辦法？玄門弟子兩天前就來英國了，他卻只關在書房裡看書，沒有任何動作，哪來的解決辦法？

「亞當，我知道你已經盡力了。如果實在沒有辦法，不用硬撐，父親不會怪你的。」安德里嘆了口氣，望著兒子的目光有悲傷，有心疼。亞當太優秀了，家族這些年全靠他，但是這一次的事情實在太嚴重了，一件接著一件來，他已經盡力了。大概連兒子也沒莫可奈何了，只是不想讓家人太擔心而已。

安德里走過去，重重拍兒子的肩膀，「你是我們家族的驕傲，不管發生什麼事，我們都以你為榮。我來想應對的辦法吧，當年如果不是我不敢拒絕伯爵，現在家族也不會遇到這麼多的事。有句話說的對，都是因果報應……我不能讓你擔負這一切，責任就由我來承擔吧。」

安德里的眼裡有著決絕，看得亞當一笑，「父親，我說過會有辦法的，再等等。」

「等等？兒子，辦法不會自己找上門來的。」安德里焦慮地道。

然而，這話剛說完，管家就敲開了書房的門，「少爺，有位東方來的客人要求見您，已經在門外等候了。」

亞當打開書房裡的螢幕，只見莊園外剛剛黑下來的天色裡，有個穿著一身黑衣的男人站在那裡，帽子遮掩了他的大半張臉。

「這不是自己找上門來了嗎？」亞當頗有深意地笑了笑，對管家道：「有請。」

世界拍賣會為期三天的會議終於結束，舉世矚目的拍賣盛會正式開幕。

這次拍賣盛會由萊帝斯集團主持，拍賣品涉及西方藝術品、現代奢侈品、房地產以及豪華房車和世界名人曾用品等，林林總總，種類頗多。拍賣會為期三天，從早到晚，數不盡的拍賣品按分類輪流拍賣。

萊帝斯集團這次絕對是大手筆，不僅前三天的會議邀請了世界各國拍賣業裡的龍頭，拍賣會上還給國際頂級圈子裡的名流們發了邀請函。出席拍賣會的除了國際商業界的巨鱷，還有國際上的黑道大老、演藝圈的一線導演明星、文化界的專家學者，甚至還有一些國家的皇室成員。總之，有名頭有臉面的人，能請的都請了。雖然不見得人人都有時間過來，但給面子前來捧場的還真不少。

又是一大早，會場外各國媒體再次擁擠地高舉相機，閃光燈比拍賣會開幕那天還熱烈。

這次駛來會場的有不少都是車隊，後頭的車裡下來的是保鏢，許多知名大老西裝筆挺地踏上紅毯，身邊多有長相豔美的女人相伴。奢侈品的拍賣，往往是女人的最愛。而且，這種場合帶女伴出席已經成為一種約定俗成的規矩，無論願不願意，男人們身旁總有美女隨行。無論是為了展示自己的金錢、地位，還是享受女人崇拜的目光，這種場合少有不帶女伴的。

因此，沒帶女伴的人，就有些顯眼了。

更令人驚訝的是，這些男人都是東方面孔，而且來頭不小。其中兩位是世界黑道裡的兩位華人黑幫當家人，還有一位是香港嘉輝國際集團的年輕總裁李卿宇。

龔沐雲和戚宸帶著的幫會人員不多，身為世界級黑幫的當家人，這兩位帶的人甚至比一些企業家和導演明星們帶的保鏢都少。倒是有個混血面孔笑嘻嘻地跟著李卿宇一起下車時，引起了不少媒體記者的騷動。

這不是美國黑手黨傑諾塞家族的二公子傑諾嗎？李氏集團的總裁怎麼跟黑道的這位公子哥兒認識？看起來交情好像還很好？

今天傑諾塞家族的大公子也來了，他在不久前剛進了會場，應該是代表家族前來捧場的。那麼二公子傑諾為什麼不跟家族的人同行，反而跟著李卿宇的車過來？聽說，傑諾是私生子，母親是華人，因為血統不純，他跟他同父異母的哥哥關係並不好。只是，黑道家族的事，豈是一般人敢隨便八卦的？

雖然不能報導，但是記者們還是對著傑諾猛拍照。

傑諾面對鏡頭，不惱也不怒，反而笑咪咪地揮手致意，直到李卿宇理也不理他地走進了會場，他才小跑著追了過去。

記者們在會場外拍了兩個多小時，前來的賓客才逐漸變少。

夏芍絕對是屬於晚到的，她直到最後才到場，而且在下車的前一刻，她還在打電話。

「好的，亞伯先生，那就祝願我們今晚合作成功。」

今晚是拍賣會的重頭戲——中國國寶壁畫的拍賣，也是徐天胤和他的小隊動手的時間，更是玄門和奧比克里斯家族合演的大戲開鑼的時候。

昨晚剛收到消息，如夏芍所想，有些藏在暗處的人總算現身了。

這本是值得開心的事，夏芍的笑意卻有些冷，結束跟亞伯的通話後，她看向了副駕駛座，問道：「查得怎麼樣了？」

劉板旺聞言回頭，表情沉肅地道：「對方的技術相當高明，我們的人要查攻擊來源需要一點時間。董事長，到會場了，先下車吧。」

夏芍冷笑一聲，下車的時候，又恢復了往常從容的微笑，在一片閃光燈中走進了會場。

今天早上，華夏集團受到了網路攻擊，來源不明。

這些攻擊給華樂網造成了一些混亂，但很快就被技術人員給解決了，可隨之而來的，是網路輿論風向的驟然轉變。

這些天裡，國內民眾一直對萊帝斯集團拍賣國寶壁畫的事十分關注，對英國方面的囂張態度也很激憤，可是就在今天早上，民眾的情緒突然間對準了華夏集團。

有人散播謠言，對夏芍在接受採訪時所說的話進行過度解讀。在訪談的時候，夏芍曾說：「世上很多事，不到最後關頭，誰都無法預料結果。或許，等待我們的會是驚喜。」這話聽著是賣關子，其實是有不能明說的理由，這關乎國家任務，即便她有參與，心中抱著一定要讓國寶回歸的決心，現在也什麼都不能說。

可是，卻有人把矛頭指向了華夏集團，稱夏芍的話不過是在推諉，她身為華人企業家，華夏集團更是買賣古董發跡的，現在國寶有難，她竟然還去參加英國的拍賣會。華夏集團自始至終沒有對國寶回歸一事做出過聲明和表態，明顯有漠視的意思。

這種說法一出，有些不知情的人便開始懷疑，偏激的更是信以為真，轉而肆意辱罵和攻擊華夏集團。有人甚至說華夏集團丟了身為中國人的尊嚴，以買賣古董為業，還不知道是不是幹過跟洋鬼子勾結，出賣國家文物的事。

這些攻擊的言論是從今早開始的，短短兩個小時，就對華夏集團的聲譽造成了重大負面的影響。夏芍因為在處理這件事和跟亞伯確定晚上行動的事，所以才這麼晚到會場。

這幾天中國的民意是各國媒體所重視的，因此雖然才短短兩個小時，但國內輿論方面的改變已經引起了媒體的注意。夏芍下車的時候，氣氛明顯變了，閃光燈打在她身上，像要爆炸了似的。夏芍卻不理會身後的各種提問，面帶微笑地走進會場。

她這寵辱不驚的樣子，看得許多記者心裡直犯嘀咕，心道，發生了這麼大的事，她怎麼就不知道要緊張？難道是裝出來的？

夏芍還真不是裝的，雖然不痛快，但卻不緊張。她太知道輿論的影響力了，當初跟世紀地產槓上，她不就利用過輿論造勢？如果華夏集團連這點輿論壓力都頂不住，那也就不用想在國際商業界生存了。

現在她只想知道，是什麼人在背後玩她玩剩下的這一套。

「真的不用幫忙？」徐天胤像保鏢似的走在夏芍身後，用只有兩人聽得到的聲音問道。

夏芍聞言一笑，「不用，華樂網高薪請來的高手，如果連攻擊來源都查不出來，那養著他們也沒什麼用。」

徐天胤得知情況的時候就想幫她查了，被夏芍給拒絕了。她一來是想檢驗一下公司聘請的那幫人應變能力如何，二來也是不想讓徐天胤分心。今天是他取得壁畫的日子，壁畫晚上進行拍賣，他們的行動也在晚上。因為只有那個時候，壁畫會被從倉庫裡取出來，是整個環節中最容易得手的。白天他們會以保鏢的身分跟著她進入會場，先摸清會場的情況，便於晚上行動。而保鏢們到了會場之後，會有專門活動的區域，那個時候會場人員複雜，他們想脫身也容易。

「只要你們成功了，所有的謠言就不攻自破。」夏芍道。

這個時候，劉板旺快步走了過來，在夏芍耳旁道：「董事長，有新狀況。剛剛國內有新的輿論，有人說您在採訪時所說的驚喜，或許是華夏集團會花錢拍下國寶壁畫。這個說法得到了不少人的支持，已經有不少人回應。」

夏芍眉毛挑了起來。

孫長德走了過來，表情也少見的嚴肅，「這種勢頭可不好。那可是國寶，萊帝斯集團預估拍賣價值在十億英鎊。咱們集團正是擴張的時候，不是拿不出這麼多錢來，而是這錢放在這上面，會影響我們的流動資金。」

陳滿貫皺著眉頭，他自從跟了夏芍，這些年來跟古董相伴，性情越發寬厚，對什麼事已經很少大動肝火，而這件事讓他臉色很不好看，「這些人真是瞎起鬨！都不知道發生了什麼事，跟著嚷嚷什麼？自以為是在替我們說話，哪知道淨添亂！」

「替我們說話？未必。」夏芍看了陳滿貫一眼，高深莫測地哼笑。

現在兩種言論，兩種勢頭，大有打起來的架勢。一種是對華夏集團大加抨擊，一種則是在替華夏集團說話，但其實對華夏集團來說都很不利。

前者損害的是華夏集團的聲譽，後者……若華夏集團趕鴨子上架，敵不過民意，最終拍得了這幅壁畫，在這個集團發展的關鍵時候，流動資金就要受到很大的牽制。而如果沒有競拍，那麼這些對華夏集團抱有最後希望，或者說是熱切希望的人，憤怒會比眼下那些抨擊華夏集團的人還要嚴重。那麼，最後集團的聲譽會受到更嚴重的損害，甚至可能會遭到抵制。

出現的新情況，比早上一味攻擊的言論更難應付。

陳滿貫等人不是傻子，他們能站到如今這個高度，雖然與夏芍的伯樂眼光分不開，但也與他們自身的能力分不開。有些事他們一時沒想到，但夏芍稍微一提點，陳滿貫、孫長德和劉板旺便臉色都跟著一變。

如果真是這樣，那對方的手段也太陰狠了。

「去查查，往這次出席拍賣會的公司身上查。」夏芍直接給出了指示。

「董事長的意思是？」

「還會有別人嗎？」夏芍冷笑。不管是損害華夏集團的聲譽，還是牽制華夏集團的流動資金，都是商業競爭的手段。拍賣會剛開玩，中國的市場被人盯上，就在這個關鍵的時候，國內的輿論發生了這麼大的轉向，明顯有人在背後操控，而這個大概就是動機。

整垮了華夏集團，外面的企業進入才更容易竊取市場。

「我這就去叫他們查。剛才他們說已經捕捉到對方的一些資訊了，應該很快就有結果。」劉板旺說完，轉身便打去電話。

這時候，跟在後頭的幾名華夏集團高級主管中的一人道：「董事長，現在輿論鬧得凶，我們要不要先發表個聲明，表達一下愛國立場？」

後面的員工都跟著點頭，畢竟出了這種事，危機公關是一定要做的。事實上，公司從早上發現這件事的時候，就應該緊急闢謠，但是董事長一直沒有回應，導致事情越演越烈，不管能不能查出幕後黑手來，現在都不應該默不作聲吧？

夏芍看了那名高級主管一眼，笑了笑，「為什麼要回應？我們要做的就是不回應，從頭到尾讓對方唱獨角戲，最後還自食惡果。」

啊？

眾人張了張嘴，愣愣地看著夏芍。

這、這可能嗎？

夏芍轉頭看向會場裡面的熱鬧情景，意有所指地道：「不戰而屈人之兵，向來是兵法的最高境界，我從來沒試過，這次就來試一試。」

這話什麼意思，更叫人聽不懂了，而孫長德和陳滿貫望著夏芍的側臉，那張稚氣未脫的少女臉龐如今並沒有改變多少，但她的氣質變得更加沉穩了，看見她那饒富深意的笑容，令他們有種莫名的安心感。

「放心吧，你們不是沒見識過集團以前的傳奇嗎？以前的都過去了，現在看著，說不定可以見證未來。」孫長德拍拍那名高級主管的肩膀，一句話令隨行的眾人忍不住心潮澎湃。

見證未來？這次來拍賣會，真的會有激動人心的傳奇發生嗎？

跟在最後面的英招，看著夏芍的背影，表情古怪。這次的危機，對她來說會是危機？她是這次任務的執行人員，華夏集團現在因為國寶壁畫的事而名譽受損，只要夏芍一通電話，什麼輿論政府都可以立刻為她擺平，幹麼還要玩「不戰而屈人之兵」這種遊戲？

英招沒發現自己用的竟然是玩和遊戲這樣的字眼，但她見識過夏芍的一些本事，不知道為什麼，她莫名有種直覺，這個女人在玩，玩她的對手。

今天的拍賣會因為是第一天，下午才正式開始，上午是眾人交流寒暄的時間，會場裡男男女女端著酒杯，來回穿梭。而這樣的情景中，夏芍看到了某些不太愉快的畫面。

英國中年夫婦帶著一名少女，眼神不善地盯著胡廣進和胡嘉怡父女。

這個少女正是剛剛康復的朱莉安。朱莉安一點也看不出大病過一場的樣子，笑著對父母親說道：「我看我們需要叫保全過來，不相關的人竟然也能混進會場。」

胡廣進聞言，臉色漲紅。以他的身家，確實沒有資格進入拍賣會場，但說他是混進來的，這也太過分了。他來英國開發市場，沒少低聲下氣，沃特家族的人尤為無禮，他知道無法合作也就沒有再勉強逢迎，沒想到今天在這裡碰到，他們竟然要請保全把自己給攆出去。

胡廣進在中國國內也是有臉面的人，今天那麼多國際名流在場，他丟不起這個人，因此一聽朱莉安的話便冷下臉來，道：「沃特先生、朱莉安小姐，我手上是有邀請函的。這場拍賣會並不是你們舉辦的，用不著這麼咄咄逼人吧？」

朱莉安和她的父母一聽，好笑地看著胡廣進，「邀請函？不會是偷的吧？」

「妳——」胡廣進怒極，胡嘉怡卻拉了他一把。

「爸，跟這種人動什麼氣，我們走！」胡嘉怡拉著父親繞過這一家三口便要走。

沒想到兩人才走了幾步，一名保全走了過來，「先生，不好意思，請出示一下邀請函。」

邀請函在會場外頭就登記過了，現在又要看，簡直是欺人太甚。

「你們不要太過分，這邀請函是……」

「是我給的。」夏芍慢悠悠地走了過來。

保全認得夏芍，這幾天的會議，這名東方女孩可以說是風頭最盛的，連伯頓董事長都很禮遇的人，他能不知道？

朱莉安臉色一沉，「是妳！」

「朱莉安，她是？」朱莉安的父母見女兒變了臉色，開口問道。

「哦，沃特先生、夫人、朱莉安小姐，這位是……」

「父親、母親，她就是那天在餐館羞辱我的人！」朱莉安打斷保全的話，瞪著夏芍。

朱莉安的父母一聽，當即變臉，「她就是那個人？」

夫妻二人看夏芍的目光非常不善，女兒雖是康復了，但用巫術詛咒她的凶手還沒有找到。那天羞辱她的東方女孩有很大的嫌疑，沒想到今天會在拍賣會場遇到。

真是冤家路窄！

「很好！」朱莉安的父親冷笑一聲，轉頭對跟在身後的助理道：「給我接通亞伯大師的電話，就說我們找到那個在英國的土地上用巫術害人的黃種人了。」

朱莉安的父親不是傻子，他已經從女兒口中得知那天受辱的詳細情況。這名東方女孩和華人黑幫有關聯，還有一身神祕的中國功夫，地位肯定不低，她今天出現在會場裡，可能跟胡廣進父女不一樣，也許是有資格進來的，但是，那又怎麼樣？她在英國的地盤上用巫術害人，這是奧比克里斯家族不允許的，這是在侵犯這個古老的家族的尊嚴。

以奧比克里斯家族在英國的特殊地位，相信華人黑幫也會退讓三分，所以他直接讓助理通知奧比克里斯家族。那天在醫院，亞伯大師有問過朱莉安是否與人結怨，並稱保護耶穌的子民不受傷害是他們的責任，想必他很願意處理這個東方女孩。

相信聽見了亞伯大師的名字，即便這個女孩子是萊帝斯集團邀請的賓客，也得被請出去！

果然，這話一說出來，搞不清楚狀況的保全便不知道該怎麼接話了。

胡嘉怡聽見亞伯的名字，表情立刻變了。英國是奧比克里斯家族的地盤，他們本來就跟小芍的師門有仇，如果再被他們誤以為是她在這裡施法害人，那還了得？

胡嘉怡又驚又急地怒道：「誰告訴你們用巫術的是……」

她的話還沒說完，夏芍伸手阻攔了她，氣定神閒地道：「讓他打。」

「小芍！」

胡嘉怡心急地跺了跺腳。這裡不比香港，這裡是英國！小芍孤身在英國，萬一跟奧比克里斯家族交惡，她會吃虧的！

哪知夏芍一點也不急，她泰然自若地看著沃特企業的助理，這讓朱莉安和她的父母都有些怔愣，隨即朱莉安傲然一笑，眼神不屑，大概她不知道亞伯大師是誰。

朱莉安的父親也是這樣認為的，以奧比克里斯家族的古老和神祕，這個東方女孩不知道很正常。他哼了哼，負手對保全道：「這個人是用巫術害我女兒的凶手，我要交給亞伯大師處置，這件事我會跟伯頓先生解釋，這裡沒你的事了。」說完，他又催促助理，「電話還沒打通？」

助理的臉色卻有點不太好看，電話是打通了，可是奧比克里斯家族那邊負責預約的人說亞伯大師正忙著，沒空接電話。助理急得滿頭大汗，不停地懇求：「是這樣的，我們真的找到了凶手，那天亞伯大師曾說……」

「亞伯先生沒空處理這件事！」電話那邊的人打斷了助理的話，顯得很不耐煩。

「那……」

「事情我會傳達給亞伯先生，等先生有空的時候，會為你們安排見面的時間。」

「可是，現在……」

助理的話沒說完，那邊便不耐煩地把電話給掛了。

助理拿著手機，神情僵硬地看著沃特夫妻。雖然剛才他刻意壓低了聲音，但是通話過程並不順利，明眼人都能看得出來的。

「父親，怎麼回事？」朱莉安皺著眉頭，覺得臉面掛不住，臉色有些漲紅地問道。

她的父親也不知道怎麼回事，他沒想到亞伯大師會不接電話。當時在醫院裡亞伯大師問起這件事的時候，明明表現出了濃厚的興趣。他本來以為今天一打電話，馬上就會受到他的關注，就像那天自己的女兒一中了巫術，自己家裡連預約都沒有就可以受到特殊優待，馬上見到了亞伯大師一樣。

倒楣的沃特當然不知道，奧比克里斯家族現在正在備戰的緊要關頭，哪有人有空理他？

「一定是你沒把事情說清楚，我來打！」朱莉安的父親把怒氣撒到助理身上，搶過手機，重新撥打了過去。哪知對方許是看見又是他打來的，連接也沒接，直接給掛斷了。

電話那頭的忙音在喧鬧的會場裡聽不太清楚，但朱莉安一家的臉色卻是精彩得很。

就在這時，夏芍淡然一笑，拿出手機，撥了個號碼。電話響了兩聲，那邊就接了起來，「喂？亞伯嗎？」

亞伯……

朱莉安一家霍地轉過頭來，朱莉安的父親更是震驚地瞪著夏芍。

夏芍笑道：「不是我找你，是你的一位客戶，他有話要跟你說，我這就把電話給他。」說罷，她把手機拿給朱莉安的父親。

朱莉安一家這時眼神已經瞪直了，尤其是朱莉安的父親，他手裡還拿著自己的手機，面前是夏芍遞過來的，場面萬分尷尬。

這個東方女孩撥通了亞伯大師的電話？這怎麼可能？那可是亞伯大師的私人號碼！哪怕是英國本土的上流圈子，知道亞伯大師私人號碼的人除了皇室，絕對不超過三個人！以沃特家族在服裝業三巨頭之一的地位，他要請亞伯大師接電話都需要打到奧比克里斯家族的公線上，等安排預約。可是，這個女孩竟然就這麼直接撥過去了？

騙人的吧？

朱莉安的父親抱著僥倖的心理接過手機，沒發現自己的聲音都是抖的，「喂、喂？」

他只說了個「喂」，然後所有的聲音便卡在了喉嚨裡，只剩下瞪直的雙眼，一瞬不瞬地盯著夏芍。半晌過後，他才五味雜陳地伸出手，把手機遞還給夏芍。

夏芍接過手機，對著電話那頭笑道：「沃特集團的董事長先生說是找到了對他女兒施術的人，正想請亞伯大師來處置我這個凶手，可惜電話打不通，我便幫了個小忙。亞伯大師想怎麼處置我，直接跟沃特董事長說吧。」說完，她把手機重新遞了回去。

這一回，朱莉安的父親已是臉色發白，不停地對著電話那頭道歉：「抱歉，亞伯大師，我、我想這可能是個誤會……是是是，我知道……我會的，真的非常抱歉！」

連聲道歉，英國服裝界的三巨頭之一，此刻額頭上已全是汗了。當他再次把手機遞還給夏芍的時候，整張老臉漲得通紅。

「父親？父親！」不知道發生了什麼事的朱莉安咬著唇喚著她的父親，卻沒人理她。

夏芍沒再跟亞伯說什麼，直接掛斷電話，道：「沃特董事長，胡總的邀請函是我向伯頓先生請來的，需要我再給伯頓先生打個電話，讓你確認一下嗎？」

「什、什麼？」朱莉安震驚地盯著夏芍，她向伯頓伯伯請來的？伯頓伯伯是什麼身分？他們一家見了都得低頭的人，這個女孩子到底是什麼人？

朱莉安的父親卻擦了擦汗，剛想說不用了，遠處便有笑聲傳來。

「夏小姐，我說轉了好幾圈都沒看見妳，原來是被沃特企業給綁架了。」伯頓走了過來，開玩笑地道。他身旁跟著的人，無一不是赫赫有名的人物，而這些人裡，絕大多數是華爾街的老企業家，隨便跺一跺腳，世界經濟都要震三震，這些人竟然還主動跟夏芍打起了招呼。

「黎老先生，這位就是唐大師的高徒？」有人笑呵呵問道。

被問到的黎老正是華爾街的銀行家黎良駿，當初他回香港重修祖墳遇到了龍脈被毀的事，如今黎氏一脈的祖墳已經遷至一處風水不亞於原來地方的寶穴安置。這次的拍賣盛會，黎良駿正好有時間，又聽說華夏集團也會出席，便和一群老夥伴相偕過來捧場了。

「這位就是唐老的嫡傳弟子。當初我回去修祖墳，正遇上不知得罪了什麼人，在我們黎氏祖墳後的龍脈裡下了斷脈釘，毀了一整條龍脈。別說我們黎氏一族了，差點連整個香港的氣運都給影響，最後解決這件事的就是芍丫頭。多虧了她，我們家族才沒遭大難。」黎良駿笑道。

旁邊的人都是一驚，這件事他們很多人今天都是第一次聽說，聽起來很玄。雖然這裡大部分的人對風水只是敬畏，並不懂得，但是怎麼聽都覺得龍脈是大事，能那麼容易救？如果是當年叱吒華爾街的唐大師，他們相信，可眼前的女孩子，不過二十歲，這能是真的嗎？

「你們啊，有些事你們還真別不服氣，看看咱們的年紀就知道了，有些事，精力體力都比不上年輕人啦！連唐老都說，芍丫頭是青出於藍！」黎良駿不遺餘力地吹捧夏芍，這也是為了還她當初的人情。

黎良駿這麼一說，很多人便點了點頭。聽說唐老腿腳不太好，而且年事漸高，雖說玄學易理上的學問是越老越精，可有些事確實體力比不過年輕人了。

「呵呵，可不是嗎？現在確實是年輕人的時代了，華夏集團就是個很好的例子嘛！夏小姐年紀輕輕，成就卻很不得了啊！」

「年輕一輩裡頭，華夏集團絕對是翹楚！白手起家，這樣的年紀不容易，不容易啊！」

「想想咱們當初開始打拚的時候，這個年紀還在給人當學徒呢！」

「夏小姐真是奇才啊……」

眾人相繼稱讚起了夏芍，這裡面有感慨，有認同，自然也有交好之意，而旁邊的朱莉安和她的母親聽了，卻都傻了眼。

什麼華夏集團？這、這個女孩子難不成就是那個……華夏集團的董事長？

朱莉安的父親窘迫地站在一旁。他也是剛剛在跟亞伯大師通電話的時候才知道夏芍的身分，這幾天來，其實到處都有媒體報導拍賣會的事，要怪就怪他們沃特家族因為當年的事，對華人一直比較敵視，因此他對漫天報導裡提到的華夏集團一點興趣也沒有，也就沒有關注過。這才導致今天在會場遇到夏芍，連認都沒認出來，鬧出這許多笑話。

可是，即便是在剛才，他也沒有想到這女孩子竟然有這麼大的能量，能讓這些大老陪笑示好，剛才他們話裡提到的風水是怎麼回事？這女孩子是誰的高徒？她難不成是風水師？

就在朱莉安的父親還在猜測時，伯頓身旁的圈子裡有人哼了哼，發出不太和諧的聲音：「什麼奇才？不過是出了點小事，到現在都還沒解決！」

那人也是東方臉孔，穿著一身黑色西裝，襯衫領口敞開，隱約可見胸膛上有條玄黑大龍的刺青，襯托得男人越發狂傲。他皺著眉頭，表情不耐，說的話一點也不中聽，「解決不了不會找人幫忙啊！開口求人會死嗎？妳這個不聰明的女人，就是死要面子！」

周圍的人聽了，嘴角都忍不住抽了抽。他這是在罵人，還是……

夏芍瞥了戚宸一眼，誰死要面子？這世上最死要面子的男人，莫過於戚當家了好不好？不就是想幫忙嗎？換個說話方式會死啊？

戚宸的話讓周圍的人這才想起今早聽到的一些消息。

黎良駿笑道：「芍丫頭，公司要發展，總會遇到這種事的，妳不用太擔心，哪天要是周轉資金不夠，跟伯父說一聲。」

華夏集團到底想怎麼解決這次的輿論危機，黎良駿不太清楚，也不好多問。若夏芍最後逼不得已要把壁畫給拍到手，平息民怨，那華夏集團想要周轉資金，在他這裡完全不是問題。「我倒覺得，現在當務之急是查清幕後黑手是誰。」這時候，一個慵懶的男人聲音傳來，話音裡帶著淺淺的笑意。

戚宸的眼神一寒，習慣性地想要去摸槍。他和龔沐雲並不是第一回在這樣的場合見面了，有時看在主辦方的面子上不好動手，不過，等一出會場，就可以不用顧及別人的規矩了。

三合會和安親會交惡的事早就不是祕密，今天這兩位當家人都在，老實說就連伯頓都有些緊張，怕兩人在會場裡打起來，而且今天黑道的人來的還不止這兩個華人幫派，還有美國黑手黨的大公子和二公子，場面更是緊張。

幸好，到目前為止雖然氣氛不好，但都相安無事。

夏芍看向龔沐雲，兩人都是無論遇到何種情況都同樣能從容以對的人，處事方面有些相似。正因為相似，所以他是最能推斷出她的應對方法的人。

不過，比起戚宸另類的關心，龔沐雲的完全不憂慮，還有另一道關心目光不容忽視。

夏芍看過去，正好對上了李卿宇那雙藏在金絲眼鏡後的沉靜眼眸。有個混血男人站在他身旁，笑容燦爛，在她與李卿宇對視的時候，不停地擠眉弄眼找存在感。

夏芍沒理那個人，只是笑著對李卿宇點點頭。李卿宇沒說話，可深沉的目光能夠讓人一眼讀懂——有需要我隨時可以幫忙。

夏芍笑道：「謝謝各位的關心，我想這件事很快就會水落石出的。」

「那就好。」伯頓笑呵呵地接了話，身旁這些人明顯都向著夏芍，雖然他也有意與夏芍結交，但是那幅壁畫的利益是絕對不能讓的。未免再說下去，這些人會勸自己退讓，伯頓趕緊把話題岔開，「既然這樣，那我領著夏小姐四處轉轉吧，想認識妳的人可不少。我領著妳，妳就不會再被『綁架』了，哈哈。」

夏芍這才像是想起朱莉安一家似的，接話道：「伯頓先生，您誤會了，我可不是被沃特董事長綁架了，而是差點被請出會場。」

朱莉安一家臉色頓時煞白，伯頓卻是一愣，周圍的人也都皺了皺眉頭。

「沃特董事長要把夏小姐請出會場？我看，這是誤會吧？」伯頓笑道。其他人也跟著笑了笑，但目光落在朱莉安的父親臉上，看他們一家的臉色，可不像是開玩笑啊……

以伯頓的眼力，自然也看得出來，只是他明顯是想做和事佬，畢竟是萊帝斯集團主辦的拍賣會，今天這場合不適合鬧得不愉快。

奈何夏芍彷彿看不出伯頓的意思，不緊不慢地道：「或許吧。只是，我很想問問，伯頓先生舉辦的是世界拍賣會，而不是歐洲拍賣會吧？」

「呃，當然。」伯頓不知道夏芍為什麼有此一問。

「既然這樣，那黃種人要被請出會場是個什麼道理？」夏芍話鋒一轉，看向朱莉安一家。

朱莉安一家三口心頭一跳，面對周圍齊刷刷射來的目光，朱莉安的父親冷汗都冒了出來。他看見伯頓投來不悅的目光，不由轉頭望向夏芍——不是的，她撒謊！他要請她出去的原因，根本不是這個！

「沃特董事長，夏小姐是我邀請來的客人，你有什麼資格請她出去？」伯頓不悅地拉下臉來。他壓根兒就不懷疑夏芍在撒謊，因為他太知道朱莉安一家的做派了。他們家是頑固的種族主義者，這點是眾所皆知的事。以沃特集團在英國服裝界的地位，平時他們家宣揚種族主義，沒有人敢說什麼，沒想到今天他們這麼不知分寸，竟然在他的拍賣會場趕起了他的客人。

今天會場裡的貴客，世界各國都有，朱莉安一家在這種場合宣揚他們的種族主義，這不是得罪人嗎？且不說會場裡的其他人，就伯頓身邊這些人，他就夠頭疼的了。

這些人裡，龔沐雲、戚宸、李卿宇、黎良駿都是華人，傑諾有華人血統，其餘的人裡還有三人是亞洲人，剩下的跟黎良駿私交也不錯，此刻，這些人的目光都冷了下來。

黎良駿的臉拉得老長，「沃特先生，你看你要不要把我和我這些老朋友都請出去？」

黎良駿的好友都是重量級的人物，聽聞這話都是呵呵一笑，只是笑意很清冷，「這麼多年了，還沒遇到過來捧場被人請出去的事，說出去我們臉面可掛不住。與其讓人往外請，不如咱們識趣點，自己走吧！」

一聽這些人的話，伯頓的頭都大了，可這還不算完，向來話少而嚴謹的李氏集團總裁李卿宇，冷淡望向伯頓，竟將矛頭直指向他，「伯頓先生，如果貴集團的拍賣會排斥我們，日後所有的合作，我們不介意取消。」

李氏集團跟萊帝斯集團來往不多，但李伯元是收藏大家，可以說是萊帝斯集團的大客戶，失去李家，對愛財如命的伯頓來說，那是如同在他胸口狠狠劃上一刀。

伯頓表情微苦，扯出笑容來穩住李卿宇，「李總裁，這件事……」

「這件事好辦！」戚宸一口打斷伯頓的話，大大的笑容讓人渾身發冷，「既然沃特集團看不起東方人，想必也看不起東方市場。以後只要是在三合會的地盤上，沃特集團的產業全部退出去。不退的話，我幫你退。」

這話一出口，朱莉安的父親臉色慘白。沃特集團是跨國服裝集團，出口所占的份額極大，東方市場幾乎占了一半，而且這些年東方市場的升值潛力巨大，集團已經漸漸把重心移向了亞洲市場，戚宸這話簡直就是絕了沃特集團發展的生路。

如果是其他人說這話，朱莉安的父親一定會嗤之以鼻，沃特集團的資產和底蘊，豈是一般人能撼動的？可是戚宸不一樣，三合集團無論是年代還是資產都在沃特集團之上，最要命的是，戚宸是黑道的人。三合會這個華人黑幫，在世界黑幫裡來說都是巨頭。朱莉安的父親知道，跟黑道的人是沒有道理可講的，這些人要是奉公守法就不會走黑道了。戚宸這人的作風又是說一不二的霸道，聽聞他手段狠辣，他說出來的話是不存在恐嚇性質的，那是言出必行的。

朱莉安的父親張著嘴，話都還沒說，便聽有人笑了出來。

龔沐雲看向戚宸，「以前沒覺得戚當家雄才大略，今天倒是覺得這提議很有意思。」

朱莉安的父親一聽這話，嘴張得都閉不上了。

龔沐雲這話什麼意思？不、不會是……

戚宸瞇了瞇眼，轉看龔沐雲，咧嘴一笑，笑得森然，逮著機會擠兌他道：「以前沒覺得龔當家雄才大略，今天更沒覺得。」

「呵呵。」龔沐雲輕笑一聲，像是沒聽出戚宸的擠兌，轉頭笑問夏芍：「妳覺得呢？」

這時候，所有人才看向夏芍。這件事要怎麼處置，自然要看夏芍的。

「夏小姐，今天是我們萊帝斯舉辦的拍賣會，發生這樣的不愉快，也是我招待不周。妳說怎麼辦吧，我一定給妳一個交代。」伯頓是怎樣的精明？不管這些人是出於跟夏芍交好的心思，還是她的朋友，總之，現在所有人都為她出頭，還都是不好惹的人物，他當然不會站在沃特集團那邊。當然，就算這些人不為夏芍出頭，憑她風水師的身分，今天也得給她交代。

夏芍笑笑，「伯頓先生，萊帝斯集團舉辦世界拍賣會，我想本意是促進交流和發展。既然如此，沃特董事長對交流發展起不到什麼積極作用。」

夏芍的話是隱晦的，伯頓卻是聽懂了。他立刻臉色一沉，看向朱莉安一家，道：「沃特先生，你今天讓我的貴客十分不愉快，這是萊帝斯舉辦的聚會裡從來沒有過的事。我認為你不僅對我的貴客無禮，還侵犯了萊帝斯集團的尊嚴。現在請你帶著你的家人離開，萊帝斯集團的拍賣會不歡迎你！」

朱莉安一家這時候已經不知該怎麼反應了，像今天這種情況，他們從來沒有遇到過。朱莉安不知所措地看向父母，她到現在還沒弄懂到底發生了什麼事，從她的父親接了亞伯大師那通電話起，一切就變了。到底為什麼才這麼一會兒的時間，他們一家人就要被趕出會場了？

沃特集團在英國上流社會的地位絕對是舉足輕重的，他們什麼時候受過這樣的屈辱？

「保全！」伯頓喚來會場保全，「請這家人出去，這裡不歡迎他們。」

保全一聽伯頓的指示，忙上前做出請的手勢，「沃特先生、夫人、朱莉安小姐，請吧。」

「父、父親……」朱莉安惶恐地看向父親，而她的父母的臉色不比她好看多少。

伯頓帶著這麼多重量級的人物一起過來，早就引起會場裡諸多人的注意，今天沃特集團被請出拍賣會場，外頭的記者會怎麼拍？怎麼寫？裡面的人會怎麼想？以後沃特集團還要不要混了？臉面都丟盡了！

再者，比臉面更重要的是，今天戚宸和龔沐雲話裡透露出來的資訊，如果他們是認真的，那對沃特集團來說無疑是重大的打擊，這將會成為沃特家族近百年來最嚴重的一次危機。

朱莉安的父親滿腦子都是集團的生死存亡，直到保全上來動手把他們往外叉，他才反應過來。而保全的舉動引來了更多人的注意，所有人都看見朱莉安一家被三名保全抓著手臂，連推帶攆地請了出去。

沒人知道到底發生了什麼事，只看見伯頓笑著對夏芍說了幾句話，態度十分客氣。

「夏小姐，今天這件事是我們萊帝斯招待不周，等拍賣會結束之後，請妳務必到我的莊園去，讓我請客賠罪。」

這時候周遭頗安靜，伯頓的話難免被其他人聽到。

不難猜測，剛才沃特集團的董事長被請出去，是因為得罪了華夏集團？

「這件事是我和沃特先生的誤會，跟伯頓先生沒關係。我還要多謝伯頓先生給我面子，請你不要自責。今天畢竟是萊帝斯集團的拍賣會，鬧出這樣的不愉快，應該是我去向伯頓先生賠罪才是。」當著這麼多人的面，夏芍的話算是很給伯頓臉面。

伯頓的笑容頓時變得舒心了不少，顯得很受用，但他還是深深看了夏芍一眼。這個女孩子既然懂得今天是萊帝斯的拍賣會，剛才還在他面前把跟沃特一家的不愉快說出來，逼他不得不把人給請出去。她明顯不是個好說話的人，沃特一家只是言詞上衝撞了她，就得到了這樣的教訓，那真惹了她的人，會是什麼樣的下場？

幸虧這次拍賣壁畫，她看起來沒有什麼心思，要不然可不好辦了……

「我跟夏小姐算得上是忘年交了，賠罪就不要說了，我帶妳轉轉吧。」伯頓道。

夏芍笑著點頭應下，正要走，胡廣進趕忙上前，感激地道：「夏董，今天多謝妳幫我出這口氣。唉，真沒想到，出了國門，還得叫妳幫忙，我這臉都丟到國外了，唉！」

如果不是夏芍，他今天只有被人欺負的下場，搞不好被請出去的就是他，丟的就不僅是胡氏企業的臉，而是華人的臉。真沒想到，華夏集團也是初出國門，夏芍竟然就有這樣的影響力，他這個打滾了半輩子的人卻比不了，想起來就汗顏。

「胡總，我跟嘉怡是朋友，你是我的叔伯輩，也不是第一天認識了，別提幫忙不幫忙的。在國內咱們是朋友，出了國就更是一家了。」夏芍這話可是出自真心，不管怎麼說都是華人企業，她當然願意有影響力的企業越來越多。

胡廣進聽了很感動，不管怎麼說，夏芍都是在幫他。

聽了夏芍的話，原來沒太注意胡廣進的人這才紛紛看向他，伯頓第一個笑了起來，「原來是胡總，早聽夏小姐說過了。聽說胡氏企業來英國發展，我們萊帝斯集團很歡迎啊！」

這話聽起來是客套，其實意義很大。胡廣進沒有什麼人脈，在英國開發市場受到的阻力不小，今天且不說在場的世界級企業家，就是在場的英國本土企業家也不少。以萊帝斯集團在英國商界的地位，伯頓說一句歡迎，誰還敢不歡迎？

想必今天過後，胡氏企業在英國市場上的阻力就不復存在了。

胡廣進對夏芍的感激之情實在難以用言語表達，他這個年紀，經歷人情冷暖無數，居然控制不住地紅了眼。夏芍只是笑笑，接著便有意帶胡廣進，跟著伯頓一起認識在場的企業家。

夏芍沒跟人寒暄太久，劉板旺便走過來，附在她耳邊道：「董事長，攻擊來源查清了！」

夏芍聞言回頭，龔沐雲、戚宸和李卿宇等人也都看向她。

劉板旺的目光在會場裡搜尋了一圈，低聲道：「如您猜測的，確實是同行所為，對方今天就在會場，是日本公司！」

日本公司？

夏芍也掃視會場一圈，這次出席拍賣會的日本公司只有一家，便是大和拍賣株式會社。

孫長德臉色一沉，道：「大和株式會社是日本宮藤家族的企業，是老牌公司了，但是他們國內經濟不景氣，新公司陸續興起，聽說對大和株式會社的衝擊很大。這幾年他們裁員風波不斷，公司業績下滑，盯上咱們國內市場的可能性很高。」

「他們旗下沒有網站，這次為了攻擊我們，肯定是花了大價錢請的團隊。對方的手段很先進，但我們的人也不弱，只是雙方鬥技術手段鬥得厲害，足足花了三個多小時我們的人才破解。對方的最終源頭顯示在日本，我想不會有錯。」劉板旺解釋道。

陳滿貫不懂網路，站在一旁不發表意見，只是看向夏芍，「董事長，現在要怎麼處置？」他可是記得剛才夏芍的話，她說要不戰而屈人之兵，那到底要怎麼做？

夏芍的視線已經鎖定某個方向，挑眉笑道：「對手就在我們面前，不如打個招呼？」

夏芍的話並沒避著人，伯頓等人就在她身邊，聽她這麼一說，都是一愣。

怎麼，找到幕後黑手了？難道就在這會場裡？

黎良駿等人轉頭，循著夏芍的視線望過去，都想知道哪個人這麼不長眼，竟然把心思動到夏芍身上。龔沐雲等人也望了過去，但相比身邊眾人的好奇，伯頓只覺得無比鬱悶。今天怎麼這麼倒楣，難道就不能有人給他省點心嗎？這回又是誰？

就在伯頓心裡差點詛咒那個不長眼的傢伙的時候，夏芍已經笑著走了過去。

後頭跟著一大幫人，所經之處，眾人都跟著一路看過去，只見夏芍在一位中年亞洲人面前站定了腳步。那男人身材不高大，頭髮微禿，穿著一身名貴的西裝，一絲不苟，連褶子都看不見，而他身後隨行的人表情與他同樣嚴肅。

這些便是日本大和株式會社的人，首的中年男子正是現任社長宮藤俊成。
宮藤俊成看到夏芍走過來，臉色一點也沒變。
夏芍笑著寒暄道：「宮藤社長，久仰大名。」
雖說是久仰，夏芍卻沒伸出手，明顯沒有握手的意思。
「夏董事長，妳好。」宮藤俊成點頭，也沒有伸出手，眼睛卻緊緊盯著夏芍。
夏芍開門見山地道：「我很好，華夏集團也很好。感謝宮藤社長，讓我有機會檢驗員工的能力。不知道我現在就站在宮藤社長面前，是否超出了你的預估時間？」
超出預估時間？簡直是比想像中快很多好不好！
宮藤俊成面無表情，內心卻是震驚的。就在剛才，華夏集團的人追蹤到他們之後，就已經有人向他報告了。為了這次的事，他請了世界頂尖的資訊團隊。原以為華夏集團不可能這麼快查到他，沒想到這才三個小時，他就已經暴露了。
強忍著搧那個頂尖團隊耳光的衝動，宮藤俊成道：「我不知道夏小姐在說什麼。」
所有人的目光都跟隨伯頓一行人，落在了夏芍和宮藤俊成身上。雖然才一個早上，但是華夏集團遭受輿論攻訐實在是太嚴重了，在場的人都有所耳聞。不少人都想看看夏芍會怎麼處理這次的危機，沒想到她這麼快就來到了宮藤俊成面前。
難道這次的事是日本大和株式會社所為？
可是，宮藤俊成嚴肅地否認，讓在場的人都不敢確定到底是不是，只能靜觀事情發展。
夏芍不急不惱，悠然自適地道：「宮藤社長，你不知道我在說什麼不要緊，只要記住我接下來的話就可以了。中國市場的需求和潛力是巨大的，華夏集團從來都不希望霸市。我們歡迎有競爭力的對手，因為我們相信，只有對手才能造就我們的強大。今天一早，華夏集團所遭受的輿論攻擊也是一樣，在我們看來不過是商業競爭的手段。雖然並不算高明，但確實令人意外，僅憑這點，我們的對手就值得讚揚。我想對宮藤先生說的是，華夏集團歡迎這樣的對手來中國市場，跟我們一較高下。」

「……」什麼？

不僅是宮藤俊成愣了，豎著耳朵的人都愣了，還用一種近乎審視的目光盯著夏芍。

她沒在開玩笑吧？

夏芍說的沒錯，商業競爭才能造就一個企業的強大。成就有多高，倒下的對手就有多少，這是成正比的。任何商業帝國都是踩著對手的屍體過來的，只有強大的對手才能造就自身的強大。任何想要更進一步的企業都不應該畏懼競爭，當然，這只是從理性上來說。

從感性上，沒有人在被攻擊暗算之後會不憤怒吧？在場的人都是老狐狸，不是傻子，華夏集團今早受到的輿論攻擊其實不好解決，無論怎麼做都是個難，足見對手想要一擊打垮華夏集團聲譽和名望的野心。公司是自己一手建立起來的，沒有人在面對有人意圖毀去自己心血的時候還能保持理性，揪出對方，打倒敵手就是最高的冷靜了，哪還有歡迎別人進入自己的市場，跟自己搶利益的？

這女孩是認真的，還是說漂亮話？

宮藤俊成顯然認為夏芍在說場面話，但他不知道的是，夏芍的話還沒說完。

夏芍慢悠悠地說完後半句：「但是，日本公司除外。」

她的目光冷了下來，「別的產業我做不了主，但在華夏集團的領域裡，絕不允許日本公司踏足。至於原因，宮藤社長應該清楚。我們不歡迎日本企業，今早大和株式會社的所作所為，他日必會自食其果。」

宮藤俊成臉色一寒，其他日本員工也都憤憤不平，倒是旁邊的人都愣住。夏芍說的原因，眾人心裡都明白，無非是戰爭時期的歷史淵源。讓眾人在意的是夏芍那句自食其果的話，大和株式會社雖然現在問題很多，但是瘦死的駱駝比馬大，半個多世紀的大集團，如果他們有心進入中國市場，不是華夏集團說不許進入就不許進入的。

「夏董事長，我認為妳在侮辱我們大和株式會社的尊嚴。」宮藤俊成冷著臉說道。

夏芍悠然一笑，「不，宮藤社長，我沒有時間侮辱貴公司，我對你說的話只是通知。無論你信與不信，貴公司都進入不了中國市場。還有，不出一週，貴公司對華夏集團的所作所為，必將自食其果。」

不出一週？

周圍響起抽氣聲，聽見這話的人驚愕不比宮藤俊成小，不少人都瞪著眼看著夏芍，想知道她這話從何說起，哪來這麼大的把握？唯有龔沐雲等人面色如常，他們知道夏芍不是說大話的人，她這麼說，必有應對之法。

黎良駿和他身旁的人則互看一眼，目光微變。夏芍是風水師，大和株式會社得罪她是沒有好結果的。她連龍脈都能救活，動動大和株式會社的風水是很容易的事。想當初在華爾街，唐宗伯年輕的時候，得罪他的人現在都已經不知道落魄到哪個角落去了。

伯顛顯然也想到了這一點，因此他的目光閃爍個不停，難道當年的情景如今要重演？

夏芍卻沒為在場的人解惑，她說完這話便笑著轉身離去。伯頓一行人不自覺地跟上，眾人的目光隨著他們的離去而遠去，站在原地的大和株式會社員工卻個個神情憤怒。

「社長，這個女人太無禮了，她是在侮辱我們大和株式會社！」

「她當著這麼多人的面，說不允許我們踏足中國拍賣業的話，這絕對是對我們大和株式會社名譽的至高損害！」

「不過是個新興的公司，竟敢對我們如此無禮！社長，一定要給她一點顏色瞧瞧！」

一群人義憤填膺，宮藤俊成的臉色非常難看，轉身一巴掌搧到了那人臉上，「混帳！」

狠辣清脆的一巴掌，打得所有人都噤聲，那人臉上立刻浮現五個鮮明的手指印，連忙用力點頭，大聲道：「是！」

「現在是她在給我們顏色瞧，我們大和株式會社的顏面都叫你們丟盡了！」

「是！」

「我們花重金聘請的團隊，才三個小時就被人給追蹤到了，簡直是恥辱！」

「是！」

大和株式會社的人都低頭聽訓，宮藤俊成發了一通怒氣，這才稍微平息一些，轉頭問：「龍介，安倍大師去哪裡了？」

宮藤龍介是宮藤家的直系子弟，也是宮藤俊成的侄子，這次隨他一起前來，正是為了在世界拍賣會上尋找讓宮藤家族走出困境的機遇。沒想到在會議第一天，家族就看到了中國市場的巨大需求和潛力。華夏集團才成立五年，根基與經歷了半個多世紀風雨的大和株式會社自然不能相提並論。華夏集團並沒有在國際市場上參與過競爭，最大的一次手筆是在香港，因此大和株式會社在拍賣會當晚連夜通過了進入中國市場的決定。

事實上，大和株式會社這幾年不是沒想過向外發展，但是公司老化面臨困境，加上大幅裁員、資產縮水，公司現在只能維持在日本國內的經營，根本無力開拓海外市場，但國內的業務這幾年不見太大的起色，面對家族、公司董事會的雙重壓力，宮藤俊成每天都被問詢拯救公司困境的對策，甚至已經因他的作為不大而影響到了他在公司的地位。在這樣的情勢下，轉型和想出一個確實可行的解決辦法，已經成為了迫切之事。

就在這個時候，大和株式會社收到了世界拍賣會的邀請函，他們在這個時候把目光投向中國市場，透過研究，認為華夏集團作為新秀集團，競爭力或許不如其他國家的公司高，如果能在中國取得一些市場，那利益是很可觀的。

宮藤俊成並非躁進之人，要進軍國外市場，公司必須要將大部分的流動資金調動出去，成則能救活公司，敗則很可能會破產，因此，在做出這個決定之前，宮藤俊成自然會將華夏集團的崛起經歷、經營模式和以往的手段都調查清楚。但他同樣是個敢於行動的人，在他緊急讓部下去收集華夏集團所有能找到的資料的時候，他同樣做了些部署，想摧毀華夏集團在中國的聲譽，先削弱對手，以便將來公司進入那邊能以最快速度占領市場。

令宮藤俊成沒想到的是，華夏集團裡竟然有精英團隊存在，才僅僅三個小時，他的計畫就被人發現，還讓公司在這樣重要的場合裡丟了臉。

那支精英團隊是宮藤龍介向伯父推舉的，這些人是他曾在國外留學時認識的駭客朋友，他們曾經做過很多大事，他對他們很信任，這次的事也承諾給了他們頗高的報酬，沒想到這麼快就敗露了。宮藤龍介知道他已經給伯父留下了不好的印象，故而聽見宮藤俊成的問話，他便趕緊態度恭敬地答道：「安倍大師剛才遇到朋友，到會場外面說話去了，一會兒就回來。伯父，您是想請安倍大師對付華夏集團？」

宮藤俊成聞言看了自己的侄子一眼，沒有說話。他對華夏集團的研究還不夠透徹，但他已經得到消息，華夏集團的董事長夏芍是位風水師，這點對大和株式會社來說非常不利。他很慶幸這次拍賣會安倍大師一起跟了來，遇到這樣的事，或許可以請安倍大師幫幫忙。

正想著，一名二十七八歲的男人走了過來。

男人穿著白色西裝，五官俊秀，臉色卻比普通人少一分血色，看起來有些病態的白皙，氣質略顯陰柔。他手裡拿著一把日式扇子，眉毛是很少見的蛾眉。

現代的穿著，平安時代的打扮，這讓男人看起來很怪異，所到之處，回頭率甚高。

宮藤俊成一看見他便迎了上去，臉上擠出些笑意來，「安倍大師，您回來了。」

「嗯，宮藤君遇到麻煩了嗎？」安倍秀真的聲線奇特，說話有氣無力，怎麼聽都是個病秧子，宮藤俊成對他卻十分恭敬。

「是的，安倍大師，剛才……」

「我回來的時候已經聽到了一些談論了。」安倍秀真打斷宮藤俊成。

宮藤俊成臉皮一緊，言論這麼快就傳開了，大和株式會社的顏面真是掃地了。他看向安倍秀真，欲言又止。出來的時候，宮藤俊成曾經請安倍秀真占卜過，算他此行吉凶。可安倍秀真給出的結果莫測高深，他竟稱此行吉凶難斷，最終決定跟他一起前來看看。

「安倍大師，臨行前占卜的結果是否應在今天的事上？」

安倍秀真沒有回答，只是搖著扇子，露出饒富深意的微笑，將目光投向了不遠處的夏芍。

夏芍正在休憩區。

「我來介紹一下，這位是傑諾，我的大學同學。」李卿宇道。

夏芍聞言，看向他身邊的人。

被介紹到的傑諾並不領情，誇張地抱怨道：「親愛的李，我跟著你們走了大半圈會場，你到現在才想起向你的朋友介紹我，實在太忽視我了。我的自尊心受到了傷害，我要求補償！」

「沒有。」李卿宇直接回絕。

夏芍笑了笑，「傑諾塞家族的二公子，久仰大名。」

「妳知道我？我已經這麼有名氣了嗎？」傑諾眨眼笑道，順道跟夏芍握了握手，但兩人的手一握上，他便誇張地叫道：「哦，李，她的手好滑，皮膚真好！妳不介意我吻她一下吧？」

傑諾所說的吻自然是吻手禮，但他非要把話說得曖昧，結果自然是收穫了四道不友好的目光。龔沐雲看了傑諾一眼，兩人在美國市場上有合作，算得上是夥伴，但這一眼還是看得傑諾後背冷颼颼的。戚宸則眉毛一挑，就連李卿宇都看向傑諾，深沉的目光一瞬間有懾人的光芒透過鏡片迸射而出。

除了三人，尚有一道殺氣凜凜的目光從夏芍背後射來。

那目光只是一瞬，龔沐雲和戚宸的反應卻極為敏銳，當即轉頭看去。

夏芍心裡咯噔一聲，面上卻不動聲色，轉身對徐天胤等人道：「這裡沒什麼事了，你們先去專區吧。」

徐天胤一行人今天還有任務，他們要摸清會場，正好找理由把他們支走。

「妳帶他們過去。」夏芍對英招吩咐道。

英招這次是以她的臨時助理身分來的，夏芍也順道找了個理由把她也支開。

臨走之前，徐天胤不著痕跡地看了夏芍一眼，好在他也明白任務為重，並沒有表露什麼，便跟著英招離開了。

戚宸看了眼徐天胤的背影，往沙發上坐下，「妳還需用帶保鏢？警衛團的？身價漲了？」

夏芍翻了個白眼，這人嘴裡就沒有一句好話。明明就是在諷刺她還沒嫁進徐家，出門就開始帶保鏢了。夏芍懶得理戚宸，徐天胤剛才的殺氣，不管他們怎麼認為，只要沒看穿就好。

夏芍尋了個座位轉身坐下，本想著跟朋友聊兩句，但她剛坐下，便抬頭望向不遠處。她的視線與安倍秀真對上。

對夏芍來說，以她如今的修為，會場裡的人對她的注視，她都能感覺得到，而一道非同尋常的目光，更是逃不過她敏銳的感知。安倍秀真並非常人，他周身有元氣流動，一看便知是修煉之人。這元氣與奧比克里斯家族的巫師們感覺很不一樣，倒跟玄門心法修煉的元氣類似，有些一脈相承的感覺。

龔沐雲等人都看出夏芍的異樣，幾人都順著她的目光往前看去，而這時，夏芍已經起身向著安倍秀真走了過去。

見夏芍走來，大和株式會社的人起初都嚴陣以待，隨即便有人露出看好戲的目光。安倍大師可非常人，這個讓大和株式會社顏面受損的女人，一定會知道安倍大師的厲害。

龔沐雲等人見夏芍忽然走過去，便跟著起身跟上，而他們遠遠看見安倍秀真的樣子時，連龔沐雲都微微一愣。

蛾眉是唐代流行的一種化妝方式，將眉毛全部拔去，用眉筆在靠近額中的地方描出兩條短眉，時人以此為美。後來，日本深受影響，也開始流行起來。可這都是古代的審美，現代哪還有人留這種眉毛？

這人和宮藤俊成站在一起，想必是日本人了。

正當跟在後頭的龔沐雲等人猜測的時候，夏芍看到安倍打開輕搖的扇子，眼神微沉。

陰陽師？

陰陽師，也可以稱之為占卜師或者幻術師，起源於中國百家爭鳴時期的陰陽五行學說。在戰國時代，主張提倡陰陽五行學說的學派就稱之為陰陽家，鬼谷子一脈就傳於此。在唐朝時期，陰陽五行學說混和了道教咒術與密教占術，傳入日本，便被稱為陰陽師。

陰陽師盛於平安時代，曾經在日本是很風靡的，上至天皇下至百姓，陰陽師可謂整個社會的精神慰藉。直至戰國時代，皇權沒落，武士階級開始治世，陰陽師才逐漸從歷史舞臺上消失。不過，即便如此，大名身邊的軍師大部分仍是陰陽師。戰國時期的大名們很在意占卦，武將手中的軍扇圖案，就是咒術的一種。只不過軍扇上的咒術圖案很簡單，利用的是陰陽的原理，兩面分別畫有日月圖案，萬一碰到不得不出戰的凶日，便將扇子的月面向外，化凶為吉。

安倍秀真所拿的並非軍扇，但扇面上的圖案仍是咒術的一種，夏芍一眼看去，便看出那圖案上隱隱透出元氣，與安倍秀真身上的元氣相合，幾乎可以確定他就是陰陽師了。

她沒想到會在這個時候遇上陰陽師，日本的陰陽師同風水師一樣，曾經遭受過政治打壓，目前只以宗教和家學的名義存在，而且，傳承有術法的陰陽師已經很少了。但這名陰陽師周身的元氣表明，他必是有傳承的一脈，只是他的元氣算不上深厚。她開了天眼觀察其體內遊走的元氣，這麼近的距離，這人都毫無所覺。

若按風水門派的修煉高低來看，此人的修為應該初入煉氣化神，跟溫燁的水準有得一拚，而且從他的年紀來看，天賦、修為都算得上是難得一見的高手了。

這世上不是誰都像夏芍一樣有天眼的天賦異稟，也不像徐天胤那樣命格孤奇，兩人的天賦在當今奇門江湖敢稱奇才，而溫燁那般以十四歲的年紀進入暗勁境界的，也算是妖孽了。

在國內尚有傳承的風水門派裡，玄門在香港有總堂，並有玄學界華人泰斗唐宗伯為掌門主持門派，名氣絕對是響噹噹的。雖然玄門經歷過一次大清理，弟子少了大半，但以目前風水門派的凋零程度來看，玄門的弟子也絕對算得上是最多的，弟子們也算得上是高水準。

玄門不僅有唐宗伯、夏芍和徐天胤這三個煉神還虛的化境高手，尚有張中先、丘啟強、趙固、海若等八名暗勁高手，這樣的陣容放到外頭，絕對可以橫掃奇門江湖，可即便是這樣，張中先如今六十五歲的年紀，尚在暗勁巔峰，遲遲悟不得化境的門檻，而丘啟強等人更是剛剛進入暗勁門檻幾年，這一生或許能有進境，也或許會一直停留在這個境界，永難再進一步。

習武內修，對根骨天資的要求有時就是這麼苛刻。

縱使這麼苛刻，丘啟強、海若等人的天賦也是上乘了。天下習武之人，有多少人能四十來歲就踏足暗勁門檻的？溫燁十四歲進入這個門檻，天賦罕見。夏芍面前站著的這名陰陽師，二十七八歲元氣能達到這個境界，也絕對可以稱是天才了。

看到這樣難得的天賦，夏芍不由多打量了這名陰陽師幾眼，對方顯然也在打量她。只是，夏芍平時低調，慣於收斂身上元氣，對方並無天眼在，看不出她元氣內斂，自然也就瞧著兩人的修為頂多不相上下。

即便是這樣，安倍秀真的目光還是微微一變，畢竟夏芍才剛剛二十歲，跟他修為差不多，也就代表著她的天賦比他高。

兩人就這麼對視著，誰也不說話，反倒看得大和株式會社與跟過來的黎良駿一行人都有些莫名其妙。站在安倍秀真身旁的宮藤俊成面對黎良駿、龔沐雲這些人卻是有些壓力，因此他率先打破了沉默，「夏小姐是來拜見我們安倍神道的大師嗎？」

夏芍聞言挑眉，安倍神道？

「這位是我們安倍神道的大陰陽師，安倍秀真大師。」宮藤俊成拉長著臉道。

他這幾天研讀華夏集團的資料，也看到了一些夏芍在風水方面的報導，沒想到她竟是位風水大師。如果宮藤家族不是與安倍一脈是故交，他是不敢打中國市場的主意的，但現在有所依仗，自然不怕華夏集團在大和株式會社的風水上動手腳。

大和株式會社的員工個個昂首，剛才受辱，此刻他們的目光裡難免有扳回一城的快感，可是他們並沒有看見夏芍忌憚的目光，只見她挑著眉梢，從容一笑。

夏芍笑的並非安倍神道，安倍神道在日本是追溯最早、歷史最悠久的陰陽道派，儘管發源於中國，但在長久的發展中已經自成體系。安倍神道的始祖安倍晴明更是日本歷史上最偉大的陰陽師，而且其天賦在奇門江湖中是難得一見的奇才。

讓夏芍笑意頗深的是，安倍秀真的姓氏。

聽起來，安倍秀真身為陰陽師，極有可能是安倍晴明的後裔，可實際上，安倍晴明的直系後裔如今並不姓安倍，而是姓土御門。

陰陽道是平安時代由大陰陽師安倍晴明所創，一直到安倍晴明第十九世孫安倍有修時，受賜土御門稱號，自此，安倍一族就改姓土御門。到了明治維新之後，新政府廢除陰陽道，幸好有不少安倍一族的旁支以土御門家為首，暗地結成土御門神道同門會，才使陰陽師的傳承在那個時代保留了下來。直至上個世紀五十年代，根據信教自由憲法草案，土御門神道才成為正式宗教法人，以家學的名目存在至今。

宮藤俊成所說的安倍神道，其實就是土御門神道，只是，安倍神道的嫡系子弟並不應該姓安倍，安倍秀真很可能是安倍家族的旁支，並非嫡系。

「原來是安倍神道的大陰陽師，幸會幸會。」夏芍話中的重點落在大陰陽師上，笑容耐人尋味。只有在陰陽道一學上有大成就，極受尊敬的人才能被稱為大陰陽師，這稱呼就相當於玄學界的泰斗。夏芍是玄門正統嫡傳弟子，別人稱她一聲風水大師，她可以受之，若有人稱她為玄學泰斗，她是絕對不會受的。天賦是一回事，她年紀尚輕，是絕對不會受此讚譽的。

宮藤俊成這樣介紹安倍秀真，一知半解的人聽起來只以為是捧他，內行人聽了卻會想笑。夏芍的笑容在大和株式會社的人看來，無疑是侮辱了，再加上她之前對大和株式會社的通告，這些人頓時義憤填膺道：「混蛋！竟敢對安倍大師無禮！」

夏芍理也不理這些人的不憤，只是看著宮藤俊成，氣定神閒地笑道：「宮藤社長，就算你身邊有一位大陰陽師，也請記住我的話，不要在不該動心思的地方動心思，不然，就不是自食惡果這麼簡單。」

夏芍說罷，再不看這些人，轉身就走。

她身後卻傳來安倍秀真的聲音：「夏大師是不是看不起旁系子弟？」

夏芍聞言回身，見安倍秀真目光陰冷。他本身便氣質陰柔，此刻更是陰冷如蛇。他雖是旁支子弟，天賦卻比嫡系子弟都高，自小因為出身而受了不少嫡系子弟的欺凌嘲笑，對此十分介懷。縱然他日漸展露出天賦才能，家主對他十分重視，並破格收他為弟子，令他學習傳承陰陽道術，但這令一些嫡系子弟對他更加抱有敵意，也令他對嫡系子弟的優越感感到厭惡至極。夏芍的笑容在安倍秀真看來，與嘲笑無異。

夏芍的笑確有嘲諷之意，卻並非嘲諷安倍秀真的旁系出身。有傳承的門派，對輩分確實極為講究，玄門也是如此，有些祕術只有嫡傳弟子才能得到傳承，其實這並非是歧視，而是與弟子的根骨、天賦和心性有關。

玄門自祖師爺起定下的規矩，收徒首重孝道，也就是心性。祕傳術法不僅難學，而且殺傷力太大，傳與心性不正之人無異於害人。旁系弟子並非心性全有問題，絕大多數是天賦限制了高度。若心性與天賦都是絕佳，自有被收為嫡系弟子的可能，比如溫燁。

夏芍未輕視旁系弟子，卻對安倍秀真認可宮藤俊成介紹他為「大陰陽師」感到好笑罷了。

「安倍大師，我聽說安倍神道傳承千年，能被稱為大陰陽師的只有三位。」夏芍不多說，點到為止。安倍秀真怎麼看待他的出身和天賦，跟她一點關係也沒有。

「我不敢與安倍神道的大陰陽師相提並論，但我可以與夏大師一較高下。」安倍秀真顯然聽懂了夏芍的話，但他的後半段話卻讓已經轉身準備離開的夏芍又停下了腳步。

身後一道強硬的氣場傳來，讓夏芍的目光一寒。

她回身之際，手中使出一道暗勁，像後擊去。站在她身後的黎良駿、龔沐雲、戚宸、李卿宇和傑諾等人只覺得一陣大風拂面，幾人呼啦拉向後退去。

這一退，一群人幾乎是腳擦著地，呈扇形退開。

龔沐雲的笑容微微一滯，戚宸臉色發黑地瞪向夏芍，李卿宇也看出這怪事是夏芍所為，目光微變，而黎良駿和傑諾等人則根本不知道發生了什麼事。傑諾笑嘻嘻的表情一僵，黎良駿和他的老友們則個個驚訝，有的人更是有些惶恐。

也就是幾人被逼著退開的時候，會場裡熱鬧的氣氛緊跟著靜下來，眾人紛紛轉身抬頭，目光齊刷刷地望了過來。

這時候，夏芍周遭靜空，她站在中間，冷冷地望向前方。

安倍秀真用扇子指著夏芍，扇上月形圖案的一面朝著她，會場裡的陰氣全都聚集了過來，兩人所站的地方，溫度瞬間下降了幾度。跟在安倍秀真身後的大和株式會社的人不由覺得脊背發冷，以為是空調溫度調低了，並沒有多想。有人卻是目光興奮，見安倍秀真向夏芍宣戰，都忍不住想看看夏芍當眾丟臉的樣子。

宮藤俊成皺了皺眉頭，他知道今天這場合打起來不合適，但安倍秀真並非大和株式會社的員工，他想要比試，連他也不敢多說什麼。見伯頓也注意到了這邊的情況，正朝這裡走來，他不由目光閃爍，內心算計著。

在萊帝斯集團舉辦的拍賣會場打鬥顯然是不敬的，但如果能讓萊帝斯集團見識一下大和株式會社的武力或許也不算壞。安倍秀真是陰陽師，伯頓未必敢責怪他，而剛才大和株式會社顏面大損，如果能讓在場的人知道大和株式會社還有這一強大援手，對公司日後恢復興旺的野心也許有很大的幫助。

這麼想著，宮藤俊成便沒有阻止安倍秀真，反而示意下屬，帶著一行員工慢慢向後退去，讓出了地方來。

「安倍大師，這裡是拍賣會場，我們在這裡切磋，只怕不合適吧？」夏芍冷淡地看著安倍秀真，他周圍漸漸聚過來的陰煞讓她連眉頭也沒動。

周圍聽見夏芍的話的人，無不譁然——這是要鬥法？

「我是陰陽師，不是來參加拍賣會的。對我來說，沒有合適不合適。」安倍秀真道。堅定果決的話，不計後果的性情，與他陰柔的氣質頗為不符。

「陰陽師？」眾人感到驚訝。在大多數人的印象裡，陰陽師並不陌生，但他們大多存在與影視劇裡，現實中很少聽說有這種人存在。就現實來說，陰陽師的名氣遠不如風水師。在場的人裡有知道夏芍是風水師的，但沒想到今天會場裡還有一位日本的陰陽師。

這是同行見面分外眼紅，要當場分個高下？

有人擔憂，有人好奇，有人則有些興奮。老實說，在場的人都不知出席過多少次這種酒會了，有些人覺得無聊了。風水師和陰陽師，無論哪個，在眾人眼裡都是神祕的，這兩人要一較高下，很多人巴不得看看新奇，想知道到底要怎麼切磋。

相比有些人的好奇，伯頓只覺頭大如斗，快步撥開人群走了過來，但他還沒走到，便聽安倍秀真道：「嫡系還是旁系無關緊要，真正的強者不畏懼挑戰。只有你們中國的風水師才喜歡切磋，對我們陰陽師來說，只有生死勝敗，沒有切磋，只敢切磋的人是弱者。」

周遭又是譁然。生死勝敗？今天是要幹麼？要鬧出人命嗎？大家看看安倍秀真，再看看夏芍，都為她捏了把冷汗，畢竟她是女孩子。

夏芍冷哼一聲，「生死勝敗？你沒有資格讓我跟你論生死勝敗！」

安倍秀真其實沒有說謊，在他們家族，旁系子弟想要進入直系，唯一的路徑就是強大。雖然家族不允許殘殺同宗子弟，但每回比試，勝負幾乎決定著一個人的一生，因此沒有人把比試看成切磋，下手重的情況也不少見。久而久之，比試就成了決定未來的生死之戰。安倍秀真對夏芍的挑戰也出於這方面的考慮，他雖然是被家主收為了弟子，進入了直系一脈，可直系一脈也確實有天賦不錯的子弟。以他的出身，如果不能更優秀些，不能為家族帶來更大的利益，那一輩子也只能止步在此了。

他不想要這樣，他想成為下一任的家主。他知曉玄門的名氣，如果能在這樣的場合打敗夏芍，就等於告訴世界上層圈子裡的名流，陰陽師比風水師強大。如此一來，委託的客戶會劇增，對家族來說，不僅名譽上，連錢財上也有莫大的好處。而這個好處是由他帶來的，他在家主心目中的地位自然也就會更高。

夏芍的修為與他差不多，但年紀比他小，又是女孩子，安倍秀真相信，在家族子弟中經歷摸爬滾打脫穎而出的他，經驗一定比夏芍豐富。這一戰，他必勝！

事實上，安倍秀真犯了個錯誤，他不該說「中國的風水師」。他和夏芍的個人切磋上升到了風水師與陰陽師的高低之爭，且他話裡帶有對國家的藐視，這是夏芍所不能容忍的。

「連切磋你也不配跟我論。」夏芍極少有的露出傲然的神色，冷然道：「若這真是你們安倍神道和玄門之間的一場切磋，你甚至不夠資格對我發起挑戰。」

論修為，夏芍是煉神還虛境界的高手，安倍神道的家主不可能派修為只相當於煉氣化神初級階段的弟子跟夏芍比試，兩人修為差太多，後者根本就不夠資格。

這話在安倍秀真聽來，夏芍所謂的不配，完全是在說他旁支子弟出身的身分，不配挑戰身為玄門掌門嫡傳弟子的她。

雖然這也是事實，奈何相由心生，安倍秀真困在「身分」二字上，聽人說話自然愛往這方面解讀，因此，他一聽夏芍的話便大怒，狹長陰柔的眼霎時怒目圓睜，「越是說大話的人，失敗得越早！」說著這話，他的手在眾目睽睽下快速結出一道外獅子印，口中大喝：「鬥！」

隨著這聲大喝，安倍秀真的衣角無風自動，在這室內的會場大廳裡，這陣邪門的風驚得四周看熱鬧的人驚呼不已。

這陣風從哪裡來的，沒有人解釋得清。就在所有人都睜大眼看著這不可思議的一幕時，夏芍負手而立，冷冷一笑，收斂的元氣忽然放開。

她沒有結印，也沒有反擊，只是將元氣外放。煉神還虛境界的元氣猶如瀚海，只離開身體方圓一尺，安倍秀真之前用扇子聚來為他所用的陰煞便一個照面都沒完成就被震散。

元氣從夏芍體內奔湧而出，圍觀的人並沒有看出她有什麼變化。跟咄咄逼人的安倍秀真相比，她只是靜立原地，可令所有人沒想到的是，安倍秀真在夏芍的元氣外放之時，眼睛頓時睜得更大，原本就略顯蒼白的臉色眨眼間煞白如紙……

他驚駭地盯著夏芍，眼神發直，手上的指印差點掐歪了。夏芍離他十步之距，他卻恍惚在她身上看見了家主的強大。

那種令人看不透的修為，只是這麼一眼，就彷彿看見茫茫大海，深不可測。別說是與那海上風浪對抗，哪怕是看一眼，也會心膽懼寒，恍若海水倒灌，鋪天蓋地而來。

安倍秀真眼前一黑，心神俱駭。這個女孩子，他之前以為她的修為與他不相上下，而她的年紀比他小七八歲，天賦就已經令他震驚了，她怎麼可能會有家主一般的修為？在家族，他的天賦在年輕的子弟中算是絕佳了，世上怎麼可能還有天賦比他高出一大截的人？

不解、不安，都對眼下的局勢毫無幫助。

之前聚來身邊的陰煞被一擊潰散，安倍秀真步伐不穩地向後退去，意識都在這一個照面間被震得有些渙散。他恍若聽見耳邊有聲音在繚繞——若這真是你們安倍神道和玄門之間的一場切磋，你甚至不夠資格對我發起挑戰。

這話的真意，此刻，他忽然明悟。

然而，這時候明悟已經晚了，開弓沒有回頭箭。如果他在這種場合戰敗，丟的將是安倍神道的臉，他所在的旁支一脈將被冠以罪名，很難再抬得起頭來。到時候他若回國，等待他的或許將是切腹謝罪的嚴懲。

今天他不能輸，也輸不起。

「臨！」安倍秀真忽然大喝一聲，手印眨眼變換，一道不動明王印加持在身，會場內的天地元氣全數向他身上湧來，他精神為之一振，目光霎時變得堅定如鐵，不動不惑。周圍的人看不出天地元氣，卻能明顯感覺得到，安倍秀真在手印變換了之後，整個人的氣場都變了。

這真是要打起來？

眾人看看一身戰意的安倍秀真，再看看仍舊站立不動的夏芍，氣氛凝滯。

夏芍看向安倍秀真手上的不動明王印，哼笑一聲，「九字真言？你可知道，九字真言的本源在何處？用中國道家的精髓咒術來對付風水師，虧你想得出來。」

安倍秀真聞言一怒，「不准侮辱我們大日本修驗道之山伏最重要的咒法！」

夏芍頓時樂了，大日本修驗道之山伏？聽起來很牛氣，其實就是入山修行的苦練者。一開始，日本並沒有修驗道，他們的本源信仰是山嶽信仰，就是崇拜大山，認為山中有神靈。後來佛教密宗傳入日本，混合了他們原本的神道，形成了修驗道。這些苦修者喜歡在山中靜坐修行，類似於中國的內家修煉。只不過這些人在日本被稱為山伏，並且擁有很高的地位，在古時候，甚至有專門的忍著集團保護他們靜修。

這些人所謂的「最重要的咒法」，其實是從中國抄錄過去的，而且抄也沒抄對。

九字真言，一提起來，絕大多數人的第一反應大概會是「臨、兵、鬥、者、皆、陣、列、在、前」，事實上，這九個字並非真正的九字真言。

真正的九字真言出自東晉時期的《抱朴子》，在道家體系中具有重要地位。原文曰：「臨兵鬥者，皆陣列前行，常當視之，無所不辟。」意思是說，常念這九個字，就可以辟除一切邪惡。後來傳入日本時，被誤抄為「臨兵鬥者皆陣列在前」，並成為了重要的咒法。

也就是說，九字真言的本源在中國，日本的九字真言咒法是抄錄的，還是抄錯的版本。

「好，既然如此，我就用九字真言跟你切磋。讓你看看，何為正宗，何為本源。」夏芍哼笑一聲，說罷，雙手快速結成手印，清喝一聲：「臨！」

一模一樣的不動明王印，夏芍結成手印的時候心中卻默念金剛薩埵心咒，周身外放的元氣忽而一斂。這一斂，並未讓安倍秀真感覺壓力放鬆，反而倒吸一口氣。剛剛被他的咒法聚集到周身的天地元氣此刻竟像是被另一個強大的氣場吸引，反方向從他身上抽離。巨大的吸力讓他的衣物猛地向外翻飛，他自己更是險些站立不穩。

這讓周圍看戲的人嘩地一聲，在眾人眼裡，夏芍和安倍秀真根本就沒有交過手，兩人只是隔著十步遠，使出了同樣的手勢。安倍秀真為什麼一個趔趄，他的衣服又是怎麼無風自動的，沒人懂得，只覺得看得莫名其妙，但又有些神奇。

安倍秀真可不覺得神奇，他周身的元氣在剛才的一瞬間被抽空，本來臨字咒訣就是聚集天地靈氣、增強意志的，現在別說是天地元氣了，就連他自身凜然的元氣都在剛才被抽離。

安倍秀真驚駭之下穩住身形，手上指印迅速變換，大喝：「列！」

隨著這聲大喝，他周身的元氣又湧出來，呈一道劍形縱射而出，朝著夏芍刺去。安倍秀真的修為並不弱，他的元氣在此時幾乎可以成為一道無聲的風刃，若面前是與他修為同等的人，他這一道元氣足以刺透對方周身聚集的天地靈氣，造成極大的內傷。

可惜的是，他面對的是夏芍。哪怕僅憑修為，夏芍的修為也是此時的他望塵莫及的。

夏芍站在原地，動也不動，眼見著安倍秀真的元氣轉瞬即到，她卻只站著讓他刺。安倍秀真目光一凜，這莫過於最大的侮辱，然而，對他來說恥辱還在後頭，他的元氣在刺上夏芍的時候，被她周身外濃厚的元氣擋住，兩道看不見的氣場無形中相撞，安倍秀真的元氣像是一把利劍在盾上擦出火花，卻沒有如願刺進去，而是被夏芍厚實的元氣衝擊消磨，眨眼消散無形。

「這個咒不念列，真正的九字真言，我來教教你。」在安倍秀真震驚後退的時候，夏芍手印隨即變換。跟安倍秀真一模一樣的智拳印，心中默念大日如來心咒，大喝一聲：「組！」

隨著這一聲清喝，夏芍周身的元氣霎時凝聚組合，濃郁的元氣聚組在一起，一瞬間令周圍的人恍惚產生幻覺，眾人竟好像看見了夏芍身前有一道淺淡的金劍向著安倍秀真刺去。

所有人都眨了眨眼，有的人更是以為看花了眼。然而，正是這眨眼的功夫，安倍秀真向後猛退，手上的指印還沒來得及變換，那道金劍便直刺進他的身體。

無形的氣勁穿過他的身體，就像是陽光從他身上照過，誰也不知道會有什麼傷害，安倍秀真的身子卻猛然一震，臉色刷白，「噗」地一口血吐了出來。

安倍秀真的修為還是不低的，他怎麼說也能稱得上是高手，雖然剛才那一瞬無法躲開，但最終還是將自身元氣在身前聚集成盾，那把不離身的扇子也拿在手中遮擋。可夏芍的修為，豈是這些能擋的？那把堪稱法器的扇子上面的吉氣瞬間被撞散，夏芍的元氣直刺過那把扇子，刺破安倍秀真身前的元氣，直接刺進了他的臟腑。

若安倍秀真沒有這兩重阻擋，他受此一擊必是五臟俱廢，必死無疑，而此刻他臟腑受損，雖吐了口血出來，卻保住了一條命。即便如此，他的法器算是廢了，他的傷勢也絕對不輕。

安倍秀真倒是硬氣，也或許是知道如此大敗而歸，回到家族前程便毀了，於是他掐了個「者」字印，慢慢爬了起來，搖搖晃晃間，口中喝道：「兵！」

就在安倍秀真喝出這一聲的時候，夏芍同樣震出了一道元氣，不待安倍秀真奔過來，他便被撞得向後跌了出去。

他的身後正是大和株式會社的人，宮藤俊成就站在最前面，看見安倍秀真吐血就已經很震驚了，見他倒過來，他根本就沒反應過來要躲開，迎面被安倍秀真給砸了個正著，與後頭的人跌在一起，疊羅漢似的倒了一片。

在大和株式會社旁邊站著人呼啦一聲散開，中間又讓出一大片空地，地上一群人在哀嚎，空地上唯一站著的人只有夏芍。

四周靜悄悄的，夏芍慢慢走了過去，在離安倍秀真三步遠處站定。他此時已經暈了過去，身下大和株式會社的人三三兩兩爬起來，一見夏芍走了過來，便都驚恐地跌撞著向後退去。

夏芍又看向狼狽地被員工攙扶起來的宮藤俊成，說道：「回去告訴土御門家主，這個人已經廢了。按江湖規矩，他先向我發起挑戰，生死由命，我留他一條命已經是手下留情。土御門家主若要尋仇，我奉陪到底。」

今天如果不是安倍秀真出言侮辱，夏芍頂多警告大和株式會社一聲，但他犯了忌諱，她也就不介意動手清理。唐宗伯經歷過戰亂的年代，夏芍的爺爺也曾是抗戰老兵，對日本侵華的那段歷史，沒有人不憎惡。哪怕今天在此的這些人並非當年犯下罪行的那些人，夏芍也絕對談不上喜歡。更何況，大和株式會社剛剛還找過華夏集團麻煩。

「從今天起，大和株式會社不僅不允許進入中國市場，大和株式會社的人更不允許踏足中國，誰要敢來，下場形同此人。」夏芍指著安倍秀真，撂下話來，然後轉身就走。

在後頭的宮藤俊成被員工扶著，腿腳剛才被壓得錯了筋，此刻正疼得直冒冷汗，一聽夏芍的話，頓時大怒，卻有火不敢發。不僅是他，他身後那群員工也都臉色漲紅，無比屈辱，卻不敢有任何異議。

這個年僅二十歲的女孩子，竟然把安倍秀真給打成這樣，她實在太強了。正因為了解安倍神道裡陰陽師們的厲害，宮藤俊成此刻才對夏芍更為畏懼。安倍秀真在日本是很年輕的陰陽師，名聲在家族年輕一輩裡算是最高的，他都被廢了，可見他們這些普通人在夏芍面前會有多麼的不堪一擊。

宮藤俊成忍著憤怒和恥辱，此刻不僅敢怒不敢言，還異常擔憂。安倍秀真成了這個樣子，他要怎麼把他帶回日本，怎麼向土御門大師交代？

這是他應該頭疼的問題，夏芍當然不在乎，她走向了自己的朋友。

龔沐雲和戚宸曾經在香港的小島上親眼見過她怎樣收服金蟒，今天的場面相比那天，不過是小巫見大巫，所以兩人十分淡定。李卿宇也曾經見過夏芍談及養小鬼的事，對今天的事，也並不驚訝。驚訝的是黎良駿老人和他身旁那幾位華爾街的巨頭們，幾位老人個個震驚，見夏芍走來，幾人恍惚重回當初那個年代，見到了如今身為玄學泰斗的唐宗伯年輕時的雷厲風行。

果真是青出於藍！

「夏小姐，何必跟這種人動怒呢？」黎良駿身旁一位老人走過來，呵呵笑道，態度比之剛才的客氣更多了幾分慎重和小心。

傑諾眼神發亮地一步竄過來，「高手！高手！收徒嗎？」

夏芍看了傑諾一眼，這個美國黑手黨傑諾塞家族的二公子，在黑道上是個狠角色，看起來卻像個沒長大的陽光男孩。聽說他是中美混血兒，還是私生子，跟他的大哥關係不太好，兩人爭鬥多年。但以傑諾私生子的身分，如今能在傑諾塞家族獲得二公子的地位，這個男人的能力可想而知。他必不會像表現出來得這麼牲畜無害，不過這些與夏芍沒什麼關係，他是李卿宇的朋友，那就算是她的朋友。

夏芍知道傑諾這話是開玩笑的，看了他一眼，便道：「這幾個月注意錢財，會有損失。」

傑諾聞言一愣，黎良駿等人卻是眼睛一亮。跟夏芍交好，自然是衝著她風水大師的身分。跟風水大師在一起就是有這麼個好處，有的時候你沒有所求，說不定她都能看出點什麼來。只要她肯指點一句，他們這些人就能避過很多不必要的損失和麻煩。

傑諾自然也清楚，卻是笑道：「我近來生意穩定，而且沒有新的投資計畫。」

「地閣泛青，受損的會是在不動產方面，而且你眉尾有逆生，這幾個月注意交友，會有個小人跟在你身後，直到讓你有損失為止。這筆損失無可避免，但是可大可小，掌握在你自己手裡，凡事慎重決定。」夏芍又看了傑諾一眼。

傑諾雖然是混血兒，面相學對他來說並不具有普遍性，但夏芍說的這些涉及氣色，還是有用的。再者，她剛才也開天眼看了一下，問題出在他的下屬身上，他身邊有內奸，多半和他大哥那邊脫不了關係。

黎老等人聞言又是一愣，傑諾起初笑嘻嘻的表情也跟著微變，但還是笑道：「那請大師幫我化了怎麼樣？」

夏芍搖頭，「有些劫可化，有些不可化，不可化的應了更好，免得引起更嚴重的事。我現在提醒你已經是在幫你了，至少你已經得了先機，至於要怎麼做，就看你的了。」

正因為夏芍開天眼看過，才知道這件事不適合化解，這是個局，化了這次有下一次，她已經告訴傑諾小心小人，他如果聰明，應該知道怎麼利用這個先機，進行布局和反擊。

傑諾是聰明人，聽得懂夏芍的話，他深深看了夏芍一眼，隨即又恢復燦爛的笑容，伸出手要握夏芍的手，「大師，妳還是收我為徒吧！」

夏芍巧妙地躲過傑諾的手，有些無語。

正當著時，夏芍身旁忽然伸過一隻手來，握住了傑諾的手腕。

傑諾目光一變，哪怕是龔沐雲他們在這裡，想要抓住他的手腕，也不是那麼容易的。

誰？

傑諾轉頭一看，徐天胤帶著王虺三人回來了。

在傑諾等人看來，徐天胤是夏芍請來的保鏢，但很顯然，他的身手在傑諾之上。剛才他的手伸出來的時候，傑諾都沒感覺得到。以傑諾的身分，世界上頂級的保鏢、傭兵、殺手，他哪個沒見過？對徐天胤卻是一點印象也沒有。

龔沐雲等人也將目光投到徐天胤身上，他卻不客氣地一揚傑諾的手腕，把他放開了，這表現看起來就是尋常的保鏢。

「夏小姐，妳沒事吧？」王虺開口問道。他們四人巡查了會場一圈，剛得到消息回來，就看見會場裡的大混亂，明顯出了事情。走過來之後，才發現事情似乎是跟夏芍有關係。

「我沒事。」夏芍淡淡一笑，心中卻咯噔一聲。該不會是她剛剛鬧的動靜太大了，驚動了師兄他們，影響他們的任務了吧？

然而，事情並非夏芍想的那樣，她找了個去洗手間的機會問徐天胤。

「師兄，出什麼事了。」

「萊帝斯將晚上的壁畫拍賣取消了。」

「取消？」夏芍一愣。

徐天胤點頭，「伯頓會邀請出席拍賣會的人去萊帝斯家族的海邊渡假別墅舉辦晚會。」

夏芍蹙了蹙眉，「這個老狐狸！」

伯頓是個很謹慎的人，大英博物館裡的展覽都能是贗品，他家後院當時一出事，他立刻就懷疑到夏芍身上，還特意邀請她去試探了一番，所以他臨時改變拍賣時間是很有可能的。

只不過……

「那壁畫拍賣是什麼時候？」

「後天晚上。」

「還是在這裡？」

「嗯。」

夏芍越問，笑意越深，「消息來源準確嗎？有沒有可能是幌子？」

伯頓這麼謹慎，舉世矚目的壁畫拍賣就在今晚，他居然都能取消，可見對這次壁畫拍賣的重視。他必然是不想出任何差錯的，才臨時變卦，更改拍賣時間。

只是，有沒有可能這是煙霧彈？

畢竟現在世界各國媒體都盯著今晚的拍賣會，有心想一睹壁畫真容的人也早就等著了。今天來的名流地位都非常高，並不是那麼好放鴿子的。臨時推遲拍賣時間很掃興，伯頓會冒著讓這麼多貴賓不快的風險嗎？但他也一定知道，這次拍賣的壁畫是中國的國寶，不僅中國方面，就連世界各國的一些勢力可能都暗中盯上了這幅壁畫。那麼，以伯頓的謹慎，他有沒有可能放出一個假消息？

拍賣推遲的消息有沒有可能只是轉移和迷惑各方視線的手段？而實際上，壁畫還是有可能在今晚進行拍賣？只不過，地點從現在這處會場轉到了海邊渡假別墅而已。

徐天胤顯然明白夏芍的意思，他看著她道：「占卜過，天機不顯。」

夏芍聞言微愣，隨即苦笑。這次任務有她參加，雖然便利了不少，但也導致天機不顯。徐天胤想用占卜推演今晚壁畫拍賣的可能性，必然是行不通的。

「沒關係，天機不顯，我還有天眼。」夏芍眨眨眼。

兩人簡單地商議了接下來的事，徐天胤又問了夏芍剛才發生的事，這才從洗手間裡出來。

夏芍回到會場，已是午宴的時間。午宴由萊帝斯集團在樓上的大廳宴請。由於夏芍上午的作為，她無疑又成為了焦點。只不過這一次這些到場的世界名流們注意的不是華夏集團的商業成就，而是夏芍風水師的身分。一些以前不知道此事的人，也很快打聽明白了情況，在午宴的時候，不少夏芍以前曾聽說過但未曾謀面的名流都來到她桌前寒暄敬酒。夏芍也樂得為華夏集團積累人脈，一頓飯吃得還算舒心。

到了下午，拍賣會正式開始。

下午的拍賣是西歐古藝術品專場，夏芍趁此機會了解了不少西歐古董的行情和歷史，卻並沒有出手，而是一直在等。

等拍賣會結束。

果然，在下午拍賣專場圓滿結束的時候，伯頓和兒子威爾斯笑著來到拍賣大廳致感謝辭，並道：「感謝今天的貴賓們對世界拍賣會的支持，我代表萊帝斯集團致以最真心的謝意。為了表達對來自遠方世界各國朋友們的感激，我臨時決定，今晚將在萊帝斯家族的海邊渡假別墅招待大家，敬請各位貴賓光臨。」

聽見伯頓的這番話，很多人都愣了。

「伯頓董事長，今晚萊帝斯集團在海邊渡假別墅招待我們？那壁畫的拍賣呢？」

「呵呵，招待諸位貴客才是最重要的。壁畫拍賣的時間，我決定推遲到後天，也就是拍賣會結束的那天晚上。」伯頓笑呵呵地道。

「什麼？推遲？」很多人愣了。

倒是有人目露深意，伯頓這個決定明顯是潑了很多人一頭冷水，明顯是不討好的，但他寧願冒著讓這麼多貴賓不快的風險也要推遲拍賣，可見他的壓力也不小。或許，已經有不少目光盯在了今晚，蠢蠢欲動。伯頓這時候改變拍賣的時間，很可能是想打這些勢力一個措手不及，確保拍賣萬無一失。

「精彩總是留在最後，我想拍賣會的最後一晚再拍賣壁畫，一定會給諸位貴賓留下永生難忘的美好回憶。今晚就請允許我邀請並招待大家，共度美好的海濱之夜。」伯頓笑著安撫眾人的情緒，但他這麼說，表明事情已經定下，無可更改了。

有人意外，有人鬱悶，有人憤慨，但也有人表示理解。整個會場裡，唯有夏芍自始至終笑意微微，望著伯頓的眼神，閃動著莫測高深的光芒。

第六章　中英鬥法

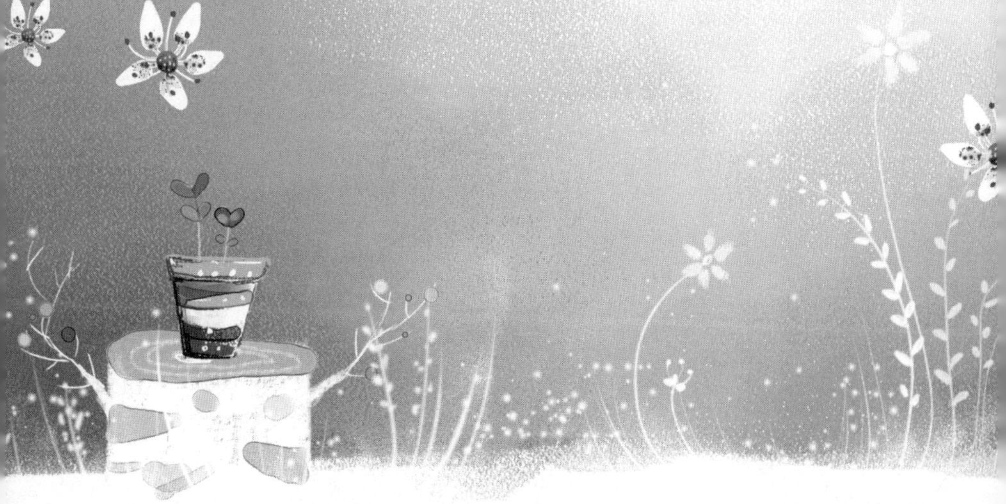

萊帝斯家族的海邊渡假別墅位於某個山頂上，下午拍賣會結束之後，賓客們都回各自的飯店去稍作休息和換衣服，準備晚上的行程。

萊帝斯莊園的書房裡，威爾斯非常興奮，「父親，您真是太會算計了！我看那些賓客的表情，很多人對您的決定很憤慨，可見他們是真信了您今晚取消拍賣的決定！連賓客都騙了過去，相信那些在暗處盯著壁畫的人，也會因為您的決定而感到措手不及！」

誰能想到，伯頓今天宣布的決定不過是個幌子，今晚壁畫的拍賣仍將正常進行，只不過，拍賣的地點改在了海邊的別墅而已。一句謊話，騙過了對壁畫圖謀不軌的人，又不會讓那些想要拍賣壁畫的貴賓們掃興，也就只有伯頓如此精明。

「威爾斯，你身為萊帝斯集團的繼承人，還有很多事要學。」伯頓看著自己的兒子，眼底有著笑意，顯然對自己的謀算也很自傲。

「我現在已經等不及看那些賓客今晚看見壁畫時驚喜的臉了，搞不好，我們還能看到那些打壁畫主意的人喪氣的臉。」威爾斯興致高昂地笑道。

那些賓客已經相信今晚不會進行拍賣了，可想而知，當他們今晚看見壁畫的時候，會有多麼的驚喜。到時候萊帝斯只要說這是給貴賓們準備的驚喜，就必定能抹去今天下午賓客們所有的不滿了。說不定，還能加分。而那些想對壁畫圖謀不軌的笨蛋，讓他們重新計畫著後天晚上再搶壁畫吧。他們一定不會想到，今晚壁畫就會拍賣出去，等到後天晚上，壁畫早就不在萊帝斯家族的手裡了。

到時候，誰想搶就讓誰搶去，對萊帝斯一點損失也沒有。

「這件事只有我們父子知道。在今晚拍賣之前，你一定要保密。另外，請亞伯大師今晚來為我們護送壁畫，讓家族的直升機啟動，直接運往別墅。」伯頓吩咐道。

威爾斯聽父親說要請亞伯，不由撇了撇嘴，最終也沒說什麼。雖然他不信那些巫術能保護壁畫，但他雇了世界上最頂級的傭兵，有這些人在，加一個亞伯，不過是多一道保險而已。

威爾斯開門走了出去，就在門關上的時候，有人的目光從很遠的地方收了回來。

「看來我們真沒猜錯，果然是幌子，壁畫將在今晚進行拍賣。」坐在飯店房間裡的夏芍，看向徐天胤，「拍賣的地點變了，對你們運送壁畫會不會造成麻煩？」

對夏芍來說，換地點對她的計畫沒有影響，不過是換個地方而已，但徐天胤等人得到了壁畫之後，要把壁畫運到目標地點，可能會對他們有影響。他們之前已經把路線和沿途的一些事打點好了，突然更換地方，對他們來說確實會有麻煩。

「沒事，有應變計畫。」徐天胤道。

夏芍這才放了心，他們任務執行多了，像伯頓這種謹慎的對手想必也沒少見，有應變計畫也在情理之中。

夜幕降臨，今晚對倫敦來說，是個璀璨的夜晚。早上出現在拍賣會場的一輛輛世界級高級房車，在夜幕裡往萊帝斯家族的海灣別墅奔馳。

同一時間，一架直升機從萊帝斯莊園後院的停機坪上起飛，直赴海濱別墅。

說是海濱別墅，其實別墅所建的地方是位於山頂的。

四周山林環繞，只有一條盤山公路通往山頂。遠遠望去，這就是一座風景優美的渡假山，然而，山頂卻屹立著一座中世紀風格的古老別墅，臨崖而建，背靠大海。一下車來，海風徐徐，一眼望不見海，卻能聽見別墅背後海潮拍岸的聲響，驚心壯闊。

前來的貴賓自然免不了盛裝打扮，儘管有人心裡不滿，但禮貌還是要維持的。只是令眾人沒有想到的是，今晚在出席舞會的人裡，見到了一位意想不到的人。

加長版的黑色賓利車在別墅的停車區域停下來，有心人看出那是夏芍今天上午所乘坐的車子。當即有人還沒等她下車便走了過去，打算過去打聲招呼。

車門開了，司機卻從車上抬下一位坐著輪椅的老人。老人看起來不過六十來歲，一身白色中山裝，面容紅潤，目光炯炯。如果不是看他坐著輪椅，僅看面容，會覺得老人身體健壯。

老人已經有些年頭沒在上流圈子裡走動，他一下車來，還真一時沒被人認出來。

直到夏芍從車裡走了下來，四名保鏢跟著她下車。

夏芍同樣盛裝出席，白色的曳地禮服，西式款式，搭配立領盤扣，銀白的芍藥絲繡密織，夜色裡泛著銀輝，如絲絲流淌般，令人一眼就難以移開目光。

「師父，慢點。」夏芍從司機手上接過了推輪椅的工作。

聽見她這聲稱呼，眾人的目光紛紛投向坐在輪椅上的老人。

師父？難不成這位是……唐宗伯大師？

唐宗伯的大名，即便是後來他不在華爾街了，也被口耳相傳至今。他的名氣並沒有因為失蹤的那十多年而消滅，反而成為了一個無人能打破的傳奇，深深印在了某些人心裡。只是多年不見，在場有些名流的父輩都退休了，他們許多人只聽說過唐宗伯的威名，卻無緣見到他本人。此刻見到，怎能不驚訝？

黎良駿和他的朋友們正好剛到不久，幾人剛想進大廳，便見夏芍的車子開過來，本想接了她一起進去，哪知竟然見到唐宗伯下車，這可真是意外的驚喜了。

「唐老？您怎麼來了？」黎良駿激動地走上前來，他居然唐宗伯來了英國。

這時，又有三輛加長賓利開過來，二十多名東方人從車上下來，清一色穿著白袍黑褲。這些人，上至六十出頭的老人，下至十來歲的少年，都像是練家子，看著不像是來出席舞會，反倒是來出席武會的。

黎良駿沒想到張中先和玄門這麼多的風水師都來了，看得直瞪眼睛。

這是什麼情況？怎麼這麼多人都來了？

「我有些年沒到國外走走了，這次是跟著這丫頭出來散散心的。事先沒跟舞會的主人打招呼，也不知道會不會打擾了。」唐宗伯笑道。

「怎麼會？唐大師，您能來，我們萊帝斯家族可是竭誠歡迎的！」一道聲音插了進來，伯頓滿面紅光地邁著激動的步子從大廳裡走了出來。他瞧著激動，實則目光不停地瞥向張中先等人，暗自心驚。

伯頓聽說了唐宗伯來英國的事，本來就想請夏芍引薦一下，只是不好開口，怕她拒絕，畢竟這個時候是敏感時期，夏芍明確表明過支持壁畫回歸，她沒有跟萊帝斯翻臉就已經不錯的了。想請她引薦，談何容易？

令伯頓沒想到的是，唐宗伯竟然不請自來。這雖說是天大的好事，可是一下子來這麼多風水師，還跟踢館似的打扮，伯頓不得不暗暗猜測這些人來幹麼的。不會是對萊帝斯拍賣壁畫有什麼意見，過來找碴的吧？

這話伯頓可不敢問，他見唐宗伯神色如常，臉上還有笑容，這才勉強讓自己放下心來，將唐宗伯往大廳裡面領去，「唐大師，裡面請！」

唐宗伯笑著點頭，夏芍推著輪椅便往裡走。

就在這時候，一架直升機從頭頂上飛過，往別墅西側的停機坪上飛去。一架專機對在場很多人的財力來說是很常見的事，因此這架直升機並沒有引起太大的注意，賓客們的注意力都在唐宗伯身上，並跟著一起往大廳走去。

由於玄門的風水師突然來訪，伯頓驚疑之下，注意力也都放在唐宗伯身上，因此沒有人看見，有幾個人從人群裡退出來，身影沒入了夜色之中。

……

西側的停機坪上，剛降下來的直升機停在夜色裡，一隊十人的傭兵持槍將飛機無死角地圍了起來，遠遠的根本看不見這些人，他們的裝備在黑暗裡偽裝性很高。這些人周身散發著鐵血的氣息，高手在遠處便能感覺出他們的氣場來，這是身經百戰的氣場，人人身上都帶著血腥煞氣，想必背著不少人命。

這樣一隊傭兵，任何人感覺到他們的存在都不會輕易冒險過去，而從大廳方向摸過來的四道人影卻動作迅速，一絲遲疑也不見，來到機尾處先用手刀劈暈了一人，便兩人為一組，向著兩旁衝過去。

按理說，這些傭兵都是身經百戰的，他們所站的位置沒有死角，哪怕是機頭機尾，旁邊的同伴都能看得見。想要放倒他們而不被發現，根本就是不可能完成的任務。然而，今晚卻很詭異，這些人竟然站著不動，如人偶一般，瞧著威武，實則不堪一擊。

這種情況，對王飏三人來說並不少見。跟著隊長執行任務的時候，這種詭異的事不止發生過一回了，疑惑也沒用，隊長根本就不會浪費唇舌跟他們解釋，他們三人只好習慣性地閉嘴。不管是因為什麼，只要是有利條件，先用來完成任務再說。

劈倒幾個不會動的人實在是再簡單不過的事，十名世界頂級的傭兵被無聲無息放倒，整個過程不足半分鐘，王飏便帶頭進了機艙。

機艙裡還有三個人，包括駕駛，也都動彈不得。上去把這幾個人也放倒，王飏瞥了眼地上包裝好的壁畫，只一眼便確定了這外包裝的尺寸跟那天在博物館裡看見的壁畫一致。

「太他媽的順利了吧？」畢方從後頭跟上來，看見地上的壁畫，壓低聲音道。

「容易什麼？耽誤了不少天呢！又是贗品，又是跟我們玩瞞天過海！」王飏咧出一口大白牙，坐到駕駛座上，「這直升機運東西就是容易，他們容易運進來，我們也容易運出去！」

「查驗。」徐天胤是最後上來的，目光往地上一落，便對英招道。

「是。」英招將手上的儀器打開，蹲下身子去掀壁畫的包裝，然而，這包裝剛掀了一角，她的臉色忽然沉下來，「不對，是假的！」

假的？

王飏趕緊起身走了過來。

「假的？」畢方蹲下身，把整幅壁畫的包裝打開，近距離接觸這幅瑰麗的三世佛像，他卻沒有心思欣賞，轉頭便問：「妳沒看錯吧？」

這話是不該問的，英招本來就是這次任務中負責鑑定壁畫的人，但是她曾經鑑定錯誤過一次，畢方性情直，便直接問了出來。

英招臉色一變，卻還是點頭道：「是贗品。上面的顏料沒問題，出問題的是……土質。」機艙內的光線裡，英招的臉有些紅，因為這正是夏芍曾經用過的鑑定方法。這個方法對她來說是印象深刻的一堂課，因此上來之後她沒有先利用手腕上的儀器測試顏料，而是先檢查了土質。沒想到，這一眼就看出了問題。

聽英招這麼一說，王虺和畢方這才信了。畢方恨不得往那贗品上踩一腳，最終還是一腳踩在了地上，罵道：「這個老狐狸！派直升機送幅贗品過來，他也太小心謹慎了！」

「這是估價十億英鎊的東西，換成你，你也會很小心。」王虺沉著冷靜些，「這不是在博物館那幅，那這幅贗品從哪兒來的？」

王虺等人一直在防備伯頓會把真品和贗品掉包，讓他們白忙活一場，因而這些天，大英博物館裡的那幅壁畫就被他們監視著。直到此刻，壁畫還放在大英博物館裡。世人一直以為博物館裡那幅是真品，萊帝斯今天將拍賣推遲到後天晚上，這幅「真品」壁畫當然不會今晚就運出來，否則會被人質疑。

徐天胤當天在博物館的時候，曾將自己的氣機引了些在壁畫上，那幅壁畫如果動了，他不可能不知道，可是他沒有感應到，那麼就說明大英博物館裡的贗品確實沒動過。

那現在在機艙裡的這幅贗品是哪來的？

「伯頓該不會製作了兩幅贗品吧？」蹲在地上的英招抬頭問。

事到如今，也只能這麼想了。

「靠！這老頭兒，可真是我見過的最謹慎的人，萊帝斯集團也太他媽有錢了！」這種高仿的贗品，即便是請高手仿製也是要花大價錢的。一幅不夠，還仿兩幅，伯頓這老頭不僅錢多，而且心眼也多，難怪畢方忍不住大罵。但罵歸罵，這影響不了他的理智，「那麼我們今晚的推斷到底有沒有錯？」

他們本來推測伯頓使煙霧彈，今晚他一定會在別墅裡拍賣壁畫，可現在直升機運來的是贗品，說明了什麼？這又是個煙霧彈？是伯頓怕有人看穿他的計謀，所以採取的保險措施？

那麼，今晚壁畫到底是拍賣，還是不拍賣？

「我覺得我們猜的應該沒錯。這幅壁畫在萊帝斯手裡也是燙手山芋，他們一定會想辦法盡快出手。壁畫在手上隨時都會飛，錢在手上要飛就很難了。換作是我，就早點把壁畫換成錢。在身上多一天，就多一天被盜的風險。今晚正好是個好機會，既能出手，又能給那些賓客一個驚喜。一舉兩得，得財又得名，萊帝斯家族不會拒絕這麼好的事。」王廸沉吟道。

「那就是說，這幅贗品被運過來只不過是那老傢伙多疑謹慎，真品今晚一定還會到。我們需要繼續守候，或者對方已經把真品運來了，我們必須搜查這座別墅。」英招總結道。

她的總結讓王廸和畢方都臉色沉重。如果真品還沒到，繼續守候沒問題，可是如果已經到了，別墅裡能藏匿壁畫的地方實在是太多了，想搜查談何容易，而且，如果今晚要拍賣壁畫，那麼壁畫就必須在拍賣之前找到，並且運送去指定的地點，否則任務就算是失敗。

現在已經天黑，舞會的時間再長，留給他們的時間最多只有兩個小時。這兩個小時，要找到真品，要排除護衛的力量，要運送出去，基本上是不可能的任務，因為他們要把壁畫送往的方向是英國文化部，運送過程再順利也需要一個小時。

之所以要將壁畫送到英國文化部，這是任務的最高機密。因為壁畫的事一出，國家就一直在與英方溝通，希望萊帝斯能將壁畫送到英國文化部，再由兩國協商移交問題。英國方面對此一直沒有回應，直到後來華人反應強烈，英國方面這才給了點回應，但態度一直很扯皮，所以，任務要求把壁畫運出來，再神不知鬼不覺送往英國文化部，造成一種英方同意將壁畫移交的假象。到時候英方會百口莫辯，即便心知這不是他們的意願，壁畫出現在他們文化部裡，他們也只能吃這個啞巴虧。

這樣一來，就變成了英國官方承認當初的侵略掠奪歷史，願意將壁畫歸還，這會對日後流落在外的文物的回歸有很重要的意義。

原本今晚的任務應該很容易完成，一切都已經安排妥當，只要他們把直升機開出去，哪怕驚動了萊帝斯家族也無所謂。他們會將直升機降落在指定地點，有專門的特工來負責干擾，也有專門的人來負責運送，今晚壁畫就會出現在英國文化部。任英方怎麼找尋，也不會查到自己家去。待明天一早，就是世界矚目的「兩國達成協議」的歷史性一刻。

壞就壞在伯頓太小心謹慎了，竟然不惜花大價錢準備了兩幅贗品。這件事之前誰也沒有查到，恐怕只有伯頓一人知道，連他兒子都沒有知會。今晚他騙過了所有人，上了最後一道保險，卻給王虺等人製造了不小的麻煩。

這個麻煩在於他們不知道真品到底抵達這裡了沒有，是等，還是搜查？

無論是哪一種，他們都需要在拍賣開始前找到壁畫並且運送出去。

王虺、畢方和英招三人不約而同把目光轉向徐天胤，這個關乎任務成敗的決定，只有隊長才能做，但三人一轉頭，卻是都愣了。

徐天胤站在機艙尾端，低頭注視著某個地方。

那裡依稀是畢方的腳。

畢方先是左右看看王胣和英招，最後確定徐天胤在看他，便打了個哆嗦，猛地往後退去，問道：「頭兒，你、你……幹什麼？」

畢方寧可被人拿槍指著，也不想被徐天胤盯著，那滋味實在不是驚恐能形容得了的。

「你腳底。」徐天胤聲音平板地道，把畢方給聽了個丈二金剛摸不著頭緒。正當三人齊齊去看畢方腳底的時候，徐天胤又補充了一句：「真品。」

「……」什麼？

王胣三人一愣，畢方看向自己腳下機艙的甲板，「頭兒，你的意思是……」

「有夾層。」徐天胤轉頭看了下四周。他習慣站在黑暗裡，因此當沒發現機艙甲板上可疑的接縫處時，這才從黑暗裡走了出來，徑直朝英招走去。

英招蹲在地上的贗品旁，見他過來，趕緊站了起來。徐天胤蹲下來，一把將壁畫給掀了起來。就在他把壁畫掀開的瞬間，在壁畫下方的邊緣上，隱約可見一處半指長的可疑接縫。

畢方眼睛一亮，跟著蹲下來仔細檢查了一番，罵道：「他奶奶的，這是改裝機！頭兒，真有你的，你是怎麼發現的？」

徐天胤低頭查看拼接縫，很難得地回答了這種沒必要回答的問題：「腳。」

「啊？」這種簡潔有力的回答讓畢方有點懵，最後還是王胣最先反應過來，來回走了走，跺了跺甲板，指著畢方道：「你剛才跺過甲板！」

畢方在聽王胣跺甲板的時候就已經聽出聲音有異常來了，聽他這麼一說，頓時一巴掌拍在腦門上。可不是嗎？剛才他得知壁畫是贗品時，曾大罵伯頓，氣得他更是跺了一腳甲板。

只不過，那時候他正在氣頭上，他們三人都沉浸在發現壁畫是贗品的驚急中，誰也沒注意到他跺那一腳甲板聲音有無異常。

現在想想，他們三人確實有不到家的地方。伯頓這一招也確實是利用了人的常態心理。直升機就這麼大點的地方，一旦發現機艙裡的壁畫有假，正常思維肯定會考慮真品被藏在了別處，誰還會去想真品在不在飛機裡？而且，這架直升機改裝的位置也很巧妙，正好在贗品的下面，贗品和包裝覆蓋住了。這幅壁畫又大又重，發現了它是贗品，又有誰會去掀動它？

事實上，最危險的地方就是最安全的地方，真品就在贗品下面。

實在是太狡猾了！

畢方三人都不由有些臉紅，他們剛才還在似模似樣討論真品的去處，實在是太糗了。相比之下，隊長的心理素質不是他們能比的。在面對突發情況、任務有可能失敗的情況下，他竟然還能保持冷靜，不被情緒影響，第一時間發現疑點所在，不愧是兵王。

畢方三人眼中升起深深的佩服，這回沒有耽誤太多時間，蹲下身與徐天胤一起試探夾層。以伯頓的謹慎，這夾層絕對不容易打開，肯定有機關。

「發現警報裝置！」畢方拿著儀器掃描下方道：「這個警報裝置有熱感應和機動感應，我們如果熱切割甲板，警報裝置會啟動。同樣的，如果掀開夾板，也很容易觸動警報裝置。」

雖說他們可以開著直升機就走，但底下的壁畫到底是不是真品，必須做鑑定。事關國家顏面，運送去英方文化部的必須保證是真品。萬一還是贗品，而他們啟動了直升機，那無異於打草驚蛇了。

「我來。」王虓說話間，亮出一把軍刀。軍刀雖鋒利，但一刀切下去，王虓還是皺了皺眉頭。他手裡的軍刀，切肉穿刺那叫一個鋒利，可用來刺直升機的甲板，還是吃力了些。時間足不足夠且不說，發出的聲音也足以把人引來。

正當王虺皺眉頭的時候，徐天胤手裡多了把青黑色的匕首，手起刀落。

與此同時，別墅的大廳裡，賓客們發出一陣驚呼聲。

今晚雖然是萊帝斯家族舉辦的感謝舞會，但舞會還沒開始，事情就朝著意外的方向發展。唐宗伯帶著門下二十多位弟子來訪，在場的名流雖說都是國際知名，卻都沒有一次性見過這麼多風水師。平時見一位都需要預約，這次一下子來了這麼多，在場的人都很震驚。

更令賓客們驚訝的是，今晚的貴賓還不只是玄門的風水師，奧比克里斯家族的人也到了。來的人是亞伯大師和他的父親安德列．拉斐爾．奧比克里斯。安德列在歐洲很有名氣，自從亞伯特老伯爵退休後，安德列便成為英國皇家教堂大主教的首席人選。聽說老伯爵身體不太好，只等老伯爵將家主的位置傳給安德列後，他就可以接任大主教，並且受封伯爵的爵位。

只是聽說老伯爵已經休養一年多了，卻還沒有宣布繼承人，這引得了外界的一些猜測。不過奧比克里斯家族的信徒遍布全世界，沒人敢妄自揣度，因此外界的議論並不太大。

沒想到，今晚安德列大師父子會來舞會。

先是東方的風水大師，再是西方的巫術大師，這萊帝斯集團也太有面子了吧？

「安德列大師、亞伯大師，歡迎歡迎！」伯頓笑著迎了上去，只覺臉上有光。不管唐宗伯等人是為什麼而來，安德列和亞伯可是他邀請的。

伯頓趁著寒暄的時候，偷偷問亞伯：「亞伯大師，壁畫那邊……」

「放心吧，有我的魔法陣在，保證萬無一失。」亞伯淡然笑道。

「那就好，辛苦亞伯大師了。」伯頓這才放下心來，只不過他千算萬算，卻看漏了亞伯垂下眸時眼底的那抹光芒。

魔法陣？他根本就沒佈陣。

為什麼？自然是為了賣夏芍一個人情。雖然夏芍多次表明對獲取那幅國寶壁畫沒興趣，但現在華夏集團正因為壁畫的事遭受非議，亞伯不介意賣個人情給夏芍。這幅壁畫現在是各方矚目，中方肯定不會罷手，有行動是必然的。聽說今天上午在拍賣會場，夏芍和大和株式會社有所衝突，亞伯已看出她是愛國人士。既然如此，她內心肯定希望壁畫能夠回歸。這不僅能解除華夏集團的輿論危機，也算隨了她的喜好。夏芍是知道他幫忙萊帝斯家族保護壁畫的，如果因為他讓壁畫不能回歸，必然惹她不快，還不如放個水，賣她一個人情，以後好合作。

聽說今天上午她把土御門家旁系的一名陰陽師給廢了，那人的名氣他有所耳聞，也算是年輕才俊，沒想到這麼容易就被夏芍廢了。這個女孩子有如此修為，殺她不易，那就只能交好。

因此，亞伯不惜毀了和伯頓的約定，也要在壁畫上鬆鬆手。

當然，亞伯是不知道他護送的壁畫是贗品的，不然他不介意向夏芍透露點消息。

今晚他和父親前來出席舞會，其實並非因為伯頓的邀請，而是原本就跟夏芍定好的計畫。今晚這麼多國際名流都在場，無疑是宣布一些事情的最好舞臺。

玄門和奧比克里斯家族將在這裡發表友好聲明，這個聲明看似無用，其實用處很大，因為安德列將以整個奧比克里斯家族的名義和唐宗伯握手言好。在場的賓客都是有頭有臉的人物，影響力也不小，在這樣的場合裡雙方言好，自然造勢就要大些。看在這些賓客們眼裡，安德列無疑就已經是繼承人。

這樣一來，不僅是給撒旦一派再多些心理壓力，二來也是給老伯爵一些壓力。老伯爵雖然瘋瘋癲癲，但他其實只是在黑巫術方面有些瘋魔，對其他的事還是理智未減的。外界都認為安德列是家族的繼承人了，即使是老伯爵也得趕鴨子上架承認他。

雖然跟玄門合作，實在不行，可以武力血洗，來個強硬上位，但亞伯知道，玄門不願意讓弟子送死，一旦要鬥法，拉斐爾想不出力，那是不可能的，因此面對巫術造詣深不可測的老伯爵，亞伯也有些犯怵。不到萬不得已，他不願意與老伯爵動干戈，所以，今晚的舉動算是下最後通牒，而且今晚也算是最後再震一震撒旦一脈。撒旦一脈雖然與拉斐爾是敵對的，但他們內部也並非那麼團結，總有不希望兩派相爭的。今晚若是能爭取到一部分人，那麼亞當將更加孤立，對付他就更容易了。

能最少程度地減少己方的傷亡，亞伯當然願意。

但他沒想到的是，今晚舞會一開場，就來了個他怎麼也沒想到的人。

伯頓笑呵呵地上臺，介紹奧比克里斯家族和玄門，畢竟今晚這兩方屬於很特殊的貴客，所以伯頓出於禮貌最先介紹了雙方。

安德列和亞伯在伯頓講話後到了臺上，向在場的賓客們公布奧比克里斯家族與玄門交結，並稱東西方神祕學將會保持友好的交流。這聽起來雖然很官方口吻，但也沒什麼。無論是風水大師還是巫術大師，對在場的名流們來說，都是想要結交的人，故而安德列一說完，眾人便很給面子地鼓掌捧場。

然而，掌聲未落，有個人從大廳外走了進來。

那人穿著白色西裝，金色長髮紮在身後，氣質優雅，碧藍的眸略帶憂鬱。外頭夜色撩人，海風徐徐，碧濤拍岸的聲響裡，這人一走進來，金碧輝煌的燈光將他頎長的身形從黑暗中剝離出一道輪廓，乍看像身上灑了層金光，儼然天使降世。

絕大多數人的目光都是疑惑的，少有人認識這個走進來的男人，連伯頓都很困惑，顯然連他也不認識這個人，只有少數幾人將來人給認了出來。

「亞當先生？」出聲的人很驚訝，他身旁的兩人也跟著站起來，讓在場的人都隨之一驚。這三人居然是英國銀行業、飯店業和輪船業的巨頭，尤其是輪船業的斯貝爾先生，是國際有名的企業家，旗下跨國性的集團是輪船業的世界級巨頭。

在場的人，包括伯頓都不認識這位年輕人，這三人竟然認識他，對他的態度還很尊敬？斯貝爾無法不用尊敬的目光看待眼前這名突然到來的年輕人，因為他的家族才是集團真正的掌權者。

斯貝爾年逾五旬，是霍威國際集團的第三代，世人皆以為他是霍威國際的董事長，但只有他清楚，他不過是受託於亞當的家族。這件事在霍威集團是最高等級的機密，只有董事長才知道。也就是說，在集團的三代裡，只有斯貝爾一人清楚此事，連他最信任的兒子也被蒙在鼓裡。當初斯貝爾得知公司的這個機密時，也是他的父親臨去世前才告訴他的。

霍威集團於百年前創辦，創辦人並非斯貝爾的家族，而是亞當的家族。這個家族有著怎樣的歷史，斯貝爾包括他的父親都不清楚，只知道這個家族人脈之廣極為驚人，資金之雄厚令人咋舌，但這個家族不知道因為什麼原因極為低調，從不面對世人，斯貝爾家族從集團創辦開始便是集團的代言人。

不光霍威集團，包括以飯店、旅遊業為主的亞蘭特集團，英國最古老的私人銀行業的薩菲集團，幕後的主人都是這個古老的家族。

這個家族的資產絕對算得上是巨擘，是世人難以想像的隱形富豪。百年來，他們都甘於藏身幕後。他們只要財富，對世人的讚譽看得極淡，從不現於人前，上流社會的舞會更是從不見他們的身影，所以今晚見到亞當，斯貝爾三人才萬分驚訝。

但驚訝歸驚訝，三人不敢問他來幹什麼。論身分，他來是天經地義的；論能力，他們三名國際巨頭對眼前這個年輕人都有些畏懼。

這一代，三家集團的當家人其實是這名年輕人的父親安德里，但他們卻知道，安德里是個能力平庸的人，集團背後的真正掌權者是亞當。

亞當這個年輕人不僅有著雄才大略，還有些令人忌憚的神祕手段，這是令斯貝爾畏懼的地方，他曾聽他的父親說過，在父親剛剛接掌企業的時候，得知集團這段機密歷史的人還有斯貝爾的堂叔一脈。可堂叔一脈屬於激進派，那時集團發展日益壯大，羽翼已豐，外界根本就不知道有亞當的家族存在，於是他的堂叔曾動過心思竊取集團，想成為集團真正的掌權者。令人恐懼的是，他堂叔自從動了這個心思，那一脈的人便在一年內陸續得了怪病，死的死，瘋的瘋，最終一脈斷絕。

這件事成了斯貝爾小時候的夢魘，那時候有人說他的家族被惡魔將名字寫在了死亡錄上，遭到了最嚴厲的詛咒。兒時的斯貝爾信以為真，擔心受怕地以為自己也會被惡魔帶走，沒想到最終安然無事。直到他從父親手中接管集團的時候，父親給過他極嚴厲的忠告——成為這個家族的代言人，永遠不要有背叛的心思。

當時已是三十多歲的斯貝爾這才隱隱感覺當年堂叔一脈的斷絕可能跟這個家族有關，但他不敢斷定。直到亞當接管了集團之後，集團有些對手也死得莫名其妙，他這才漸漸覺得，這個家族絕對不簡單。

人在面對未知事物的時候，總會抱持畏懼的心理，如今已經年逾五十的斯貝爾不知道為什麼，常有種很好笑的想法。他總覺得，他的家族就像跟惡魔簽訂了契約，只要安分地獻上忠誠，成為惡魔的僕人，他們就能獲得名譽地位以及金錢。一旦背叛，等待他們的將是地獄般的萬劫不復，就像他的堂叔一脈。

不僅斯貝爾有這種感覺，其他兩人也有類似的想法，因此世人眼裡的商業巨頭在看見亞當走進大廳的時候，連大氣也不敢出，更不敢問他為什麼會來，姿態絕對的敬畏。

同樣想問卻不敢問的人還有安德列和亞伯父子。兩人這時的臉色相當難看，幾乎是僵在臺上，死死地盯著亞當這個不速之客。眼下正值兩派爭鬥的生死存亡的時刻，他今晚出現在這裡，必然不是什麼好事。

兩人卻不能問，更要假裝不認識亞當——這關係到奧比克里斯家族在世人眼中的名譽。

奧比克里斯家族分為拉斐爾和撒旦兩派，這是大多數人不知道的。在西方，人們懼怕黑巫師就像懼怕吸血鬼一樣。曾經有所謂的獵魔人獵殺吸血鬼，人們把所謂的吸血鬼綁在十字架上處以火刑，但事實上，世上有沒有吸血鬼存在誰也說不清，在那個時期的運動裡，受到波及最深的其實是黑巫師。

西方人將黑巫師視為靈魂出賣給惡魔的邪惡者，極端恐懼和排斥。奧比克里斯家族就是在那個時期，以拯救世人的白巫師為起點，走上英國歷史的舞臺。

奧比克里斯家族的家主歷代都會被皇室授予伯爵的爵位，並主持皇室大教堂，為世人祝贊祈福，擁有世界各地大批的信徒。在世人眼裡，奧比克里斯家族就是偉大尊貴的白巫師家族，除了皇室成員和極少數的人，比如玄門這些神祕行業的人，根本就沒人知道撒旦一脈的存在。

正因為如此，撒旦一脈雖然掌管著家族的財力，卻從來不出現在世人眼前。在長久的歷史長河中，家族的兩派之間有著互利的協議，撒旦一脈為拉斐爾一脈處理許多暗中不便出手的事務，例如暗殺一類。而拉斐爾則為撒旦一脈提供人脈和官方的保護。因而這麼多年來，黑巫師這一類人漸漸從人們的視線裡消失，很多人都以為這些人不存在於世界上，但實際上只是被保護起來而已。

這種互惠互利的關係原本可以存續很久，可一切都於老伯爵對黑巫術的沉迷時被打破。他是奧比克里斯家族難得一遇的奇才，白巫術和黑巫術都可以學習，曾經給家族帶來從未有過的讚譽和輝煌，現在卻將家族帶入了水深火熱之中。

當年那半張羊皮卷到底在不在撒旦一脈手中，連亞伯一派的人也不敢斷言。他們只清楚亞當的天賦是繼老伯爵之後的又一奇才，撒旦一脈已經不見陽光很久了，以亞當的能力，他未必願意一輩子身處暗處，默默無聞，不被世人所知。

因為他出眾的能力，拉斐爾一脈很擔心將來會壓不住他，因此不惜以羊皮卷為由想引老伯爵殺了安德里和亞當父子，重新在撒旦一脈尋找可以控制的人。也正是因為這個舉動，遭到了亞當的反擊，兩派之爭持續到了今天。

今天亞當出人意料地現身，他到底想幹什麼？

安德列和亞伯父子心急如焚，卻只能假裝不認識亞當，而走進來的亞當則悠然閒適得很。

「這位先生是？」伯頓身為主辦單位，這時笑著上前問道。他語氣還是很客氣的，畢竟亞當氣質不俗，斯貝爾三人看起來還很敬畏他。

「抱歉，伯頓先生，我不請自來。容我自我介紹，我是霍威、亞蘭特和薩菲集團的少主人。」亞當笑道。

「什麼？」伯頓愣住。不僅是伯頓，很多人都沒反應過來。

斯貝爾三人更是愣在原地，表情震驚，不明白亞當為什麼要突然公布這件事。這時候，大廳裡已經有不少人都將目光投了過來，莫名其妙的眼神裡都有些懵。

這個年輕人在說什麼？三家集團的少主人？

這也太好笑了，從來沒聽說過這三家集團是一家。這個人看著挺優雅貴氣的，鬧了半天，腦子有毛病啊？

亞當卻不理會眾人的目光，仍是優雅地對伯頓道：「伯頓先生也可以稱呼我為……亞當．撒旦．奧比克里斯。」

這話一出口，伯頓驚呆了。

奧、奧比克里斯？

大廳裡瞬間安靜下來，所有人的目光齊刷刷盯向安德列和亞伯父子。

「怎、怎麼？這位是……亞當大師？」伯頓張了半天嘴，這才問道。他的表情有些怪異，奧比克里斯家族的名姓他是知道的，什麼時候出來個撒旦？不應該是拉斐爾嗎？

「我們家族可沒有這位先生，我看這位先生是有些神志不清，不知他是怎麼進來的。這樣吧，伯頓，讓你的人把他帶去客房休息，我和我父親一會兒去看看。」亞伯神色如常地笑道，看起來真的不認識亞當。

「呃，好。」伯頓也是人精，他的目光在亞伯和亞當同樣的金髮碧眼上看了看，已經看出兩人有五分相像，明顯就是有血緣關係的。只不過，亞伯明顯因為某些原因不想在今晚的場合認這個兄弟，他不想得罪亞伯的話，自然是按照他的話做了。

「這位先生，請跟我去客房休息。」在伯頓的示意下，別墅的管家走上前來，很有禮貌地請亞當出去。

亞當笑了笑，沒理會管家的話，而是看向亞伯道：「亞伯，我親愛的堂哥，我今晚來此是有著重要的消息要向在場的諸位貴賓宣布，打斷別人是不禮貌的。」

「……」堂哥？

眾人譁然，這回不止是震驚了，還帶著不解。

既然兩人是堂兄弟，為什麼亞伯剛才要說不認識亞當？

「這位先生，我不知道你在說什麼，看在你神志不清的分上，我不追究你冒充我家族成員的責任，請你速速離開，不然的話……」亞伯話未說完，負在身後的手快速畫了個圖案，大廳裡的陽氣迅速集結而來，轉瞬成煞。

陽煞與陰煞一樣，同樣能夠傷人。

亞當卻邁著輕鬆的步伐走上了臺，轉身的時候，手指在胸前輕巧地一畫，在眾人看不見的死角裡將陰煞聚來，兩道煞氣撞在一起，無聲無息地消散。

安德列和亞伯臉色一變，這個時候，亞當已經站到了臺上，「今晚，對於我被迫隱姓埋名生存了近兩個世紀的族人來說，將是歷史性的時刻，所以，我希望更多的人來見證，更多的人知道和記住我們，這樣才更有意義。」

「他是瘋子，把他帶下去！」亞伯惱羞成怒，對伯頓怒道。

伯頓不知道該怎麼辦了，這情況太突然了，趕或不趕都得罪人，他可不想得罪這些人。

正當這時候，安德列忍不住出手了，他同樣避著人在身後畫出一個七芒星的圖案，幾乎整個別墅的陽氣都迅速聚集到他手上，向著亞當襲去。亞伯眼疾手快，見父親出了手，自己也如法炮製，父子二人聯手，同時發難。

三人同站在臺上，距離不過三兩步，亞當面帶微笑，始終未變，與剛才一樣，在身後聚出一道陰煞，兩邊相撞，再次無聲無息地消散於無形。

底下的人都目不轉睛地盯著臺上，不知道在短短的時間裡，三人已經暗中交手過兩次，而這次的交手讓安德列和亞伯父子齊齊變臉，他們驚駭地看著亞當。

父子二人的招法所聚的陽煞絕非剛才亞伯一人所聚的能比，亞當竟然能從容應對。雖說今晚這個場合，兩人聯手確實未能使出全力，但亞當一人能擋下來還是令人震驚的。

正當兩人感到錯愕的時候，亞當的一句話更令全場震驚，「我要宣布的是，從今天開始，將由我們撒旦一脈的黑巫師接管奧比克里斯家族。」

「……」什麼？

接管奧比克里斯家族？撒旦一脈……黑、黑巫師？

有人怔愣，有人發懵，有人疑惑，而在場的很多西方企業家卻在聽見這話後臉色都變了，包括斯貝爾三人。

其他國家的人可能對巫師有些陌生，但身在西方社會的人多少都聽說過巫師，畢竟有奧比克里斯這麼有名的家族存在，人們對白巫師還是不陌生的。不僅不陌生，經常去教堂的人還對白巫師充滿崇敬，上流圈子裡的名流們也經常請白巫師們占卜吉凶。

可是，黑巫師是怎麼回事？現在居然還存在？

「亞當，你知道你在說什麼嗎？」亞伯氣急敗壞，他沒想到亞當竟然會當著這些國際名流的面說出家族隱藏了多年的祕密，他更被他那句即將接管家族的話所震懾。

亞當笑容古怪地道：「怎麼，我的堂哥，你終於認出我來了？」

這話無異於打臉，亞伯的臉瞬間漲紅。他剛才還言之鑿鑿地斷定亞當精神失常，現在自己承認了他，此刻賓客們的目光足以讓他想找個地洞鑽進去。

「亞當，家族沒有對不起你，你為什麼要在這麼多人面前損害家族的名譽？我知道你比亞伯小一歲，天賦比他高些，一直想成為第一繼承人，但是這些事都是我們家族內部的事，你有什麼不滿可以跟族老們商量，為什麼要公然造謠？沒錯，現在是還有些人會黑巫術，但能稱為黑巫師的人已經很少了。這都是我們家族長久以來的努力，你想因為你的造謠而抹去家族的榮耀嗎？」安德列這時候憤然開口道。

他的話自然是胡說八道的，但在場的人又不清楚，一聽這話也糊塗了。聽起來，這像是奧比克里斯家族因為繼承引發的問題，而這個叫亞當的年輕人似乎繼承不成，便衝動之下做出了造謠抹黑家族的事。

事情真是這樣？

眾人紛紛看向亞當，覺得不管怎麼看，這個年輕人都不像是會做這種不理智事情的人。

亞當對安德列的指責並沒有回應，只是笑看著他，「安德列伯父，我今晚除了宣布接管家族的事之外，還要向伯父討回一樣屬於我們撒旦一脈的東西。」

「東西？什麼東西？」安德列一愣。

「那半張羊皮卷。」亞當笑道。

「羊皮卷？」安德列直接懵了。

「我已經得到了可靠的消息，那半張羊皮卷已經找到，卻是到了你們手上。」

「你胡說什麼？」亞伯臉色一變，雖然敢肯定亞當在胡說，但他忽然有種不祥的預感。

亞當不緊不慢地道：「安德列伯父，現在隱瞞已經沒什麼意思了。我們撒旦的人在中國內地尋找那半張羊皮卷，伯爵派你們協助，可你們這不叫協助，而叫竊取。我知道你們很怕我將羊皮卷找到交給伯爵，怕撒旦一脈會趁機向伯爵求取家族繼承權，可是你們這樣做也實在不道德。伯爵給了我們最後期限，如果找不到羊皮卷，我們甘願受罰，可現在我們找到了，你們這種作為是想把撒旦一脈趕盡殺絕嗎？」

亞當說得情真意切，安德列和亞伯卻聽得莫名其妙。兩人都知道他在胡說八道，卻插不上嘴，因為亞當接著便將目光轉向了唐宗伯。

「我有消息證明，當年在圍殺唐老先生的時候，那半張羊皮卷就遺落在附近。我曾經懷疑羊皮卷後來被唐老所得，在年初的時候，曾經去香港求見過唐老先生，可是唐老先生並不承認，事後我只能派人去中國內地查找，但是查找的過程中我再次得到消息，羊皮卷確實在後來被唐老所得，可是我的父親當年參與過對唐老的圍殺，他並不肯將羊皮卷交給我。這個消息被你們拉斐爾一脈派去協助的人得知，你們便聯繫上了唐老。我知道你們跟唐老先生進行了交易，他給你們羊皮卷，你們幫助玄門報當年之仇。」

亞當慢悠悠地說著，安德列和亞伯卻瞪大了眼。

「亞當，你在胡說什麼？」

「今晚你們雙方在伯頓先生的舞會上聚頭，如果我沒猜錯，你們一定是向外界公布友好關係，是嗎？」亞當笑問。

在場的賓客臉色一變，確實是這樣，剛才安德列大師確實上臺去說了些話。

「我猜，你們想以此給我們撒旦一脈壓力，也給唐老先生當眾做個保證。那張羊皮卷，現在應該已經在你們身上了，對嗎？」亞當又問。

安德列和亞伯父子百口莫辯，亞當的這些話儘管是胡說的，但是聽起來還真說得通，可是他根本就是胡說八道的。他這麼說，到底目的是什麼？在場的賓客們對當年的事完全不知情，只怕聽他這些話也聽不懂。

那他說這些到底想是幹什麼？

正不解之際，大廳裡響起嘩的一聲。

所有的人都轉頭看向了門口，亞伯父子二人則倒吸了一口氣。

有位頭髮花白、身形佝僂的老人拄著手杖站在門口，他的兩腮和下巴蓄滿鬍鬚，鬍鬚也已花白，濃密的鬍鬚襯得老人削瘦露著顴骨的臉只有巴掌大。這樣一位渾身都是病氣的老人，眼神卻十分嚇人。他雙眼凹陷，眼內布滿血絲，還透著森森的邪氣。

人群很快向兩旁分開，讓出了中間的一條路來。

「……父、父親？」安德列盯著老人，腦子微懵。

他這一聲稱呼卻讓客廳裡的人都震驚了，「什麼？這位是……亞伯特大師？」

「不可能吧？我見過亞伯特老先生，這、這根本就……」

「這怎麼可能是亞伯特大師？」

伯頓也瞪大了眼睛，在亞伯特宣布退休之前，他是常能見到他的，尤其他在皇家大教堂任大主教那些年，這位老人的音容笑貌經常出現在世界各大雜誌和電視臺上，上流社會的人對他根本就不陌生。

現在的老伯爵和三年前退休時的樣子變化太大了，簡直像是變了個人！

奧比克里斯家族有著很高貴的血統，家族成員都是金髮碧眼，男俊女俏。亞伯特老伯爵哪怕是人到老年，身形也是很偉岸的，而且蓄著的白鬍鬚像聖誕老人一般，很受英國孩子們的喜愛。去教堂裡參加禮拜的孩子們總是圍繞在他身邊，他給世人的印象一直是和藹可親的，在民眾中擁有很高的聲望。

在英國，哪怕女王走在街道上有人認不出來，老亞伯特走在街道上，都會被人認出來。

可是，現在他這個樣子，誰能認出來？

聽說亞伯特老伯爵近年身體不太好，退休之後便在家族裡靜養，不見任何外客。可說是休養，怎麼休養成這副骨瘦如柴的模樣？難不成是病得很嚴重？

亞伯特看起來卻不像是病人，他拄著手杖進來，健步如飛。

夏芍陪著唐宗伯就在臺下，張中先帶著弟子們站在後頭，一見到亞伯特，人人目光一凜，死死盯著他不放。

仇人，最後一個仇人總算是到了！

亞伯特身為當年事情的幕後元凶，一路走來，卻對唐宗伯和玄門的弟子視若無睹，徑直走向自己的兒子。

「父親！」安德列心驚地向後退去，他現在總算是知道為什麼亞當會說那些話了。

這是個局！

糟了！

安德列心神慌亂，別人不知道他父親的性情，他還能不知道？他正是因為退休之後，這些年在家裡一心研究黑巫術，才導致整個人體態佝僂、性情大變的。他現在雖然說不至於喪失神智，但只要是關於那張羊皮卷的事，他一定是不理智的。亞當這招太黑了！父親出現得很突然，安德列一時不知該怎麼解釋，他只能道：「父、父親，你你、你聽我說，這件事是……」

話未說完，情況驟變。

亞伯特人未到跟前，竟然掄起手中手杖，直刺向安德列胸口

大廳裡驚呼聲此起彼伏，在眾人看來，這不過是老子掄手杖打兒子，雖然很突然，但就算被打中了也不算什麼。然而，夏芍卻知道，那手杖不是凡品。

那根手杖通體漆黑，散發著寒氣，一看就知道是黑水晶質地的手杖。那手杖吸納了沉重的怨氣，怨氣看起來跟龍鱗的怨氣極像，應該來自於亡者。龍鱗的怨氣被徐天胤製作的刀鞘封住，平時不用的時候，怨煞之氣不會外洩，但亞伯特的手杖並沒有壓制煞氣的東西，或許他平時醉心於黑巫術，這煞氣對他有助益，他也不想壓制。然而，經年累月地與這根手杖接觸，他的身體難免被陰煞所侵蝕，心智受影響是一定的。怪不得亞當說他神智瘋癲，安德列和安德里都是他的兒子，因為一張寫了古老黑巫術的羊皮卷，他竟然視父子親情於不顧。

虎毒還不食子，亞伯特現在的心性已經邪佞到不在乎父子關係了。

他這一記指向安德列胸口，倘若刺中，安德列的心脈必被陰煞所傷，當場斃命都有可能。

安德列也知道厲害，他臉色大變地在胸前畫出一道六芒星來，利用天地元氣聚成大衛之盾。正當他畫盾之時，亞伯在後頭拽了他一把，父子兩人一起快速後退。

這時，大衛之盾已成，別墅裡的天地元氣最先被引來，在場的名流們自然是看不見那瑰麗的天地元氣，他們只看見安德列在胸前虛畫幾下，這景象就像上午在拍賣會場那邊，夏芍和日本陰陽師面對面的比劃。只不過今晚可沒人再抱著好奇看戲的心態，這畢竟是父子相爭。

到底怎麼回事？

所有人都一頭霧水，卻看見亞伯特也拿著手杖快速在空中畫了什麼。

他這一畫，在場的人忽然覺得背脊發涼，眼前好似上午那樣產生了幻覺，恍惚間看見了黑森森的氣波在手杖頭上一閃。

賓客們都還張大著嘴，身處幻覺還是真實的奇妙感覺裡，玄門的弟子們卻都板起了臉。

亞伯特其實什麼也沒畫，他只是將手杖在空中轉了幾個圈，法器的凶性被他全數放出來，別墅四周的陰氣如江海般湧來。此刻，門窗處常人看不到的陰煞如潑墨般湧進來，滲入手杖之中，形成一道煞氣之劍，直刺向大衛之盾的中央。

這是很霸道的一招，不用任何術法，只用煞氣直接擊破。

然而，這招太陰狠了，如果是在空曠的外面鬥法倒沒什麼，此時大廳裡賓客這麼多，法器的煞力全數釋放，對普通人的身體傷害極大，很多人現在應該都感覺到手腳發冷了。

安德列的修為顯然不能跟亞伯特比，正因如此，安德列所聚的大衛之盾展現了他所有的修為。這盾不比那天晚上夏芍和亞當鬥法的時候差多少，不僅是別墅裡的天地元氣湧來，就在別墅後頭的海面上也有元氣正被引來，若是兩邊相撞了，這幢別墅多半會立刻塌了。

這裡這麼多人，玄門的人是避得開的，其他的人卻只有被埋葬的命運。

「混帳！」關鍵時刻，唐宗伯怒喝一聲，渾厚的內勁一出，震得在場已經開始神智不清的賓客瞬間驚醒。

「要鬥到外面去鬥！」唐宗伯就坐在臺下，亞伯特正背對著他，他說話時，掌心發勁。一陣巨風憑空而起，掃向亞伯特的腰側，想把他往窗外掀去。

他出掌的時候，夏芍也動了，龍鱗霎時出鞘，濃烈的怨煞之氣從下往上一抬，直斬向亞伯特的那根手杖，同時掌心發勁，與師父的合成一道。

龍鱗出鞘的功夫，客廳裡漫天似有哀嚎的尖叫聲，好似幽冥大門被打開，那濃烈的怨氣讓亞伯特一驚，他猛地回頭，兩道巨風已然襲至眼前。唐宗伯和夏芍的修為都在煉神還虛，哪怕是其中一人跟亞伯特對上，亞伯特都不敢掉以輕心，更何況是兩個人？

亞伯特驚詫於龍鱗匕首的煞氣，對這兩陣勁風也不敢輕易直面應對，便順著這兩陣風敏捷地往旁邊閃避，就著窗戶躍了出去。

夏芍緊跟著跳出便追，聲音隨著帶著海腥味的夜風傳了進來：「張老，我師父交給你了，讓弟子們保護賓客！」

這次來英國，完全是因為夏芍的謀算，為師父報仇的事自有她來，亞伯特和弟子們的修為不在一個層次上，對上只有送死的份，夏芍是絕對不會讓自己的人去送死的。

夏芍一離開，唐宗伯轉動著輪椅便想往外走，張中先吩咐弟子：「你們在裡面保護這些貴賓，小燁子，一起出來幫你師父！」

溫燁的修為想與老伯爵鬥法還早了點，但他是夏芍的親傳弟子，跟其他弟子不一樣，有危險他也得上。當然，有唐宗伯、夏芍和張中先在，自然不能叫他有事，而且這是不可多得的學習機會，他必須去。

溫燁正好也嫌保護人無聊，一聽張中先的話，二話不說奔過來推了輪椅便往外走。

三人走出去，客廳裡的伯頓這才回過神來，「這、這到底是怎麼回事？」

在場的人也都莫名其妙，然而所有人都還驚魂未定，安德列和亞伯父子便怒看向亞當，這回竟然二話不說，兩人一齊出手，攻擊亞當。

今晚真是可以用一波未平一波又起來形容，三人轉眼鬥在一起，從臺上到臺下，場面大混亂。賓客們驚呼著紛紛躲避，玄門弟子由丘啟強、海若等人指揮，趕緊保護大家。

趙固怒道：「要打出去打！」說罷，他也發出一道暗勁，打向安德列、亞伯和亞當三人。

三人也不跟玄門對上，在亞伯心裡，玄門已是他們的盟友，自然沒有雙方打起來便宜了亞當的道理，因此他和父親見勢便從窗口躍了出去，亞當隨即跟上。

賓客們本能地想往外逃，這時候沒人再管舞會，眼看著今晚要出亂子，誰還會留在這裡？但外頭尚有打鬥，到了外面，無論是夏芍還是安德列等人可就不會像是在裡面這樣收斂實力了。賓客們可能不覺得出去會有多危險，但玄門弟子們明白，因此海若對伯頓道：「伯頓先生，外面很危險，我們可以保證這裡的安全，請你幫忙安撫賓客，其他的事交給我們。」

海若說完這話，也不等伯頓應下，便帶著人出了別墅。

一到外面，連弟子們都吃了一驚。

外頭濃烈的陰煞鋪蓋了半邊天，那陰煞的感覺弟子們都很熟悉，是屬於龍鱗的，但他們還是第一次看見如此強大的煞氣。只見那煞氣壓在頭頂上，像海邊捲來的滾滾黑雲，雲層壓得極低，一出別墅便覺得胸口悶窒。抬頭便見到黑雲裡裂隙呈現暗紅色，隱隱有人頭從中探出，面容猙獰，彷彿阿鼻地獄倒扣而來。

這次來英國的弟子修為都是不錯的，可這陣勢還是讓大家胸口氣血翻湧。倘若剛才大廳裡的賓客們出來，有一個算一個，多半會七竅流血而死。

眾弟子忍受不了，紛紛往後退，幸好有陣濃厚的吉氣罩來，遮覆住大夥兒頭頂。壓力頓減，大家鬆了一口氣，轉頭看去，就見不遠處唐宗伯坐在輪椅上，手中托著一個大羅盤。這還是眾人第一次見唐宗伯使用玄門掌門的傳承法器。那法器上的金吉之氣濃郁得讓人睜不開眼睛，據說掌門祖師手中的羅盤是歷代祖師帶在身邊之物，代代相傳，元氣厚實。此時看來，竟能抗衡龍鱗的煞氣，果真不是尋常法器能相比。

弟子們頓時情緒高漲，按照八卦方位迅速盤腿坐下，開始佈陣。

這時候，離窗戶不遠的安德列、亞伯父子和亞當也都被這情景震得有些怔愣。鬥法這才開了個頭兒，唐宗伯和夏芍手裡的法器就足以震懾眾人。那天和亞當鬥法的時候，龍鱗尚不曾使出全力便令亞當十分吃驚，今晚再見，亞當看了眼手中的塔羅牌，內心清楚龍鱗的煞氣要比他手中這傳承了數百年的塔羅牌厲害多了，只是不知道跟老伯爵的黑水晶手杖比起來誰強誰弱。

更遠的地方，夏芍手持龍鱗直指前方。

龍鱗的煞氣也驚得亞伯特抬頭望去，當看見頭頂的景象時，表情大變，隨即這老傢伙竟然不接招，轉身就跑。

夏芍一看他逃跑的方向，臉色一沉。

糟了！

亞伯特逃跑的方向正是西面的停機坪。

夏芍一看他往那邊退，小手一揮，頭頂的煞氣呼嘯而去，如黑雲般的陰煞自亞伯特的頭頂壓了下來。

亞伯特八十高齡，腿腳竟還很利索，速度一點都不慢。他的手杖往地上一點，借力便往後避。他知道夏芍在身後，退的時候便沒有向後，而是向著旁邊躲去。如此濃烈的陰煞，玄門弟子們遇到都感覺氣息翻湧，這老傢伙倒是身手俐落。

夏芍手中的龍鱗和她可以操縱龍鱗的修為顯然給亞伯特的壓力不小，他雖然躲過這一劫，卻不敢再背對夏芍，而是原地一轉，面向身後追來的夏芍，手杖往地上一點，借力又往後退。

追來的夏芍冷笑一聲，亞伯特忽然感到脊背一緊，猛然回頭。

只見他身後不知什麼時候，頭頂的陰煞已經像是一堵牆橫檔在他的退路上。那牆就像夜裡生出的黑霧，濃如潑墨，一眼望不透霧的另一頭。更令人心驚的是，黑霧中恍惚有血紅的裂隙張開，裡面扭曲的人臉露出來，張著嘴，像地獄惡靈，咬向亞伯特的後背。

正往後退的亞伯特剎不住腳，情急之下，他用手杖迅速在空中畫出一道逆七芒星的圖案。

五芒星類似於東方的三才陣，體現的是天人合一的思想。六芒星是陰陽和合的咒語，聚集天地元氣的大衛之盾，而七芒星在西方巫術裡卻很少被使用。

七在西方是個很有魔力的數字，就像東方以九為尊。在東方，天有九重天，地有九神州，龍生九子，帝王為九龍至尊。而在西方，上帝用六天造人，第七天休息；人類有七宗罪，天堂有七位大天使，地獄有七位君主；聖經啟示錄中有七封印、七燈檯、七號角等等。在中國古代，平民是不能用九的，而在西方，七同樣也是個禁忌。

沒有巫師敢用七芒星。

據說七芒星很不平均很難操控，即便是畫也很難一筆劃出，施術失敗是會遭到反噬的，而且哪怕是畫出來，其六個角代表包括光明與黑暗在內的六種元素，第七個角代表虛無。正是因為這虛無，人類很難操控，巫師也不知下一秒會發生什麼。甚至傳說七芒星魔法陣是一種召喚陣，召喚出來的東西力量強大，但對巫師的反噬也會令巫師本身無法承受。

久而久之，七芒星在巫術裡便成了一個禁忌。

亞伯特在這時候畫出七芒星來，連夏芍也不知他究竟想幹什麼。一般來說，沒有到了被逼上絕路的時候，誰也不會施展禁術。而現在兩人才剛照面，交手連一個回合都算不上，夏芍不認為這位西方巫術上的泰斗級人物會被她逼到使用禁術的絕路上。

雖然猜不透亞伯特搞什麼把戲，但夏芍下手卻絲毫不留情。在亞伯特迫不得已轉身背對著她畫出七芒星圖案的時候，她拿著龍鱗反手便劈。

「鏘」一聲，黑暗裡一聲脆響，響聲就像是兩件翡翠玉器撞在一起，刺耳聲直衝人耳。

亞伯特在龍鱗劈來的時候，迅速轉身，用手杖格擋住了龍鱗的攻擊。龍鱗的刀刃撞上黑水晶，這才發出了剛才的脆響。而亞伯特更是在轉身的瞬間，一隻手接替了手杖的工作，快速在身後完成了那道七芒星的圖案。

他的臉色很不好看，用法器施展術法和用手施展，威力自然不可同日而語。夏芍雖不知他這道七芒星是幹什麼用的，但顯然她剛才的一劈給眼前的老傢伙造成了很令他惱火的麻煩。兩人的法器剛一撞上，只見龍鱗的陰煞和逆著的暗紫色七芒星兩相發出逼人的光芒。

夏芍和亞伯特的眼神驟變，兩人果斷分開，一左一右朝極遠處退開。

就在兩人退避之際，原地像颳起一陣颶風，龍鱗的陰煞呈龍捲之勢被乍亮的七芒星吸入，但那個七芒星在剛才未完成時曾因夏芍的突襲，亞伯特不得不中途撤去手杖來應對她，導致這個七芒星雖是畫成了，最終能量極不穩定，存在薄弱點。

龍鱗的陰煞也不是好對付的，眼見著七芒星發出強大的吸力，像是要將它吞沒，它乾脆旋轉成龍捲之勢，送入七芒星的能量中心。龍鱗自己送上門和被迫被吸收吞沒自然不同，七芒星等於在承受兩倍的能量，眨眼間，暗紫色的圖案開始扭曲。亞伯特用手畫的那部分圖案扭曲得最為嚴重，也就是幾秒鐘的功夫，那個地方倏地碎裂。

周圍的空氣在這時候彷彿出現了裂痕般微微震盪。

龍鱗一舉衝破七芒星，如在夜空裡劈開一道豁口，而碎裂的七芒則在短暫的安靜之後，能量驟然失去平衡，向四周猛地炸開。

情況比那晚夏芍和亞當的鬥法還要慘烈，天地能量的爆炸威力何其猛烈，地面頓時被炸開一個深不見底的巨大深坑，接著便是地震般的劇烈搖晃。兩條巨大的裂縫在黑夜裡如同張牙舞爪的巨獸，蜿蜒著在一瞬間將萊帝斯的海濱別墅前段橫著切斷。一路上，陰煞氣場所到之處，花草樹木盡皆枯萎。

就在地震般的晃動傳出去的時候，聚在別墅大廳裡的賓客們驚呼道：「怎麼回事？」

「外面出什麼事了？」

「不行，讓我們出去！伯頓先生，你不能強制把我們留在這裡，我們有回去的權利！」

這些賓客好不容易被伯頓勸回來，聽見這聲巨響，哪個還坐得住？待在別墅裡也不安全，離這裡遠遠的才是辦法。

伯頓急得團團轉，聽見這些人的話，險些忍不住多年的修養破口大罵。怎麼回事？難道他不想知道出了什麼事嗎？這裡可是他的別墅！外頭的巨響簡直就像是炸彈爆炸，他都懷疑自己的別墅遭遇了恐怖攻擊，難道他不想出去看看嗎？可是，那些風水師們守在外面，他們行事自然有他們的道理，哪怕是沒道理，他也不能輕易得罪。

那些人讓他勸住這些賓客，他不到萬不得已，自然不會讓他們衝出去。再說，就算不看在門外的那些風水師的面子上，今天大廳裡的這些人都是國際上鼎鼎有名的人物，哪個出了事，對萊帝斯來說都是麻煩。既然那些風水師們說外頭危險，他目前當然是選擇相信。

「諸位，你們要走我也攔不住，我這可不是在非法囚禁你們，只不過是為了你們的安全著想。想想今天上午的事吧，如果你們打定主意要走，我絕對不攔著，但是後果自負，到時候不要讓我們萊帝斯負責。」伯頓板起臉警告道。

在場的人全都一愣，腦海中紛紛閃過上午夏芍把安倍秀真給廢了的那情景。上午是她一個人，今晚是玄門二十多名風水師都在，而且唐宗伯大師和亞伯特伯爵都在外面，誰知道會鬥成什麼樣子？這要只是武術家之間的武鬥也就算了，眾人都帶著保鏢，誰也不見得怕，可是神祕學這一類的事誰也說不準，今天上午他們就曾集體出現過幻覺，今晚又是這樣，誰知道出去後會怎麼樣呢？

想到此處，大家這才猶豫地沒有出去。

而同樣是地震般晃動傳出去的時候，西側停機坪的一張巨大的甲板被掀開大半，徐天胤的將軍匕首超乎想像的鋒利，讓王虺三人看得好奇又心驚。切開甲板沒有費多少功夫，但是拆除裡面的警報器卻費了些功夫。現在警報器已經拆除了三個，還有一個埋在暗處。

王虺趴在地上，脖子伸進改裝的夾層裡，眼上戴著夜視鏡，手中拿著鉗子。鉗子口極細，正小心地從警報器後面的線中穿過。

徐天胤、畢方和英招抬著厚重的甲板的三面，給王虺製造出更多的空間。英招緊張地盯著王虺，那警報器安裝的角度非常刁鑽，幾乎是個死角，很容易被觸動，不過應該沒問題，畢竟王虺是拆彈、拆警報器這方面的專家。

只要拆除了這最後的警報器，把壁畫拿出來鑑定一下，直升機立刻就可以開走，任務就算是順利完成了。

王虺的鼻頭上滲出了汗，目光緊緊盯著警報器的後頭，拿著鉗子小心翼翼地找到目標點，張開細微的一毫，眼看著就要剪下。

就在這個時候，四周出現地動山搖般的強烈震動。

「轟！」

整架直升機劇烈晃了晃，蹲在地上的畢方和英招在毫無預兆的情況下，身子也跟著慣力一晃，兩人手中抬著的甲板忽然脫手，向著王虺落下。

甲板不僅厚重，剛才經過將軍的切割，邊緣鋒利如刀。剩下的警報器安裝得太深，王虺趴在地上，半個肩膀都在夾層裡面，英招抬著的甲板側正對準王虺的左邊脖頸劃下。

眨眼間，王虺的頸動脈就會被割斷，甚至整個頭顱被切下來都是有可能的。

在夾層裡的王虺也心知肚明，他的臉色驟變，只要他反應快，把手收回來格檔頭頂落下來的甲板，就能逃過一劫，可他手中的鉗子已經接近警報器，只要他果斷下手，就能成功拆除。要命，還是要完成任務，只能選擇一個。

他瞬間做出決定，先是穩住自己的手臂，不讓其有絲毫抖動，接著迅速找準了那根要剪除的目標，狠狠落下鉗子。

與此同時，眼看要落到他身上的甲板被一股大力掀開，他被人從後頭提了上來。

王虺只覺頭暈目眩，眼前一陣發黑，然後耳邊聽到砰一聲，甲板落地。

王虺坐到地上，吶吶地抬頭道：「隊長……」

他這聲隊長被刺耳的警報聲掩蓋，任務失敗了。

畢方一時間沒反應過來，他們跟著隊長出任務，從來沒有過敗績，什麼突發情況都遇過，可今天……但他不悔恨，反而眼眶微紅地看著還活著的戰友，又看向站在三人面前的徐天胤。

徐天胤握著拳頭，鮮血從他的指縫中一滴滴落下。那是剛才千鈞一髮之際，掀開甲板拽出王虺時被甲板鋒利的斷面所傷的。

「隊長，我……」王虺掙扎著從地上起來。

徐天胤只道：「沒事，我會負責。」

英招垂眸，表情懊惱至極。這次的任務，失敗都是因為她，如果她剛才沒有不慎鬆手……剛才她險些害死了自己的戰友。

「外面怎麼回事？」畢方這才轉頭看向外頭。

這話讓英招和王虺都迅速回神，警報器響了，萊帝斯家族肯定被驚動了，外面究竟出了什麼事？再者，任務失敗，他們必須盡快離開，不能落到英國人手裡，給對方留下把柄。

王虺、畢方、英招三人迅速起身，將槍拿在手裡便往外衝，但徐天胤發勁逼退他們，令他們退到機頭的位置，徐天胤道：「待命！」然後，他自己打開艙門跳了出去。

「隊長！」英招一急，跟在後頭便往外追，畢方和王虺自然也不能眼見著外頭情況不明，讓徐天胤獨自去冒險，於是也跟著追了過去。

三人追到艙門口，卻都錯愕地愣住。

外頭三百米開外，地上出現了一個巨大的深坑，深坑兩側的地面裂開一條深壑，遠遠看去，就像是剛才的地震將地面震開了一條大裂縫，將萊帝斯的別墅劃在了那一側，而他們的直升機剛好在這邊。

此刻，警報聲響徹夜空，外頭卻極為安靜，在裂縫的兩側分別站著一名少女和一位身形佝僂的老人。

其中，少女手持寒光如雪的匕首，她身後有一條頂天的金色大蟒盤桓在後，蟒身粗如千年老樹，頭生尖角，竟似蟒非蟒，金色鱗片凜凜生輝。

他們認識那個少女。

原來竟是夏芍！

夏芍的表情很難看，她自然聽到了警報聲。今晚只能說一切都按照她的計畫進行，只是算漏了亞伯特會往這邊跑。他必然不知道這邊有直升機和國寶壁畫，一切都是偶然。

對於這樣的結果，夏芍非常鬱悶，但任何事都有意外，他們此行的目的不會改變。

師父的仇要報！國寶要奪回！

既然警報已經響了，那就先顧眼前事。

夏芍掃視面前的裂縫，這裂縫寬達兩三米，她過不去，亞伯特卻可以從大門逃走，所以剛才在地面震裂的瞬間，夏芍果斷把大黃給召喚了出來。想走？沒那麼容易！

王虺三人看直了眼。

「這、這他媽是什麼……」畢方執行任務多年，哪個國家什麼地方沒去過？就是原始森林裡面，也沒見過這麼恐怖的大傢伙。

「我怎麼知道？」王虺張著嘴，那東西看著不像蟒，倒像是傳說中的蛟龍。

蛟龍？王虺被自己這個念頭給逗樂了，這怎麼可能？

英招則是發不出聲音，這情景已經超過了他們所有人對這世界的認知。

就在這時，別墅裡的伯頓聽見警報聲大作，宛如被針扎了似的，一蹦老高，再顧不得他對賓客們說的話，拉開大門便往外跑。

一跑出來，他頓時傻了，「這、這是什麼？」

門口的玄門弟子以八卦方位穩坐佈陣，伯頓一打開門，正對著他的丘啟強臉色一變，焦急地說道：「進去！有危險！」

伯頓卻一動也不動，彷彿沒聽見丘啟強的勸告。他不可思議地看著眼前似經歷過戰火般的院子，以及遠處……遠處那巨大擎天的金色大蟒。

跟在後面出來的賓客們，也全都瞪直了眼。

院子裡的深坑、縱長的裂縫和金色的巨蟒，每一樣都超出大家的想像。有的人甚至不敢相信，這到底是不是伯頓家的院子，明明一個小時前進來的時候不是這個樣子的，怎麼才這麼一會兒，就變成了這樣？

這該不會是今晚的餘興節目吧？

這個古怪的念頭鑽到有些人的腦子裡，但很快就被打消了。沒人會在準備餘興節目的時候把自己的院子給炸成這樣。這幢別墅是背靠懸崖的，後面就是大海，整個院子都裂開了，這以後還有人敢住嗎？

那、那這麼說的話……那條巨蟒是、是真的？

在賓客們都瞠目結舌的時候，唯有龔沐雲和戚宸反應不大，兩人都是見過金蟒的人了，只不過……龔沐雲的目光有點古怪，那條金蟒的頭頂似乎跟當初在小島上看見的不太一樣？

張中先和溫燁推著輪椅上的唐宗伯，一起來到了夏芍身邊。

「老朋友，還記得我嗎？」唐宗伯遙遙望著亞伯特。

亞伯特站在對面，遙望著唐宗伯。

十幾年前，正是他對那卷記載著黑魔法的羊皮卷的迷戀，導致了奧比克里斯家族的巫師參與那夜的圍殺。唐宗伯的年紀與他相仿，氣血看起來比他旺盛，卻永遠失去了行走的能力。如今因為這個羊皮卷，十多年後兩人再相遇，亞伯特凹陷的雙眼裡血絲密布，邪氣極盛，看不見絲毫的懺悔。

此刻只是面對夏芍都夠他應付的了，以一敵四，是個人都知道勝利女神站在誰那邊。亞伯特的眼睛裡卻看不到恐懼，他的視線從唐宗伯、夏芍以及她的龍鱗和金蟒上逐一掠過，忽然仰頭放聲大笑。

他的笑聲混在刺耳的警報聲裡，中氣並不那麼雄厚，卻聽得人頭皮發麻，就見他瘋狂裡竟好似帶著興奮和愉快。

「瘋老頭，跟他廢話那麼多幹麼？」溫燁的手中不知何時多了條拂塵。

笑罷的亞伯特，忽然高舉手杖，黑水晶在夜空裡散發著森森幽光，手杖濃厚的黑氣湧出，橫空揮出。

「小燁子小心！」張中先手快，把溫燁往後一提。

「那東西是你喜歡的，去吧！」夏芍冷哼一聲，對身後的大黃道。

金蟒在夏芍頭頂上噴了口氣，它自從吸收了香港那條龍脈的陰煞後，對這點煞氣就挑起了嘴。這點東西雖然品質不錯，但量太少了，還不夠它塞牙縫。但鄙夷歸鄙夷，好不容易出來透透氣，無良主人的話還是要聽的，不然下回不知道什麼時候才會被放出來了。

金蟒張大嘴，就像是夜空裡豁開的一道血盆大口，還沒等它用力吸，所有人都愣住了。

連唐宗伯和夏芍都沒想到，亞伯特手杖上的煞氣居然不是攻擊他們，而是襲向他身後，而他身後的百米處，正是停機坪。

停機坪的地上躺著十名暈過去的傭兵，英招三人站在艙門口，徐天胤站在外頭地上。

夏芍目光一寒，怒道：「去！」

金蟒得令，猛地向亞伯特撲了過去。與此同時，徐天胤手中的將軍陡然出鞘，抬手一揮，兩道煞氣撞上，頓時狂風四起，周圍的空氣瞬間變成了真空般。

英招三人看不見襲來的煞氣，只看見徐天胤莫名揮動匕首，接著空氣便是一滯，三人只覺得頭皮瞬間收緊，渾身的氣血都往胸口湧，胸口像是要炸開般脹痛無比。

這種從未有過的痛苦讓三人同時腳下一晃，他們看不見自己的樣子，卻能看見對方額上青筋暴露，眼底的血絲都要爆開似的表情扭曲。

徐天胤回過身，掌心發出一道元陽之氣。英招三人頓時覺得身子一輕，然後頭腦暈眩，眼前金光閃亮如白晝，軟軟地暈了過去。

直升機外的十名傭兵就沒有那麼幸運了，剛才的煞氣豈是他們能承受得住的？當下七竅流血，就這麼不明不白地死了。

這時候，亞伯特被金蟒追著已經奔向遠處，但他趁隙回頭看了徐天胤一眼。想來他是沒想到徐天胤竟非凡人，還躲過了他剛才的那偷襲。

「這個老傢伙想幹什麼？」張中先皺眉道，心底湧起不祥的預感。無論是東南亞的邪術還是西方的黑巫術，施術者需要的都是死人！

死人？

糟了！

「這老東西沒安好心！」張中先目光一變，驟然出手。溫燁也顯然領悟了他的意思，兩人出手的時機幾乎不分先後，五隻陰人撲向了地上躺著的傭兵屍身。

與兩人同時出手的還有亞伯特。他一邊逃跑，一邊用手連畫數個黑色的七芒星。那些七芒星與他和夏芍剛才對抗時的不同，上面書寫著古希伯來咒語，當七芒星出現的時候，連金蟒都忌憚地往旁邊退讓。正是這退讓的功夫，那巨大的七芒星飛向地上躺著的傭兵屍體，幾乎一下子籠罩在十具屍體之上。

張中先和溫燁養著的陰人符使也在同一時間到了，但兩人手中總共只有五名陰人符使，因此當七芒星壓下的時候，其中五人彷彿死而復生般迅速起身，剩下五人還躺在地上。夏芍幾人只能眼睜睜看著七芒星印在五人身上，隨後消失。

「死靈術！混帳，竟敢褻瀆死者屍身！」唐宗伯怒喝。

死靈術是黑巫術中最黑暗的術法，聽說分為兩個支派，死靈派和死屍派。

死靈派是召喚和支配靈魂，與東方蓄養陰人符使不太一樣，倒是與養小鬼有些相似。其實這些說起來都是驅使陰人為術師服務，但所得的方法不一樣，這些陰人最後的結果也就不同。

陰人本是死者去世後留在世上的殘念，從佛道來說，因對人世有所依戀，從而不能進入輪迴。這些陰人大多數不會對人造成傷害，也沒有害人的意識，除非心懷怨念而死的，死後惡念留存世間，陰氣成煞，才會對普通人造成傷害。

風水師收服的一般是這些煞氣極重的陰人，用法器將其帶在身邊，以法器的吉氣和自己的元氣消除怨念。當怨念除盡，風水師便會為陰人超渡，送其入輪迴。只是這期間，如果風水師有需要，便會借助陰人的力量，這算是收取的回報，雙方形成互利關係。

比如夏芍和金蟒，收金蟒回來，夏芍雖讓它成為了符使，但每日它都會在金玉玲瓏塔裡修行，且玲瓏塔夏芍每日帶在身邊，以自己的元氣蘊養，對金蟒也有助益。倘若有一天，金蟒修煉有成，夏芍絕對不會再強行留它。

然而，死靈術並非如此，以陰煞為引所畫成的魔法陣只會令陰人的怨氣更重，無法超脫。死靈派的術法聽說是必須在死者死後一年才能夠施法的，亞伯特所用的術法絕對不是死靈派的，而是死屍派。

這種術法的原理就是在人剛死不久，趁著靈魂未脫，屍身未冷，聚天地元氣於人身之中提供給其再次活動的能量，但是這通常維持不了太久，畢竟巫師的修為再高，也無法長時間提供給一個人維持生命所需要的元氣，除非那名巫師是神。

也就是說，死而復生終究是不可能的，巫師的術法不過是讓人延緩死亡時間或者是迴光返照片刻而已。聽說在中世紀的時候，貴族的人家通常會在家人突然離世的時候請巫師上門，將死者喚醒，聽死者宣布了遺囑之後再讓他離世。只不過後來在歷史演變中，不知從什麼時候開始，這種死靈術就變了味，偏離了術法原本的初衷。

亞伯特所用的正是死屍派的死靈術，只不過他所用的術法裡陰氣遠遠高於陽氣，地上那五名傭兵臉色瞬間變成了紫色，眼睛睜開時，尚在淌血，而且目露凶光，慢慢從地上爬起來。

夏芍臉色微變，那五名死屍齊齊舉槍，對準了夏芍、唐宗伯、張中先和溫燁四人。

修為再厲害的人，只要不是金剛不壞之身，誰也不是熱武器時代槍械炮彈的對手。被擊中要害，神仙也得沒命。以夏芍的敏捷身手，她往旁邊躲開是辦得到的，但是唐宗伯坐著輪椅，行動總不如雙腿。在子彈掃射過來的時候，夏芍急火攻心。

張中先拽著唐宗伯的輪椅往一旁拉，溫燁大叫：「師父！」接著手裡的拂塵甩開，這小子竟然想用拂塵將細密如雨的子彈擋開，夏芍本能地發出一道氣勁，將要衝過來的溫燁和師父都往斜後方大力推了出去，自己則用另一隻手拿著龍鱗一揮，直劈向那五名死屍的手腕。

夏芍曾經對付過拿槍威脅她的人，她常常只引一道煞氣便將那些人的行動制住，但今晚她並沒有這麼做，這五名死屍已經不是普通人，他們被亞伯特的巫術控制，危險程度非普通人能比。限制普通人行動的陰煞無法使他們停住，充其量只能減緩他們的動作。夏芍當然不會只想減緩這些人的動作，她想要消除全部的威脅，那就只有一個辦法，廢了他們的手。

這一擊有沒有效，夏芍沒有把握，她在揮出龍鱗的同時便迅速翻身滾遠，滾離的時候順便發出一道暗勁，將遠處的師父和溫燁他們推得更遠。

「師父！」溫燁喊得聲音都沙啞了。他的聲音被刺耳的警報聲和槍聲所遮蓋，眼底充血。

夏芍在地上連續翻滾，子彈打在地上擊出的石屑亂飛。五名死屍傭兵都是世界頂尖高手，身上的配備自然不俗，那些子彈一打過來，地上的石屑都被打成了粉末。

夏芍在粉塵飛揚裡停了停，不知被打中了沒有，但對面的槍聲已經停了。

只這眨眼的功夫，對面不止那被操控的五名死屍傭兵，包括另外五名被己方控制的傭兵，此刻不僅手腕其斷，還癱在地上，幾乎成了一堆分不清的肉塊。

徐天胤站在滿地的血水裡，手中握著的將軍散發著森森的煞氣，指縫裡隱約有血淌出來，分不清是他的血，還是十名傭兵的血。

當然，地上的屍塊眼下根本就不能被稱之為傭兵，哪怕此刻將這些肉塊拼接起來，都分揀不出來誰是誰。

現場一陣死寂，徐天胤筆直地看著不遠處的夏芍，整個人一動也不動。

唐宗伯等人最先反應過來，溫燁向夏芍跑了過去，唐宗伯轉動著輪椅，由張中先在後頭推著，往夏芍那邊趕去。

躺在地上的夏芍忽然動了動身子，然後猛地咳嗽起來。

「師父！」

「小芍子！」

唐宗伯、張中先和溫燁都是大喜，尤其是唐宗伯，轉著輪椅的手都是顫抖的。

夏芍的衣裙上沒有血跡，看起來並未受傷，只是剛才急躲的時候被粉塵給嗆著了。

夏芍確實是安然無恙，剛才翻滾出去的時候，除了保護師父和徒弟，也沒忘了保護自己。

她不確定龍鱗的速度跟子彈的速度哪個快，自然不會把自己的性命交給命運來決定。在翻滾的同時，周身的氣勁全數放開。她此時的修為已然到了化勁的境界，平日與人交手，可以輕易化去對手的勁力，但她還沒試過能否化去子彈的勁力。

這個念頭當時只是靈光一閃，根本就沒有時間思考，她便本能地將氣勁放開。有趣的是，子彈射來的速度和力道雖然很難防禦，但是遇上她周身的勁力，確實減緩了速度和威力，在接近她身體氣勁開外的地方，便全數釘入了地上。

這個發現讓夏芍驚喜，她光顧著驚喜去，忘了第一時間爬起來，把所有人給嚇得不輕。見她起身後臉上還帶著笑，連溫燁都一瞬間有做出大逆不道踹師父一腳的衝動。

「我沒事。」夏芍笑了一會兒，便臉色一變，看向對面，「師兄？」

當看見對面的慘狀時，她原以為沒子彈了是因為龍鱗那一招擊中了，卻沒想到原因不僅如此，原來是徐天胤也出手了。目睹她驚險的情景，不知道他該是怎樣的心情。

夏芍這輕聲一喚，徐天胤才彷彿回過神，卻依舊凝視著她，動也不動，彷彿少看一眼，她就會從眼前消失似的。

夏芍對他安撫地一笑，「師兄，我沒事，一點事也沒有。有事的人……是他！」

夏芍目光瞬間冷下來，望向遠處跟金蟒纏鬥在一起的亞伯特。

張中先和溫燁都板起了臉，連平日很少動怒的唐宗伯此刻都目露殺機，而對面離亞伯特最近的徐天胤身形一閃，如一道疾電，直奔亞伯特而去。

人未至，夜空裡忽現數道金芒，像是流火劃破夜空，擦亮了半片天。

亞伯特正與金蟒纏鬥，數道流火轉瞬到了他眼前。他陡然一驚，凹陷的眼裡露出懼色，抬頭的瞬間，流火降下，刺眼的光芒照得他睜不開眼。就在這時，一個巨大的頭顱咬了過來。

亞伯特手杖往地上一點，迅速後退，身後卻有一道金光劈來，幸好他及時往旁邊避去。移動的時候，眼角餘光不僅看清了那道金光的來路，也看清了周圍降下的數道金光的真容。

那竟是八名兩人高的巨大金甲人，金甲的凜凜金光，由濃厚的陽氣聚成，個個手持關刀，陽煞之濃郁讓身在其中的亞伯特頭腦嗡地一聲，氣血翻湧。

沒有給他壓制氣血的機會，眼前八柄刀一起劈了下來。那不是八柄實體的刀，落下無風，帶起的陽煞卻是他這種修習黑暗術法的人最為畏懼的。

那刀光真真是八面而來，躲都無處躲。亞伯特不是第一次面臨險境，他桀桀一笑，面臨生死之險，居然還能笑得出來。

只見八柄刀劈下的時候，亞伯特敏捷得不像老人，側著身從其中一個縫隙裡擦過，順勢直接從兩名金甲人中間躲了出去。

一躲出去，他便原地翻滾，用手杖在空中一畫，準備回身給身後的金甲人致命的一擊，但他剛回身，笑容頓時僵住。

眼前還是八名金甲人，他就站在金甲人包圍的正中央，剛才從縫隙裡躲出去的舉動好像是幻覺似的，而他其實什麼也沒做。

那八名金甲人不給他呆滯的時間，陽煞刀光再次劈來，亞伯特不得不再次躲出去。

然而，結果一樣。

當他起身時，還是站在金甲人中央。

亞伯特驚疑不定，這到底是怎麼回事？

他不懂怎麼回事，在對面的夏芍四人卻是看得明明白白。

「師兄！」夏芍忍不住喚了徐天胤一聲，神情焦急。

師兄太亂來了！

撒豆成兵的術法是以天地元氣裡的陽氣為引，聚集成煞，但在這夜晚的時間，陰盛陽弱，陰氣易聚成煞，陽氣哪有那麼容易聚成煞？徐天胤這是以自己的元陽為引，聚成八名金甲人。

夏芍在香港的時候曾見他使用過這術法，金甲人幻化而成的是兩個人的體型，所需的元陽可想而知，那時候他在夜裡施展術法，只幻化了三人，而今晚卻幻化了八人。

徐天胤的修為雖高，元氣也並非像夏芍那樣取之不盡用之不竭，他如此舉動簡直就是打算超負荷。一個人拿自己的元氣在拚，豈非就是拿命在拚？這八名金甲人會加速他的元氣消耗，他能堅持多久，實在令人焦心。

只是這一個舉動就夠令夏芍擔憂了，當看見徐天胤接下來的動作，向來淡定的她都心裡咯噔一聲。張中先更是跺著腳，氣急敗壞，「這小子，簡直是胡來！」

八名金甲人將亞伯特圍在中間，所站的方位正是八卦方位——那不僅僅是八名金甲人這麼簡單，更是以金甲人為陣位，佈下了九宮八卦陣。

八卦陣本來就是以相同的東西為陣眼，迷惑敵方的視線，造成視覺上的迷宮，令人深陷其中，走不出來。但佈陣的東西通常都是靜止不動的，比如一草一木，一花一石，或者任何相同的參照物。以能活動的東西，甚至是以元陽聚成的幻化之物來作為陣眼的，還是第一次見到。

唐宗伯在奇門江湖行走一輩子，都從來沒試過用幻化之物來作為陣眼。確切地說，不是沒試過，而是根本就沒想過這種辦法。奇門術法，學有所成本身就是件困難的事，大部分的弟子在學成之後多半會遵循祖師爺所傳下的術法，傳承所學。有人一生為了能將術法威力發揮到極致而拚命增進修為，卻從來沒想到要以其他的方法來試試看。

這就是所謂的天賦和悟性，也就是為什麼玄門收徒重視天賦的原因。

徐天胤在奇門陣法上的天賦，堪稱奇才。

然而，唐宗伯的表情卻很嚴肅，眉頭就沒鬆開過。

沒錯，以幻化的金甲人為陣眼來佈陣，確實讓九宮八卦陣發揮的不再僅僅是一個迷宮的作用，還能令金甲人斬殺對手於陣中，可這不是一般人能完成的陣法。那八名金甲人耗去的元陽就足夠厲害的了，再操縱它們催動陣法，有多少元氣夠消耗？這不是拿自己的命開玩笑嗎？

「胡來！胡來！臭小子，給我停下來！」不待唐宗伯說話，張中先當先跳腳。

夏芍沉著臉，忽然盤腿坐了下來。

天眼大開，夏芍抬頭望向夜空，此時正值夜晚，天地元氣中的陰氣確實極盛，而且別墅院子裡鬥法已久，陰煞受到各種術法的吸引，正漸漸聚來，陽氣越發稀少。

夏芍放開周身所有的元氣，閉眼入定，把唐宗伯、張中先和溫燁都嚇了一跳。

入定吐納本是修煉的最基本方法，每天在金烏初升之時，天地間第一道紫氣升起的時候吐納，最能吐出體內濁氣，吸收最純淨的元氣入體。沒見過有晚上吐納的，一來晚上陰氣重，二來今晚這環境，吐納豈非傷身？

「丫頭，妳又在幹什麼？別跟著胡鬧！」張中先急得團團轉，掌門師兄收的這兩個徒弟，一個比一個不讓人省心。當初一個自己跑去收金蟒、救龍脈，現在一個自己幹這種金甲八卦陣的事。現在的年輕人就不知道體諒他們這些老人嗎？

「這是？」唐宗伯一驚，明顯看明白了夏芍的意圖。

夏芍要做的哪裡是吐納，她是以自己的元氣為引，以吐納的方法吸引更多的天地元氣到別墅裡來，而她需要天地元氣的原因自不必說，當然是為了幫徐天胤。哪怕晚上陰氣盛陽氣弱，但只要天地元氣多了，陽氣再少也會積少成多。

可是，要積少成多，要引來多少天地元氣才行？

只見源源不斷的天地元氣並非從別處而來，而是從別墅後方被引來，那後方是大海。

這丫頭是想引大海的龍氣過來助陣？

張中先捂住胸口，看著夏芍的目光充滿震撼。這丫頭果然是個胡來的，以一人之力引大海的龍氣，天地間如此壯大的自然之力，豈是人力能借用的？她以為她面對的是香港那條龍脈嗎？那條龍脈並非主龍脈，能救回已經是大手筆了，如今跟一面大海的龍氣相較，當初那條小小的龍脈就如同小蟲一般。

「張師弟、小燁子，佈陣，三才位！」唐宗伯果斷地喝道。

他是知道自己這兩個徒弟的，這輩子也是他幸運，能尋得這兩個孩子收為徒弟，但他這兩個徒弟論天賦天下無雙，論膽量那也是天下無雙，有時候連他也頭疼。一個連失傳的術法都能無師自通，自創殺陣，一個連龍脈都敢救，天地之力都敢借用……唉！

唐宗伯長嘆，眼裡卻有自豪之色，可這自豪之色一閃即逝，關鍵時刻，他必須要為這兩個徒弟護航。夏芍此舉很冒險，她將自己周身的元氣大開，縱然她的元氣是用之不竭的，以一己之力將海之龍氣引來很有可能會成功，但她精孔大開，吐納的時候，也很有可能將別墅裡的陰煞吸入體內，對身體的傷害極大，而且，大海龍氣萬一真到了，她渾身精孔大開，萬一受到衝擊，經脈是承受不了天地之力的。

三才陣攻守兼備，總能幫她稍微護航。

張中先和溫燁一聽，迅速以夏芍為中心，找準三才位盤腿坐下。唐宗伯以玄門的掌門法器羅盤為引，溫燁拿出他的拂塵，張中先接了唐宗伯帶著的龜甲法器，三人齊喝一聲，元氣激盪，三才大陣轉瞬即開。

亞伯特被金甲人困在陣中不得出，徐天胤瞬間閃身入陣。

亞伯特已經躲了十來回，每次行動都是徒勞。若說是幻覺，當金甲人揮刀劈下的時候，陽煞對他造成的威脅卻並非幻覺。他一生醉心於黑巫術的研究，對於東方的奇門術法了解不多，剛才遇到還覺得興奮，想要一較高下，試試東方術法的威力，可每試一次都像在重複之前的行為，這種被愚弄的感覺非常不好。

亞伯特本就癲狂易怒，終於忍無可忍地怒吼，手杖往空中高舉，快速連畫，黑水晶於金光裡散發著森冷的光芒。

正當亞伯特將精力都集中在跟金甲人搶時間施術的時候，身後無聲無息地掠來一道黑影，刀光隨後劈了過來。

亞伯特一驚，他也是高手，自然感覺到了這一瞬幾乎貫穿他心臟的殺氣。如果在陣外，他一定能躲開，但此刻在這該死的法陣裡，那八名金甲人的刀劈下來，容他躲閃的地方就那麼一點，幸虧他身材削瘦，才能勉強側著身避開。只是，那殺氣從他身後來，他既要收了手上未完成的術法，又要躲開金甲人的攻擊，還得躲過身後那一刀，談何容易？

就是再來十個高手，也別想全身而退。

亞伯特躲得算快，術法未收，直接以手杖格擋頭頂金甲人的劈下來的刀光。那金甲人是他天生的剋星，陽煞與黑水晶手杖的陰煞相遇，錚地一聲，震得亞伯特手都麻了。他握緊手杖，愣是沒讓手杖掉到地上，自己更是趁著這一瞬獲得的躲避空間，側著身子從兩名金甲人的縫隙裡竄了出去。

當然，如前一樣，他還是沒能出去。

只是這一回似乎有什麼和之前不同。

他感覺握著手杖的手心裡有些滑，像是出了汗，但出汗為什麼會有種黏糊糊的感覺？

亞伯特低頭看去，金光將他的手臂照得異常清晰。從他的手臂到手腕，有一道皮肉外翻的血紅刀痕，此刻他的手血流如注。

直到這個時候，亞伯特才感覺出疼痛來。剛才實在是太危險了，他忙著化解險境，精神高度集中，居然沒發現手受了傷。他覺得手臂發麻，還以為是和金甲人的刀光碰撞的結果。

「誰？」亞伯特迅速轉身，卻什麼也沒看見。

這個時候，金甲人的攻擊又到了。

亞伯特不敢再浪費時間畫魔法陣，他繼續側身躲避，哪怕知道這不過是無用功，躲過去了面臨的也是同樣的境地，永遠也走不出這個重複的怪圈，但他還是決定這樣做，總不能給暗處那名殺手再對他出手的機會。

亞伯特沒有想到的是，他躲避金甲人的時候，那道黑影不知從哪裡出現在他身後，殺氣迸射，亞伯特一驚，一條還沒來得及收回的腿從腿彎到腳踝剎時傳來劇痛。

亞伯特猛地回頭，那人又悄無聲息地消失，而他的左腿褲腿卻是從腿彎處劃開，又出現了一道皮肉翻開的血痕，血如泉湧般噴了出來。

「誰？」亞伯特大吼。

金甲人不知疲倦地又展開一輪新的攻勢。

亞伯特傷了腿，這一回他是真的沒辦法躲那麼快了。不過，誰都不想死，生死之間的潛力是無窮的，他這次在閃躲的時候邊躲邊口中唸唸有詞，手杖在他手裡黑氣大盛。金甲人的刀落下來，亞伯特將手杖往空中送去。

腋下去忽然傳來劇痛，血花四濺，亞伯特被迫收手，頭頂落下來的刀光全數劈砍在黑水晶手杖上，他不僅手腕酥麻，腋下更是承受了疼痛。他抓穩了手杖沒撒手，翻身滾了出去。

雙手、左腿，亞伯特身中三刀，三刀都沒有傷在要害，卻令他失血不少。之前多次躲避，體力的消耗加上失血，總算讓他喘起了粗氣。他只要一時沒有逃出陣去，他就得躲，可是，躲到什麼時候是個頭？他知道每躲一次，他身上就會多一個刀傷。那身在暗處的人就像是隱藏在黑暗裡的冷酷殺手，起初亞伯特以為是因為他的躲閃才沒有傷到要害，可在身中數刀之後，他漸漸開始驚恐。

對方沒有傷到他的要害，卻每一刀必定劈肉見骨，有幾刀甚至劃開他的大血管，看著他在失血和疼痛中心力俱疲。來回這麼多次，他一次也沒有看清對方在哪裡，在對方出刀的前一刻，他連殺氣都感覺不到。

亞伯特只覺得他的眼睛被金光閃得什麼也看不見，而藏身在暗處的那名殺手卻將他看得清清楚楚。對方不像是傷不到他的要害，而像是故意看著他掙扎、恐懼、躲避、絕望……

「到底是誰？」亞伯特大吼一聲，回答他的又是凌厲的一刀。

亞伯特痛呼，一條手臂被砍了下來。

第七章　真兇現形

亞伯特的左臂被砍斷，血噴如注，他強忍著劇痛站著，四下瘋狂地掃視，口中連連喝問：

「誰？是誰？誰在那裡？」

回答他的卻是三刀，亞伯特嘔出一口血，此刻的他，渾身上下都是被劃破的傷痕，活像受過大刑的人。暗處的那人卻似乎覺得還不夠，依舊讓他沒有前路地逃命，逃一次，割一刀。

亞伯特已經不記得自己被割了多少刀。他是奧比克里斯家族的家主，皇室親授的伯爵，萬民敬仰，信徒千萬。他從未想過有一天會以如此狼狽的姿態被人追殺，血流失得越來越多，頭腦越來越模糊，腿腳越來越遲鈍。這個時候他心裡竟奇怪地閃過一個念頭，覺得現在的他好像東方古國的書籍裡記載的一種殘忍的刑罰。

凌遲！

但這也不像凌遲，凌遲是讓人活生生看著自己的肉被一片片割下來，求死不能。他的肉還在身上，只是已經不知道被劃開了多少道，一百？兩百？還是幾百？亞伯特數不清了，他只覺得自己的身上到處都是被割翻的肉，原本就削瘦的身體，此刻劈肉見骨，地上滿是血跡。

這時候，亞伯特手上還拿著黑水晶手杖，卻沒力氣畫魔法陣了，就連揮動的力氣也沒有。起初他還能敏捷地躲過金甲人的攻擊，到了這時候，只剩下抬抬手用手杖格擋。

這手杖其實不是手杖，應該稱之為法杖，是奧比克里斯家族的封印之物。歷代家主的經歷都富有傳奇色彩，得到的法器多用做傳承之物，但是這根法杖是家族十三世家主命令封印的，因其上面附著的怨靈十分凶惡，向來只有歷代家主才能見到，家族子弟有很多人甚至都不知有這根法杖的存在。他因迷戀黑巫術，將這根法杖的封印解除，用來當作施展黑巫術的助力。有法杖在，他完成了很多被認為不可能完成的古老黑巫術，更因此對法杖的威力具有信心。

八名金甲人雖然是法杖的剋星，法杖卻幫亞伯特擋下了一次又一次的攻擊，讓他十分信服它的力量，並且生出希望。

這個希望就是等待。

他知道東方的術法和西方的巫術是相通的，沒有人能一下子操控這麼多傀儡，又佈下詭異的迷魂陣法，還能堅持這麼久。那暗處的人所承受的比他多，他現在一定也不好受。

想到此處，亞伯特咧開嘴，笑得直噴血沫。他乾脆不躲了，躺在地上呼哧呼哧喘氣，拿著法杖擋著金甲人的攻擊，目光在四周搜尋，拚著一口氣心中默念咒語，繼續等待。

等這該死的迷陣沒有了，等他看見那該死的殺手，他一定要讓他體會深深的恐懼，他一定要堅持著活到那個時候！

亞伯特沒想到的是，這個念頭剛在他腦海中閃過，他便聽見了細細的崩裂聲……

這個崩裂聲細如髮絲斷裂，在周圍震耳欲聾的警報聲中並不那麼容易被聽到，亞伯特卻覺得掌心裡有輕微的震動。霎時，他的心底掀起驚濤駭浪，目光小心翼翼地移到舉著的法杖上，藉著強光，他看見法杖上有一道細小的裂痕在蔓延……

眼睛倏地睜大，亞伯特死死地盯著那道裂痕。這時頭頂的刀又齊齊落下來，沒有金屬刀刃砍在水晶上的鏗鳴聲，有的只是他右臂上的刀傷因壓力噴出血線，以及裂痕再次蔓延擴大。

這、這不可能！

這是奧比克里斯家族第十三世家主主持封印的寶物，怎麼可能……怎麼可能……

亞伯特不願意相信，任何寶物，哪怕是法器都有承受的限度。他已經不知道用法杖承受了多少次陽煞的攻擊，陽煞對黑水晶法杖來說本就是克制之物，徐天胤又有煉神還虛的修為，如此高強度的攻擊，哪怕是黑水晶的法杖也有承受不住的時候。況且，亞伯特身受重傷，早就沒了抵禦的力氣，他早已將承受陽煞攻擊的所有壓力都交給了法杖，自己一點修為也使不出了，法杖損壞是遲早的事。

再厲害的法器也需要主人的引導和控制，修為越高的人越能發揮出法器的威力來，如今在亞伯特手中的法杖恐怕連它本身五成的威力都發揮不出來。

斷裂是必然的。

眼睜睜看著法杖的裂縫一次比一次大，亞伯特這才露出了驚恐的目光。法杖是他最後的防線，沒有了法杖，他只有死路一條。深知不能再這麼下去，他掙扎著又從地上爬起來，打算再次逃跑。雖然知道跑不出去，但是他可以拖延時間，畢竟這些金甲人也總有會消失的時候。

然而，亞伯特剛站起來便猛地摔倒在地。他的大腿傳來劇痛，一條腿在他爬起來的時候彷彿不是他自己的，他趴在地上回頭看，那條腿靜靜躺在血泊裡，已經從他身上被砍了下來。

大量失血讓亞伯特眼前又是一黑，這回他的視覺很久都沒有恢復，他本能地揮動法杖又擋了一次金甲人的攻擊，顧不得手上再次傳來的清晰的震裂感，慢慢往前爬去。

這一次，他失去了另一條腿。

亞伯特是真的再沒了逃跑的力氣，他倒在血泊裡，仰面朝天，兩條腿和一條手臂就斷在不遠處，此時他只剩下一隻手，拿著法杖的那隻手。

那隻手開始發抖，脫力、劇痛並不是最難熬的，最難熬的是恐懼。不知道什麼時候這隻手會被斬斷，不知道什麼時候法杖會碎裂。那身在暗處的人很懂得如何讓一個人在臨死前吃盡苦頭，嘗盡恐懼。他給他留著一隻手，就是想讓他品嘗更多的痛苦和恐懼。

亞伯特不懂，那個人應該不比他好過，為什麼他願意忍著元陽耗盡的危險來對付他？他不是來盜壁畫的嗎？跟玄門有什麼關係？他到底是什麼人？

這個答案他恐怕是永遠都得不到了。

再難熬的恐懼也有盡頭，亞伯特的盡頭便在法杖斷裂的那一刻。

當法杖斷裂的瞬間，他清楚地感受到手心有被玻璃割破的感覺。沒有什麼感覺比這一刻絕望，最後的倚仗已經消失，等待他的只有死亡。

然而，死亡也不是那麼容易的。

法杖斷裂的時候，一股令人畏懼的黑氣從裂縫處湧出，像是被封印了很久的死亡氣息忽然得到了釋放。剎那間，有死靈的尖嘯充斥耳邊，亞伯特握著法杖的手被死亡的氣息纏住，頃刻在強光中呈現青紫色。這青紫的顏色順著他的手臂向上蔓延，手臂上被刀割開的皮肉以可見的速度腐蝕變黑，轉眼一隻抓著法杖的手成了森森白骨。

亞伯特眼底充血，這種滋味比死痛苦百倍，到了這一刻，他寧願他的這隻手臂也是被斬斷的。他眼睜睜看著自己的手臂變成白骨的時候，法杖從他手中滑落在地，頭頂金甲人的金色大刀毫不留情地斬來。

這回他沒有了任何可以抵擋的東西，在陣中掙扎逃竄了這麼久，第一次被實打實地擊中。天靈蓋、胸口、肚腹，陽煞的衝擊讓他吐出鮮血噴，血沫灑了滿頭滿臉。這個時候，法杖上的死靈之氣仍舊腐蝕著他的身體，腐蝕他的肩膀、肋骨，速度比剛才腐蝕手臂的時候慢了不少。這自然是因為有金甲人在，陽煞在攻擊的時候對陰煞進行了壓制。身在法陣之中，陰煞沒有機會散出去，於金甲人一次又一次的攻擊中被消滅。

這個過程中，亞伯特所受的痛苦是雙重的。

他感覺到身體在一點一點變成血水，而臟腑卻一點一點地膨脹起來。或者說，膨脹的不是他的臟腑，而是他的經脈氣血。陽氣過盛，氣血便旺到極致，血流加快，胸腹發脹，漸漸地脹得像要炸開一般。

亞伯特在痛苦中轉頭，想最後看一眼法陣的外面，想記住這個讓他嘗盡痛苦的人，他發誓要變成死靈，不放過他。可惜他最終還是沒看見，一生中最後的記憶是飛濺的血肉，然後漸漸地歸於黑暗……

在顯赫的家族中出生，曾經受皇室信重，受世人敬仰，人人眼中慈祥和藹的大主教、大巫師，亞伯特自己都沒想到，最終他會以如此難看的方式結束了一生。

他的命是了結了，但這場鬥法還沒有結束。

兩位老人和一名少年圍坐成三才陣，三人手中法器金光大盛，連結成一座三角形的巨大防護陣，而陣中有名少女盤腿而坐，周身元氣大開，吐納間別墅後的海面上風雲變色。

不知從什麼時候開始，一直能聽到的海浪拍岸聲停了。

不僅浪停了，風也停了。

大海變得很安靜，這種詭異的安靜其實沒有被注意到，別墅裡眾人所有的注意力都放在門外前方。從別墅這裡看不見太遠的地方，西側的停機坪被院子裡停放的車輛和花園裡的噴泉造景擋住，停機坪上發生了什麼事，沒人知道，金蟒太過巨大，吸引了所有人的視線。

只不過，從剛才開始，那條金蟒就退到一旁不動，也不知道怎麼了。

最為焦慮的人莫過於伯頓，他的壁畫到底怎麼樣了？那邊不是還有威爾斯花重金雇來的傭兵看守著嗎？怎麼會被人摸上了直升機，還發現了贗品下面的夾層？

伯頓急得恨不得衝出去查看，但那邊有一條恐怖的生物盤踞著，門口又有玄門的風水師堵著，別說出不去，就是能出去，他也不敢過去。現在他就擔心那邊的戰況，剛才還聽見了槍聲，明顯戰況很激烈，壁畫還能保得住嗎？

正當伯頓滿腦子都是他價值十億英鎊的壁畫時，旁邊的賓客們忽然驚恐地尖叫出聲。伯頓被這尖叫嚇得跳起來，猛然抬頭遠望，不由倒吸一口氣，心都要從嘴裡跳出來了。

西邊的停機坪，那條盤踞著不動的金蟒忽地轉過頭來，望向別墅的方向。它一雙巨目說是像夜空的圓月也不誇張，大得驚人，而且那生物似有智慧，轉頭望來的目光讓人不寒而慄。

大廳裡有人喊道：「快！快！關門！」

不等伯頓反應過來，也不等傭人上前，幾名賓客湧過來，七手八腳地把門給關上。門口以丘啟強等人為首佈陣的玄門弟子都鬆了一口氣，他們正想勸這些人關門在屋裡待著，現在關的正是時候。他們也感覺到了，有不尋常的氣場正從別墅後方的海面上湧來。

「專心佈陣，護好這棟別墅！」丘啟強低喝一聲，弟子們紛紛收斂心神，但對於海面不尋常的氣場還是感到心驚，不知這氣場會不會過來？如果過來，他們能抵禦得了嗎？

同一時間，別墅後方的空地上，正酣戰的三人齊齊停下了動作，轉頭望向海面。

夜晚的海面深邃平靜，雲層壓得極低，遠遠望去似與海面相連在一起，海面黑如濃墨。沒有風浪，與暴風雨來臨前的寧靜不同，海面像是忽然變成了死海。

然而，好像有什麼東西從遠方的海面滾滾湧來，似海底最深處的咆哮，似天邊的力量。那力量看不見，摸不著，但它越來越近，令安德列、亞伯父子和亞當臉色大變。

「誰？誰召喚了海神波塞冬？」安德列驚駭道。

難不成會是伯爵？

亞伯臉色驟變，海神波塞冬的力量是不可能被召喚的，雖然家族有召喚傳說中大天使拉斐爾，或者惡魔撒旦的祕術，但沒有人能做得到。在家族的傳說中，人類的力量是無法召喚神靈的，即便有這種天賦如神的人，神靈被召喚出來後也不會多看人類一眼，這個人的下場通常會很淒慘。聽說撒旦一脈曾經有一位天賦極高的繼承人，就因為試著召喚惡魔，最終身體當場被燒成了黑灰，死狀極慘。

天地間的能量不是人能夠掌控的，而且要召喚這樣恐怖的能量，需要佈的魔法陣很複雜，玄門的人在前面，怎麼會給老伯爵這樣的時間？

亞伯不知道老伯爵已經死了，他更不知道，正因為西方巫術最大的弊端是施法的時候需要畫魔法陣，消耗時間頗長，這才造成老伯爵在八卦殺陣中幾乎沒有反抗能力。

眼見著遠方海面的力量越來越近，根本沒有多想的時間，安德列、亞伯父子和亞當互看一眼，三人陡然向後方疾退。安德列和亞伯往別墅東邊退去，亞當則往西邊退。三人來到別墅兩旁，與玄門弟子會和，這個時候不得不放下舊怨，三個巨大的五芒星在夜空中升起，三方一起抵禦這湧來的海之龍氣。

令所有人意外是，那龍氣湧來，卻未對他們造成多大的傷害，因為所有令人畏懼的力量都是從他們頭頂越過，往西邊的停機坪處湧去。

眾人齊齊轉頭望向西邊，心中驚駭——怎麼？這海龍氣當真是……有人引過去的？

這怎麼可能是人力可以辦到的？

此時此刻，同樣震撼的還有唐宗伯、張中先和溫燁三人。

只見整個別墅上方的夜空都變了色，雲層壓低，天空像是懸在頭頂上，有怒龍從遠方狂奔而來，躁動、暴怒，未至跟前便已讓人心底如被千軍萬馬踏過。

這毫無疑問就是海龍氣！

張中先震驚地望向陣中盤腿坐著的夏芍，這丫頭居然真的辦到了？

要引動天地自然之力，並非修為高就可以的。同樣的修為，張中先敢保證，唐宗伯就做不到，因為他沒有這麼好似永不枯竭的元氣。元氣全開，以吐納之法和自身氣場引動大海龍氣，理論上行得通，但自身氣場卻不是全開一會兒就行的，需要保持高度且長久的釋放，所以實際上沒人能做得到，因龍氣未到，自己就先元氣枯竭而身受重傷了。

雖說是為夏芍護持，但其實張中先從未想過她能成功，只是想著一會兒她支撐不下去了，護著她不至於受傷罷了。

沒想到這丫頭真的做到了！

這……玄門這是收了個什麼樣的奇才？

「張師弟，集中精神，海龍氣要來了！」唐宗伯忽然沉聲道。

在陣中的夏芍卻是抬起頭來，望向對面。八卦殺陣光芒漸弱，忽閃而散的金影裡，男人的身影微晃，接著按住胸口，嘔出了一口血來。

夏芍臉色大變，高聲喊道：「師兄，盤腿，調息！」

她望著徐天胤吐血，周身的元氣霎時一亂。

「專心！」唐宗伯驚得立刻出言提醒。他也掛心徐天胤的傷勢，但海龍氣眼看著就到，那是夏芍引來的，她若氣場亂了，龍氣無人控制導致暴走，後果不堪設想。

這龍氣到得雖然晚了些，但徐天胤藉著龍氣調息，順利的話，應該很快就可以恢復。

夏芍醒過神來，逼著自己冷靜下來。其實她本想引動海龍氣為師兄的法陣增添助力，但引動的耗時比她想像中的長，沒想到還是要他一個人撐到最後……

不過，現在還來得及。

夏芍一眼掃向不遠處的金蟒，這廝一看見金甲人就躲得遠遠的，卻始終守在周邊，怕亞伯特逃脫。現在沒看見他從陣中出來，夏芍也無心思去追究，她的全副心神都在徐天胤身上。

徐天胤往前走了兩步，再次咳出兩口血，依言盤腿坐了下來。他抬頭看看夜空，又看看夏芍和佈陣的唐宗伯三人，深邃的黑眸中有異樣的情緒閃動。

夏芍看出他是在擔憂，便對著他搖頭，「師兄，調息，相信我。」

徐天胤目光微動，凝視著夏芍好一會兒，這才乖乖地閉上了眼睛。

夏芍心中大石一落，也閉眼收斂心神。

這時候，海龍氣已來到三才陣外圍。唐宗伯的修為最高，正在三才陣受衝擊最大的陣位，他目光一凜，手中羅盤吉氣大盛，周身元氣大開。張中先和溫燁也隨之催動法器之力，溫燁更是給自己加持了一道不動明王印，三人合力，法陣的氣場大漲，想將龍氣到達夏芍身邊時候的威力減至最小。

然而，僅僅是剛到的龍氣威力就超出三人的預料。龍氣剛一觸到三才陣的邊緣，天地自然之力浩大的氣場便令三人喉口一甜，猛烈的勁力幾乎將三人從地上掀翻。

夏芍猛地睜眼，天眼看準龍氣最薄弱的地方吐納。龍氣感應到她的氣場，便朝著她聚攏而來。夏芍想用這種辦法來調整龍氣的平衡，分散最強盛的地方，給師父三人減少壓力。

就在她睜開眼，尋找龍氣薄弱處時，忽然有個黑影竄了出來，攻向徐天胤的後背。

「師兄！」夏芍目眥幾裂，周身氣場驟變。

唐宗伯三人看見這幕，也俱是一驚。

三才陣猛地扭曲，海龍氣衝撞而來，唐宗伯首當其衝，身子一震，連人帶輪椅被掀翻了過去，滑出十數丈遠。法陣被破，張中先和溫燁也被法陣的衝力和龍氣雙重的力道掀飛。坐在陣中的夏芍，整個人暴露在海龍氣之下。失去了氣場控制的龍氣，在她頭頂緩停，漸漸聚積，眼看著就要暴走。

與此同時，徐天胤猛地向後翻滾，嘔血之際，手持將軍反手劈去。偷襲之人看出他身受重傷，閃身避過將軍的煞力，手持寒刀，直逼徐天胤咽喉。

「大黃！」夏芍急喝，金蟒的反應更在她之前。

金蟒尾巴臨空一甩，那人忌憚地向後退避。避退間，身後腥風直沖腦門，颶風般的吸力將他往後猛地吸去。那黑影回頭，見金蟒巨大的頭顱正在他後方，蟒眼狂怒地盯著他，信子如同鞭子般，眼看就要纏上他的腰身。

那人逼不得已，虛空打出一道金符，金蟒的頭顱果然忌憚地往旁邊躲閃。那人落到地上，看起來並不想與金蟒這樣的對手多鬥，他的目標是徐天胤，但他轉身要下手的時候才看見金蟒的尾巴一繞，早已畫了個圈將徐天胤圍在了其中。

機會已失，那人也不戀戰，迅速後退，便想撤離。

人來容易，要走可不容易。

「留住他！」夏芍喝道，金蟒圍住徐天胤的身子不動，頭顱飛出去，和那人鬥在一處。

夏芍見金蟒將那人留住，抬頭看向頭頂的龍氣。遠處湧來的龍氣此時並未全到，而已經到了的卻因為她氣場的改變聚積在夜空，須臾已緩緩形成一道颶風般的龍捲漩渦，中心的龍氣宛如被驚醒的怒龍，咆哮著向她襲來。

夏芍來不及顧及師父和師兄，她能感受到他們的氣息，雖然受傷不輕，但性命此時都還無虞，要救他們，全在於她，在於她能否收服這個海龍氣。

沒有法陣，沒有護持，夏芍毫不在意，手中指印快速變換，「臨兵鬥者皆陣列前行！」九字真言咒術加身，夏芍周身的元氣再次全開。周圍地上忽然飛沙走石，不久前剛被子彈掃過的石屑沙塵以她為中心飛捲，捲上夜空的石屑遇上襲來的龍氣頓時化成粉末。夏芍的元氣則飛升入夜空，與龍氣纏鬥到了一處。

別墅外佈陣的玄門弟子和亞當三人轉頭，只見西邊兩股氣場如龍吸水般擰成麻花狀，接天連地，如別墅院子裡形成的龍捲風，而更遠的地方，一條沒有頭顱的金蟒原地盤著，如巨型的樹墩，頭顱忽上忽下。且不說這詭異的頭身分離是怎麼回事，它看起來竟像是和誰鬥在一起。

比起金蟒，安德列和亞伯父子最在意的還是那召喚海神波塞冬力量的人。

「那人不是伯爵，是誰？」亞伯驚愕地盯著遠方。老伯爵的力量他能感覺得出來，那明顯不是老伯爵的，而且，老伯爵也未必做得到將自己的力量外放，與海神鬥在一起。

這、這人太強大了！

到底是誰？

亞當的目光微變，他知道這人是誰，畢竟他們曾經交過手，就在不久前，他還記得她的氣場是一種怎樣的感覺。

亞當的目光不由自主閃動著，召喚海神在奧比克里斯家族裡視為不可能的禁忌，更別說跟海神鬥在一起了。這是拿性命在賭，人的能量如何能跟海神的能量相比？即便是修為高，能在與海神的力量相遇時全身而退，也沒有人能與海神抗衡。抗衡得了一時，抗衡得了一世嗎？

憑人類的能量，只怕抗衡不了海神能量三息的衝擊。

然而，當亞當這樣認為的時候，三息早就已經過了。

他的擔憂其實也沒有錯，人的修為再高深，元氣也有限，跟海龍氣鬥不了多久就會耗盡元氣。從遠古時代起，人類就對大自然的力量充滿敬畏，敢於挑戰，無異於自取滅亡。

但今晚夏芍就是要與這股海龍氣鬥一鬥。她重活一世，儘管有天眼在身，天賦異稟，元氣異於常人，卻從未覺得自己在天道之外，從不因此不敬天地。可眼下大敵當前，師門有難，為了這些重要的人，她不介意鬥上一鬥。

鬥得贏她，是天數如此。鬥不贏她，就得乖乖趴下，為她所用，給師父和師兄療傷去。

夏芍天眼大開，緊緊注視著頭頂的龍氣。儘管看起來龍氣是與她外放的元氣纏鬥在一起，但其實這股龍氣也並非力量均勻，其氣場有強盛之處，也有薄弱之處。夏芍持續外放元氣，一股保持著與龍氣纏鬥，一股在意念中再次聚集外放，專攻龍氣薄弱之處。

別墅外的玄門弟子全都瞪大眼，丘啟強等人曾經也算陪著夏芍清理門戶、在京城鬥法，對她的元氣很熟悉了，剛才就知道那人是她。本震驚得說不出話來，此刻見那邊又一股元氣外放入夜空，金色的元氣如利刃般刺向龍氣。龍捲般的龍氣接天連地，刺向它的金色元氣彷彿炸開的煙火，絢爛而壯麗。

氣場的震動層層襲來，坐在地上的弟子們漸漸都忘了佈陣，所有人張著嘴看呆了。

「上帝……」安德列發出驚懼與讚嘆交織的低喃，望著遠處的夜空，呆住了。

龍氣被金色元氣刺中炸開的地方逐漸轉弱，有幾處相繼散在夜空裡，像是出現了缺口，但後面湧來的海龍氣緊接著補上。一來二去，戰況激烈。而那跟海龍氣鬥在一起的人像是不知疲憊，元氣持續跟龍氣纏鬥，海龍氣撲上來一道，便打散一道，氣場震過來一重，又震過來一重。不知過了多久，看得玄門有的弟子忍不住心情激動，竟鼓掌叫好。

這一叫好，把震驚中的安德列和亞伯父子給震醒了，父子兩人齊齊看向玄門弟子，目光閃爍，難道……那個人是玄門的人？

是誰？

這時，遠處有個女子的怒喝聲響起。

「給我乖一點！」

安德列和亞伯父子聽見這聲音，不由被震懾住，他們聽出這聲音是誰了。

海面湧來的海龍氣被這一震竟全數向地面壓去，原本湧起的龍捲瞬間垮掉，夜空中湧來的龍氣像失去了支撐般傾覆。

「師叔！」

「師叔祖！」

玄門弟子們驚急地齊聲大喊，那邊的元氣波動卻靜止了……

夏芍周圍是濃郁的大海龍氣，她盤腿坐在其中，感覺舒適祥和。四周一片漆黑，她像是坐在深海中，身體泡在海水裡，海底水流的湧動從她身上拂過，柔軟溫和。海水湧動的時候，地上浮起淡淡的金色沙粒，黑暗裡像浮游生物般，極為美麗。

她認得那些金色沙粒，那是屬於她的元氣。

她的元氣在黑暗中漂浮，金輝點點，一時間好似不是坐在海底，而是置身浩渺的宇宙中。霎時間，她的心底有莫名的震動。那是一種奇異的感覺，非幻非真，彷彿帶領她一下子回歸本源。自身元氣、大海龍氣、天地元氣，世界一切同出一脈。

夏芍無法用言語來形容此時的心境，奇妙、舒適、忘我。眼前忽有一道亮光，似明悟，她試著邁步走過去，可莫名有種說不出的感覺，好像……忘記了什麼。

她停在原地思考，執著地想要想起忘了什麼，身後的黑暗裡漸漸浮現起幾個人影。

夏芍看見那幾個人影，眼神一變，周身所有的感覺驟散，身下是冰涼的地面，周圍是濃郁的大海龍氣。

「師父！師兄！」

「張老！小燁子！」

夏芍叫人的時候開了天眼，只見唐宗伯、張中先和溫燁都還躺在地上，而在金蟒的護持下，徐天胤盤腿而坐，正在調息。

「師父！張老！小燁子！」夏芍又喊了一遍，唐宗伯和張中先在地上沒有動靜，反倒是溫燁掙扎著動了動。

「師父……」溫燁的聲音不太大，但還是清楚地傳了過來。

法陣被破的時候，溫燁沒有想像中受重傷，雖然他和張中先是被法陣和龍氣的雙重力量給掀翻的，但正因這兩股力量相撞，相互抵消，因此，溫燁雖然暈了過去，但受的傷已經比想像中的輕了不少。

張中先受傷重些，原因是他被震開的時候，放出元氣，替溫燁擋了一擋。

溫燁從地上爬起來，忍著傷勢來到張中先身邊，將他喚醒。張中先一醒便咳了咳，一口血吐了出來，然後捂著胸口坐起來，往四周一看，駭然地直咳嗽，「這、這怎麼回事？」

「張老，去看看我師父！」夏芍出聲道。龍氣已經變得溫和，可她仍是坐在原地不能動，師父的情況是她最擔心的。

張中先聞言這才反應過來，在溫燁的攙扶下，兩人來到唐宗伯身邊，發現他還昏迷著。

「掌門師兄傷得很重！」張中先焦急地說道。唐宗伯是被龍氣首先衝撞到的，傷得自然最重，他恐怕沒有辦法自主調息。

「小燁子，你自己調息，不用管我。」張中先說著便盤腿坐下來，顯然是打算幫唐宗伯療傷，但他現在也傷得不輕，這麼做根本就是把自己的老命給豁出去了。

溫燁急紅了眼，當然不同意。正在兩人爭執的時候，夏芍緩緩站起來。

她一站起來，張中先的臉色大變。在他昏迷的時候，雖是不知道這丫頭用什麼辦法讓海龍氣安靜下來，可海龍氣是以她的氣機引過來的，她分心起身，萬一這龍氣又暴走怎麼辦？

夏芍剛才也認為自己最好還是別動，但是不知道為什麼，她心中又有種奇異的感覺升起，好像剛才置身宇宙中。

現在清醒過來，她才知道剛才的感覺是什麼。

那是明悟，進境的明悟！

她現在已是煉神還虛的境界，再進一階，便是修煉的最高境界煉虛合道。從道家來說，煉虛合道是進入虛空境界的時候，如果有執著心，依然沒有擺脫有為的法度，只有破除執著的心，連虛空也一併忘記，才能最終與本真大道合為一體，參透天地本源。

這些理論夏芍早就知道，至於能不能達到這個境界，還要靠契機與自己的領悟。如果不是真的開悟，理論倒背如流也沒有用。

原本她只是想引龍氣助師兄一臂之力，沒想到無意之間創造了契機。雖然此舉很冒險，但也值得。她不敢說剛才的領悟一定能進入煉虛合道的境界，或許還缺少點什麼，可起碼她有所領悟。如果不是今晚這種情況，她一定會試著進境試試，但目前顯然不合適。

當然，即便是剛才領悟的那些，也對她有莫大的助益。

天下元氣同出一脈，她自身的元氣和大海的龍氣其實沒有什麼分別，沒有必要抵抗，因為根本就不是敵人。她的元氣可以是大海龍氣，大海龍氣也可以是她的元氣。

這麼想著，夏芍放鬆心境，讓自己融入到周圍的海龍氣中。她在龍氣中行走，就像在平地行走一樣。果然，周圍的海龍氣沒有絲毫暴走的跡象，反而在她身旁自由自在地流動，將她當成了自己人。

這感覺實在是很詭異，夏芍臉色微苦，早知如此，剛才還跟這龍氣較勁幹什麼？白白浪費時間。可世上的事就是這樣，一旦有所開悟便覺得一切很簡單。在沒有領悟之前，誰也不會想到，世界上不知道多少修行者被卡在了「早知如此」上。

夏芍在張中先和溫燁的震驚中走到師父身邊，盤腿坐下，「張老、小燁子，你們調息你們的，我來幫師父。」

張中先看起來還有擔心，剛想說什麼，便被夏芍打斷了。

夏芍瞥了眼正跟金蟒的頭顱鬥得不可開交的人，目光極冷地說道：「等你們調息好，我得找人聊聊。」

調息的過程很順利。

雖然只是剛剛開悟，夏芍便感覺到元氣運用起來比以前更加得心應手。她以前感覺自身元氣取用不竭，現在覺得自己身在天地間，天地間的元氣就是自身的元氣，周圍的海龍氣和她十分親密，幫師父補充元陽的時候，龍氣很自然地進入了師父體內，沒有一絲一毫地抗拒，就像用她自己的元氣幫師父調息一樣。

張中先和溫燁直到看著周圍的海龍氣沒有暴走的跡象後，兩人才驚疑著坐下來，逼著自己收斂心神，盡快調息傷勢。

大海龍氣的濃純絕非平時隨便找個地方調息打坐吐納到的元氣能比，這就好像找到了一處靈秀大川，在風水極佳的龍脈大穴旁打坐，震撼和驚喜的感覺只有入定後才能感受得出來。而效果，自然也不是平時打坐時能比的。

這龍氣是大補之物，對臟腑經脈的修復補養有說不出的好處。

唐宗伯在龍氣入體運轉兩個周天後就恢復了意識，一睜眼，目光很快變得清明。

「這是……」

「師父，別說話，我助您運轉過這個周天，然後您再自己調息。」夏芍在老人身後一喜。

唐宗伯雖然傷得重，但剛才幫他調息的時候，夏芍已經感覺到，在剛才陣法被破時，他必然用最精純的元陽護住了臟腑經脈，再加上有玄門傳承的大羅盤在，替他擋了一部分龍氣的衝擊，因此雖然他還是不可避免地受了些傷，並且被震暈了過去，但所幸尚未傷及根本。當然，他能這麼快就轉醒，跟龍氣的精純也有很大的關係。

不管怎麼說，師父能早早恢復意識，夏芍很是驚喜。現在調息不能停下，既然師父醒了，夏芍還是希望師父能自主調息，因為這是難得的契機。

師父和師兄的修為跟她一樣，都是煉神還虛的境界，剛才她所領悟到的，兩人未必不能。就算張老和小燁子修為低些，可有這難得的機緣，兩人也許能有所感悟。

當然，這一切都要看他們的資質和能不能把握這罕有的機會了。

唐宗伯一生經歷風浪無數，今晚的事雖然可以說是他遭遇過的最傳奇的事情之一，但到了他這修為年紀，對事情的接受也就自然多了。當下，他什麼也沒問，只是深深看了眼四周平靜的龍氣，目光裡有難言的欣慰，隨即依言閉上眼，與夏芍一起繼續令龍氣入體，待運轉過一個周天後，夏芍才從他身旁退開。

她站起身來，望向對面，心意微動，令更多龍氣鋪散開來，往徐天胤那處移去。他是四人裡最安靜的，當她從頓悟中急迫退出來時，他已經在安靜地調息了。夏芍不知道徐天胤此時此刻的心境如何，能否有所感悟，但她知道即便他有所感悟，進境也不會是今晚。

直到這個時候，夏芍才又望向徐天胤身後不遠處，那裡的血水已經發黑，血泊裡躺著森森的白骨，白骨是殘缺不全的，旁邊有被斬斷的肢體。

夏芍不覺得殘忍，且不說亞伯特當年下令圍殺唐宗伯，就說今晚與玄門鬥法，他竟動用槍械，這絕對違反了奇門江湖鬥法的規矩。人身肉長，修為再高，誰能鬥得過槍械？若可以拚槍法，大家乾脆槍戰好了，還用得著鬥法？這就像武術比拚或者拳術比賽，各行有各行的規矩，壞了規矩的，江湖上也有江湖上的解決辦法。

亞伯特剛才的術法雖然高超，手段何嘗不陰狠？他根本就不想光明正大地對決，而是想一次性解決玄門的人。對於這樣的敵人，換成夏芍，她也不會手下留情。

舊恨新仇，這老頭死得雖慘，卻死不足惜。

師兄今晚拚盡元陽耗盡，動了如此殺機，她知道是自己遇險嚇到他了。他失去的太多，或許在那一瞬，他以為師父和她，他都要失去。想到那一刻他的心情，她至今心底抽痛。

他如此重情，因此哪怕今晚他有所感悟，也不會選擇在這時候進境。

夏芍注視著徐天胤，覺得他這麼安靜，一定是想著盡快調息，調息好了再爬起來宰人。她的眼神冷了下來，望向正與金蟒纏鬥的人。那個人不用師兄來宰，由她來！

此時，那人雖然與金蟒打鬥的地點有些遠，黑夜裡看不清長相，但她確定那人就是她要等的人。那人穿著外套，戴著帽子，當然，同樣易了容，但這形象她不陌生。

這就是在京城尾隨他們身後，幫助通密，最後又神祕消失的那個隱藏在幕後的男人。

為了證明自己的一些推測，夏芍安排了這場大戲。與奧比克里斯家族合作，無論亞伯、亞當兩兄弟，她真正是在與誰合作，那些謀算和利益不過是附帶的，她的目標是引這個人出來。

事實證明，隱藏再深的毒蛇，只要他想咬人，就一定得出洞。

這人今晚現身的時機可謂毒辣，他知道玄門來了這麼多人，以此人的謹慎，以一敵眾的事他是不會做的，也不會現身，所以他選了這樣一個時機。徐天胤受重傷，師父三人，包括玄門弟子都在佈陣，而她在操控大海龍氣，所有人都無暇分身他顧，這時機他掌握得實在是好，而且他現身的時候正是海龍氣到來的時候，他攻擊徐天胤，動搖她和師父的心神，導致法陣被破、龍氣暴走，若非師父等人應變快，她也處置及時，他們四人剛才就有傾覆的危險。

好個一石二鳥、一箭雙鵰的計策！

夏芍冷哼一聲，她一定要跟這人算總帳！

將視線收回來，她發現周圍的龍氣中精純的陽氣正慢慢在減少，師父和師兄四人調息所需要的都是元陽，因此元陽減少，也就證明他們吸收入體內的慢慢在增多，傷勢自是好轉。

夏芍也不知道等了多久，這期間她注意著金蟒和那神祕人的戰況，過一會兒才查看一下龍氣，幾次三番，張中先和溫燁終於睜開了眼。

張中先眼底明顯有喜意，驚奇地看了看四周的龍氣。溫燁剛進入煉氣化神境界半年，想進入下個境界，他的修行顯然還不夠，但他的臉色明顯紅潤很多，眼神也比以往清澈，看起來這次契機對他來說沒有白費，日後待他修為足夠，也許進境的瓶頸期不會卡太久。

唐宗伯比兩人慢很多才睜開眼，目光湛然有神，臉色也紅潤。她不知道師父感悟到什麼，但此時不是詢問的時候。她轉頭看向徐天胤，見他盤腿坐著，還沒有調息好。她並不著急，反而心裡一喜。除非是有所頓悟，進入虛空，否則不可能如此坐著不動。

意念一動，夏芍索性將龍氣全數轉移去徐天胤身邊，助他一臂之力。師父三人已經醒了，不再需要龍氣。這東西是大補之物，他們調息完畢，表示體內元氣充盈，補得太過就傷身了。

當龍氣全數轉移後，周遭的景色終於現了出來。

夏芍負手而立，遙遙望著不遠處。

不得不說，那人的修為確實不錯，金蟒暴怒，那人還能跟它纏鬥這麼久，而且這人在纏鬥的時候明顯在隱藏什麼。夏芍知道，他是在隱藏出手的路數。江湖上每家每派傳承不一，路數自然不同，每一派都有獨特的路數，只要施展出來就能被看破來歷。

這人明顯是不想被識破。

夏芍冷笑一聲，人都來了，還想隱藏？

只見她站在原地未動，氣息忽然變得虛無，遠處的天地元氣霎時凝聚，向那人襲去。

那人正跟金蟒纏鬥，金蟒雖然只出動了頭顱，但那人還沒有它的頭顱大，又因為要顧及著不露出門派路數，他的手腳根本施展不開，也就遲遲無法退走。眼看唐宗伯等人已經沒事了，那人這才發了狠招，假作踉蹌，金蟒果然從後面猛撲而來，嘴一張，粗如成人大腿般的信子直捲他的腰。眼見著要得手，那人陡然射出兩道虛空製出的符籙。金蟒從後頭看不見那兩道符籙，但它曾經在對付余九志的時候吃過符咒的虧，對這東西很敏銳，信子眼看要纏捲上那人的腰，卻緊急一收。

就在這個時候，那人急速後退。只要退到別墅的前院，很快就能脫身。

千鈞一髮之際，身後忽有氣場莫名震動。那人一驚，但急於避走，於是退勢未停，只邊退邊轉頭。這一轉頭，身後並無對手殺招，只是別墅中的天地元氣不知為何波動，而那波動正在他身後，剛好攻擊而來。

天地元氣的波動並非小事，哪怕這別墅中元氣並不精純，但今晚鬥法，陰煞極為強烈，那人瞳眸驟縮，轉身便想擺脫。或許是來不及，又或許是元氣正巧跟著他的移動換了個方位，那一刻太快，沒人說得清到底是怎麼回事，只見那人被震盪的元氣拍中後背，猛地吐一口血，整個身子便被震飛向前。

那人飛過地面的深坑裂縫，跌得老遠，翻了三圈才落地，然後面朝地趴著不動了。

夏芍走了過去，在離那人三步遠處站定。

那人趴著不動，看起來傷勢不輕。

「讓我看看你是誰吧。」夏芍伸手一拂，眼見著便要將這人翻過來。

那人忽然伸出手，企圖抓住她的腳踝。

夏芍動也沒動，只是冷哼一聲，那人手腕倏地一麻。

這並非夏芍發勁所致，而更像是別墅地底湧上來的天地元氣造成的。那人猝不及防，被這股勁力衝個正著，腕脈頓時如針扎般疼痛。他連忙收回手，在地上一滾，翻身直起後退。

「來都來了，還想走？怎麼也得留下點什麼吧？」夏芍飛身便追。

迎面一道符籙打來，夏芍步伐不停，反手也射出一道符籙。

兩道符籙在空中撞出金色火光。

「道家符籙，看來這位老友果然是道門同行。」夏芍慢悠悠地道。

這人雖然是有意隱藏路數，但他急切之時為求自保，不得不使出一些真本事來。這符籙道門各個門派都有，並不能完全洩露他的身分，但夏芍對此人的身分本就有所猜測，見他使出道門符籙來，眸光頓時更冷。

這時，金蟒的頭顱飛了過來。夏芍瞥了一眼，金蟒的身子還在對面護著徐天胤，它的頭顱和身子雖然能分離，但其實受元神控制，有一定的活動範圍，不能離開太遠。

萊帝斯的這處別墅與莊園無異，占地很廣，那人眼看著往後院要走脫，金蟒能跟到這裡，大抵已是極限了，但這廝還想跟著她，大頭在後頭幾乎貼著她的背，一步不離。

夏芍微微一笑，心底湧起暖意，道：「你今晚很努力了，去護著我師兄吧。一會兒他調息好，剩下的海龍氣歸你了。」

那些龍氣的元陽是師兄需要的，剩下的元陰正好是金蟒的滋補物，這廝自從吞了香港龍脈的陰煞後，等閒地方的陰煞它都看不上，也確實對它的修為起不到什麼作用了。今晚的龍氣精純，浪費了可惜，正好留給這廝了。

「去吧！」夏芍揮手，將跟在她身後的大頭拂走，唐宗伯三人卻跟了過來。

她目光一掃，見那人本是衝著後院去，但遠遠見到別墅周圍圍著的玄門弟子時，忽然轉身朝那邊奔過去。

玄門弟子們盤坐在別墅周圍，在海龍氣傾覆倒灌的一刻，佈陣便停了下來。沒有人知道夏芍怎麼樣了，安靜的氣氛裡，所有人都盯著西邊的方向，直到看見有人跑過來。

「師叔？」

「師叔祖？師叔祖沒事，太好了！」

弟子們見到夏芍，紛紛露出驚喜的表情，以至於明明看見有人跑過來，卻還是將目光放在了夏芍身上。安德列、亞伯父子也起身，震驚地看向夏芍。

夏芍在後面走得並不快，眉眼甚至還含著笑，但笑意很冷。

她抬起手，前面奔跑的男人忌憚地停下腳步，急速後退，而他前面明明什麼都沒有。

眾玄門弟子微愣，還沒反應過來，平地忽起一股凌厲的氣場，從男人的腳面下湧上來。男人驚得躍上一處花壇，剛躍起，腳還未落下，落腳處已有另一股氣場在等他。電光石火之際，男人射出一道金色符籙，與氣場撞上，猛然炸開，掀起的氣浪帶著男人向別墅後頭捲去。

一群人轉頭望去。

夏芍越過眾人，追擊上去。

別墅後面有個小型花園，遍地因鬥法程度不同枯死的草坪，焦黃或黑灰的草葉在夜色裡鬪了一條深縱的道路，越往那邊走，海風越盛，鼻間潮濕的大海氣味越濃。

終於在路的盡頭，被天地元氣一步步逼往絕路的男人停下腳步，低頭望了眼前方的懸崖。崖壁寸草不生，崖底更是遍布礁石，海浪拍來，一片漆黑。

夏芍在離男人十步遠的地方停下，目光冷淡，「總算讓我堵到你了。轉過身來吧，讓我看看你面具下的臉。」

男人背對著夏芍，脊背微僵，似乎沒想到夏芍知道他戴了面具。

夏芍冷冷一笑，「我不僅知道你戴了面具，我還知道你是誰。肖奕，肖掌門。」

男人背對著夏芍，帽子在海風裡翻下，衣衫鼓盪，在死寂的氣氛裡啪啪作響。他緩緩轉身，露出一張陌生而平凡的臉，眼神平靜，卻不知這平靜是真是假。

他與夏芍對視著，不動也不說話。

夏芍笑笑，不說話，無非就是不想聲音被認出來。

玄門弟子們跟著過來，為首的正是坐在輪椅上的唐宗伯。

唐宗伯盯著那男人的臉看了一會兒，沉聲道：「肖掌門，玄門與你遠日無怨近日無仇，你為什麼一而再地在背後對玄門使暗招？」

眾玄門弟子愣了。為了保密，也因為沒有證據，這件事只是猜測，並沒有對弟子們透露，知道的人只有張中先、丘啟強這些玄門輩分較高的人，但他們對今晚會在英國遇到肖奕的事也不知情，此刻見到一張陌生的臉，誰也不敢確定。

這人確實有著一張東方臉孔，且唐宗伯這樣說，一定有他的理由，故而張中先臉色一沉，丘啟強等人立刻全面戒備。尤其是海若，她不管這人是不是肖奕，只要他是當初在香港山上傷溫燁的人，她就不放過。

張中先等人的態度，讓身後的弟子們也受了影響，跟著警戒起來。

「你以為你不說話，玄門就拿你沒辦法了嗎？你今晚傷我弟子是事實，既已現了身，還想走嗎？」唐宗伯見那男人依舊不說話，憤而一拍輪椅，掌風直逼那人面門。

那人身後就是懸崖，這懸崖可不是矮崖，高十數丈，尖石嶙峋，崖下更是礁石大海，跌下去就是萬劫不復，沒人能活命。這人幾次三番暗算玄門，次次小心翼翼不留痕跡，這樣的人自然不會想死。面對唐宗伯的掌風，他只有迎面回擊或者從旁躲避。

唐宗伯要的就是他躲避，他的掌風看似霸道，其實很巧，他坐在輪椅上，掌風是從下往上翻震的，他要的就是震去那人臉上的面具，看看他的真容。

一切等見識了他的真容，再做論處。

令所有人沒想到的是，那男人竟唇角扯出嘲諷的笑意，轉身跳下了懸崖。

唐宗伯一驚，張中先和海若兩人更是幾步奔到懸崖邊上，俯身下望。

唯獨夏芍站在原地，不驚不動，只是微微一笑。

海邊的懸崖不同於山上的懸崖，崖縫裡沒有林木伴生，更沒山洞，這人跳下去，根本就是自尋死路。然而，張中先往下探頭，頓時叫道：「好小子，他要逃了！」

那人在落崖的過程中，周身元氣大開，聚積在雙手雙腳。他的修為足有煉神還虛的境界，比張中先還要高出一重，打眼一看，他雙手雙腳如同包裹著金色的氣層，在落下的途中，雙手不停地抓住凸出的崖壁尖石。尋常人這麼做無異於自廢雙手，然而他的手一碰上崖壁石頭，那石頭反而先碎。即使如此，仍然為他落下減緩了衝力。

眼看著他以這種方法落去海裡，無非就是受些輕傷。此時正值深夜，以張中先的修為，十幾丈下面的情況，他的目力也有所不及。這座懸崖是處獨崖，萊帝斯莊園選擇將別墅建在這裡，多半當初也是為了風景獨特。

從這裡往下，並沒有直接的公路，想要到崖底去需要出了別墅從大路繞下去，而大路幾乎要繞整座半山才能到達崖壁底下的礁石沙灘。

真要讓這人下去了，等他們找下去，人還不知道早就跑到哪兒了。

張中先用力跺腳，這小子已經跳下去了，說什麼都晚了，好不容易才堵到他的……

正當張中先懊惱時，他忽然一驚，抬起頭望向遠處的海面。

海面上似乎有什麼東西……

眾人面面相覷，眼裡都透露著一個猜測——不會是海龍氣吧？

伴隨著猜測，所有人齊刷刷看向夏芍。

大家已經知道不久前的海龍氣是夏芍召喚來的，難不成這次也是她？

只見夏芍注視著遠方海面，什麼也沒有做，沒有佈法陣，沒有結手印，沒有元氣的引導召喚，周身卻似染上一層淡淡的光暈。那光暈在夜晚的崖邊虛無縹緲，好似要升上虛空一般。

唐宗伯看著海面的目光陡然一沉。

海底似有隆隆之聲湧現，這聲音不僅驚得玄門弟子驚呼後退，也驚得懸崖處正在急速下落的男人大為驚駭。他回頭往下看，腳下已能看見海岸密布的礁石，眨眼間他就能落地，只是下面忽然有巨浪湧來。

這巨浪就像是海底竄出的噴天水柱，又像是天空亂入的一股龍捲風，海水被捲上天，有著巨大的衝擊力。若非男人雙腳有元氣護持，僅這衝擊力，他一定腳骨粉碎。可就算是護著雙腳，他正墜下斷崖，想改變路線已是不可能，且他離地面距離也不遠了，那水柱一衝上來，男人便被衝了個正著。

轉眼間，一個成年男人被水柱頂著直衝崖頂。在水柱中心的男人，元氣迅速從手腳處散布全身，然後在水裡打出一道金符，水柱砰一聲破裂，男人轉身便想繼續往下墜，可是迎面有一股看不見的龍氣上湧而來。男人已將元氣運轉至全身，卻還來不及護住胸腹，胸口處便遭升來的龍氣一記重擊，男人吐出一口血，身體更是被浩蕩激闊的海龍氣送上崖頂。

當那男人被從崖底拋上來時，眾人譁然，紛紛瞪直了眼。這人好不容易跳了崖，竟被突如其來的龍氣給拋回來，這也太悲催了！

這龍氣到底是怎麼出現的，誰心裡都沒譜，就見那男人在空中落下時吐了兩口血，然後摔到了地上，滾了兩滾，滾到夏芍腳前。

夏芍伸手一揭，一張薄薄的面具便落到手上，而那人趴在地上，一動也不動。

「吐血的滋味如何？不錯吧？」夏芍拿著面具笑了笑，冷冷地道：「讓我師兄吐血的人，我會讓他吐個夠！」

眾玄門弟子目光都盯著夏芍的手，「面具？這人剛才的臉不是真的？」

「這年頭還真有易容的面具？什麼材質做的？」

「我說你這人注意什麼呢？現在最要緊是看看這人是誰才對吧？剛才掌門祖師說肖掌門，哪個肖掌門？不、不會是……冷……」

那名弟子想說冷家，最終沒說出口，畢竟現在玄門弟子裡面，擅長占卜的幾乎當初都是冷氏一脈的人，雖然大多數人不姓冷，可終究是師承那一脈。

對冷以欣也倒罷了，若說起冷老爺子，很多弟子還是有感情的。當年的事，冷老爺子雖然是明哲保身，不夠仗義，但他平時對弟子們還是很和藹的，因此對於掌門祖師沒有將冷老爺子逐出師門，也沒有廢其功法，更沒有對外公布他的所作所為，成全了他晚年名聲的做法，都很敬佩感激。

現在大家都屬一脈，平時一起在老風水堂修煉共事，也一起出生入死過幾回，不少人之間已經生出了共患難的同門情義，對以前的事，哪怕是張氏一脈的弟子，現在也不願舊事重提。

這並非忘記前仇舊恨，而是大家都是拜師學藝，向來是師父挑弟子，沒有弟子挑師父的。分去哪一脈，有時身不由己。當年的事，該怨的是余王曲冷那四人，與底下的弟子無關。既然門戶已經清理，當年的人也死的死退隱的退隱，得到了應有的處置，那恩怨就算是清了，所以從同門情誼上來說，對以前其他幾脈的弟子，沒太多人願意帶著有色眼光看待。

其實其他人聽見肖掌門三個字，何嘗不是想到了冷家？

曾經是冷氏一脈的弟子，這次來了三個人，三人臉上都是不可置信的表情，緊緊盯著地上趴著的男人。一名弟子道：「師叔祖，讓我們看看這人長什麼樣可以嗎？我們……我們不相信他會是冷長老的孫女婿，他、他跟咱們沒有仇怨！」

冷老爺子自從退隱，不再是玄門的長老，但唐宗伯和夏芍都沒有說什麼，不過是孝道而已，正因為這些弟子有孝心，當初才留在門派裡的，唐宗伯反而比較喜歡這樣的弟子。

說話間，那名弟子自動走上前，來到地上趴著的男人身前，打算親自查看。

夏芍沒有阻止，有些真相是要自己去面對的。既然要揭開，自己揭比別人揭要好，這個弟子算是有勇氣的。

這名弟子在所有人的注視下蹲下來，目光緊緊注視著那人，先伸手在他頸動脈旁探了探，才摸上那人的肩膀，將他慢慢扳了過來。翻到一半的時候，異變突生。

一隻手忽然從暗處掐向他的喉嚨！

那名弟子大驚，看到的男人臉，更是驚得呆在原地忘了反應，這正好給了那人可乘之機。這時，一道龍氣穿過男人的指尖，眼看便要廢了他的手指。

男人不懼，他的手離那名弟子的喉嚨只有一毫，若龍氣震開，廢了的就不只是他的手指。他賭對了，那似乎無人操控卻確實被人操控著的龍氣倏地一收，男人掐著那名弟子的喉嚨便原地翻身起來。

玄門的弟子們驚駭地反應過來，只是震驚的不僅是同門被劫持，也在於男人的長相。這個男人稱不上有多英俊，卻剛毅沉穩，眉宇間渾然天成的仙家氣度更是少見。正是這氣度，很多弟子只見過他一面，卻對其印象深刻。

「肖掌門，別來無恙？要見你可真不容易。」夏芍淡然道。

她早就知道這人是肖奕了，此時不過是讓這張臉曝光而已。

且不說以前夏芍對肖奕的懷疑和暗查，今晚當她將肖奕逼到懸崖邊時，就已開天眼確認過了。當初在京城，肖奕是在公路上開著車行進，角度多有不便，夏芍只能看見側臉。現在她有太多的機會看他的正臉，只要是正臉，他戴多少張面具都沒有用。

「這怎麼可能？」玄門弟子不可置信地盯著肖奕，另外兩名冷氏一脈的弟子很受傷，「肖掌門，為什麼？跟玄門作對的人真是你？」

「肖掌門，我們跟你沒有仇怨，放了阿輝！」

被肖奕挾持的阿輝臉色漲紅，不可思議地往後看，實在不願意相信劫持他的竟然是冷老爺子的孫女婿，這怎麼可能？

肖奕沒有理會這些弟子，而是笑了笑，看向夏芍，「夏小姐，妳很了不起，我低估了妳的實力。不過，我很想知道，妳是怎麼發現是我的？」

「要認出你，很難嗎？」夏芍挑眉一笑。自她定下計畫，就已經派人盯著香港那邊肖奕的動向了。在和冷以欣訂婚以後，肖奕並沒有馬上回加拿大，而是在冷家香港的宅子裡住了下來，這一住就是大半年。這期間，他的帳戶不曾有過異動，直到她來了英國沒幾天，玄門宣布與奧比克里斯家族的撒旦一脈宣戰。

當時，還在香港的冷老爺子聽說了這件事，曾去向唐宗伯問過，並表示他願出一份力，一起來英國幫忙。唐宗伯沒有答應他，當初冷老爺子為了保存冷家這一脈，選擇了明哲保身。現在他已宣布退隱，如願過上了安祥的生活，哪有再讓他出山的道理？

唐宗伯的拒絕在冷老爺子看來，他還是在對當年的事耿耿於懷，不肯原諒他，卻不知，其實唐宗伯已經放下了。經歷了這麼多風風雨雨，他的心態寬和不少，只當是師兄弟緣分淺，各過各的日子就是。

再者，唐宗伯沒有答應冷老爺子，也有自己的盤算。他是知道玄門跟奧比克里斯家族宣戰的內情的，所以他的拒絕，也是想看看肖奕那邊會不會有動靜。

冷老爺子被拒之後顯得有些沮喪，在香港住了一晚，第二天便精神不佳地提出要回加拿大了。肖奕和冷以欣自然陪同他一起回去，可是回了加拿大之後，肖奕便接到了一位德國朋友的婚禮請帖。許是見冷老爺子精神不太好，便將冷以欣留在了加拿大，自己獨自去了德國。

可是，本應該在德國的他，卻出現在了英國。

這沒什麼稀奇的，就像當初他說去內地處理師門的產業，卻出現在了香港，給龍脈動了手腳一樣，同樣的手段而已。

當夏芍得知肖奕有出國動向時，就已經八成認定這個幕後黑手就是他了。而今晚他出現後，一直在隱藏功夫路數，卻在最後不得不施展出煉神還虛境界的元氣，就更加深了他的嫌疑。

三十歲出頭，又是這等高手，還是東方道家派系出身的人，會那麼巧合地有兩個人？

不過，這些夏芍並沒有對肖奕說，只問道：「我也很想知道，肖掌門為什麼要三番兩次暗算玄門，我們有仇嗎？」

肖奕到底跟玄門有什麼仇恨，這是所有人都想知道的。

玄門弟子並不知冷以欣對徐天胤有什麼執著的情感，自然就不知這方面的原因，可夏芍知道，只是她總覺得這點原因不至於讓肖奕暗算玄門，甚至置徐天胤於死地。難不成，因為肖奕因為冷以欣愛的人不是他，身為未婚夫，這讓他的顏面和自尊心受損，所以要報復？

誠然世上不乏這類心胸狹隘的人，若肖奕純粹是這種人，那只能說，他和冷以欣太般配了，都一樣的偏執。

可是，夏芍直覺一定還有別的原因。

肖奕是她遇到的對手裡面，藏得最深的人。今晚揭開他的廬山真面目，相當不容易。這男人城府很深，印堂豎紋，眉間略窄，眼尾略長，這樣的人精於算計，情緒卻常壓心中，極少表露，性情很難被看透。正因情緒少表露，所以心事重。一件事情，無論是恩情或者仇怨，他可能會記很久，所以未必不會有其他什麼原因。

莫非，玄門在什麼時候不經意間得罪過他？

事實上，夏芍沒有猜對，但也相差不遠。

肖奕自幼家境貧寒，拜入茅山派的時候年僅六歲。六歲的年紀已經記事，他記得家裡有六個兄弟姊妹，他不是最小的，卻是最話少的。那個年代，動亂雖然剛剛過去，鄉下卻很貧窮，家裡要養六個子女，天逢大旱，食不果腹，正巧碰上師父道無大師雲遊經過村子，機緣偶遇，師父見到他天資奇高，有意收他為徒。家裡人沒有多考慮，便讓師父將他帶走了。

那個時候他並不明白為什麼要跟著一位陌生的老道士離開家，但他還是聽話地跟著走了。當然，後來他才逐漸明白，不過是家裡無力養活太多子女，而他又是不討喜的那個，走一個便少一個負擔罷了。

跟著師父回到山上，在年幼的肖奕的記憶裡，道觀是很破敗的，曾經遭過打砸，屋頂會漏雨。兩間瓦房，兩張舊床，就此成了他和師父相依為伴的地方。

師父看出他年紀小卻心思重，便費心多加開導，教他習武強身，教他大道法理，教他門派傳承術法，漸漸在他眼前為他打開一扇尋常人難以窺見的大門。

十八歲那年，他的修為已在煉氣化神的巔峰。師父見他已經成年，便讓他回家看望父母。哪知回家一趟，令他終身難忘。

十二年沒有回過家，家人也從未去看過他。他突然回家，全家人都很驚訝，看得出來，他們從來沒想過有一天他還會回來。父親、母親、兄弟姊妹和親戚們的模樣他早就淡忘了，卻還記得當年臨走時家裡破敗的瓦房。這間不大的瓦房成為他十二年來夢中常見的畫面，一朝下山回家，瓦房不見了，家裡蓋起三間新房，寬敞明亮，在那個年代已經算是富裕。

不需多問，他已能從面相上看出兄弟姊妹們的境況。

他的大哥和二哥合夥做起了生意，雖然那個年代講究鐵飯碗，自己做生意的不多，但是兄弟兩人在村裡挖了魚塘，養魚很有一套。正逢經濟開始發展，兩人日子過得紅火，都已成家生子。三姊在縣政府工作，在當時的女人裡算是最有出息的一類。四姊也不差，嫁了個當官的，自身也在國企工作。六弟考上了大學，是家裡人的驕傲。

六個子女五個有出息，只有一個從小送了出去，當了茅山道士，跟家裡格格不入。

父母對他回來雖然很意外，也曾欣喜感慨。兄弟姊妹們回到家裡，一家人相認，場面很融洽，但飯桌上談起他的職業，親戚們都有些尷尬。茅山道士這時候在許多人的認知裡，已經等同江湖騙子，很不光彩。他起初不悅，但念在與家人重逢團聚，便將不悅壓在了心裡，不曾表露，只是為師父正名了幾句，當然，並沒有得到認同。

他本可以以自己的所學令他們信服，但他沒有。在他的心底，對這些所謂的家人還是有些怨氣的。當年是他們為了生存將他送去當茅山道士，現在又嫌棄他的職業，他心裡不快，因此並未開口指點。

這之後幾天，他一直在家中陪伴父母。多年不曾相處，即便是血脈也有所生疏，可父母對他還算關懷，整日將他留在身邊聊天。這種日子過了幾天，他有些悶，便想出門走走，卻被父母給攔了下來。

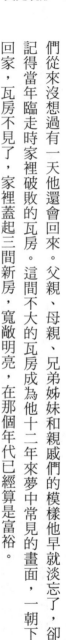

正是這時候，有村民來家裡借東西，然後發生了讓他永生難忘的事。

那村民見到他看著眼生，便詢問是誰家小夥子，父母表情尷尬，竟稱是遠房親戚的孩子，來住幾天就走。待村民走後，尷尬的父母向他解釋，稱父親要競選村支書，若是被村民得知家裡有子女是茅山道士，恐競選不成。三姊和四姊夫身在官場，若是被人知道家裡有道士，恐影響仕途，而六弟剛上大學，前些日子說要入黨，家裡有道士，怕受影響。

那天他一下子明白了，回家探親幾日，父母將他留在身邊噓寒問暖，竟是為了不讓他出去見人。他一下子明白了，他在家裡是多餘的，當年被送走的時候是，現在回來也是。

至今他還能想起那天，想起他冷笑一聲，離開那三間新蓋的瓦房，從此再也沒有回去過。

終有一天會再見，要這些人來求他！

那一年，他沒有立刻返回師門，而是在回去的路上有意雲遊，到過許多地方，遇到過許多事，直到三年後才回到師門。而這三年裡，他憑師門所學結識了不少政商名流，回到山上的時候，他提出要下山以門派名義建立慈善基金。這個想法，師父並沒有反對，只是看出他這一路心境有變，幾番開導。他笑著應下，這一次卻沒有全聽師父的，而是遵循自己的心意下山。

六歲，那改變他人生的一年，師父說他天賦奇才，家人當他是累贅。

他到底是什麼，他會自己證明！

而事實證明，權勢、金錢、地位、人脈，只要他想要，唾手可得。

他以門派的名義建立慈善基金，推廣茅山品牌，期間建立了屬於自己私人的公司，同樣很快混得風生水起。這期間，他成為省內上流圈子裡人盡皆知的大師，並主持重修了道觀。當年和師父窩在漏雨的屋簷下的日子一去不復返，他卻將那兩間破舊的瓦房保留了下來，另選新址建了新的道觀，打算壯大師門，讓茅山成為內地第一大奇門門派。雖然師父無心此事，打亂了他的規劃，但師父是他在這世上唯一敬重的人，在他老人家有生之年，他只有尊重他的選擇，將這一規劃延期。

在這期間，他終於等來了他要等的那家人。

他們第一次來到他拜師學藝的山上，親自來求他，他閉門不見，自始至終未曾伸出援手。他只讓道觀的門童告訴他們，一切都是報，而且他為人消災解難所開出的價碼，他們付不起。那家人最終像是受到了命運最嘲諷的捉弄般，大起大落，落下去，就再也沒有起來……都說報復的快感，可是，他的心裡卻不知道為什麼，從來沒有暢快過。

師父為此嘆息，將他叫回身邊，終日勸導。師父身為掌門祖師，一直沒有振興發揚門派的心思，他所有的心思都花在了潛心研究道學上，他更像是位道學大士。他聽著師父講演道法，雖不能除盡內心的積鬱與憤世之火，但總能換來暫時的心靈寧靜。

師父將他留在山上一年，讓他放下所有外物，潛心修行。他那時也覺疲倦，壓抑不住卻又發洩不出的情緒堵得心裡難受，便接受了師父的建議。與師父在山中相伴的一年，他前所未有地感到心中舒暢，也覺得自己能漸漸放下那些困擾的情感。

就在這個時候，師父收到了一封講經論道的邀請函。

這封邀請函來自臺灣，說是講經論道，其實只是一部分，這同時是奇門江湖同行們的切磋聚會。因為在內地舉辦這樣的聚會終究不太合適，舉辦地點便選在了臺灣。

他隨師父以及兩位師叔一同前去，卻在那次行程裡受到了難堪和羞辱。

這難堪和羞辱，正是來自玄門。

這次論道會唐宗伯沒有來，來的是玄門的長老余九志和王懷。玄門總堂在香港，並沒有遭受到內地那場運動的波及，門派弟子眾多，掌門祖師唐宗伯更是華人界的玄學泰斗。在場的不少人以玄門馬首是瞻，言語恭維，儼然玄門是國內奇門江湖第一門派。

論開宗立派的歷史，茅山派不比玄門晚，在內地也是一大名門正派，弟子不比玄門少。茅山的人脈多在內地，玄門的人脈則多在香港、東南亞和華爾街。拋開玄門歷代掌門祖師在黑道的勢力不說，只論弟子規模和門派傳承正統，茅山和玄門誰高誰低，還真有得一拚。

然而，時也命也。正因茅山在內地，當年受到了波及太嚴重，門派弟子走的走散的散，幾年便沒了大派氣象。

其實，這些年不復當年的門派不止茅山派。在這種時候，同行齊聚，本該商討的是傳承大事，卻變成了切磋大會。有的門派甚至劃分了地盤，切磋較量，輸了的就要退出對方的地界。

師父多年在山上潛心修道，心境已有大成，不願爭世俗名利，謝絕多個門派的比鬥邀請，有人因此言語激將，稱茅山派日落西山，師父也只是一笑置之。最後，余九志站出來，要求與師父切磋一二，師父本也不願，但念在與玄門的掌門祖師唐宗伯在年輕的時候有些交情，不願當眾不留情面，這才無奈應戰。

師父也看出余九志好勝心強，若贏了他，只怕日後麻煩不斷，便跟他來了一場精彩比鬥，在關鍵時暗使手段，「惜敗」給他，甚至兩位師叔中的一人也惜敗給玄門的另一位長老王懷。

見師父和師叔戰敗，有人雖表面上說著勝敗乃兵家常事，一次切磋不代表什麼，但轉身便去恭維玄門，對茅山的態度冷淡疏遠。有人更是嘲諷擠兌，稱茅山派不敢應戰，原來是已無高人。最可惡的是余九志，師父故意戰敗他竟未發現，還心安理得地接受恭維祝賀，從那之後更懶得再看茅山派的人一眼，甚至言語不乏諷刺之意，儼然玄門之外再無高人。

其氣焰之囂張，令人憤慨。

這些人哪裡知道，師父不僅法為有成，更是大道之士。他的境界豈是烏合之眾能比？若真論鬥法，就憑余九志，必不是師父的對手。就算是唐宗伯到了，誰輸誰贏還很難說。

但是，沒辦法，無論真敗假敗，成王敗寇都是世間的法則。

當時他剛入化境，尚不是余九志的對手，師父也不允許他出頭，他卻將這天的屈辱全部記下，他發誓一定要如數奉還。

無論是華人界玄學泰斗的名譽，還是奇門江湖第一門派，這些都應該是屬於茅山派的。

畢竟若論開宗立派，兩派雖然差不多，可論起道教起源，茅山派更為正宗。

這一切，本來就該屬於茅山。

從那以後，他將所有心思都放在了提高修為進境上，公司交給兩位師叔的弟子打理，他則留在山上潛心修煉。三十歲那年，他進入煉神還虛的境界，這是茅山歷代祖師都沒有到達過的成就。他本想就此下山，師父的身體卻開始變壞。他無奈推遲了計劃，在山中陪了師父四年。他三十四歲那年，師父仙去，他接掌了茅山派的掌門衣缽，從此開始振興門派大計。

他先以遊歷世界各國為名去了加拿大，這些年他雖然在山上苦修，卻一直注意玄門的事。唐宗伯當年曾受人暗算，回到門派清理門戶的事鬧得香港滿城風雨，他得知了冷老爺子退隱，帶著冷以欣去了加拿大。

他與冷以欣的相識其實在很早的時候，他十八歲那年，從家裡憤而出走後，沿路遊歷各省市，為自己積累人脈，期間遇到過太多事，包括衣緹娜，包括冷家人。

在遇見冷氏夫妻的時候，他沒有接下一個客戶的懇請，去黑苗寨子裡尋找解情蠱的方法，也還沒有遇到衣緹娜，更沒有因對蠱術不太熟知而著了那惡毒女人的道。那個時候，冷氏夫妻是被人邀請來內地的，他們帶著才八歲的女兒冷以欣。

那時候，尚未有茅山派在臺灣受辱之事。

那時候，冷氏夫妻也尚未出車禍。

那時候，冷以欣還沒遇到徐天胤。

他第一眼對冷以欣當然沒什麼感覺，畢竟她那時候還是小丫頭，他倒是一眼看出了冷氏夫妻將有難來。冷家長年為人占卜測算，洩露天機太多，有此一難實屬命中註定。他當時沒有打算提點，畢竟不過初識，雙方的交情沒有到讓他冒著洩露天機的危險。只是，那段時間，冷氏夫妻為人和善，聽聞他出身茅山派嫡傳，對他禮敬有加。當年他才剛成年，夫妻兩人的年紀卻已三十開外，兩人對他的態度讓他最終動了惻隱之心。

俗話說，醫不治己，他的提點讓冷氏夫妻很感激。令他沒有想到的是，原本他看冷氏夫妻出事少說還得三個月，兩人卻是在回香港的路上就出了車禍，雙雙身亡。

天道無常，卻冥冥之中早有註定。他得知消息，足足愣了許久。有些劫數，不是人力能改變。如果不是他提點了兩人，或許兩人還有段日子可活。

從小到大，他隨師父在山上，人生裡只有敬重的師父，如今好不容易結交的忘年交，還因他而早逝。

從那以後，他時常關注冷以欣的情況，她被逐出門派的事，他知道。對他來說，她不是玄門弟子，那再好不過。他對玄門的一切手段都不會傷害到故友的女兒，只是在加拿大見到她之後，他知道從此他對付玄門又多了一個理由。

他斷香港龍脈，為的是讓玄門陷入兩難，救龍脈，則出手之人活不過十年，玄門勢必元氣大損。若不救，玄門就會從此聲名掃地。他與通密聯手，不僅是為了幫通密對付玄門，也是為了滅殺衣緹娜那個惡毒的女人。今晚他的出現，也是同樣的目的。

他不管當年臺灣的事唐宗伯有沒有到場，他身為玄門掌門祖師，茅山所受到的羞辱，理應算在他頭上。他當年被同門暗算，那也是他無能，怪不得別人。這世上，無能就會受人輕視，唯有站在最高處的王者，才有資格睥睨天下。

這是一生的際遇教會他的，身在茅山派的立場，他所做的這一切都有他的理由。

玄門是茅山派成為奇門江湖第一大門派的最大敵人，必須剷除。

沒想到他蟄伏多年，苦修多年，算無遺策，最終竟幾次三番毀在了一個女人手中。

肖奕望著夏芍，冷笑一聲，捏著玄門弟子的手指陡然收緊。

「你想幹什麼？」張中先怒喝。

唐宗伯攔住要衝出去的張中先，目光落在肖奕的手指上，臉色冷沉，「我與你師父道無大師在年輕時候有些私交，我二人之間並無仇怨，你對玄門的敵意從何而來？難不成，我玄門有對不起你們茅山派的地方？」

他自然也能從肖奕的面相上看出他心思重來，接下來果然就證明了他沒看錯。他似陷入沉思，內心一定有諸多想法，可是他卻一句也不說。

「掌門師兄，還跟這小子囉嗦什麼？他斷香港龍脈在先，傷小燁子在後，幫著通密那個心思不正的老頭，今天晚上還暗算天胤，還有什麼跟他好說的？」張中先怒道。

唐宗伯搖頭，「我與道無大師有交情，不管怎麼說，這是他的嫡傳弟子，不弄明原委便出手教訓，我怕日後等我去了地下，無法向老友交代。」

張中先一聽，沒了脾氣。

掌門師兄是性情中人，有此堅持也不意外，只是這小子太可氣了！

肖奕冷哼一聲，並不領情，「我做的事，將來我會向師父交代，用不著唐大師代勞！」

「混帳！」張中先脾氣剛壓下去，一聽這話，火氣又冒了出來。

唐宗伯怒極反笑，「好，那你就是沒什麼話要說了？」

「我們茅山派和玄門，本來就沒什麼好說的。」肖奕冷笑。

「那好，那就按著江湖規矩來！不管你是因為什麼對玄門有這麼大的仇恨，我身為玄門掌門，你身為茅山掌門，我們兩人面對面清算！先放了無關的人，今晚我跟你一對一對決，生死各安天命！」唐宗伯道。

「掌門祖師！」這話剛一說出來，弟子們急了。雖然不知道肖奕和玄門有什麼恩怨，但他劫持阿輝是事實，要清算，他們也想算算他劫持阿輝的帳。

唐宗伯擺擺手，轉動輪椅上前，說道：「放人！」

「放人？唐老前輩，我看起來像是那麼傻的人嗎？你們這麼多人在這裡，我單槍匹馬，一旦放人，我還能走得了？」肖奕好笑道。

唐宗伯猛地一拍輪椅的扶手，怒道：「現在才想到走不了？你身為茅山派掌門，怎麼就不想想，你做下的這些暗算之事，玄門會找你師門清算？」

肖奕大笑，「唐老前輩連跟我清算都要顧及與我師父以前的那麼一點點私交，會因為這些事遷怒我的師門？你不會。不過，即便你會，那也無所謂。茅山派的弟子雖少，但他們身為門派弟子，是茅山派成就了他們這些一代高人，在門派有需要的時候，他們也理應效力。我的決定就是門派的決定，他們只有聽從的份，沒有立場怪罪我。如果怕玄門宣戰，他們就不配為茅山弟子。我身為掌門，會首先讓他們將從門派得到的東西全數歸還。」

肖奕笑罷，眼中卻有冷意。

「混帳！」唐宗伯臉一沉，「我看你師父當初把衣缽傳給你，就是茅山派最大的不幸！」

唐宗伯身為玄門的掌門祖師，深知肖奕說的雖有道理，但如此行事，與專斷獨裁無異。弟子拜入門派，是要聽從師門，但不代表弟子們對師長不能有質疑的聲音。越是身在高位，越要有容人之量。肖奕此人，天賦奇才，修為高深，精於算計，手段狠辣。放到以前，絕對會是個梟雄，但所謂道不同不相為謀，看樣子是沒有談判的必要了。

肖奕聽唐宗伯提及他師父，臉色也冷了下來。他不認同師父避世自修的態度，但不代表他不敬重師父，唐宗伯這番話正戳在肖奕心頭，令他掐住阿輝喉嚨的手猛然一收，阿輝的臉瞬間漲紅，由紅變紫。

「住手！你給我放人！」唐宗伯不欲多言，手一推，掌風襲向肖奕制住阿輝的手肘。

肖奕不可能真的殺了阿輝，他還要靠著人質逃脫。面對唐宗伯的掌風，他將阿輝拽到身前當肉盾。肖奕笑道：「唐老既然這麼珍視弟子，不知道弟子死在你手上會怎麼樣？」

唐宗伯的掌風已然使出，要收回來是不可能了，眼看著阿輝就要傷在他掌下，令人震驚的事卻發生了。

掌風忽地在阿輝面前停住，阿輝的面前不知何時積聚了海龍氣，替他格擋，生生將那股掌風擋下來，阿輝一點事也沒有，玄門弟子們卻是都驚愣了。

海龍氣！又是海龍氣！

今晚這龍氣真是古怪，三番兩次幫玄門的忙，到底怎麼回事？

肖奕臉色一變，帶著人往後退，「唐老不想讓人死的話，就讓你的人讓開。」

弟子們看向唐宗伯。不讓，逼急了肖奕他狗急跳牆，阿輝可能真會有危險，可是，讓了，這人以後繼續和玄門作對，不知還會有什麼陰謀詭計，再想抓著他一定不容易。

怎麼辦？

「退！」唐宗伯二話不說，自己先行退後。弟子們一看，這才跟著慢慢後退。

眾人退得極慢，懸崖前的空地上讓出了一大片空間，可是，夏芍沒動。

肖奕看向夏芍，見她淺笑地站在原地，不由瞇了瞇眼。

這個女人比唐宗伯還要麻煩，她的聰慧和修為都超出他的預估。當初斷香港龍脈，他一直不知是誰破了他的術法，在京城和通密合作的時候，他忙著處理衣緹娜，也未曾親眼見到她是如何殺了通密的。但今晚，那大海龍氣竟然能成功被她引過來，他這才不得不認為，當初破他術法的人就是夏芍。

「看來，有人不顧同門死活了。」肖奕冷冷一笑，手指又想用力。

就在這個時候，前頭夜空中兩個五芒星撞在一處，氣場震得雲層破開巨洞。玄門弟子們驚呼一聲，注意力一下子被分散開來。肖奕目光一變，帶著阿輝便往人群裡衝去。

「糟了！」弟子們反應過來，緊急戒備，卻都有些猶豫，不知該堵還是不該堵。

這時，肖奕已經衝入人群中，眼看就要衝出玄門弟子的包圍圈，但前方的包圍圈卻忽然散開，肖奕一抬頭，安德列、亞伯父子和亞當邊鬥邊衝過來，眾人連忙向兩旁退開。待三人發現周圍情況停止動手，玄門弟子已經又形成了大的包圍圈，將肖奕、安德列、亞伯和亞當四人都圍在了裡面。

剛才在玄門與肖奕對峙的時候，安德列三人又開始交手。亞當以一敵二卻一直不落下風，讓亞伯心焦不已。多年來他一直不知道亞當的修為這麼高，他和父親聯手，他居然不落敗，但此刻打來了後院，亞伯一看周圍形勢，神色一鬆，仰天大笑，「太好了！亞當，這次可是你自尋死路了！」

亞伯轉頭看向正緩緩走來的夏芍，「夏小姐，是不是到了該履行協議的時候了？」

雖然今晚撒旦一脈只有亞當一人現身，但是撒旦一脈以亞當為首，只要解決了他，他那個懦弱又優柔寡斷的父親很好解決，撒旦一脈的長老會裡也一定有願意與拉斐爾一脈和平共處的，所以只要解決了亞當，其他事情就好辦了。

亞伯很驚喜，不管亞當有多強，在眼前這個女孩子面前，他必然不是對手。這個女孩子連海神波塞冬的力量都能召喚，她一定會成功殺了亞當。

不僅是亞當，還有……

亞伯深深看一眼夏芍，他們之間的協議，除了要解決撒旦一脈，夏芍還要助他登上家主之位。他並非想要殺了親生父親，但玄門可以給家族一些壓力，逼他父親讓位。實在不行，今晚他不介意讓父親受些傷，以便日後「不便」接管家主之位。當然，這件事不能他來動手，可以是打鬥中的「意外」。

亞伯這深深的一眼，包涵的深意實在是多，夏芍對上他的目光，微微一笑，站到了他的身邊，「是啊，有些協議是該履行了。」

亞伯聞言大喜過望，根本沒有多考慮，而是快意地看向亞當。

亞當笑了笑，面色不改，不慌不忙地走向了肖奕身旁。

安德列和亞伯都是一愣，這才看向肖奕。這個東方男人是誰？他們看出肖奕是剛才被逼過來的人，但他的身分兩人卻不清楚。很顯然，他也是玄門的敵人，現在亞當和他站在一起，這是……敵人的敵人就是朋友，兩人聯合了？

以張中先為首的玄門弟子都憤怒地看向亞當，「當初在香港，真沒看出你是個忘恩負義之徒！果然，上樑不正下樑歪！我掌門師兄當初就不該信你，玄門是放了個白眼狼回來！」

張中先一生最恨這種忘恩負義的人，他和弟子們都不知實情，見亞當和肖奕站成一隊，自然憤怒。在他們看來，這兩人說不定就是之前就勾搭上了，今晚是專門狼狽為奸的。

「當我們玄門沒人了嗎？我們這麼多人在這裡，看你們今晚怎麼走！」弟子們怒道。

亞當聽著這些憤慨之言，堅定地站在肖奕身邊，笑道：「是嗎？那就試試。」

「夏小姐，還跟他廢話什麼？動手！」亞伯催促夏芍。說話間，他自己先畫了個五芒星，抬手便推了出去。

亞當當然不會站著挨打，他也畫了一個五芒星，看起來兩人又要重演剛才的戰況。然而，正當眾人這麼以為的時候，亞當面前的五芒星竟陡然向著旁邊襲去。

肖奕一驚，亞伯微愣，夏芍驟然出手。

凌空數道金色符籙閃現，而那數道金符攻擊的不是亞當，竟是亞伯。

亞伯感覺到元氣震動，轉頭一看，瞳眸急縮，連忙迅速後退，但他畫出的五芒星已推出，夏芍出手又正在這時機上，亞伯後退急躲也躲不過數道不同方位的金符，瞬間便被符籙擊中。

「噗！」一口鮮血噴向夜空，亞伯重重摔在地上。震驚的安德列臉色大變，剛看向夏芍，身旁忽然有令人心頭一緊的氣場襲來，那氣場的感覺正是海龍氣。

面對海神波塞冬的力量，安德列本就心存敬畏，猝不及防間胸口也被擊中，與兒子一起吐血倒地。而就在安德列父子中招的瞬間，肖奕也是猛然一驚，但他手裡有人質，一把便將阿輝送上了亞當推來的那個五芒星上。

亞當忽地伸手，抓向阿輝的胸口。阿輝被抓了個正著，被亞當帶了過去，然後往玄門弟子的圈子裡送回。阿輝踉蹌著退到圈子裡，被同門弟子接住。

這一切發生得太快了，在場的人都沒反應過來。

這、這到底是誰打誰啊？

怎麼回事？

玄門弟子們沒看明白，連張中先都愣了，卻見這時候肖奕已經衝出了人群。

肖奕沒了人質在手，反應卻快，趁著安德列和亞伯跌出去後，玄門弟子讓開的缺口，直接便衝了出去。夏芍跟著後頭，竟不阻止。肖奕前路無人攔阻，身後也沒了能再挾持的人，夏芍慢悠悠追了上去。

肖奕急奔向前院的步伐突然急停，龍氣擋在了他的前路上。那股龍氣襲來的時候如同一道縱開的海浪，橫劈著直直劃過，不僅擋了肖奕的前路，更是將整個懸崖前頭的路都給封死了。

唐宗伯祭出羅盤法器，再次將玄門弟子護在其中。

夏芍對著停下來的肖奕微微一笑，「我說過，你來了就走不了了。讓我師兄吐血的人，我會讓他吐個夠，而顯然你剛才吐的還不夠。」

肖奕面色微沉，今晚的龍氣實在是太詭異了，直到此時此刻，他不得不懷疑，難不成是眼前這個女孩子操控的？這可是天地間的靈氣，受人力操控？可能嗎？

這疑惑只是在他腦中掠過，眼下的形勢容不得多想，肖奕哼道：「看來，茅山派再次被小看了！我不得不說，玄門還真是一如既往地目中無人！」

夏芍聞言挑眉。一如既往？這話聽著似乎是有舊怨啊……

「人外有人，高手不是只有你們玄門才有！」肖奕目光一寒，掌心忽然出現一道微泛藍光的元氣，聚集速度極快，轉眼便形成一個圓球般的氣場，向夏芍打來。

「五雷咒？」唐宗伯驚訝地叫道，顯然識得這術法。

茅山的攻擊術法傳說有數百種，當然，在千年傳承的時間裡已經失傳了絕大部分，如今留下來的已經很少。這術法的原理是什麼很難說，據說是與五臟之氣有關，但具體的不是茅山派的傳人，只怕誰也窺不得其中奧妙。唐宗伯跟道無大師有些交情，年輕時曾聽他提過，只是年輕時的道無大師可還沒有修煉成這術法，倒沒想到被肖奕學會了。

肖奕此人別的不說，天賦修為確實是青出於藍的。

玄門弟子也是第一次見到這類術法，一時忘了剛才夏芍和亞當的古怪舉動，只見夏芍並不應戰，站在原地不動，那伴隨這雷聲轟鳴的傳奇術法在她面前三尺忽然炸開。

擋住五雷咒的正是今晚幾番幫著玄門的海龍氣。

龍氣對上五雷咒，兩股強大的氣場遇上，場面可想而知。

唐宗伯以法器護著玄門弟子，手一揮，帶著他們紛紛後退。剛退出幾步，便聽夜空悶雷滾滾，地上沙石滾動，半空中炸開的氣場像將空氣給割裂成真空，夜風似刀，倒在地上的安德列和亞伯父子尚未爬起，便被捲著向後翻去。兩個成年人的身子像落葉般在地上翻滾，被掃出去的過程中，衣服被風刀一縷縷割開，刀刀見血。

夏芍和肖奕這邊，龍氣震開五雷咒，三次將炸開的氣場向肖奕襲去。空氣裡彷彿都能聽見「砰砰砰」的響聲，肖奕迅速後退，身後忽來另一股龍氣擋住了去路。

肖奕一驚，轉身便往左側崖邊處避退，但剛挪動腿腳，又有龍氣圍過來，截斷他的退路。前後左右都被龍氣封堵，轉眼間他被困在了天羅地網裡再無法可逃。

誰也不是傻子，大家都發現了龍氣很不正常，幾次幫著玄門，之前就有人猜測是不是人為的，但事情一波未平一波又起，誰也無心細想這事。可是，現在掌門祖師催動羅盤之力護持著門派弟子，和肖奕站在一起的就只有師叔祖。

師叔祖之前就召喚並降服過海龍氣，所以只能是她。

可是，可是……她根本就沒動。

只見夏芍確實是站在離肖奕不遠處，龍氣動時她沒動，周身卻似罩在一層光暈裡，好似要破空而去，直上九天。

這種感覺曾經有過，是當時肖奕莫名其妙從崖底被海水和龍氣帶上來時。

莫非……真是師叔祖？

可是，師叔祖動也不動都能操縱龍氣，那、那她的修為……

玄門弟子們驚疑不定，連張中先都變了臉色，「這丫頭……煉虛合道了？」

沒人敢提這四個字，因為煉虛合道乃是道家修為的最高境界，能破碎虛空，飛升進境。玄門立派至今，傳聞連祖師爺都沒有到達這個境界，歷代掌門祖師都是天賦奇才的高人，修為至高也只是在煉神還虛，就像唐宗伯一樣。可唐宗伯都操縱不了龍氣，師叔祖卻能心隨意動，龍氣對她如此服貼，莫非真是煉虛合道了？

二十歲的煉虛合道高人，這、這世上真會有如此天賦的人？要知道，在當世這種靈氣稀薄的環境，煉虛合道幾乎是不可能的。就算是煉神還虛的高人，整個奇門江湖也絕對找不出五個來，掌門祖師這樣的年紀有此修為都算是天賦異稟。聽聞前幾代祖師，煉神還虛的時候都是百歲開外了。二十歲就煉虛合道，那天賦該是怎樣的恐怖？

弟子們驚異連連，抑制不住內心的激動。如果真是這樣，那師叔祖可是玄門古往今來第一人。生逢此時，能與如此千古奇才同一時代，親眼見證她的傳奇，而非日後聽著那些似真似假的傳說，該是怎樣的榮幸？

這邊玄門弟子們激動得熱血沸騰，那邊肖奕可沒這麼輕鬆。

他四面出路被龍氣封堵住已是無路可逃，前方龍氣還咄咄逼人，將剛才五雷咒和龍氣碰撞炸開的氣場連三震，逼面而來。

肖奕退無可退，只得迎戰，可是迎戰他又不能使用攻擊術法，他已經被封鎖在一個狹小的空間裡，術法一出，前後左右都是龍氣，容易受到反噬。到時四面龍氣受到震盪炸裂，他會被絞成肉泥，死無全屍。

那迎面逼來的氣場速度很快，他看了夏芍一眼，眼神複雜。

這種心情只有肖奕自己能體會，他此時此刻面臨的困境如同剛才挾持阿輝之時。夏芍曾驅使龍氣意圖彈開他的手，他卻作勢要放開自身元氣，先震碎阿輝的喉嚨。此舉逼得夏芍不得不收回龍氣，但此刻她令他四面受困，連術法都不敢用，何嘗不是加倍奉還剛才的事？

這女人……

肖奕瞇眼，這些判斷和情緒對他來說只是一瞬，前方氣場已攻來。

肖奕也算狠辣，最終還是使出五雷咒。要死，大家一起死！

四面龍氣炸開，誰也討不了好。雖然玄門的弟子退去了遠處，又有唐宗伯護持，但也未必不會受到波及。龍氣震盪，就憑那些人的修為，抵擋得住？

在場的人確實都被他這瘋狂的舉動給震住了，這人真是要死也要拉個墊背的。

就在眾人驚駭的時候，夏芍冷然一笑。

死？肖奕可不想。他使出五雷咒的時候，周身元氣全數釋放，緊緊裹在身體周圍，明顯是想拚死一搏。趁著四面龍氣暴走，場面大亂的時候，看能不能有一線生機。

這一切被夏芍看得清楚，她目光一變，龍氣忽然在她面前分成三股，滴水不漏地形成天然防護，將所有玄門弟子隔絕在暴走的氣場之外。

身在氣場中心的肖奕，此刻已看不清身影。四面龍氣與五雷咒碰撞的威力比之前要強之數倍。夜空中雲層激盪開來，生生撕扯出一個巨洞，地面上暴走的氣場已成龍捲之勢湧上夜空，漆黑的龍捲裡只能看見點點金色元氣，夜風裡血腥味都被沖散，所有人都盯著氣場內，想知道肖奕是生是死。

就在這時，只聽隆隆之聲，眾人腳下隱隱震動，肖奕所在的那塊地方竟然整個向下沉。所有人都是一驚，這才發現那地方就在懸崖的側邊，後頭不遠也是絕地，龍氣暴走的氣場太強大，竟不知什麼時候從崖邊裂開粗如手臂般的裂隙，在「喀喀」一聲響裡轟然斷裂，墜下懸崖。

山石尚未墜落崖底，便在墜崖的過程中被龍氣絞碎成粉末，盤旋著飄散上來，而在其中的肖奕渾身濺血，摔入崖底。

崖下礁石嶙峋，肖奕掉到其中一塊礁石上，身下一片血水。

夏芍挑眉，這男人倒也厲害，氣場亂流之中還能護持自身，身體沒被絞碎。只不過，肖奕今晚在跳崖的時候就已經受過傷，現在又受了這麼重的傷，活下來的可能性不大。儘管如此，她不願承擔任何風險，當即便操縱龍氣，想將肖奕從崖下再帶上來。

正當夏芍意念微動的時候，後方忽然傳來不同尋常的震動。

只見後方金光大亮，照亮半邊夜空，遠遠望去，一條金鱗大蟒鑽入空中，在雲層裡翻滾。漆黑如墨的夜空，雲層厚實，乍一看去，金蟒的身子在雲層裡若隱若現，恍然遊來的神龍。

金蟒剛化蛟不久，是不可能化龍的，但夏芍眼尖，一眼就看見它在翻滾，只是頭頂一邊微微鼓起，看起來像是又生出一隻角來。不僅如此，金蟒在翻滾之時，腹部不時撞去地上。它是陰靈之身，沒什麼重量，撞去地上，地面只有陰煞陣陣如狂風掃般襲來，倒是沒感覺到實質性的地面震動。

這廝在地上想是擦著什麼，反覆數次，騰空而起，再次鑽入空中，接著便見它的腹部金色鱗片齊齊脹開，就差沒聽見嘩啦啦的聲音，而令所有人都看直了眼的是，它的腹部慢慢破開，從中生出兩隻金鱗巨爪來。

「蛇生雙足！」

「蛟！這次是真化蛟了？」

金蟒在香港吞掉龍脈陰煞的時候，只生出了一隻角，今晚龍氣精純，助它更進一重，徹底化蛟的可能性不是沒有。夏芍沒想到這廝很爭氣，吞了龍氣，居然當真有所進境。

金蟒化蛟大成，興奮無比，在空中呼嘯一聲，便直奔夏芍而來，然後凌空翻滾了幾圈，極盡炫耀之能事。

夏芍拿出金玉玲瓏塔，笑著將金蟒收回。它剛有所成，回塔中修煉效果會更好。

收了金蟒，夏芍忍不住轉頭望向西邊的停機坪，心下更為欣喜。金蟒吞了海龍氣的元陰，那就是說，師兄一定調息完畢了。

然而，徐天胤人已經不見。

不僅徐天胤不在，直升機裡的王虺、畢方和英招三人也不見了，而此時伯頓居然帶著人從別墅裡出來，後頭還跟著一大堆今晚的賓客，一齊往停機坪走去。

伯頓並非膽子大，而是見門口玄門的風水師都不在了，這才敢開門出來。他出來的時候，後頭響動已停，金蟒正呼嘯來到夏芍身邊，從大廳方向看前院，什麼都沒看到，只剩下震耳的警報聲，這才敢出來看看。再者，他確實也是心急，自己的宅子被破壞成這樣，壁畫又不知還在不在，所謂人為財死，人財迷到一定程度，真是連危險都不怕。

那些跟著伯頓的賓客則是想趁著沒動靜了趕緊離開，今晚又是爆炸又是金蟒怪物，在別墅裡這段時間，簡直就聽著外面像天塌地陷般。如果有機會走，誰也不願意多在這裡待一刻。

可是，當眾人走到前院炸開的大坑前時，全都愣住了。

「這、這是……」伯頓眼睛都看直了。之前在別墅裡，外頭的情況看得不是特別清楚，直到走出來才發現，他的院子豈止被炸了個大坑，連地面都裂開了，把他的前院一分為二，裂隙還很寬，現在誰也過不去了。

「伯頓先生，今晚本該是拍賣會，是你們萊帝斯集團非要改時間，請我們來這裡，結果鬧出這樣的事。現在我們都出不了別墅，你要怎麼給我們交代？」賓客們好不容易找機會出了大廳，一看走不了，不由都惱怒起來。

「伯頓先生，你們不是有直升機嗎？我們要求今晚必須回去，現在就走！」有人想起當時進這處海濱別墅的時候，曾經看見一架直升機從頭頂飛過。

伯頓一聽，他正是要去看他的直升機的，當下二話不說，往停機坪走去。

這一走，伯頓臉色煞白。

停機坪前面散落一地屍塊，不遠處尚有一副殘缺不全的白骨，兩處都是血淌了一地，尤其是那些數量眾多的屍塊，說是血流成河也不為過。

跟過來的賓客，除了龔沐雲、戚宸和傑諾等有黑道背景的人，其餘人全都臉色慘白，沒人仔細去看到底死了多少人，反而都轉身嘔吐起來，尤其是這些賓客帶來的女伴，當場就暈了好幾個，本來就混亂的場面，變得更亂了。

伯頓早就傻了眼，目光盯著其中一具屍塊上的衣服，那好像……好像是兒子花重金聘請回來的傭兵。這、這些雇傭兵都死了？

誰幹的？這凶狠殘忍的手段，不、不可能是人幹的吧？

這些傭兵被砍成了許多小屍塊，哪怕是給好幾個人拿著刀砍，也要砍一陣子吧？今晚從亂起來到現在，也沒過去多久，這些人怎麼……就死得這麼慘？

伯頓不相信是人力所為，他的臉色瞬間比發現這些屍塊時更白。莫非，是、是那條大蟒幹的？可是這些屍塊看起來不像是咬碎的，根本就是拿刀切碎的，說到底還是人為。

該不會是玄門的人吧？畢竟今晚就是他們和奧比克里斯家族的巫師們在外頭鬧起來的。

這麼想著，伯頓忽然看向前方響著警報的直升機，壁畫還在不在已經不是他唯一關心的，他還關心今晚動壁畫的人到底是誰，會不會和玄門有關？

伯頓被自己的這個想法嚇住，如果玄門真想讓這幅國寶回歸，那麼……萊帝斯集團惹得起這些人嗎？

伯頓在一片嘔吐聲中抬起頭，望向後院的方向。

第八章　餘波盪漾

夏芍的臉色不太好看。

她已經用天眼看過直升機裡面，壁畫還在，剛才師兄調息完畢，應該是為了不暴露特工人員，帶王虺三人轉移地方了。

雖然今晚鬥法的時間不算太長，但是師兄曾有段調息的時間，王虺三人又暈倒，導致他們三人誰都無法將直升機開走，將壁畫送出去。不僅如此，他們也因此沒能跟外線人員聯繫上，現在那邊接應的人過了預計時間沒有收到他們的報告，多半已經認定任務失敗。

苦心謀劃了這麼久的事，今晚功虧一簣，實在讓人鬱悶。

只是，夏芍臉色不太好看卻不是因為這件事。伯頓對外公布的壁畫拍賣時間是後天晚上，即使今晚打草驚蛇，他放出去的話總不會在全世界的人面前收回，所以後天晚上還有機會。

真正讓夏芍臉色難看的是……肖奕不見了。

剛才夏芍收回金蟒後，低頭去看崖下，打算將肖奕帶上來，是生是死都交由師父處置。令她錯愕的是，懸崖下的礁石上空空如也。原本肖奕躺著的地方，連血水都被海浪沖刷得一乾二淨，肖奕不見了。

肖奕身受重傷，就算沒死也不可能逃走，就這麼一會兒的功夫人就不見了，夏芍驚疑之下開天眼查找，果然在海裡發現了他的蹤影。剛才應是浪大，將他捲入了海裡，當她發現時，肖奕已經被海水捲著往深海去了。不過，他在海水裡半點掙扎也沒有，看樣子是真死了……

唐宗伯嘆了口氣，「把他弄上來吧。不管兩派有什麼恩怨，人死在我們手上，我們就該把屍體給人家送回去。他是道無的弟子，看在當初我和道無有些私交的分上，即便他的弟子暗算玄門，玄門也清算了此仇，不好讓他的屍身在海裡飄著。」

夏芍聞言點頭，依言將肖奕的屍體用龍氣從海裡捲了上來。其實她也不想讓肖奕海葬，這並非出於道義，而是不知道為什麼，她有種奇怪的感覺。許是肖奕之前暗算玄門隱藏得太深，今晚他就這麼死了，她反而覺得太容易了些。不把屍體弄上來查看一番，她不放心。

事實證明，肖奕是真的死了。

在他的身體被捲上崖頂後，他的呼吸、脈搏都已經停止。肖奕受的傷確實很重，渾身多處骨折，內臟受損，還有很多皮外傷。讓夏芍最終確認他死亡的是他的元氣，他經脈中的元氣流動都停止了，一個人在這種情況下不可能還活著。

或許，這回真是她多心了。

可能是之前肖奕暗算玄門的時候神龍見首不見尾，今晚剛讓他現出廬山真面目他便死了，令她覺得突然。但帳已經算完，夏芍還是舒了口氣。最主要的是，以後不必再時刻想著背後有雙眼睛在盯著玄門了。

肖奕死了，亞伯特死了，安德列和亞伯父子重傷昏迷，玄門這次可算是報了仇。唐宗伯當即決定，去前頭跟伯頓打聲招呼，然後回飯店去。先將肖奕的屍身妥善安置，待拍賣會結束後就把他送回國內。

夏芍讓弟子們抬了肖奕的屍體就往前院走，尋伯頓去。至於地上的安德列和亞伯父子，夏芍經過時理也沒理。她跟亞伯合作不過是個局，當亞伯出言威脅她的時候，他就已經失去了和她合作的機會。她的真正合作者是亞當，亞當幫她引出肖奕來，她則打亞伯一個措手不及，兩人各取所需。

現在交易完成，這父子倆的生死就交給亞當了。

「夏小姐，多謝你們的相助。請放心，我的承諾一定會兌現。」亞當說道。

夏芍回身，見亞當獨自站在懸崖前的夜色裡，經歷過一場大戰，他毫髮未傷，西裝衣角纖塵不染。亞當這與平時沒什麼不同的樣子，讓夏芍垂眸一笑，笑容耐人尋味。

今晚亞當出的力並不多，收穫卻頗豐。對撒旦一脈來說，最畏懼的威脅老伯爵亞伯特已經死於徐天胤之手，拉斐爾一脈的領袖安德列和亞伯父子又被她的龍氣重傷。雖然拉斐爾一脈還有長老會和其他子弟在，但群龍無首，形勢出現了逆轉。

亞當想要成為奧比克里斯家族的家主，他面對的阻礙還很多，但相比從前，撒旦一脈這次所面臨的應該是家族歷史上最有利的形勢了。這樣的有利局面，亞當如果還把握不住，那就是將家主的位置送給他，他也坐不久。

當然，夏芍看得出來，比起亞伯，亞當更為優秀。論修為，論心性，論謀算，亞伯都差得遠，所以，她對奧比克里斯家族今後的變天很期待，因為她這忙可不是白幫的。

「亞當先生，你的承諾當然要履行，不過，我更期待你能繼承家主之位，到時候我會親自前來祝賀。」夏芍笑笑。

亞當笑道：「我也希望我能有收到夏小姐祝賀的時候。」

「那我就等著亞當先生的好消息了。」夏芍說罷，轉身離開。

轉身時，她嘴角微微勾起——希望到時你還能這麼說。

夏芍跟著師父，與玄門弟子們一起離開後院，走到前頭時，遇上伯頓帶著人迎上來，「唐老、夏小姐，這是結束了？」

「伯頓先生，今晚真是抱歉。事出突然，玄門不得不應戰。貴莊園的損失，由玄門來負責。」唐宗伯表情嚴肅，雖是道歉，但伯頓一跟他的目光對上，便不敢開口再多問。

夏芍忍住笑，師父這次來英國，雖說是為了門派事務，但他老人家對英國拍賣中國國寶的事也是耿耿於懷，態度會好才怪。不過，這樣也好，正好封了伯頓的嘴，免得他多問。

「伯頓先生，我們有事，就先離開了。希望今晚的事不要影響到後天的壁畫拍賣，華夏集團可是很希望能一睹這幅壁畫的風采，到時候見了。」夏芍點頭告辭。

伯頓表情微僵，愣愣地盯著夏芍。

這話不會是有什麼深意吧？

今晚發生了這麼多的事，在場的賓客們此時唯一想的就是怎麼離開，誰在這個時候還會關心壁畫？別說關心壁畫了，連命都關心不過來了。現在這些賓客多半有不少會今晚就打算回國，退出世界拍賣會，保命要緊。國寶再有價值，能有命重要？但夏芍卻在這個時候提醒他後天晚上是拍賣會不要受影響，這說明了什麼？

她果然對壁畫拍賣的事十分關注。

當然，壁畫來自中國，夏芍關注它理所當然，只是這種情況下她還特意拿出來說，伯頓便心生懷疑。警報器一直在響，或許有心人士已經猜出直升機裡放著什麼東西，現在能讓萊蒂斯這麼緊張的，除了壁畫，還能有什麼？

如果夏芍沒想到這一點也倒罷了，她若能想到，明知壁畫險些被盜，還提醒他如期拍賣，那這裡面就大有文章了。

該不會真像他想的那樣，她跟今晚壁畫的事有關聯吧？

這念頭讓伯頓心亂如麻，若這事真跟夏芍有關，那萊帝斯集團該怎麼辦？

老實說，他這麼小心謹慎地故布疑陣，就是為了確保壁畫安全，只是今晚還是被人發現了他的意圖。就在剛才，當他看見這些賓客的恐慌，一瞬間還真有停止拍賣的念頭。他當然不是不想要這十億英鎊了，而是壁畫被盯得太緊。今晚發生的事，讓他不得不考慮將壁畫暗中出手。反正這次拍賣會，全世界都知道壁畫在萊帝斯集團手裡，有些大買家也很有興趣，即便不拍賣，也一定會有買家聯繫萊帝斯的。

可是，夏芍表示對壁畫很感興趣，一下子給他這念頭澆了盆冷水。

壁畫到底是拍賣還不拍賣？

答案是肯定的。

伯頓白著臉看看別墅院子裡的滿目瘡痍，這些都是今晚風水師們搞出來的。這些人根本就不是普通人，萊帝斯集團雖然在國際上很有名望，可畢竟是生意人，哪裡惹得起這些人？

夏芍看著伯頓蒼白的臉，垂眸一笑，掩去眸底精光。她說這話的目的就是為了敲打敲打這老傢伙，免得他動什麼歪心思。壁畫必須拍賣，現在不僅僅是師兄的任務需要，華夏集團也需要以此來平息國內輿論。

見伯頓已經有了計量，夏芍便不再搭理他，而是轉身看向了龔沐雲和黎良駿等人，問道：「你們要走嗎？」

剛才鬥法，他們與外界必然無法聯繫。現在前面被破壞得太嚴重，所有人都被困在這裡，等萊帝斯家族向外界求援的人到來，應該還得等很久。此刻院子裡陰氣太重，待久了對身體不好，她自然不希望朋友們和師父的故友在這裡被困住。

賓客們聞言都是一愣，面面相覷。

走？怎麼走？

龔沐雲淡定一笑，知道夏芍既然這麼說，肯定是有什麼辦法。其實他出行在外，身邊帶著的人會跟總堂定時保持聯絡，今晚他失聯兩個小時，幫會的英國總堂早已派了人來。只不過在別墅外的山道上遇到了三合會的人，雙方發生了衝突，此刻戰火未熄，就在剛才，他與外界聯絡上，專機馬上就會到了。

不過，夏芍這麼問，想必她的方法與眾不同，他倒是很有興趣試試。

龔沐雲還沒回答，戚宸便比他先開了口。

「這地方是妳給毀成這樣的，就應該妳把人送出去！」他的口氣不是很好，夜風吹來，眉宇深鎖，胸前玄黑大龍張牙舞爪，恣意狂傲。戚宸往前一站，擺明要比龔沐雲先過去。

夏芍見了，忍住翻白眼的衝動。有些人是一輩子也改不了這性子了，這點小事都要爭。何況，想出去不能好好說話嗎？當然，夏芍也懶得跟戚宸計較，反而眸中笑意微深，道：「行啊，那就先送你過去。」

她的笑容有點狡黠，眼神光華明潤，看得戚宸微愣。正是這愣神間，他忽覺腳下有股勁力湧上來，將他猛然抬起。

戚宸的目光一變，身子已騰空飛起，轉瞬間越過前方的坑洞，眨眼間已到彼端。

雙腳落地之時，戚宸的臉色還沒緩過來，身後便傳來陣陣驚呼聲。

怎麼回事？人是怎麼過去的？

在眾人看來，戚宸就像是武俠劇裡的高手一樣，凌空飛起，踏地掠雲，幾丈寬的裂隙，轉眼便越了過去，實在是太神奇了。

這一切都是夏小姐所為？

賓客們看看戚宸，再看看夏芍，目光驚奇而敬畏。

戚宸的反應倒快，皺著眉頭負手站在對面，看起來心情不是很好，卻對夏芍咧嘴一笑，笑完他還看了龔沐雲一眼，目光挑釁，彷彿在說：我比你先，我贏了！

夏芍扶額，對戚當家這孩子氣的性子暗暗搖頭，無奈轉頭對龔沐雲笑道：「很安全的，我送你們過去吧。」

這話一出口，戚宸的笑容一滯，瞪向夏芍，臉色漸漸發黑。

什麼意思？難不成，剛才這女人是拿他當實驗品？

他還真猜對了。

夏芍剛才是引了龍氣將人送過去的，但這跟把肖奕從懸崖底下捲上來不同，分寸上確實不好掌握。她心裡也沒數，便只引了一絲龍氣，極為稀薄，只要能把人送過去就行。當然，她事先以自己的元氣護住了戚宸，不僅不可能會傷到他，對他的身體還有不少好處，可這話她不會跟戚宸說，誰讓他的態度不好。

龔沐雲笑笑，看了眼臉色黑如鍋底的戚宸，朗聲道：「多謝戚當家仗義挺身而出。」笑罷，這才低頭對夏芍道：「走吧，我們過去。」

夏芍聞言再次扶額，她剛才還說戚宸孩子氣，龔沐雲也好不到哪裡去。一個連這種事情都要爭個先後，一個非要小心眼地擠兌人家。其實如果不是知道這兩人之間有很大的仇怨，瞧著還以為兩人是損友。

或許，如果沒有那麼多的恩怨，這兩人真會成為惺惺相惜的朋友也不一定。

正這麼想著，對面的戚宸目光陡然變冷，從腰間掏了一把黑色手槍出來，以迅雷不及掩耳之勢指向了龔沐雲，殺氣騰騰地道：「龔沐雲，你以為你過得來嗎？在半山腰殺我那麼多兄弟，你以為你今晚還能走出這裡？」

話音剛落，別墅大門便被人踹開，布蘭德利帶著三合會英國總堂的人衝了進來，將戚宸護在中間。前頭的人將槍口齊齊指向龔沐雲，後頭的人則轉過身，將槍口對準後面的山路。

外頭果然傳來呼喝聲，一陣槍聲過後，兩隊人馬從側邊衝了進來，舉槍指向三合會的人，氣氛頓時劍拔弩張。賓客們聽見槍響的時候就尖叫著往別墅裡跑去，轉眼原地就只剩下龔沐雲等人和玄門弟子了。

伯頓被管家拉到遠處，遠遠喊道：「兩位先生，這裡是萊帝斯家族的私人莊園，我以主人的身分希望你們停手，停手！」

沒人理他。

龔沐雲沒拔槍，反倒是身旁的傑諾手裡把玩著一把槍，臉上帶著吊兒郎當的笑意，「戚先生，我看不見得吧？你這麼說，好像死的只有你的兄弟似的，龔先生的兄弟也沒少死啊！」

傑諾並沒有離開，這種場面他見多了，令人意外的是，李卿宇竟然也沒離開，他身後的助理早就嚇得打哆嗦了，生拉硬拽地勸他離開，他卻動也不動，彷彿認為打不起來。

龔沐雲和戚宸不是第一次在這種場合碰面了，以往夏芍在的時候，兩人尚能自制。

但這回李卿宇猜錯了。

「砰！」戚宸二話不說，抬手衝著傑諾便是一槍，「給我閉嘴！」

傑諾正吊兒郎當地耍著槍花，戚宸突然開槍，他卻伸手把旁邊的李卿宇推開，同時間也開了槍，子彈在半空炸開火花，竟是精準地一槍打在了戚宸射來的子彈上。

神乎其神的槍法令人咋舌。

布蘭德利的面色一寒。這個男人這些天一直像跟班一樣地跟著夏芍，今晚總算展現出黑道的狠戾來。只見他雙手拿槍，子彈同時射出，在戚宸和傑諾的子彈撞上的瞬間，兩顆子彈從兩旁擦過，向著傑諾的眉心和心臟直擊而來。

千鈞一髮之際，龔沐雲袖口裡滑出一把銀白手槍，抬手便是兩槍。

兩顆子彈橫著射出，夜空裡撞出兩道火花，竟也是正中布蘭德利的子彈。

布蘭德利驚訝地看著龔沐雲，戚宸一瞇眼，又是一槍射向龔沐雲的眉心。隨著他的出手，安親會的人大怒，紛紛開槍，三合會連忙迎擊，兩個幫會的人瞬間又纏鬥在一起。

伯頓這處別墅剛剛經歷過一場鬥法，現在又上演了槍戰，這別墅經過今晚算是徹底毀了。

「混帳！都給我住手！」一個老人的怒喝聲響起，震得人胸口微顫，令兩幫人馬驚駭地被迫停戰。

「你們兩個，當我不在是不是？現在是什麼時候？身在國外，自家人還跟自家人拚命，丟不丟人？」唐宗伯震怒地看向龔沐雲和戚宸。

龔沐雲聽了這話挑眉，卻沒說什麼，只是低頭聽訓。

戚宸冷嘲一笑，看向龔沐雲，「誰跟他是自家人？伯父，他是我的殺父仇人！殺父之仇，不共戴天，你是知道的。」

以前兩人遇上的時候都是在華夏集團的活動上，因此才能自制，但今晚是在萊帝斯家族的地界上，那就沒什麼講究了。反正以夏芍的修為和本事，兩人也都見識過，槍戰傷不了她，那還有什麼顧忌？就算今晚不在這兒打起來，到了山下也照樣是死鬥。

龔沐雲聞言，半天才抬起頭，目光極淡，「是嗎？那我的姊姊呢？」

「那是她該死！」戚宸冷笑，一身殺氣非但不收斂，反而更犀利。

龔沐雲笑笑，笑容如二月春風，卻寒意沁骨。

夏芍一愣，看向龔沐雲。

龔沐雲的動作極快，忽然連開五槍，五顆子彈道道直射戚宸的命門。

自從那天戚宸派殺手暗殺龔沐雲過後，夏芍就再沒見過他的殺氣，沒想到今晚……

戚宸面對龔沐雲的殺招，不躲不避，彷彿認為避開便是他輸了般。他站在原地動也不動，黑色的手槍舉起，同樣連發五槍，迎向龔沐雲射出的子彈。

就在這時，一道金屬光澤的冷芒從對面倏地掃來。

戚宸一驚，夏芍看出那是一條鞭子。這鞭子她在安親會的地下牢房見過，鋼材打造，內裡鑄著倒鉤刺，一鞭便能讓人皮肉綻裂。這是安親會行刑的鞭子，沒想到龔沐雲會隨身攜帶。

他出鞭的速度極快，從哪裡出來的，夏芍剛才也沒注意，她卻注意到鞭子是衝著戚宸拿槍的手腕去的。這一鞭如果擊中，戚宸的手腕手筋被扯斷還是輕的，重點在那五顆子彈上，道道都對準戚宸命門，哪怕有一顆打中，戚宸的命今晚就得交代在這裡。

龔沐雲是真的動了殺意，半點也不是開玩笑的。

夏芍目光驟變，電光石火間，手掌蓄勁，唐宗伯忽然大喝一聲。

「混帳！我讓你們兩個住手，你們是真沒聽見？」怒喝間，唐宗伯的掌風率先震出。這一掌絕非開玩笑，掌風從兩人中間劈下，十顆將要撞上的子彈瞬間偏離軌道，沒入夜空之中，而龔沐雲的鞭子更是被震回去。連同戚宸在內，兩人向後急退十數步，兩方幫會的人攔都來不及攔，兩人便一起跌到地上。

龔沐雲和戚宸倒地，雙雙悶咳一聲，接著撫著胸口便是吐出一口黑血來。

血色微黑，卻並非淤血，而是今晚兩人在這裡待的時間過久，陰氣還是多少入了體，對身體產生了些影響。雖然一時半刻看不出來，但兩人的情緒明顯受到了影響，否則今晚唐宗伯在這裡，憑著他是兩家老爺子結拜兄弟的情分，兩人也不會如此不給面子。

「當家的！」

「老大！」

見兩人吐血，兩個幫會的人臉色大變，目光不善地盯著唐宗伯，卻都知道這老人的身分，猶豫著該不該動手。

龔沐雲和戚宸從地上慢慢站了起來，同時阻止手下前來攙扶的舉動。

「伯父，抱歉，是我衝動了。」龔沐雲看了唐宗伯一眼，垂眸道。

戚宸的臉色很不好看，但也道了歉：「對不起，伯父。」

唐宗伯看向兩人吐出的黑血，臉色這才緩了緩，但面對兩人的時候，目光依舊威嚴，「我不管你們兩家有什麼恩怨，我是你們兩家老爺子的結拜兄弟，今天有我在，你們誰都不能出事！在英國的這段時間，你們兩個再敢動槍試試！」

龔沐雲和戚宸一言不發，垂頭聽訓，兩幫人員卻都看得傻眼。當家的就是在家裡，老爺子也不見得這麼罵啊！

「小芍子，把他們送過去，咱們回飯店！」唐宗伯道。

夏芍點頭，掃了眼戚宸，龔沐雲的姊姊是死在三合會手上的？那兩家可真是有解不開的死結了。夏芍沒有多問，她依師父的意思，將龔沐雲和傑諾先送過去。兩人剛到對面，安親會的人就圍過來護住他們，三合會的人則嚴密戒備，兩方人的手都放在槍上，氣氛緊張。

只是，龔沐雲和戚宸都沒說要開槍，因此兩邊的人都沒有動作。

夏芍最後將李卿宇和他的助理送過去，才把玄門弟子也送去，一行人這就要離開。

「夏、夏小姐！」身後傳來一陣腳步聲，夏芍回身，見那些賓客們又走了出來。

唐宗伯剛才震怒的聲音以內勁震出去，隔著老遠都聽得到，眾人在別墅裡聽見槍聲停了，這才探出頭來看看，結果看見人都已經到了對面準備走了，這些人這才急了。

他們也想出去啊！

「夏、夏小姐，能不能……讓我們也過去？」有在拍賣會上跟夏芍談得高興的人試著請求道。今晚可真是太驚心動魄了，萊帝斯這別墅太不安全了，再不走，誰知還會出什麼亂子？

可是，夏芍能把他們送過去嗎？

夏芍看向人群裡站出來的黎良駿等人，這幾位老人都是師父的故交，她本就打算送他們早下山，至於這些賓客……

「想得美，送一趟過來，有莫大的好處呢！」有玄門弟子在後頭咕噥，平時哪有機會沾龍氣？哪怕是一會兒，對這些人的身體也有極大的好處。送過來雖然不過是舉手之勞，但他們可是揀了大好處了。

「好，也不差多送些人，那就一起下山吧。」夏芍含笑點頭，轉眼間，裂隙上方似有群仙渡海般，眾人騰空離地，眨眼間便到了對面。

直到雙腳站在地面上，眾多名流還沒回過神來，不少人都心臟噗通噗通跳，耳畔是那一瞬間的風聲。那一刻雖然短暫，風景卻深深留在了腦海裡。這些身處上流圈子的人，什麼奢靡瘋狂的活動沒參加過？但這絕對是花錢也買不到的體驗。那感受難以用言語形容，金錢、地位、權勢，難以買到剛才那瞬間恍若成仙的感覺。

太神奇了……

雖然那一瞬極為短暫，但眾人到了對面之後卻都有些懵，好長時間都沒反應過來。直到唐宗伯看著龔沐雲和戚宸，與兩個幫會的人一起離開下山，賓客們才後知後覺地反應了過來。所有人都盯著玄門眾人離開的背影，目光閃爍。

在親身體會了之後，才知道世上有些人有些事在以前認知的世界之外，這些人身手莫測，不能惹，也不惹不起。

夏芍感受著身後的這些目光，微微一笑。今晚本是玄門鬥法才致使眾人逗留，送這些人離開實屬情理之中，但是她深諳一個道理，很多時候，哪怕是理所當然的事，收穫都不會只是眼前所看到的。

日後華夏集團在國際上行走，阻力定會更小。

夏芍一行人很快下了山，直到眾人的背影消失，院子裡的賓客們才紛紛上車，趕緊離開這是非之地。隨著車子一輛輛開出去，萊帝斯家族的院子裡漸漸安靜下來，沉寂的黑夜裡，卻顯出另外兩幫人來。

一幫正是萊帝斯家族的伯頓等人，而另一幫是日本大和株式會社的宮藤俊成等人。

宮藤俊成臉色很難看，黑漆漆的夜色裡也能看見他的臉色變了好幾變。那個女人一定是故意的！她把今晚所有到場的賓客都送過去了，只留下了大和株式會社的人！

面對這種難堪和屈辱，宮藤俊成咬牙，心中憤恨，卻無可奈何。他親眼見識夏芍的能耐，再憤恨，還有什麼能與她作對的籌碼？眼下安倍秀真已經送回了日本，土御門家主還沒有消息傳來，不知道會怎麼處置這件事，但是看今晚玄門的實力，只怕……

「伯父，怕什麼？我們還捏著華夏集團的命門呢！他們國內的輿論還掌握在我們手上，就算他們知道是我們所為，但輿論太過激憤，他們並沒有辦法控制，到現在批評之聲越演越烈，我們還是有籌碼的！」宮藤龍介在後頭道。

這正好激起宮藤俊成的憂心，他可沒忘了，夏芍說大和株式會社會自食惡果的。可是，華夏集團到現在沒有對國內輿論做出解釋，她任由批評之聲一浪高過一浪，她到底想幹什麼？

「伯頓先生，貴公司的壁畫還會如期拍賣嗎？」宮藤俊成問道。

不管華夏集團有什麼打算，只要壁畫如期拍賣出去，夏芍身為華夏集團的董事長，不作為的罪名就擔定了。到時候，國內民眾的指責和憤怒，不是她想壓就能壓住的。既然想不通夏芍的應對之法，宮藤俊成乾脆把目光放在了壁畫上。

伯頓一聽這話更急，夏芍沒把他送過去，他怎麼知道這時候壁畫還在不在直升機裡？而且萊帝斯家族今晚的麻煩事還多著呢！那一地的屍塊……該怎麼處置？

……

壁畫並沒有被盜，這雖然令伯頓鬆了一口氣，但在處置屍塊的問題上，他沒有選擇報警。

原因很簡單，那手段太殘忍了，不像是盜壁畫的人所為，畢竟對方的目的是壁畫，就算有雇傭兵把守，也沒有必要用這種手段殺人。把人一刀斃命都比這節省時間！所以說，這些傭兵死得很蹊蹺。

正因為蹊蹺，伯頓才不敢報警。今晚玄門和奧比克里斯家族打起來，前院損失慘重，那些傭兵剛好在損失最慘重的地方，搞不好是因為受到波及而死的呢？

一想到可能會是這個原因，伯頓就不寒而慄，更不要提報警了。警方幫不了什麼忙，反而會讓他得罪玄門。

事實上，伯頓也沒有時間多想報不報警的事，他很快被另一件事震暈了。

老伯爵亞伯特死了，就死在萊帝斯家族的別墅裡。

這是在處理傭兵的屍體時發現的，這慘烈的場面原本誰也不敢多看一眼，更沒人把不遠處的一副殘缺不全的骨架認出來。原本所有人都以為這也是傭兵，畢竟離得不遠，可是在傭人忍著胃裡翻湧去清理的時候，卻在血泊裡發現一截斷了的黑水晶手杖。這與傭兵們用的槍械差別太大，伯頓得知後親自來看，哪知這一看，讓他眼前發黑，險些暈過去。

這手杖他有印象，今晚還見過，正是老伯爵來的時候手裡拿著的。

再看一眼地上那慘烈的屍身，伯頓的頭皮都要炸了。

這、這真的是亞伯特伯爵的屍體？

完了完了！這讓萊帝斯家族怎麼交代？

亞伯特伯爵的身分和影響力非同小可，他居然死在了萊帝斯家族的別墅裡，還是慘死。別說怎麼跟皇室和世界各地的信徒交代了，就說奧比克里斯家族那裡怎麼解釋，伯頓一想，一個頭兩個大了。

今晚是亞伯特伯爵突然出現在萊帝斯的海濱別墅，本來他是要殺自己的親生兒子安德列，結果卻被唐老先生給阻止，接著夏芍追了出去。老伯爵明顯死於玄門之手，但這話如實告訴奧比克里斯家族，萊帝斯就等於得罪了玄門，若是不這麼說，又不好跟奧比克里斯家族交代。

兩頭難！

到底該怎麼辦？

伯頓一夜未眠，緊急召見家族成員，連夜商討對策。如何應對壁畫拍賣，如何應對亞伯特的死，這一夜，整個萊帝斯家族徹夜未眠。

而同是這一夜，夏芍也沒睡好。

肖奕的屍體被帶回來後，安置在一個房間，由兩名弟子看守。唐宗伯決定與肖奕的兩位師叔聯繫，讓他們去香港一趟，玄門將歸還茅山派掌門的遺體。

玄門這次來英國，本就是為了配合夏芍的計畫，現在想找的人已經找到，而且死了，老伯爵亞伯特也死了，眼下就剩下奧比克里斯家族的大局未定。但這些都是人家家族內部的事，雖有當年的仇怨在，但唐宗伯既已答應亞當，給他的父親安德里一個機會，就自然不會食言，一切都要看撒旦一脈接下來能不能掌控大局。

這件事還可以等，肖奕的遺體卻不能停放太久，因此唐宗伯決定，後天就動身回香港。運送屍體回港自然不那麼容易，但以唐宗伯的人脈，自然有辦法聯繫到專機，不過這需要一天的準備時間，因此玄門離開的時間就定在了後天。

後天正是壁畫拍賣的最後期限，夏芍在英國還有這件重要的事要做，想來她並不需要門派的支援了，畢竟她已經摸到煉虛合道的門檻。

今晚鬥法的時候驚險變數頻出，唐宗伯有些話不是說的時候，晚上回了飯店，才把徒弟叫到了身邊。

「師父。」夏芍今晚躲避子彈掃射時，衣裙有些髒了，她也沒回去換，聽見師父叫她，便過去蹲在他身邊，扶著輪椅的把手，笑咪咪地道：「您老人家是要誇人嗎？別急，等一會兒師兄回來了，把他叫來跟前，您一起誇，省得說兩回。」

唐宗伯本來是挺感慨欣慰，想著說些話，一聽她這麼說，頓時一噎，什麼感慨也沒了，沒好脾氣地瞪了眼，「就知道聽好話！別以為邁進煉虛合道的門檻了就沾沾自喜，師父說的話是訓示，不好聽也得聽著！」

旁邊站著的張中先等人聞言一震，玄門弟子們更是吃驚。果然，今晚感覺師叔祖的修為大漲，真是煉虛合道了。雖然聽掌門祖師的意思，還不是真正的進境，可僅僅摸著門檻竟能有如此威力的長進，若是真正邁入煉虛合道的境界，修為該是怎樣的恐怖？

「好妳個丫頭，都走到妳師父前頭了！」張中先哈哈一笑，「青出於藍而勝於藍，好，玄門到了這一代，祖師爺也能笑醒了！」

「呵呵！」唐宗伯撫鬚一笑。這丫頭還跟小時候一樣，就喜歡蹲在他腿邊托著臉蛋說話，現在都二十歲的人了，還改不了。想想那時候，她才不滿十歲，臉蛋圓潤，可愛得像包子似的。一眨眼，十年時間過去，這被他視為孫女般疼愛的小丫頭已是亭亭玉立，笑起來的模樣卻還跟小時候一個樣。

夏芍笑著問道：「師父，您老人家今晚可有悟出什麼來？」

弟子們聞言，目光灼灼地盯向唐宗伯。掌門祖師也是煉神還虛的修為，倘若也有所頓悟，那玄門在江湖上只怕無人能敵了。

唐宗伯一嘆，「師父的天資哪有妳這丫頭那麼難得。老了，有些事反而進了死胡同，難以看得清了。不過，今晚龍氣精純，對我這些年所傷的經脈暗疾倒是有所助益，我這腿許久沒覺得經脈元氣流動得如此順暢了。」

唐宗伯的前半段話讓弟子們有些遺憾，但聽了他後半段話，眾人都是又驚又喜，夏芍連忙問道：「是嗎？師父的雙腿行走元氣有感覺了？」

師父的腿自從傷到至今十餘年，一直不見好。以前在村裡後山的宅子，他天天都以針灸之法活絡經脈，這才讓雙腿多年沒有萎縮，可始終無法站起來。如今他竟然感覺到雙腿的元氣流動了？天地精純的元氣，有這麼大的功效？

「妳也別高興得太早，龍氣精純，為師今晚初以龍氣調息，效果自然好。時日久了，未必有今晚之效。我這腿假如當初剛傷到時，許能有機會，但這都十幾年了，經脈淤滯，通脈也並非一日能成，得慢慢來。況且，精純的龍氣並非所有地方都能尋到，在英國這一日兩日，也不起太大的作用。」唐宗伯見到夏芍眼底的喜意，知她又生出希望，便實事求是地道。

這丫頭和天胤那孩子一樣，總希望他餘生還能站起來，他原以為不會再有機會，但今晚雙腿的感覺似乎還有一線希望。他也知道這傷太久，恐怕不會像想像中那麼樂觀，因此這才潑一盆冷水，免得將來還是不行，這兩個孩子又要失望。

「在香港也有龍氣精純之地，江河龍氣雖沒有海龍氣精純，但是總會有作用的。不管多少年，哪怕有一絲希望，就值得一試。」夏芍道。

城市裡的天地元氣精純度很低，可香港本就是風水名城，師父長年在香港，她可以每個月回去一次，幫忙師父引龍氣調理雙腿。這樣既能疏通經脈，又能給經脈循序漸進恢復的時間，不至於操之過急，反傷經脈。

唐宗伯聞言一嘆，他看著夏芍從小長大，怎不知她的性子？她這麼說，那就是已經決定。就算他反對，她也不會聽的。

「太好了！這次來英國，本來是為了教訓那群洋鬼子的，沒想到掌門師兄的腿會有起色，小芍子又頓悟煉虛合道。這次雖然行程不長，好事倒不少啊，哈哈！」張中先心情大好。

夏芍微微垂眸，好事是不少，可是，不知道為什麼，她就是覺得心裡不踏實。

「咦？天胤這小子去哪兒了？怎麼還不回來？這小子來次英國還打扮成那個模樣，我都沒認出來，他也不說一聲。」張中先納悶道。他倒不是納悶徐天胤易容的事，他的身分工作，張中先是清楚的。雖然起初沒看出來，但今晚一看他就猜出他是來幹什麼的了。可他今晚走得早，怎麼還沒回來？

最重要的是，張中先想知道徐天胤頓悟了沒有。

聽夏芍剛才的意思，似乎這小子也頓悟了？

要真是這樣，玄門這一代可了不得了。

夏芍聞言皺眉，師兄是去的時間太久了。今晚任務失敗，他帶著人王虺三人離開，並沒有回飯店，也不知去了什麼地方。她猜測，許是去尋接應的人商量對策去了，但這不過是她的猜測，徐天胤不回來，她始終擔心，加上心頭盤桓不散的不安心慼，她少見地坐立不安。

這情緒夏芍不想傳染給師父，便若無其事地跟師父道了晚安，讓老人家早些休息，然後便回了自己的房間，打算洗個澡，讓情緒平靜下來。

她剛一推開房間的門，黑暗裡有一隻手從門後伸了過來。

夏芍一驚，正想出手，卻被攔腰打橫抱了起來，走向房裡。

……

飯店的房間裡，床上傳來濃重的喘息聲。

男人粗重的呼吸讓漆黑的房裡氣氛曖昧，而床上隱約沒有男女交纏的身影，有的只是靜靜相擁的兩人。男人壓在女子身上，臉埋在她的頸窩，呼吸壓抑而微顫。

他習慣性的動作，以往總令她莞爾，今晚她卻眉頭輕蹙，小手摸上男人的背安撫著。

徐天胤不知何時回來的，夏芍本就心緒不寧，黑暗裡有人出手，她當即便回了手，下手沒有絲毫留情。當她的掌風擊向對方的時候，對面掌風迎來。兩股掌風鬥在一處，竟沒擊起太多的震動，明顯是對方將她的掌風巧妙化解了。

以夏芍如今的修為，能化解她全力一掌的人，只怕寥寥無幾，但對方不僅有能力化解她的掌勁，還不傷著她。他的掌勁隱隱比她弱一分，在掌風震盪時，餘力便反震向了他的胸口。

夏芍當時臉色一變，因為在兩人過招的瞬間，她已適應了屋裡黑暗的光線，看清了那人的面孔輪廓，以及聞見了熟悉的氣味。

她急切地收手，化去了剩下的餘力。

也正是這時候，對方握住她的手腕，成功捕獲了她，抱著她來到了床上。

徐天胤的氣息裡染了濃重的血腥味，他以極端的方式殺了那十名傭兵和老伯爵，他的身上沾上了煞氣，整個人像是裹在漆黑的濃墨裡，看不清卻煞氣極重。

夏芍的眉尖蹙得更緊，在安撫徐天胤的時候，她掌心的元氣順著他的脊背送入他的經脈臟腑，試著幫他化解煞氣。可她撫摸的動作卻似讓他真實地感受到了她的存在，他的身子微微一震，呼吸更為粗重。本只是在她的頸窩裡尋找她的味道，此刻卻不再滿足於此，而是像尋找到了甜美的食物般，渴望地舔吻上了她的頸窩。

他的唇是冰冷的，呼吸卻灼熱如火。

冰與火的奇妙感受在血腥味裡蔓延，壓抑與迫切，小心翼翼與肆意狂暴，矛盾的氣息在黑暗裡令人驚心。夏芍並不害怕，她知道他只會壓抑自己，絕不會傷害她。今晚只怕是他一生中除去三歲那年，最為恐懼的一夜，他險些失去師父和她。此刻，他終於可以無所顧忌地抱著她，這對他來說並非發洩，只是安撫。

男人像是飢餓的孤狼，迫切地需要食物，便在她身上恣意索取。夏芍也由著他，漸漸地，房間中男人粗重的喘息裡帶起女子低低的呻吟。黑暗裡衣裙半落，隱約可見線條曼妙的腰線。男人的燙熱有力的手掌覆上那腰線，令女子輕輕一顫。

這顫動看似動情，夏芍的眼睛忽然睜開，往腰間男人的手掌上落下，再次蹙起了眉。男人卻仍舊渴望地在她身上找尋慰藉，但當他的手掌在她腰間遊動，她的眉頭皺得更深，終於一把按住了男人的手。

「師兄！」

在徐天胤微愣的時候，夏芍一個翻身，將他壓在身下。這看似曖昧熱情的舉動，下一刻卻並非春宮無限。她傾身伸手，打開了床頭的檯燈。

夏芍抓過徐天胤的手，只見他的手心赫然有一道血淋淋的刀傷。傷口未經處理，血雖乾，皮肉卻外翻著，內裡全是凝結的血塊，燈光下觸目驚心。

「這傷哪來的？」夏芍倒吸一口氣。徐天胤身上血腥味極重，她以為是殺人時染上的，卻沒發現有這傷。若非剛才他的掌心接觸她的腰間，讓她感覺出有些不對勁，她根本就發現不了他竟然受傷了。

夏芍不知這傷是徐天胤救王虺時被切割的甲板所傷，她不等他回答便翻身下床，來到浴室放了盆溫水，讓飯店送了藥箱上來，幫徐天胤處理傷口。

徐天胤上半身赤裸著坐在床邊，肌肉線條精實，在昏黃的燈光下呈現淡淡的古銅色，修長的雙腿則被黑色長褲包裹，潛藏著危險的勁力。

夏芍低著頭，所有的注意力都放在他受傷的掌心上。她的鼻頭精緻如玉，長長的睫毛剪影如畫，握著他手的指尖更是如暖玉般柔軟，溫暖了他孤冷的心，撫慰了他險些失去她的恐懼。她就在他眼前，穿著飯店的睡袍。雪白絲質的睡袍，不敵她玉潤肌膚的色澤惹人憐愛。她向來是含蓄的，哪怕兩人早已有過肌膚之親，每回她還是把睡袍穿得嚴嚴實實的。今晚她許是急切，連睡袍的帶子都沒繫好，只是鬆鬆垮垮束著，胸前的春色敞露在他眼前。

然而，他的目光卻也不在那春色上，而是落在她微蹙的眉尖上。

夏芍看著徐天胤的手掌，徐天胤望著夏芍的眉宇，時光一時靜好。

「這怎麼傷的？問你呢，說話！」夏芍聲音不大，手裡拿著棉籤，蘸著溫水，輕輕擦拭那些凝結的血塊。當擦到刀口附近翻開的皮肉上時，她越發小心翼翼，輕得他覺得掌心微癢。

徐天胤的目光不肯從她的眉尖上移開，彷彿那是最美的風景，「救人。」

話雖簡潔，但他會救的人，無非就是王虺、畢方和英招三人。

夏芍會意，也不問究竟是救誰，發生了什麼事，才讓今晚的任務失敗。這些她都不在意，她想知道的是他是怎麼受傷的。只要不是被人所傷，那就好。

「你執行任務多少年了，怎麼受了傷都不知道處理？」夏芍眉頭又是一皺。

徐天胤似是看出她的不高興，憋了半天，還是只憋出三個字：「沒時間。」

確實是沒時間。

當時他調息好，第一件事就是將三名戰友從直升機裡轉移出去。離任務約定的時間已過，他們沒有將直升機開到指定地點，按照慣例，負責接應的特工會將事態按照任務失敗處理。未免全線暴露，所有人員都會隱匿撤離，要再聯繫，需要更換新的地點和聯絡方式、密碼等等。

當時，再將直升機開出去已經沒有接應的人，他便將隊友先轉移走。考慮到後天晚上才是萊帝斯集團對外公布的拍賣壁畫時間，因此這次任務還有一次行動機會，他便在轉移之後即刻與上級聯繫，與下線再次取得聯絡，商定下次行動的方案和配合方式。

這一切在三小時內完成，每分每秒都是緊張的，他確實沒時間管手上的傷。

夏芍聞言從徐天胤的掌心裡抬起頭來，果然被他氣笑了，「哦，沒時間？那你倒是有時間一回來就躲房間裡玩突襲了？」

這人回來了，就算是有任務在身，還易容著，不能去師父那裡，但他有這時間在門後等她回來，就沒時間處理傷口？

「剛回來。」徐天胤凝視著她許久，誠實地道。

夏芍一噎，徐天胤從不說謊，他既這麼說，那就一定是湊巧了。她眉毛一挑，笑容甜美，語氣溫柔，望著誠實的男人，說道：「你今晚話很多？接話接得倒快，閉嘴！」

她很少被人噎住，今晚算是頭一遭。只是，讓人說話的人是她，讓人閉嘴的也是她，女人的情緒徐天胤果然是不懂。見夏芍瞪了他一眼，低頭繼續幫他清理傷口，他便以為她生氣了，想了一會兒，傾身將她往懷裡抱住，拍拍她的背，「小傷，不疼。」

夏芍見他這舉動，本是哭笑不得，聽見那句「小傷」，心裡一揪，目光落到他的胸腹處，那些淺紅的傷痕，雖然已經歷了多年的歲月，但仍能從受傷的位置看出當初的危險來。相比這些舊傷，他掌心的刀傷確實不算什麼，但她看著很揪心。

「從今天開始，哪怕是一點小擦傷，師兄都要處理，知道嗎？」夏芍垂眸道。或許，今晚他體會過那一瞬間有可能失去她的心情，但她卻從不敢去想有一天會失去他。

他是她的愛情，是她想用這一生陪他走下去的人，她不會允許他有事。

這些話，夏芍沒有說出口。

她要留著，留到那一天……

夏芍低頭，掩去了眸底的溫柔，嘴角輕輕翹起。

「嗯。」對於夏芍的要求，徐天胤從不會拒絕，他答應了就一定會做到。目光落到她翹起的嘴角上，雖不知她在笑什麼，但至少知道她不生氣了。

於是，他乖乖閉嘴，不再說話。

夏芍看著徐天胤的掌心，眉頭重新蹙起來，繼續處理傷口。

過了一會兒，夏芍將處理好的傷口包紮好，端著一盆血水去浴室，又走到門口探出頭來，「穿衣服。你需要去醫院縫合傷口。」

不清理不知道，這傷哪裡是小傷？雖是未傷筋骨，但整個掌面都被割傷，傷口極深，皮肉外翻，不縫合根本不行。

見夏芍的目光又變得不善，徐天胤很配合，起身穿好毛衣外套，等著夏芍換好衣服從浴室裡出來的時候，他已經拿著車鑰匙在門口等了。他這副模樣，換成以前，夏芍早就忍不住笑出來，但今晚她笑不出來。

與徐天胤下了樓之後，夏芍親自開車送他去附近的醫院，等到縫合好了傷口，兩人才又一起回到了飯店的房間。

這晚，兩人相擁而眠，卻都睡得極淺。

徐天胤多年沒有睡床的習慣，儘管遇到夏芍後，他開始學著在床上睡，但其實他夜裡睡眠一直很淺，只要她一動，他就會醒，今晚更是如此。夏芍哪怕輕輕動一動，他便會貼過來，將她擁進懷裡，擁得更緊些，像是怕一鬆開她就會消失般。因此，夏芍儘量不動，好讓他睡得踏實些。結果第二天一早，兩人都是早早就醒了。

晨起後，對玄門弟子來說，有個雷打不動的習慣，那便是打坐吐納，調整體內元氣。直到晨起打坐的時候，夏芍才問起徐天胤昨天以海龍氣調息，有什麼特別感受？

「虛空。」徐天胤簡單的兩個字，讓夏芍一喜，但他緊接著道：「還沒進境。」

「我知道。」這點夏芍早就猜到了，但師兄也能有所頓悟，她自然高興。想起昨晚師父提起雙腿的事，她便把這喜事告訴了徐天胤。

徐天胤微愣，起身便往門口走，走到門口才想起來自己尚在任務中，還易容著，哪怕師父認出了他來，也不能這麼出現在玄門弟子面前。見他又走了回來，夏芍盤腿坐在床上，眉眼含笑。雖然他面無表情，但看他這舉動就知道他有多開心了。

這天，唐宗伯在等待回香港的專機安排，而萊帝斯集團舉辦的世界拍賣會卻還在舉行。昨晚發生在海濱別墅裡的事，賓客們都沒有透露出去。這些人都是人精，見識過非同尋常的力量，誰還敢把事情捅出去？但世上沒有不透風的牆，記者們還是得到了一些消息。

昨晚的舞會是私人舞會，萊帝斯並不允許記者採訪，卻還是有不少記者到了。好在萊帝斯家族的海濱別墅屬於私人領地，占地極廣，記者們不敢貿然私闖萊帝斯的地方，因此很多人都停留在半山腰，對別墅裡發生的事並沒有親眼所見。不過，眾人卻聽見了前院裂開時的轟鳴聲，感受到了那時候的地動山搖，甚至有人看見了金蟒巨大的身影。

起初，有很多人以為自己看花了眼，更有不少人拿起相機和攝影機記錄下了這一幕，但詭異的事，攝影機和相機裡都沒有成像。

這一集體的靈異事件昨晚驚嚇到了很多人，有人決定將此事發表。只是這之後不久，各國媒體就遭遇了三合會和安親會在半山腰的械鬥，驚恐之下，記者團紛紛撤離，並且在這晚收到了兩個幫會的恐嚇——不允許任何人將今晚的所見所聞發表，否則後果自負。

黑道上所謂的後果，沒有人不清楚嚴重性，而令眾家媒體震驚的是，同樣是這天晚上，各媒體的主編都接到了上級的命令，內容也是一樣，不允許任何人讓晚上的見聞見報。

這讓媒體記者們震驚了，大家都搞不明白，到底是誰有這麼大的能量影響到世界各國的媒體高層？要知道，這些媒體不管是國家的，還是私人的，都屬於不同的利益集團，想一起封住這麼多人的嘴是不可能的。總有人想要發表這件事，賺取眼球和利益，可是令眾媒體沒想到的是，第二天一早，風平浪靜。

雜誌、報刊、電臺、電視臺、網路，所有的管道，沒有一家媒體對昨晚的事進行報導。

這可是全世界的媒體，竟然沒有半家發聲。

到底是誰？誰有這麼大的能量和人脈？

這個問題恐怕要成為這些到英國來的媒體記者們心中一個永久的謎了，包括昨晚在萊帝斯海濱別墅裡發生的事，將永遠成為他們埋藏在心底的解不開的謎團……

世界拍賣會繼續舉行，昨晚受到驚嚇準備退出拍賣會的名流們經過一晚的考慮，都留了下來。見識過夏芍的能力之後，眾人打的都是趁著拍賣會這幾天好好跟她攀攀交情的主意。有這麼個身手神鬼莫測的風水大師在，先走的人是傻子。

如此一來，外界並不知曉昨晚的事。這天一早，一切如常舉行。今天的拍賣同樣分很多專場，萊帝斯集團的董事長伯頓親自到場，與賓客們寒暄，極少有人能看出他臉上的疲憊來。

亞伯特伯爵去世的事，今早外界也是風平浪靜，可見並沒有被外界知曉。這件事萊帝斯家族是怎樣處理的，只有他們自己知道。外界只知道，壁畫拍賣將在六號晚上作為三天拍賣會的壓軸，如期舉行。

世界各國民眾的目光再次齊聚到拍賣會上，而在拍賣會上等著與夏芍套交情的名流們卻比較失望，因為夏芍這天並沒有到場。

夏芍不僅這天沒有到場，第二天的白天她也沒有出席，來的只有華夏集團的孫長德、陳滿貫等人。作為董事長，夏芍卻兩天沒露面，這讓外界猜測紛紜。難不成，離壁畫拍賣的時間越近，中國國內輿論的聲討越重，華夏集團壓力巨大，夏芍這是受不住壓力，躲起來清閒？

事實上是，夏芍一直心緒不寧，她留在飯店裡，請師父、張老和師兄都起卦占卜過，但三人得出的結果一致，都是天機不顯。

這樣的結果讓唐宗伯等人都皺起了眉，哪怕卦不算己，但發生在他們自身上的事，還是能占卜到大概的。可是，自從收了夏芍為徒，只要是遇到天機不顯的卦象，只能說明一個問題。

這件事是與夏芍有關，或者應在她身上。

這個結果至少讓夏芍安心了些，好在是與她有關，只要不是應在師父等人身上，不管發生什麼，她都來者不懼。

定下了心神，在拍賣會的第三天一早，夏芍將唐宗伯和玄門弟子送上了飛往香港的專機，一同運送離開的，當然還有肖奕的遺體。

在送走師父一行人後，夏芍這才回到飯店，準備參加晚上的拍賣會。

晚上是世界矚目的壁畫拍賣，重頭戲即將開場。

（未完待續）

悅讀NOVEL 009

傾城一諾 9

國家圖書館出版品預行編目資料

傾城一諾 / 鳳今著. -- 臺北市 : 晴空, 城邦文化出版 : 家庭傳媒城邦分公司發行,
2017.12
冊； 公分. --（悅讀NOVEL ; 9-）
ISBN 978-986-95528-2-0（第9冊：平裝）

857.7 106003532

作　　者　鳳 今
責任編輯　施雅棠
國際版權　吳玲瑋　蔡傳宜
行　　銷　艾青荷　蘇莞婷　黃家瑜
業　　務　李再星　陳玫潾　陳美燕　杻幸君
編輯總監　劉麗真
總 經 理　陳逸瑛
發 行 人　涂玉雲
出　　版　晴空
城邦文化事業股份有限公司
104台北市中山區民生東路二段141號5樓
電話：（886）2-2500-7696　傳真：（886）2-2500-1967
E-m蟒il：bwps.service@cite.com.tw
發　　行　英屬蓋曼群島商家庭傳媒股份有限公司城邦分公司
104台北市中山區民生東路二段141號2樓
書虫客服服務專線：(886)2-2500-7718；2500-7719
24小時傳真服務：(886)2-2500-1990；2500-1991
服務時間：週一至週五09:30-12:00；13:30-17:00
郵撥帳號：19863813　戶名：書虫股份有限公司
讀者服務信箱E-m蟒il：service@re蟒dingclub.com.tw
晴空部落格　http://sky.ryefield.com.tw
香港發行所　城邦（香港）出版集團有限公司
香港灣仔駱克道193號東超商業中心1樓
電話：852-2508-6231　傳真：852-2578-9337
E-m蟒il：hkcite@biznetvig蟒tor.com
馬新發行所　城邦（馬新）出版集團【Cite (M) Sdn Bhd】
41, J蟒l蟒n R蟒din 蟒num, B蟒nd蟒r B蟒ru Sri Pet蟒ling,
57000 Ku蟒l蟒 Lumpur, M蟒l蟒ysi蟒.
電話：(603) 9057-8822 傳真：(603) 9057-6622
Em蟒il：cite@cite.com.my

美術設計　洸譜創意設計股份有限公司
印　　刷　沐春行銷創意有限公司
初版一刷　2017年12月19日
定　　價　280元
I S B N　978-986-95528-2-0